普通高等院校汉语言文学专业规划教材

中国文学史

主编 王文生

魏晋南北朝文学史

熊礼汇 编著

武汉大学出版社
WUHAN UNIVERSITY PRESS

图书在版编目(CIP)数据

中国文学史·魏晋南北朝文学史/熊礼汇编著.—武汉：武汉大学出版社，2009.5(2015.4 重印)
普通高等院校汉语言文学专业规划教材
ISBN 978-7-307-06703-5

Ⅰ.中…　Ⅱ.熊…　Ⅲ.文学史—中国—魏晋南北朝时代—高等学校—教材　Ⅳ.I209

中国版本图书馆 CIP 数据核字(2008)第 194964 号

责任编辑:胡国民　　责任校对:刘　欣　　版式设计:马　佳

出版发行：武汉大学出版社　(430072　武昌　珞珈山)
(电子邮件：cbs22@whu.edu.cn　网址：www.wdp.com.cn)
印刷:湖北鄂东印务有限公司
开本：720×1000　1/16　印张:20.5　字数:367 千字　插页:1
版次:2009 年 5 月第 1 版　2015 年 4 月第 3 次印刷
ISBN 978-7-307-06703-5/I·349　定价:29.00 元

目录

第一章　魏晋南北朝文学概说

第一节　动乱时代的士人心态

魏、晋、南北朝历时近四百年。在这近四百年中，除西晋有过近四十年全国统一的局面外，中国长期处于分裂状态，政治动荡，战乱频仍，阶级矛盾尖锐，朝代更替频繁。

东汉末年，朝政紊乱、腐败，各种社会矛盾激化。在统治阶级内部，宦官集团和外戚集团为争夺权势相互杀戮。宦官势盛时，先后挟持桓帝、灵帝，两次兴起党锢之祸，给士人集团以沉重打击。无论是宦官还是外戚把持朝政，都对农民进行残酷的压迫、剥削，使他们寒不得衣，饥不得食，终于引发了黄巾起义。

在镇压农民起义的过程中，全国出现了许多地方军阀。他们钩心斗角，相互火并，且和朝廷内部斗争息息相通。外戚何进联络豪强地主的代表袁绍、董卓准备诛灭宦官，结果自己先被宦官所杀。董卓乘机控制少帝刘辩和陈留王刘协，不久废少帝，立刘协为献帝，自己为相国。公元190年，袁绍联合部分州刺史攻讨董卓。董卓杀刘辩，西逃长安。公元192年，司徒王允密结吕布杀死董卓。接着董卓部将李傕、郭汜攻长安杀死王允，夺走献帝，且四出“攻剽城邑”，“放兵劫路”，使长安成了空城，关中亦“无复人迹”。这就是董卓之乱。这场战乱，使中原“旧土人民死丧略尽”，以致“国中终日行，不见所识”(《三国志·魏志·武帝纪》)。之后，全国形成许多割据区域，军阀之间攻杀争夺，北中国一片混乱。

曹操是这个时期的著名政治家。他靠镇压黄巾起义扩大了军事力量，以后又把汉献帝迎到许县，取得了挟天子以令诸侯的政治优势。经过官渡之战，他歼灭了北方士族豪强代表袁绍的主力，接着又北出卢龙塞击败了与袁氏残余势力勾结在一起的乌桓蹋顿单于，平定了北方。

公元264年，魏灭蜀。次年，司马炎称帝，西晋建立。太康元年(280)，晋灭吴，分裂近八十年的中国获得统一。建国初年，晋武帝实行了一些有利于发展农业生产的政策，促成了太康年间的经济繁荣。随之西晋上层统治集团内部矛盾加剧，先是"贾后之乱"，后是"八王之乱"，人民再遭劫乱，国势日衰。加之西北少数民族崛起，时时内犯，不久晋怀帝、晋愍帝便做了他们的俘虏。公元317年，司马睿在建康称帝，建立东晋政权。东晋政权的支柱乃是南渡的西晋世族和旧有的东吴地方豪族，他们和西晋统治者一样贪婪、腐朽。东晋偏安江南百年，内乱从未间断，著名的就有王敦之乱、苏峻之乱和桓玄之乱。江南经过东吴开发，本属富庶之乡，由于东晋统治阶级任意兼并土地，盘剥农民，使得民众流亡、人口锐减的现象日甚一日。史书记载，从宁康二年(374)到太元十八年(393)，十九年中，农民起义就有六次之多。

公元399年，爆发了孙恩、卢循领导的农民起义，这次起义席卷东南，沉重地打击了东晋统治者。在镇压农民起义的过程中，庶族地主阶层的代表人物刘裕壮大了力量，不久代晋自立，建立了宋。刘宋(420—479)以后，相继出现了齐(479—502)、梁(502—557)、陈(557—589)三朝，历史上称宋、齐、梁、陈为南朝。因为东吴、东晋和南朝都曾建都于建康，故史书上将它们合称为六朝。

从西晋末年到东晋末年，北方一直是各少数民族首领角逐的场所。在一百六十多年中，几个少数民族首领先后建立了成、代、汉、前赵、后赵、前凉等十六个割据政权(其中也有汉人建立的政权)，史称"五胡十六国"。公元440年，北魏拓跋部(鲜卑)统一北方，和南方刘宋政权并存。到了南朝梁时，北魏分化为西魏(535—557)、东魏(534—550)。公元550年，高欢之子高洋废东魏，建立北齐；宇文泰之子宇文觉废西魏，建立北周。公元577年，周武帝宇文邕灭北齐，统一中国北部。公元581年，外戚杨坚逼周静帝让位，建立隋朝。公元589年，晋王杨广兵伐陈后主成功，中国重归统一。历史上把我国北方从北魏到北周灭亡这段时期统称为北朝。

大抵从桓、灵之际开始，汉末士人心态大变。《后汉书·党锢列传序》即言：

逮桓、灵之间，主荒政缪，国命委于阉寺，士子羞与为伍，故匹夫抗愤，处士横仪。遂乃激扬名声，互相题拂，品核公卿，裁量执政，婞直之风，于斯行矣。

这“匹夫抗愤，处士横仪”的“婞直之风”，正映现出汉末士人特有的文化心态。一方面，他们再不像两汉盛世士人那样以依附朝廷、置身朝廷为荣，而是避而远之，以旁观者的态度“品核公卿，裁量执政”，与当局有明显的离心离德倾向。另一方面，他们又通过“激扬名声，互相题拂”博得令名美誉，实现其人生价值。而这两者都会导致士人和现实政权、传统思想、礼法制度的分离，于是隐而不仕、品评人物、高自标置成为士人人生方式的最佳选择；“户异议，人殊论，论无常检，事无定价，长爱恶，兴朋党”（曹丕《典论》）成为士林风气。受汉末士人“疏离心态”（罗宗强语）的影响，建安士人和正始士人身处乱世，在背离传统观念、异议殊论、言无定准方面走得更远。他们既想在乱世建功立业，有所作为，但又举步维艰，力不从心；既要张扬个性，我行我素，任情而动，但又处境险恶，甚至有生命之虞，因而忧患意识很强。相比较而言，建安士人多有慷慨悲凉的心态，正始士人则多数处于忧愤填胸不得不说，又不能明说那样一种备受压抑的无奈心态。司马氏提倡名教，但他篡夺曹魏政权是对名教忠信节义的最大破坏。为了抢权，他又大肆杀戮，使得“天下名士去其半”。故西晋士人虽臣服于司马氏，内心却少有对其忠贞不贰的认同感，为人亦少有独到的操守，多怀有不谙世务以求自全、狂放纵欲以求自适、热衷清谈以求扬名的心态。东晋本为西晋世族南渡建立的政权，当他们在江南站稳脚跟，便产生一种偏安心态，加上玄学、佛学流行士林，士人多向往淡泊、宁静的心境，追求优雅、从容、潇洒、高远的名士风度。刘裕代晋立宋，标志着士人队伍成分发生重大变化，丧失政权的世族成员和庶族地主阶层出身的知识分子成了这一队伍的主体部分。这一格局在整个南朝都没有大的变化。南朝士人心态比较复杂，有以功业为念、以入世情怀为主的，也有以珍爱生命为念、以娱悦情性为主的，总的特点是特别关注个人的情感世界和精神生活，突出表现则是对探讨玄远之理的兴趣减弱，而对山水美、女性美的赏爱加深。

一个时代的士人心态，必将直接影响这一时代的文学思潮、审美观念和创作风气。作为士林之一员，魏、晋南北朝作家纵然禀性、阅历、修养有异，但其文学观念、审美追求和文学创作体现的艺术精神、风格走向，都会受到整个社会审美心态的制约。当然，有制约就会有反制约，魏、晋、南北朝文学的异彩纷呈，正是在众多作家受制约和反制约的过程中显现出来的。

第二节　玄学对文学发展的影响

玄学是从宇宙本体论出发、探讨本末、有无的关系，通过援道入儒，阐述有关人生、社会、自然哲理的学说。它既不是道学，也不是儒学，但又具有儒、道思想质素，尤以道家思想居多。玄学植根于社会现实的土壤之中，但不就事论事，而是研究形而上的原则、规律一类的抽象、玄远之理。因此，玄学又可称为玄远之学。

玄学基本理论的形成在正始时期。此时，王弼、何晏、夏侯玄等玄学家的基本观点，被称为“正始之音”。其观点涉及有和无的关系、儒和道的关系、名教和自然的关系、言(象)和意的关系、才和性的关系以及圣人有情、无情的问题。魏末玄学较之正始之音有一突出特点，就是努力构建玄学人生观，将依顺自然、返归自然作为人生原则和理想境界，而把蔑弃礼法、顺应自然作为达到这种理想境界的唯一途径。西晋玄学要义有变，具体表现为调和儒、道思想以说明名教与自然之统一性，以万物“自生”论否定有生于无的本体论以及对“正始之音”诸多命题的反驳。东晋以降，士人谈玄多是对前期玄学命题的再探讨。比如王导过江，就只道声无哀乐、养生、言尽意三理而已。在对传统命题的再探讨中，东晋玄学一方面受到传统儒学的反击(表现为对老、庄的贬斥)，另一方面又得到佛教的资助(表现为以佛释玄者众)。

玄学对魏晋南北朝文学的影响，主要表现在四个方面：

一是玄学通过对创作主体的影响而对文学产生影响。玄学的流行，促使魏、晋士人“得到空前绝后的思想解放”(宗白华语)。他们用玄学本体论和宇宙论观照自然、社会、人生，形成和汉代士人迥然不同的世界观。他们以玄对传统，敢于非汤、武而薄周、孔；以玄对现实生活，要越名教而任自然；以玄对人生，则珍惜生命，呼唤个性觉醒，张扬人格精神，率真任性，充分享受人生；以玄对自然，则赏爱寓于山水之中、契合玄理、与人格精神相通的内在美。这些都有助于魏晋文学题材的扩大、主题的深化和艺术精神的转变。

对文风影响很深的，还有士人因服膺玄学人生观而形成的魏、晋风度，(或称魏、晋风流)。所谓魏、晋风度，实质上是以玄学本体论为理论基础，以玄学人生观为指导，以追求个性独立、精神自由为特征的一种人格、人风。得意于内而放浪于形骸之外，为人潇洒超脱而不滞于物，衔杯箕踞，食药行散；扪虱谈玄，长啸达意；相互题拂，喜恶作色；优游山水，宅心玄远；狂放任诞以至裸身吊丧、出入狗窦，一往情深以至因悲哀毁形而殒没。这些都是魏、晋风度的表现，蕴含其中的是魏、晋文士对个体精神自由无限的追求，对人生“自然之至真”境界的向往。既然文如其人，魏、晋散文师心率性、通脱、自然，便属情理中事。

二是玄学审美观对文风走向的影响。玄学审美观的形成，和依据玄学要义品鉴人物关系密切。较之汉代人物品鉴，魏、晋论人的突出特点，是摆脱了政治、道德观念的束缚。而把人格独立、个性突出、精神自由、姿仪隽爽、风度超逸、举止潇洒、言谈美妙、器识弘旷作为审美的主要内容。这种变化，主要是玄学人生观进入人物品鉴所造成的。而当玄学中的“任自然”而“贵真”和言意之辨，特别是言不尽意论作为方法论为人物品鉴所用后，更使人物品鉴成为一种艺术审美活动。论者不但偏于欣赏人物的神韵美、意趣美、情致美，而且总以精约、生动、含义深长的言词来作评语。像清、虚、朗、爽、简、远、达、韵等，即为常用的品藻术语。这样一种审美标准和艺术趣味，除转化为魏、晋、南北朝文学批评理论的重要观点外（如刘勰、钟嵘、萧统等人的有关论述），还直接影响到诗、文创作风格的走向。刘师培就说：“大抵南朝之文，其佳者必含隐秀，然开其端者，实惟晋文。又出语必隽，恒在自然，此亦晋文所特擅。”（《中国中古文学史》第四课）汤用彤则认为“魏、晋文学争尚隽永，《文心雕龙》推许隐秀……均可知当时文学亦用同一原理（指人物品鉴所用得意忘形理论）”（《言意之辨》）。宗白华更是将“晋人书札和小品文中隽句天成，俯拾即是”，归因于晋人人物品藻“谈吐措词的隽妙，空前绝后”（《论〈世说新语〉和晋人的美》）。

三是玄学要义、观念对诗、文内容的浸淫。玄学对诗的浸淫，最典型的例子是东晋流行的玄言诗。玄言诗陈述作者观察天地万物、审视社会人生、叩问生命本体所领悟的玄理，纵然感触颇深，无奈通篇说理，全无诗的情感、形象、意境可言。说是诗，只是借用了诗歌押韵和句式整齐的形式。玄言诗混同于以理为主的文，违背了诗以情为主的文体属性，作为一种独特题材的诗歌创作，在艺术上是不成功的。但玄言诗的出现，促成了诗中理趣成分的生存，其蜕变又带来了山水诗的兴起，所以对它在诗歌史上所起的作用不能一概抹煞。

玄学浸淫诗歌，还有另外一种情况。即有些诗人在诗中借助自然景物、日常生活抒发感情、创造意境，如盐着水般显现（或隐含）玄理意趣，使诗意味隽永。最突出的例子是阮籍、嵇康和陶渊明。他们的不少诗作，其立意所宗、情境内涵就受到玄学观念的深度影响。但诗的形象鲜明，诗味浓郁。阮诗“言在耳目之内，情寄八荒之表”的艺术表现方法，陶诗朴淡自然、真切有味的风格特点，其由来亦与玄学浸淫有关。

玄学浸淫文学，对散文的发展也有促进作用。魏晋论说文多，大半为玄理论文，即使是不谈玄的论文，其表现艺术也大多受到玄学思维方式的影响。可以说，正是玄学思想的演变、流行，才促成了玄理论文的繁荣。

至于依玄学义理立论而论及他事者更多，诚如刘永济先生所说："斯风既扇，论题遂宽。综其条流，则有臧否人物者焉，有商榷礼制者焉，有驳难刑法者焉，有品评文艺者焉，有箴砭时俗者焉，有研讨天文者焉……综其大体，固不出聃、周之指归。"(《十四朝文学要略》)其中，以"臧否人物者"，即人物论最有特色。魏晋人物论和汉代人物论的最大不同，是品评标准的变化。前者多以传统儒学观念为准，后者则以玄学人生观、审美观、价值观为准。像何晏《白起论》、嵇康《管蔡论》、张辅《名士优劣论》、习凿齿《青楚人物论》、桓玄《四皓论》等，文风都与王、何、嵇、阮玄理论文相近。受人物论汲取玄学思想作论的影响，此时的传记、荐书、诫子弟书以及祭文、吊文、诔文都带有玄学色彩。

化用玄学观念，或融玄理于内容中，或以玄学理念烛照题材以开掘其美，此类散文很多，最值得注意的是山水记。大约在东晋，山水文学艺术创作便兴盛起来，山水画、山水诗、山水散文、山水赋不时出现。它们都是士人"以玄对山水"的产物。士人不但发现了人自身的美，还发现了山水的美，并使两种美相通无碍。他们在诗、文中抒写观照自然山水的"游目赏心之致"(钱钟书语)，自会带来文学发展的新变。

四是玄学表述方式对散文创作的影响。作为思想理论，玄学主要是通过对儒、道重要典籍(如《周易》、《论语》、《老子》、《庄子》)的注疏、著论和清谈三种形式，表述和传播开来的。

著论直接提供散文作品，以具体形式显现玄理论文的风貌，对散文艺术影响之大，自不待言。注疏儒、道典籍，卓有成就的是何晏、王弼、向秀和郭象而以王弼为最。王弼注疏《周易》、《老子》，实取二书以陈己意，所作解释于前人著述之取舍，均随意所适，以合意为归，并不拘泥于文字。故其注疏见识高超，新义迭出，形成一种以我为主、超越陈说、自创新义的学风。受这种学风影响，散文创作是容易走上通脱、自然之路的。王弼注疏典籍对说理散文影响至巨者，还有他以义理抽象为特征的思辨方法。不同于汉儒说经严守家法，拘于章句，敷陈演绎，繁琐之至，王弼是用他总结出的玄学家认识论的方法论(忘象得意成谓得意忘言、得意忘形)指导注疏工作，故注《周易》能摈落爻象，专说概括、抽象之理，注《老子》也充满思辨色彩，致力于抽象义理的探寻。王弼等人注疏经典的方法，在很大程度上改变了人们的思维习惯，促使说理散文更多地带有理论思辨色彩。

清谈对散文艺术的发展也有很大影响，一是因为许多谈士都是妙于文辞的文士，所作散文或预为清谈之用，或是清谈以后的整理稿，清谈艺术和散文艺术本有相通甚至相同处。二是清谈长时期成为士人的文化活动，必然会影响士人的审美心态、艺术趣味，会使他们自觉不自觉地把清谈的审美特征移植到散文中，将清谈的艺术技巧和表现形式用到散文创作中。

魏晋清谈是士人通过共谈析理，用以探讨有关人生、社会、自然的哲理的一种方式，又是一种带有社交性质的、精巧的智力活动。它是一种完美的艺术创作，只有立义、析理、语言、理致俱美方可达到最高境界。

清谈艺术对各类散文创作都有影响，受影响最深的是说理文，影响最大的有四点：

一是清谈辨析玄理，作形上之论，追求理之“至极”，崇尚拔新领异，带来说理文的重在义理探寻，立论玄远、深微而自然出拔，大大提升了理论高度。

二是清谈求“理中（析理切中要害，十分得当）”，重思辨，带来说理文的言必剀切、逻辑严密，语无旁溢。

三是清谈讲究“辞约而旨达”，重“简切”、“约美”之美，带来说理文的章法严密、语词峻洁，而无辞句缴绕、义不可通之弊。

四是清谈往反论难的对谈方式直接为说理文所用。汉代说理文有设论一体，魏晋说理文也有沿用这一体式作论的，但随着清谈的流行，设论形式即为往反论难所代替。

由于玄学的流行，清谈艺术的运用，魏晋说理文改变了汉初儒者说理“与纵横相依，逆取则饰游谈，顺守则主常论，游谈恣肆而无法程，常论宽缓而无攻守”的情形，变得“守己有度，伐人有序”（章炳麟《国故论衡·论式》）。“要约明畅”，“一洗辞赋纵横之习，章句烦冗之风”。（刘永济《十四朝文学要略》）

清谈对魏晋抒情文、叙事文的影响，除给部分叙事文提供内容、题材外，主要是以其艺术精神（包括审美标准）影响到两类散文文风和表现形式的变化，这种变化集中反映在小品文的写作中。散文小品，古已有之。先秦散文，多是混沌一片，由若干小品连缀而成，汉代已有独立成篇的小品。若论小品文风、体式的趋于稳定，似从魏晋开始。小品突出的审美特征是“短而隽异”，或谓“幅短而神遥，墨希而旨永”（唐显悦《文娱序》）。“芽甲一新，精彩八面，有法外法、味外味、韵外韵。”（陈继儒《文娱序》）读魏晋诗序、诗集序、赋序、颂文、传记、祭文以及书笺、杂帖和以《世说新语》为代表的小品文集，就会看出作者们是如何追求小品”短而隽异“的审美境界的。这种追求，与玄学审美观的流行不无关系。而清谈讲究“言约而旨远”，要求应对机敏、睿智，语含佳致妙趣而“要言不烦”，似对小品写作启发尤多。

第三节　文学发展中的自觉倾向

中国古代文学发展中的自觉倾向，早在汉代就有了。汉人将精于学术（主要指儒学）者称为“文学之士”，将工于辞赋和杂体散文、著述散文（包括子书、史书）写作者称为“文章之士”，已显出把文学（汉人讲的“文章”）和学术区别开来，并承认其独立地位的趋向。汉代辞赋、散文创作繁荣。从贾谊到祢衡，从枚乘到赵壹，从司马相如到张衡，两汉赋家始终未停止过对辞赋题材、功用、风格和表现艺术的探索。散文繁荣的一个突出表现，是独立之文（自具首尾、独立成篇者）的大量出现和众多新文体的产生。而诸多文体特征的形成和体制的定型，正是许多作者不断尝试、规范的结果。和文学创作极富创新意义一致，两汉文学批评也极具开拓性。不但在总结先秦文学发展经验的基础上，就文学发展外部规律、内部规律相关问题建立了完整的理论体系，而且针对当时的文学状况提出了许多新的观点，如司马相如的“赋家之心”说、刘安的形神关系论以及王充的“真美”观，皆是如此。又从刘向、刘歆、扬雄到班固、蔡邕，都曾有过文体特征的论述，这也是汉代文学发展自觉倾向的显现。应当指出，汉代文学的自觉倾向，主要是在儒家思想占主导地位的文化背景下出现的，故儒家文学思想的系统化成了这一自觉倾向的重要标志。

魏、晋、南北朝文学发展的自觉倾向，是对汉代文学自觉倾向的承续和发展。由于社会的变化、新思想的兴起、士人心态的转变和文学自身的演进，这一自觉倾向的表征和内在精神显然与汉代不尽相同。

大约在建安时期，文士们已有了异乎汉儒的文学价值观和因之而生的创作热情。曹丕说：“盖文章，经国之大业，不朽之盛事。年寿有时而尽，荣乐止乎其身，二者必至之常期，未若文章之无穷。是以古之作者，寄身于翰墨，见意于篇籍，不假良史之辞，不托飞驰之势，而声名自传于后……而人多不强力，贫贱则慑于饥寒，富贵则流于逸乐，遂营目前之务，而遗千载之功。”（《典论・论文》）从《论文》论及诗赋、章表书记、持论之作、《易》、《礼》和《中论》等，可见曹丕讲的“文章”仍是汉人所有的包括诗、赋和单篇散文、著述散文在内的杂文学观念。但他把文学创作的意义提升到和经国治邦、立功、立德相比的高度，却非汉人所曾言。当然，在他心目中，经国治邦、立功立德仍是人生最有价值的事业，所谓“生有七尺之形，死惟一棺之土，惟立德扬名，可以不朽，其次莫如著篇籍”（曹丕《与王朗书》）。曹丕说文学创作可以使作者不朽，而且不朽的意义可与经国治邦、立功立德者同论，有两点值得注意：一是他已将“文章”之作和“经国”、“不朽”之事区别开来，并未将二者混为一团或视其为“经国”、“不朽”之事的一种具体行为；二是认为“文章”之作或“文章”自有其不朽的功用价值。而这两点都反映出他赋予文学独立地位的价值观，正是基于此，他才为“贫贱”者、“富贵”者（非从事“经国”、“不朽”之事者）不珍惜光阴、努力从事著述活动而慨叹。

建安文士大多有曹丕这种观念。即如曹植，虽然说过“辞赋小道”（《与杨德祖书》），但他是拿作辞赋和经国治邦作比较，是拿辞赋和撰写著述散文“成一家之言”作比较。前者反映出他与曹丕相同的以经国、立德之事为最具人生价值的看法，后者则是在文学范围内就何种文章最能“揄扬大义，彰示来世”作比较，不能因此就说他否认文学的独立地位和不朽价值。杨修不赞成曹植轻视辞赋，也只是反映出他文学独立价值观念的坚定。事实上，曹植慨叹“文章之难，非独今也”（《与吴季重书》），“常好人讥弹其文，有不善者，应时改定”（《与杨德祖书》），就包括辞赋创作在内，他的不厌修改、力求其美，正是在追求文学的不朽价值。

可以说，魏晋南北朝文学的繁荣与文士们对文学独立地位和不朽价值的体认不无关系。不但像建安前期“仲宣独步于汉南，孔璋鹰扬于河朔，伟长擅名于青土，公幹振藻于海隅，德琏发迹于大魏，足下（指杨修）高视于上京。当此之时，人自谓握灵蛇之珠，家家自谓抱荆山之玉”（曹植《与杨德祖书》），而且像后期包括三曹在内的邺下文士创作的“彬彬之盛”以及太康年间潘、陆等人出入诗坛文苑，以极大的热情探求诗文的形式美，原因之一，就是有一独特的文学价值观在起作用。南朝历代君王热心提倡文学和从事文学创作，除以此克服其潜意识中庶族出身特有的文化自卑心理（用罗宗强先生的说法）外，还在于他们对文学的地位和作用有更独特的理解，即认为文学的最大功能，是能满足人们感情生活的需要，换言之，他们热爱文学，是欣赏它的当下娱乐性，而不是追求其能以文传名的不朽性。较之魏、晋文士用诗写心中所感，用文写心中所明，内容所及，可以写建功立业之心、哀世悯民之念、罹难忧生之嗟、辛劳悲苦之叹，也可以述酣宴、纪行乐，南朝君王的理解就狭隘得多。但有一点是共同的，即他们都认识到文学自有其区别于政教、学术的独立地位，自有其抒写心志、吟咏情性的功能。这种文学价值观的流行，既是文学自觉的表现，也是促成文学自觉的动因。

魏、晋、南北朝文学发展的自觉倾向，在很大程度上是通过创作显现出来的。其创作最可注意的则有两点：

一是在创造中对文学题材、内容作多方面的尝试和选择。就诗而言，建安前期诗人作诗闵时悼乱，抽心述志，或写社会惨象，或述靖难愿望，或言羁戍之苦，或抒失意之悲。后期文士聚于邺下，除以政治、军旅生活入诗外，更多的是以诗述恩荣，叙酣宴，纪游乐。拿这些诗和汉乐府、古诗十九首作比较，内容显然丰富得多。又如正始诗人阮籍咏怀，嵇康以玄学人生境界入诗。西晋诗人傅玄用诗写妇女问题，张华作情诗，潘岳作悼亡诗，左思作咏史诗，郭璞作游仙诗。东晋流行玄言诗，陶渊明作田园诗，谢灵运作山水诗，鲍照作边塞诗，梁、陈流行宫体诗。从文学史发展的角度看，这些都应是诗人们在开拓诗歌题材方面所作的尝试和选择。

赋作亦然。赋家除以传统题材为赋（如潘岳以述行为题材，效班彪《北征赋》为《西征赋》，左思"思摹《二京》而赋《三都》"）外，尤爱以日常生活中细小新奇之物为赋。徐公持先生即谓邺下文士"大量以动物、植物，以及珍饰、玩物为写作题材……动物如鹦鹉、鹤、莺、雁、雀、龟、蝉、蝙蝠等，植物如柳、槐、芙蓉、橘、瓜等，珍饰玩物如玛瑙勒、车渠碗、迷迭香、圆扇、围棋、弹棋、投壶等，还有气候如大暑、霖雨、霁等，皆可成赋，而且众人共作，彼此唱和，蔚成风气"（《魏晋文学史》第一章第一节）。这种众人同咏一物的风气，西晋犹存。由于西京从帝王到臣下都看重博物知识，晋人所咏之物更多。除上述题材外，还以行船用的风向器（即"相风"）为赋，以中土尚未大量种植的水果（如安石榴、葡萄等）为赋，以生性特异的生物为赋（如潘尼作《朝菌赋》），以新出的面食为赋（如束皙作《饼赋》），左思甚至写了《白发赋》。咏物赋题材广泛，正说明赋家尝试用新题材作赋的兴趣很高。抒情赋创作，如曹植作《洛神赋》、向秀作《思旧赋》、陶渊明作《闲情赋》，以至庾信作《哀江南赋》、《伤心赋》，也显出题材多样化的特点。至于成公绥作《天地赋》、陆机作《文赋》、孙绰作《游天台山赋》、鲍照作《芜城赋》，更是赋家尝试用新题材（涉及义理、玄学观念）作赋的大胆探索。

和诗、赋一样，魏、晋、南北朝散文题义甚宽，内容极博。单篇散文固然写得最多的是玄学论题、人生况味和山水题材，著述散文也偏于记述史事（如《三国志》、《后汉书》）、名士风流（如《世说新语》）、历史文化（如《洛阳伽蓝记》）或考辨学术（如《水经注》）、训诫子孙（如《颜氏家训》）。从魏、晋、南北朝文士对诗、赋、文题材的选择、尝试，可以看出一种倾向，即在重视军国大事、忧世恤民等传统题材的同时，所选题材、内容，越来越细小、平凡，越来越生活化、人性化，越来越贴近"自我"。而文学说到底是人学，这样的尝试和选择，应是文士们试图把握文学特质所作的努力。

二是在创作中不断探索艺术形式、修辞策略和表现技巧。当然，这种探索主要是在继承前人文学创作经验的基础上进行的。比如汉乐府写实性强，多通过叙事以抒情、寄慨，曹操等建安诗人便用乐府旧题写时事、言心事，直书其慷慨悲凉的情怀。在写作中，并不受原题、原题材模式的束缚，仅取原题的情调来反映现实生活。像曹操的《薤露行》、《蒿里行》写汉末社会惨象，而原题却是哀悼死者的挽歌。又在抒情、叙事中，直接取用《诗经》或前人诗句以道其意，也是曹操等建安诗人对先秦赋诗言志传统做法的灵活运用。建安诗人对诗歌形式的探索，最突出的表现是五言诗创作高潮的出现。西汉已有五言歌谣，东汉后期已有文人创作的艺术上非常成熟的五言诗(如古诗十九首)。但时人仍以四言诗为正体，视五言诗为别调，虽偶尔作五言诗，终以其源自闾巷歌谣、难登大雅之堂而小觑之。建安以降，情况大变。诗人们一方面继续以四言为诗，同时又以极大的热情以至逞才炫智竞相从事五言诗的创作。使得五言诗成为魏、晋、南北朝最为流行、艺术成就最高的诗歌形式。与此同时，像曹丕、鲍照等人还对七言诗、三言诗、杂言诗等诗歌形式的运用作过有益的探索。

至于对诗、赋修辞策略的探索，其荦荦大者则表现为作者们热心于拟代诗、赋和赠答诗的创作(具体而微者则因作者艺术趣味不同而构思各异)。所谓“拟代”，指的是诗、赋创作中的拟作、代言方式。这种方式肇始于汉代，魏、晋、南朝作者大写其拟代诗、赋(为代言赋者，如曹丕自作并命王粲同作《寡妇赋》；又自作《莺赋》，曹植作《愍志赋》，潘岳作《寡妇赋》等；为拟作诗者，如陆机作《拟古》，陶渊明作《拟古》，谢灵运作《拟邺中集诗》，鲍照作《拟行路难》。既为拟作，又为代言的则有鲍照的《代蒿里行》、《代陈思王〈白马篇〉》等)，实因拟作、代言为他们抒情言志提供了一种有效途径。赠答诗也是汉已有之，但建安诗人以诗赠答蔚然成风，远胜于汉。并且此后风气盛行，历魏、晋、南北朝而不衰，以至“赠答诗于建安之后成为文人创作的大宗”(梅家玲语)。对于拟代、赠答方式广为诗家、赋家所用的文学史意义，或如论者所言：前者“所见证的，正是在一个文的自觉与人的自觉逐步酝酿滋萌的时代中，文人如何藉由出入古今、折冲新旧，以图建树一己之主体性的努力”。后者“便也不仅为文学、文人自觉作出正面宣示，更幽微地吞吐着个人与群体、文学与社会政治间若即若离的张力”(梅家玲《〈汉魏六朝文学新论〉序》)。若就探索文学创作方式和修辞策略而言，拟代、赠答之作的大量出现，和受到时人(如《诗品》作者、《文选》编者)的肯定，说明此时文士十分重视用文学手段创造诗、赋之美。而这也是文学自觉的一种表现。

除讲究修辞策略、表现艺术外，此时文士对文学美的追求，还表现在文体形式美的构造上。这方面的典型例子，是永明体即新体诗的出现和骈文体制建构的高度成熟。

永明体是在齐武帝永明年间出现的一种新诗体，其体制建构的突出特点是对音韵的讲究，此外对句式、篇幅（一般为五言八句、四句）、偶对（词义、词性兼及音韵）、押韵（多押平声韵）也有大体一致的要求。史载永明体体制建构成于沈约、谢朓、王融、周颙等人，其实它是魏、晋以来众多诗人在创作中不断探索诗歌语言艺术和诗体形式美的产物。比如诗歌句式、篇幅，从魏、晋到南朝，五言诗的写作就有一种篇幅由大到小的转变迹象。元嘉前期，颜、谢五言诗固然以长篇为主，却也有了五言四句或八句之作。后期鲍照、汤惠休等人学南朝民歌，写了不少五言四句诗。此后宋、齐诗人作五言小诗者愈来愈多。又如诗句的偶对，曹植、陆机等早已发现对句建构诗体形式美的作用，造句有意求对。颜、谢诗中更是对句络绎，颜延之甚至大量尝试用典故构成对句，他对诗体形式美的追求有如陆机。永明体诗中对偶艺术类别、方式的多种多样，正是魏、晋以来诗人们不断探索对偶艺术的结果。再如将声律说引进诗歌体制建构，制定诗中字句声调搭配的规则，在诗歌形式已具备句式整齐美、节奏匀称美的基础上，再赋予声调的和谐美，是在永明年间实现的，但沈约提出“欲使宫羽相变，低昂互节，若前有浮声，则后须切响。一简之内，音韵尽殊，两句之中，轻重悉异”，不能说就未受到曹植等人诗句“正以音律调韵，取高前式”，“高言妙句，音韵天成，皆闇与理合”（沈约《宋书·谢灵运传论》）的启发。所以说，从永明体的形成，可以看出魏、晋以来几代诗人对诗体形式美的不懈追求。

骈文是一种以双句（偶句）为主，讲究对仗、声调、词藻、隶事用典，着重铺陈描绘的文体。它也是魏、晋以来几代文士探求文学形式美的产物。本来，汉末散文就有崇尚句式整齐的特点，建安散文骈化现象日渐突出，但词义属对较少，字数相当居多。西晋作者多有意在散文形式上争奇斗胜，用语词藻华美。文中不单排偶成分增加，且追求词义属对工整，发展到从典籍中取用材料构成对句，借典故完以成词义的对称。刘宋时期用典达到繁密程度，所谓“大明、泰始中，文章殆同书抄”（钟嵘《诗品序》）。齐、梁之际，声律说兴起，文士们又将它用到骈文体制建构中，对一句、一联之内和联与联之间字词平仄声调的变化提出规范化要求（偶对也要顾及声韵的属对），以创造语词声韵节奏、旋律的和谐美。从永明体、骈文体制逐渐定型的过程不难看出，魏、晋、南北朝文士对文学形式美的追求，并非个别作家的偶然行为，而是历代众多文士不间断的有意而为。这种文学自觉的群体性、普遍性和连续性，自会带来文学发展的新气象。

三是对文学本质、创作规律和文体审美特征等理论问题的探讨。曹丕文气说的提出，标志着魏、晋文士对文学特点的认识，已由前人偏于对文学与外部事物关系的研究，转向对文学自身本质属性的探讨。曹丕讲“文以气为主”(《典论·论文》)，最重要的意义，是将文学和作为个体的人紧密联系在一起，已触及人的气质、性情如何决定文学精神、风格、审美特征的问题以及文学与“人学”关系的问题。不但为诗歌吟咏情性、以情为主的本质属性作了更高的理论概括，而且为散文的自明其道和气盛言宜提供了理论依据。继曹丕之后，特别是进入南朝以后，人们对文学诸多问题的探讨越来越深入，提出了“物感”说、“滋味”说等，其中与探讨文学本质属性密切相关的是文笔说。南朝文士大多意识到文与笔、诗与笔的区别，但对何谓文、何谓笔，理解并不统一。有的以文句是否用韵区分，有韵者为文，无韵者为笔；有的以文体分，以诗为文，以诏、策、檄、移、章、奏、书、启(甚至包括经、传)为笔；有的以文学特质区分，如萧绎谓文“惟须绮縠纷披(指辞采华美)，宫徵靡曼(指声调抑扬、声韵和谐)，唇吻遒会、情灵摇荡(指其文采美、声韵美、情韵美使人吟咏时抑扬顿挫，情动神摇)”(《金楼子·立言篇》)，无之则谓笔。这种区分标准的不同，说明文学创作对文学本质属性的探索越来越深入，但还未达到纯文学得以独立的程度。如论者所说：“在这些不同的认识中，出现了一种十分可注意的观点，即萧绎以文学特征范围‘文’的观念这样一种观点。这种观点的价值……透露出了一个十分重要的讯息，即出现了一种虽朦胧、但意向明确的要划分出纯文学来的想法。而这种想法，其实正是文学独立成科发展至此需要在理论上加以表述的一种要求，一种对于‘文学’的正名。”(罗宗强《魏晋南北朝文学思想史》第九章第一节)

魏、晋、南北朝文士对文学创作内部规律的探讨，不但涉及问题多，而且讨论相当深入。比如陆机作《文赋》，论及诗文构思的一般规律，谓“其始也，皆收视反听，耽思旁讯，精骛八极，心游万仞。其致也，情曈昽而弥鲜，物昭晰而互进。倾群言之沥言，漱六艺之芳润，浮天渊以安流，濯下泉而潜浸。于是沈辞怫悦，若游鱼衔钩而出重渊之深；浮藻联翩，若翰鸟缨缴而坠层云之峻。收百世之阙文，采千载之遗韵，谢朝华于已披，启夕秀于未振，观古今于须臾，抚四海于一瞬”。就说到文士进入构思之初要“收视反听”，即抛开一切杂念，求得心灵虚静，以便专心致志深思广求，充分调动感情驰骋想像。到了酝酿成熟时，所要表达的情思便由朦胧而鲜明，包含情思的意象在心中交互显现，同时精心锻造（富有创意）的言词也不断出现。陆机描述构思过程，除言及情感的作用、想像的作用，还说到有无灵感所出现的情况，表明他十分看重灵感在构思中的作用。陆机所说的构思特点，实已涉及文学创作如何运用形象思维的问题。他能如此重视文学创作的艺术规律，并有如此深入、细致的描述，表明魏、晋以来，随着文学独立意识的增强，文士们越来越关注文学创作特有的规律，由于创作经验的不断积累，人们的认识已到了可以从理论上加以归纳的境地。

从理论上对文学创作规律作深入探讨、总结而具有划时代意义的，是刘勰《文心雕龙》的问世。它是一部文章学的理论专著，内容博大精深。其中对文学创作规律的归纳，显然是对魏、晋以来几代人创作经验及有关理论探索所作的总结。既有继承，又有创新。同是说构思中想像、灵感的活动特点，陆机是知其“来不可遏，去不可止”，却“未识乎开塞之所由”（《文赋》）。刘勰则一方面同陆机一样，说到神思活动的超时空、通古今的特点，所谓“文之思也，其神远矣。故……思接千载……视通万里”；说到感情在构思中的作用，所谓“登山则情满于山，观海则意溢于海”。另一方面，他又说到“神思方运，万途竞萌”，中有“志气统其关键”，将“志气（志向、性情）”作为控制想像活动、灵感来去的关键。同时还将立意纳入构思过程，说“意授于思，言授于意”（《文心雕龙·神思》），不但认为立意是在想像、灵感活动中完成的，还认为想像勃发，灵感顿生会激发言辞随意而出。此外，他还说到文章构思“迟速”与作者天赋、学识的关系。诸多论述，较之陆机所言更深更细，也更合理。它们是刘勰的看法，同时也是陆机以后历代文士自觉探讨文学创作规律的理论结晶。

魏、晋、南北朝文学发展的自觉倾向，还显现在文体分类和对文体特征的研究上。古代许多文体的萌生和成熟，是在两汉时期。汉代文士已进行过文体分类和规范文体特征的工作，但魏、晋、南北朝文士的继而为之，做得更自觉，更细致，所论也更具理论色彩。比如魏、晋时期讨论赋体特征的，就有曹丕、曹植、左思、成公绥、挚虞、陆机等人，他们有的从风格入手，有的从功用入手，有的从语词的审美要求入手，有的从所写事物是否真实的角度入手，对赋体特征作出种种规范，其赋体观念较之汉人有明显变化。又如曹丕说文体特征，涉及八种文体，陆机论及十种，刘勰则论及八十一种，而论述越来越深入、细致。曹丕是两体合论，以一字概括其文体特征，所谓“奏、议宜雅，书、论宜理，铭、诔尚实，诗、赋欲丽”（《典论·论文》）。陆机则一体一论，所谓“诗缘情而绮靡，赋体物而浏亮……奏平彻以闲雅，说炜晔而谲狂”（《文赋》）。刘勰《文心雕龙》更以全书五分之二的篇幅作文体论，且作论皆从该文体由来说起，结合创作史上作家，作品，论述文体特征及其演变过程。后世文人作文、衡文明确主张“文章以体制为先”（宋·倪思语），“文莫先于辨体”（明·陈洪谟语），而刘勰早已提出“才量（应作‘童’）学文，宜正体制”（《文心雕龙·附会》），且以文体论为创作论、批评论之基础，又纳创作论、批评论于其中，可见在南朝，优秀的文论家已认识到文体分类、把握文体特征对促进文学创作和文学批评的重要意义。由此也可看出，魏、晋、南北朝文士自觉探索文学自身发展规律，到了何等深入的程度。这种自觉而又卓有成效的探索，不但有益于这一历史时期文学的发展，而且为后世文学繁荣和文学理论建设提供了必要的条件。

第四节　魏晋南北朝文学发展概况

魏、晋、南北朝是一个文采风流、文学繁荣的时代，举凡诗、赋、散文、骈文、小说、民歌创作和文学批评，都得到了长足的发展。现依次略道其盛。

一、诗歌创作

魏、晋、南北朝的诗歌创作，数建安诗歌成就最高。建安诗人大都经历汉末动乱，有忧生、忧世之心，既有志于统一天下，救民于水火，干一番事业，又深感世路艰难，进退维谷。故其诗言志抒怀，慷慨悲凉，形成具有时代特色的艺术风格，即建安风骨。著名诗人有“三曹（操、丕、植）”、“七子（孔融、陈琳、王粲、刘桢、徐幹、阮瑀、应玚）”以及蔡琰等。其中，曹操爱用乐府旧题写时事、道心事，四言诗写得最多（也写五言诗）。其他诗人都热心五言诗的创作（也写四言诗），出语皆“慷慨以任气，磊落以使才。造怀指事，不求纤密之巧；驱辞逐貌，唯取昭晰之能”（刘勰《文心雕龙·明诗》）。众人之中，若论诗才之高、诗作骨气之奇、词采之美，自以曹植为翘楚。

正始年间，玄风流行，司马氏篡权活动加剧，士人倡言越名教而任自然，实则战战兢兢，隐忧极深。嵇康是继曹操之后魏、晋时期最优秀的四言诗作者，嵇诗写其玄学志趣、悲愤意绪，明朗峻切。阮籍的《咏怀诗》（今存82首），全是五言抒情诗，半数涉及忧生内容。阮籍身处乱世，感愤甚多而为人“至慎”，故其诗风含蓄以至“难以情测”。就真实表现人生感受而颇具风骨之美而言，正始诗歌实与建安诗歌一脉相承。

西晋五言诗创作进一步发展，突出倾向是诗人们对表现形式和艺术技巧的重视。从晋初傅玄、张华开始，晋诗就有“稍人轻绮”的迹象，太康年间“三张(载、协、亢)”、“二陆(机、云)”、“两潘(岳、尼)”、“一左(思)”活跃于诗坛，其主流诗风表现为“结藻清英、流韵绮靡”(刘勰《文心雕龙·时序》)代表者为陆机、潘岳。陆机等人“才高词赡”(钟嵘《诗品》)，为诗“或析文以为妙，或流靡以自妍”(刘勰《文心雕龙·明诗》)，所作“举体华美”(钟嵘《诗品》)，使得太康诗歌“采缛于正始，力柔于建安”(刘勰《文心雕龙·明诗》)。唯左思《咏史》八首，表达庶族地主阶层知识分子对把持仕途的世家大族的愤怒和抗议，实可视为太康诗坛的最强音。永嘉年间，刘琨用诗表达一位报国志士生当衰世欲有所为而不能为的悲愤心情，叙丧乱而多感恨，善为凄戾之辞；郭璞《游仙诗》借游仙题材写现实感受，“坎壈咏怀”(钟嵘《诗品》)，挺拔俊秀。两家所作，不但与主流诗风有别，而且迥异于玄言诗。

玄言诗出现在魏、晋之际，西晋末年盛极一时，一直延续到东晋、刘宋时期。如钟嵘所说：“永嘉时，贵黄老，稍尚虚谈。于时篇什，理过其辞，淡乎寡味。爰及江表，微波尚传，孙绰、许询、桓、庾诸公诗，皆平典似《道德论》，建安风力尽矣。”(《诗品序》)东晋诗人爱以玄理入诗，表现出对探讨人生哲理的浓厚兴趣，但玄言诗既变诗以情为主成诗以理为主，对诗歌艺术发展的负面影响自然远大于其存在的正面意义。东晋玄言诗人甚多，如孙绰、许询皆是。陶渊明生于东晋末年，其处世态度、人生境界、审美趣味均与时人不同。他是中国第一个大量写作田园诗的诗人，其诗“冲澹深粹，出于自然”(安盘《颐山诗话》)，既不同于建安诗歌的慷慨悲凉，也不同于正始诗歌的“文多隐蔽”，更不同于太康诗歌的绮丽流靡和玄言诗的谈乎寡味，为诗美创造开辟了一种新境界。

刘宋元嘉诗歌创作的突出特点，是由诗以理为主回到诗以情为主。元嘉诗坛前后活跃着两大诗人群体，一是以由晋入宋的谢灵运、颜延之为核心，包括众多谢氏成员的诗人群体，二是以临川王刘义庆为核心的诗人群体。论创作成就最高、影响最大，前者当推谢灵运，后者应是鲍照。

从诗歌发展史的角度看，谢灵运的山水诗实是玄言诗蜕变的产物。本来，玄言诗中有一类作品就是写文士以玄对山水所体认的哲理，中间含有少量山水诗句，只是通篇以说理为主。谢灵运则在诗中将东晋士人特有的山水审美意趣和他发现的山水形貌之美、置身山水的愉悦之感、观照山水的理性认识混合在一起，因而诗中摹写山水的句子大增，仅在篇末拖有一条玄言的尾巴。虽然到谢朓出来，山水诗才彻底摆脱玄言诗的影响，但谢灵运作为晋、宋诗歌由质木无文转为声色大开的关键人物，对山水诗派的形成是有重大贡献的。

鲍照擅长用拟、代手法作诗，其拟古诗或拟、代乐府诗多是直抒胸臆，表达他强烈的人生感受。诗中情绪激昂、高亢，情感外露，往往迸然爆发，一泻千里。又“发唱惊挺”，出语节奏急速，善于用奇特的想像、生动的比喻和极富表现力的言词创造诗的意境。鲍照作诗，不单有意开拓诗的题材，还在诗体形式创新方面作过多种尝试。

江淹是宋末齐初的重要诗人，他传播最广的多是即事命名的仕途失意之作，表现形式特别的却是拟古诗。其拟古诗以《效阮公诗十五首》和《杂体诗三十首》最为著名。前者模仿阮籍《咏怀诗》，针对宋末刘景素的政治密谋而“略明性命之理，因以为讽”(江淹《自序传》)。后者选取自汉至宋三十家作品(一家一首)为模仿对象，借对他人诗歌立意和艺术风格的揣摩、学习以表达自己的人生感受。

齐武帝永明初年，竟陵王萧子良为司徒，开西邸，文士沈约、谢朓、王融、萧琛、范云、任昉、陆倕、萧衍出入西邸，号称竟陵八友。“八友”皆能诗，诗名显著者有谢朓、沈约、范云、王融等。齐代诗歌发展的重大事件，自是沈约等人将声律说引进诗歌体制建设中，形成一种新诗体即永明体。沈约是永明体的创始人之一，但作永明体诗成就最高的是谢朓。其诗清新明丽，情韵悠扬，受到南朝乐府民歌影响，在声律体制上已具备唐人五绝、五律的雏形。除永明体外，谢朓的古体诗也很有特色，它们善于托物写景以抒情，工于发端，写景“撰造精丽，风华映人”(王世贞《艺苑卮言》卷四)，其山水诗亦受谢灵运影响。二谢长诗谋篇布局相似，描写山水生动形象相似，诗中佳句络绎相似，不同者在于谢朓以清丽居宗，出语情景交融，韵味悠扬，既有佳句又成完篇，彻底去掉了玄言诗的尾巴。沈约论诗重声律、主平易，所作新体诗“长于清怨”(钟嵘《诗品》)，以叙写友情、恋情和山水风光者为佳。范云诗歌意浅骨弱，以学习南朝民歌所写的爱情诗最有特色。

从齐末到梁、陈，流行三种文学思想，一是“主质朴、重功利的文学思想”，二是“尚自然、主风力的诗歌思想”，三是“重娱乐、尚轻艳的文学思潮”(罗宗强语)。就诗歌创作而言，一以裴子野、刘子遴、刘显为代表，三人存诗极少，所存之诗皆直抒胸臆，质朴无华。二以吴均、何逊、阴铿为代表，其诗多写羁旅之愁、离别之情、乡思之苦，常有清美、疏淡或真实、细腻的景物描写。三以萧纲、萧绎兄弟，徐摛、徐陵父子，庾肩吾、庾信父子以及陈叔宝等人为代表，作品则以宫体诗为主。

北朝诗歌的发展，深受南朝诗风的影响。北朝诗人由本土诗人和由南朝进入北朝的诗人组成。前者著名的有北魏的温子昇和北齐的邢劭和魏收，三人都潜心学习齐、梁诗格；后者则有萧综、庾信、王褒等人。其中，庾信在梁本为扇扬宫体诗风的年轻诗人，出使西魏，因梁亡而久不得归，虽连仕西魏、北周，虽位望通显，却胸怀故国之思和仕魏之耻，故暮年诗风大变，苍凉、沉郁，老成之至。

二、辞赋创作

魏、晋、南北朝辞赋创作的突出特点，是抒情性的加强。赋体的诗化使得抒情小赋大量出现，赋体的骈化使得大小辞赋骋词华美、典雅。此时的诗人大多是赋家，抒情性强的名家名作很多。如王粲《登楼赋》、曹丕《寡妇赋》、曹植《洛神赋》、向秀《思旧赋》、潘岳《怀旧赋》、陶渊明《闲情赋》、鲍照《芜城赋》、江淹《恨赋》与《别赋》、庾信《小园赋》与《哀江南赋》，皆是。此时赋家也爱作咏物赋，一种情况是托咏物以抒怀，如祢衡《鹦鹉赋》、张华《鹪鹩赋》、谢惠连《雪赋》、谢庄《月赋》、左思《白发赋》，皆是；另一种情况是以体物为主，表达赋家博物好异的生活情趣，如陈琳《迷迭赋》、王粲《玛瑙勒赋》、徐幹《车渠碗赋》、傅咸《烛赋》、束皙《饼赋》等。除抒情、咏物以外，赋家还用赋“分赋物理，敷演无方”，如成公绥作《天地赋》；用赋陈说作文之道，如陆机作《文赋》；用赋写对“玄圣”、“灵仙”的向往之心，如孙绰作《游天台山赋》。又如木华作《海赋》，题材虽旧，意蕴却新，而描写细密，文辞俊丽。左思作《三都赋》，看似效法两汉京都大赋，实在立意以明其志与体物宜本其实两方面都对汉大赋的传统写法有大的突破。

三、散文创作

建安散文的发展有两种趋势，一是曹操乘汉末文风新变之势，将文风由通脱引向清峻，终以行文随意任性、简约严明、朴质明朗而使散文艺术、风貌焕然一新。但他对建安文风的影响，最重要的是在出言通脱方面，至于文辞简约、朴质，却少有嗣响。二是孔融乘汉末文风新变之势，将文风由通脱引向华靡，终以气势雄迈、文辞典丽而为建安诸多文士所重。经曹丕、曹植等人承传，孔文所有的气扬采飞成了建安中后期散文的突出特色。

魏代散文以赡丽为美，亦承孔文逞性作论、词尚华靡之风而来。而潘岳的摛藻清艳和陆机的缀辞繁缛，能成为西晋太康散文艺术发展的主导倾向，更与孔融文风在建安、魏、晋时期绵延不绝和得到长足发展不无关系。魏、晋、南朝散文发展的另一突出现象，是玄理论文和深受玄学审美观念影响的散文小品的大量出现。名家有阮籍、嵇康、王羲之、陶渊明等，所作散文的艺术精神、艺术风格，皆与汉代新儒家散文大异。就题材而分，东晋的地记山水散文，刘宋范晔《后汉书》中的序、论，南朝的诫子弟书，在艺术上都有独到之处。

北朝作者为文尚实用，单篇散文多文风朴质，用字平易、朴拙，作家有崔浩、高允、高闾、元宏、李冲、李彪等人。北齐无名氏所作《为阎姬与宇文护书》，当“为北朝第一篇文字”(钱基博语)。著述散文则有郦道元的《水经注》、杨衒之的《洛阳伽蓝记》和颜之推的《颜氏家训》。

四、骈文创作

骈文体制的健全是在齐代，骈文创作的兴盛期是在齐、梁时期。此前不少散文仅有部分骈体特征(如对句较多)，并不能称作严格意义上的骈文。南朝辞赋多为骈文，如前言《芜城赋》、《别赋》、《雪赋》以及《哀江南赋》等，皆是。又应用文(包括上行文字、下行文字)亦多骈体，名家有任昉等。以骈体为书信者更多，如鲍照《登大雷岸与妹书》、江淹《诣建平王书》和丘迟《与陈伯之书》，以及吴均、陶宏景等人的书作，皆是。此外，南朝还有一类具有游戏性质的诙谐文字，也是用骈体写的，如宋代袁淑有《鸡九锡文》、《驴山公九锡文》等、乔道元有《与天公笺》，齐代孔稚圭有《北山移文》，梁代王琳有《鉅表》、沈约有《修竹弹甘蔗文》、吴均有《檄江神责周穆王璧》。至于用骈体作论的专著，则有刘勰的《文心雕龙》；用骈体作论的哲理论文，名篇则有范缜的《神灭论》。受南朝文风影响，北朝应用文亦多为骈体，名篇有温子昇的《韩陵山寺碑》。除温氏外，本土作家中的骈文高手尚有邢劭、魏收等人，由南入北的骈文大家则有庾信。

五、小说创作

魏、晋时期社会动荡不安，统治者希求长生，信道信佛；人民在现实中找不到出路，把希望寄托在幻想上，因而产生了不少鬼怪神仙传说。加上受中国固有的神话传说的影响，魏晋志怪小说兴盛。干宝的《搜神记》是这时期志怪小说的代表。南朝志怪小说，则有刘义庆主编的《幽明录》、刘敬叔的《异苑》以及托名陶潜的《搜神后记》等。魏、晋以来，朝野侈谈玄理、品评人物风气很盛，许多有关人物的轶事、传闻在社会上流传，促进了志人小说的发展。南朝志人小说的代表作是刘义庆主编的《世说新语》。魏、晋、南朝小说虽是粗陈梗概的丛残小语，但它们代表着我国小说发展的一个重要阶段，对后来小说的发展影响很大。

六、民歌创作

南北朝民歌艺术性和思想性都很突出。北朝民歌内容十分丰富，北方各族人民各方面的生活情形在民歌中都有反映，其中就有《木兰诗》那样歌颂女英雄的赞歌和《敕勒川》那样气势雄浑、再现草原壮美风光的写景诗。南朝民歌分为吴声歌、神弦歌、西曲歌三类，主要产生在水路交通发达、商业经济繁荣的建业、荆州、襄阳一带。内容多是表现城市生活，而以爱情为主。相比较而言，北朝民歌粗犷刚健，南朝民歌清丽宛转，它们对本时期以及唐代诗歌创作都曾产生过有益的影响。

七、文学批评

魏、晋、南北朝文学批评成就很高。建安时代的曹丕写有《典论·论文》，他在文章中充分肯定文学的独立价值，通过评论多个作家和多种文体，探讨作家性格特点和创作风格的关系。太康时代的陆机写有《文赋》，作者根据自己的创作体会，阐述了文章写作中构思、结构、布局、剪裁、修辞以及用字等方面的特点。还论述了作品内容和形式的关系问题，作品风格和作家个性、文学体裁的关系问题，以及文学创作中作家情感的作用和形象思维、创作灵感等问题。齐、梁时期的钟嵘写有《诗品》，专门评论五言诗。他通过品评一百多位诗人和分析他们与前代诗人之间的源流关系，来厘清五言诗的发展线索，提出自己的诗歌主张。在诗歌批评史上有其独到之处。齐、梁时期的刘勰写有《文心雕龙》，其书共分五十篇，内容十分丰富、深刻。此外，晋代挚虞的《文章流别志论》、李充的《翰林论》、葛洪的《抱朴子》以及梁代裴子野的《雕虫论》、萧统的《〈文选〉序》，都是这个时期珍贵的文学批评资料。

总之，魏、晋、南北朝文学创作十分繁荣，文学批评非常活跃。文士们的多种探索和各种努力(包括成功的经验和失败的教训)，不仅造就了这一时期文学的辉煌，还为唐代文学高潮的出现准备了条件。

第二章 建安诗、赋

第一节 建安诗、赋和“建安风骨”

建安是东汉最后一个皇帝献帝刘协的年号，起自公元196年，止于220年。文学史上讲的建安文学，实际上指的是从建安初年到魏明帝太和七年(232)这一历史阶段的文学。由于特定的社会历史条件、文学自身的发展演变，以及曹操、曹丕、曹植、曹叡的倡导和影响，这个时期的文学，较之前代，呈现出崭新的面貌。刘勰《文心雕龙·时序》即云：“自献帝播迁，文学蓬转。建安之末，区宇方辑。魏武以相王之尊，雅爱诗章，文帝以副君之重，妙善辞赋，陈思以公子之豪，下笔琳琅，并体貌英逸，故俊才云蒸。仲宣委质于汉南，孔璋归命于河北，伟长从宦于青土，公幹徇质于海隅；德琏综其斐然之思，元瑜展其翩翩之乐；文蔚、休伯之俦，于叔、德祖之侣；傲雅觞豆之前，雍容衽席之上，洒笔以成酣歌，和墨以藉谈笑，观其时文，雅好慷慨，良由世积乱离，风衰俗怨，并志深而笔长，故梗概而多气也。”刘勰的话道出了建安文学特别是诗、赋创作空前活跃的盛况，指出了它们的特点及其形成的原因。

就诗歌而言，突出特点是五言诗的成熟和繁荣。五言诗最早产生于民间，到汉代已成为一种新的诗歌形式，大量存在于乐府中。五言乐府诗新鲜、活泼，深受贵族和一般文人的喜爱，但由于它来自民间，朴质通俗，又受到正统派文人的鄙视。因此，虽然在东汉末年出现了像古诗十九首那样优秀的五言诗，但终汉之世，写作五言诗的文人尚不多见。建安时期，这种情况大有改变，建安诗人除少数人写作四言诗、七言诗以外，大部分诗人都热衷于五言诗的创作。刘勰说：“暨建安之初，五言腾踊。文帝陈思，纵辔以骋节；王、徐、应、刘，望路而争驱(《文心雕龙·明诗》)。”钟嵘也说：“降及建安，曹公父子，笃好斯文；平原兄弟，郁为文栋；刘桢、王粲，为其羽翼。次有攀龙托凤、自致于属车者，盖将百计。彬彬之盛，大备于时矣！”(《〈诗品〉序》)除上面提到的诗人外，当时从事五言诗创作的还有蔡琰、祢衡、繁钦、杨修、吴质、路粹、丁仪、丁廙等人。在五言诗的创作热潮中，“人人自谓握灵蛇之珠，家家自谓抱荆山之玉”(曹植《与杨德祖书》)，各自努力，竞相驰骋，彻底打破了汉代四百年来文人诗歌创作的沉寂局面。

建安诗人身处社会动乱、国家分裂、民生凋敝之时，亲自经历和目睹种种社会灾难，一方面，他们既哀民生之多艰，又为个人的不幸遭遇悲愤不已；另一方面，出于忧世不治和功名观念，总想在乱世立功立德，有所作为。前者常使他们陷入悲天悯人和自悲自伤的情感漩涡，后者则不但会因客观条件的限制而使他们有志而事难成，还会因卷入某种社会矛盾而有生命之虞。因此，哀叹世积乱离、生灵涂炭和个人不幸，表现出建功立业的强烈愿望，倾诉壮志难酬的痛苦和发出忧生之嗟，便成为建安诗歌的主要内容，而慷慨、悲凉的复合，成了建安诗歌共同的感情基调。

建安诗歌纪述汉末社会动乱，可以称为诗史。说它们是“史”，是因为写实性强，真实、细致地描述了历史的本来面貌；说它们是“诗史”，是它们以抒情方式言及时事。像曹操《蒿里行》说“生民百遗一，念之断人肠”，曹植《送应氏》说“中野何萧条，千里无人烟。念我平生亲，气结不能言”，王粲《七哀》说“路有饥妇人，抱子弃草间……悟彼《下泉》人，喟然伤心肝”，哪一首不是悲缘事发或以哀哀之情叙说时事！更不要说像蔡琰《悲愤诗》那样，虽细说自己被董卓部属掳掠入胡事，仍“以哀痛为主”(吴闿生《古今诗范·〈悲愤诗〉注》)。

建安诗人大都有拯世救民、建功立名的人生理想。曹操“世忧不治”(《秋胡行》)，要使“天下归心”(《短歌行》)，曹植要“戮力上国，流惠下民，建永世之业，流金石之功”(《与杨德祖书》)。王粲希望曹操“克符周公业，奕世不可追”(《公宴诗》)，自己则愿跟随他努力奋斗，所谓“虽无铅刀用，庶几奋薄身”(《从军诗五首》其四)。陈琳更是疾呼，谓“建功不及时，钟鼎何所铭”(《游览二首》其二)。建安诗人功名心强，一则出于奋进的人生态度和个人主体精神的高扬，二则出于强烈的社会责任感和对国难民瘼的忧虑，自有其积极意义。但他们中间除极少数人极具政治才干或在政治上身居高位外，多数人并无理政治军的特长，也未曾但任军政要职或得到建功立业的机会。就是极具政治才干、身居高位如曹操者，也常有功业难竟的苦闷。因而建安诗人言志抒怀，虽写其对功名事业的向往之心，总带出不能自已的悲凉意绪。

建安诗人除用诗表达其忧世不治的情怀外，还时时在诗中发出忧生之嗟。他们的忧生并不是为衣食而愁，主要是为生命精神备受压抑而忧，为生命活力遭到遏制而忧，为生命价值难以实现而忧，当然也为人生艰难而忧，为生老病死而忧。但他们写到人生苦短，写到对不测之祸的忧惧，多与对事业难成的慨叹（如曹操）和对生命精神自由的向往（如曹植）联系在一起。引发建安诗人忧生之嗟的人生经历甚多，如曹操说："君子以弗忧，年之暮，奈何时过时来微？"（《精列》）曹植说："为君既不易，为臣良独难。忠信事不显，乃有见疑患……吾欲竟此曲，此曲悲且长。"（《怨歌行》）"人生处一世，去若朝露晞。年在桑榆间，影响不能追。自顾非金石，咄唶令心悲。"（《赠白马王彪》）陈琳说："高会时不娱，羁客难为心。殷怀从中发，悲感激清音。"（《游览二首》其一）"沉沦众庶间，与世无有殊。纡郁怀伤结，舒展有何由？"（《诗》）王粲说："风流云散，一别如雨。人生实难，愿其弗与……中心孔悼，涕泪涟洏。嗟尔君子，如何勿思？"（《赠蔡子笃》）"天姿既否戾，受性又不闲。邂逅见逼迫，俯仰不得言。"（《杂诗四首》其四）阮瑀说："临川多悲风，秋日苦清凉。客子易为戚，感此用哀伤。"（《杂诗二首》其一）"民生受天命，漂若河中尘。虽称万龄寿，孰能应此身？犹获婴凶祸，流落恒苦辛。"（《怨诗》）应玚说："朝云不归，夕结成阴。离群犹（独）宿，永思长吟。有鸟孤栖，哀鸣北林。嗟我怀矣，感物伤心。"（《报赵淑丽》）"行役怀旧土，悲思不能言。悠悠涉千里，未知何时旋。"（《别诗二首》其一）刘桢说："兼烛八纮内，物类无颇偏。我独抱深憾，不得与比焉。"（《赠徐幹诗》）"天地无期竟，民生甚局促。为称百年寿，谁能应此录？低昂倏忽去，炯若风中烛。"（《失题诗十四首》其三）从上述诗句可以看出，建安诗人几乎人人都有忧生之嗟，几乎事事都能引发他们的忧生之嗟，这并非诗人们太敏感、太脆弱，而是生存环境太恶劣，欲有所为太困难。同样具有生命觉醒意识，和古诗十九首作者相比，显然建安诗人对生命价值的体认更深，对生命意义的追求更执著，因而对生命更珍惜，忧生之嗟也更多。就诗性而言，由于频发忧生之嗟，建安诗歌抒情性所表现出的苍茫、悲凉特色，较之古诗十九首则有过之而无不及。

东汉中期，辞赋创作出现了由体物大赋向抒情小赋转变的趋势，完成这种转变，并使抒情小赋创作成为辞赋写作主导倾向的，是建安作者。赋是汉代的主要文体，汉赋作为汉代经济繁荣、国势强盛的反映，生动地再现了当时人们的物质生活和精神生活。它们极大地丰富了文学词汇和艺术技巧，是十分宝贵的文学财富。但是，汉赋特别是一些大赋，以体物为工，往往停留在对事物的客观描摹上，甚至堆砌奇字，铺张、夸饰以求宏丽。赋中少有寄托，或劝百讽一反收诱导之效，或寓讽谏之义而隐藏很深，有明显的不足。西汉初年已有抒情小赋出现，但赋家最崇尚的是体物大赋，直到东汉中叶，小赋才重新得到重视。汉末蔡邕、赵壹已在用赋表达愤世嫉俗的感情，紧承其势，建安作家把抒情小赋的创作推向了高潮。七子之中，好为辞赋者不乏其人，而以王粲、徐幹最为突出。曹丕在《典论·论文》里说："王粲长于辞赋，徐幹时有齐气，然粲之匹也。如粲之《初征》、《登楼》、《槐赋》、《征思》，幹之《玄猿》、《漏卮》、《圆扇》、《橘赋》，虽张(指张衡)、蔡(指蔡邕)不过也。"曹丕自己也"妙善辞赋"(《文心雕龙·时序》)每有赋题，爱命属下同作，如他写《寡妇赋》，就曾"命王粲并作之"，写《玛瑙勒赋》，亦"命陈琳、王粲并作"。曹植更是建安时期的辞赋大家，现存赋尚有四十余篇。其赋抽思抒怀，皆以情意动人。建安辞赋有以军国之事为题材的，但主要内容是写作者的现实人生感受和日常生活中所见之物。从体制上讲，以短篇为主；从功用上看，以抒情居多。建安辞赋实为诗家之赋，赋家以诗为赋，偏于写自我性情，既讲究词藻的华美，又追求情感的浓郁，故建安诗、赋有大体相同的艺术精神和艺术风格。

前人多用"建安风骨"(钟嵘称"建安风力"，陈子昂称"汉、魏风骨"，李白称"建安骨")概指建安文学的审美特征，由于这一审美特征，具有建安文学风格美的本质属性，故后世学者径称建安文学的艺术风格为建安风骨。

何谓建安风骨？得从刘勰的风骨论说起。刘勰论文标举风骨，实是提倡一种文学审美理想。其风骨论的理论根基，应是曹丕说的"文以气为主"，而以风骨这一审美范畴论文，则受到汉、魏以来用风骨观念品评人物和六朝用风骨观念品评书、画的启发和影响。

刘勰讲风骨，是用比喻形容文学作品内在的力量美。风，风力，指的是作品所具有的如同风吹动万物那样一种感动力、震撼力，主要通过"述情"和显露"意气"表现出来；骨，骨力，指的是作品所具有的如同骨骼支撑躯体那样一种强劲的力量，主要通过"铺辞"、"结言"表现出来。《文心雕龙·风骨》即云："怊怅述情，必始乎风；沈吟铺辞，莫先于骨。故辞之待骨，如体之树骸；情之含风，犹形之包气。结言端直，则文骨成焉；意气骏爽，则文风清焉。"可见，"风"自"述情"中来，"述情""意气骏爽"才会产生"风"；"骨"在"铺辞"中形成，"结言端直"才会有"骨"。同篇还从正反两方面说到有无风、骨在"述情"、"铺辞"上的表现，云："练于骨者，析辞必精；深乎风者，述情必显。捶字坚而难移，结响凝而不滞，此风骨之力也。若瘠义肥辞，繁杂失统，则无骨之征也。思不环周，索莫乏气，则无风之验也。”其中“捶字坚而难移（指锤炼字句到坚不可移的程度）”，属于“析辞（指对字词句的锻造）必精”、属于“结言（联辞结采）端直（指用语准确、精练、辞义相称）”，是有骨力（或“练于骨”）的表现。“结响凝而不滞（指出语声调响亮、流利）”，属于“述情必显”，属于“意气骏爽”，是有风力（或“深乎风”）的表现。相反，“瘠义肥辞，繁杂失统”，即义少辞多（未做到词义相适），而且用语繁杂无序，逻辑混乱，则属于“析辞”不“精”，是无“骨”的表现；“思不环周，索莫乏气”，即思理不周，语无生气，属于“述情”不“显”，是无“风”的表现。刘勰讲风骨，虽然分而言之者多，但当他将其作为一种写作要求和审美标准时，风骨却是一个完整、统一的观念。所谓“使文明以健，则风清骨峻，篇体光华”。“蔚彼风力，严此骨鲠。才锋峻立，符采克炳。”（《文心雕龙·风骨》）

刘勰以风骨论文，好以鸟为喻，从比喻中还可看出其风骨论涉及的两个重要问题。一是风骨和作者之气的关系问题。刘勰说：“若丰藻克赡，风骨不飞，则振采失鲜，负声无力。是以缀虑裁篇，务盈守气，刚健既实，辉光乃新，其为文用，譬征鸟之使翼也。”（《文心雕龙·风骨》）这里强调的是作者构思、行文“务盈守气”的重要，说明气乃文“刚健”之“实”、“辉光乃新”之本，它在文中的作用，就像鸟因气盛而能鼓翼远飞一样。二是风骨和辞采的关系问题。刘勰用“翚翟备色，而翾翥百步，肌丰而力沈也；鹰隼乏采，而翰飞戾天，骨劲而气猛也”（《文心雕龙·风骨》），比喻“文章才力”，实是举出两种文章特色。“翚翟”云云指“采乏风骨”，“鹰隼”云云指“风骨乏采”。他进一步从审美角度讲到文章的理想标准，谓“若风骨乏采，则鸷集翰林；采乏风骨，则雉窜文囿。唯藻耀而高翔，固文笔之鸣凤也”（《文心雕龙·风骨》）。

可见，刘勰讲的风骨，是富有辞采的风骨；他所讲的辞采，是饱含风骨的辞采。固然风骨存在于辞采中，但风骨和辞采毕竟是两种审美对象，因此说刘勰论文，风骨、辞采并重，是可以的。但他讲风骨，主要是讲文章内在的力量美，提倡明朗、雄健的艺术风格。

刘勰曾从写作特点入手论及建安文学的总体风貌。谓“慷慨以任气，磊落以使才。造怀指事，不求纤密之巧；驱辞逐貌，唯取昭晰之能：此其所同也”（《文心雕龙·明诗》）。又谓“观其时文，雅好慷慨，良由世积乱离，风衰俗怨，并志深而笔长，故梗概而多气也”（《文心雕龙·时序》）。刘勰认为建安作者能“使文明以健”，建安文学有风清骨峻之美，并说其风骨美表现为梗概而多气，而这主要是由作者雅好慷慨、志深笔长造成的。其实，将建安文学的风格特征仅仅说成“梗概(慷慨)而多气”是不够的。建安时期绝大多数作者写诗作文都是“干之以风力，润之以丹彩”(钟嵘《诗品》)，既重风骨，又尚辞采，故建安文学的总体风格特征，可用钟嵘评论曹植诗歌的话来概括，即“骨气奇高，辞采华茂”(《诗品》)。具体说则是辞气慷慨，情感悲凉，辞采华美。

建安文士的文学创作，几乎全以慷慨之音抒发悲凉之情，诗如此，赋如此，散文亦然。曹操曾说：“慨当以慷，忧思难忘。”(《短歌行》)曹植则说：“慷慨有悲心，兴文自成篇。”(《赠徐幹》)“慷慨有余音，要妙悲且清。”(《弃妇篇》)“慷慨对嘉宾，凄怆内伤悲。”(《情诗》)又说：“余少而好赋，其所尚也，雅好慷慨。”(《前录自序》)慷慨，情绪激昂，多指人的精神状态或出言气盛、感情色彩极强以至直作悲叹之声。建安“时文”“雅好慷慨”的“慷慨”，当指辞气(言词、声调)慷慨。辞气慷慨的原因，则是文士们“忧思”、“殷怀”、“悲心”酝酿而成的悲凉感情。建安作者无论用何种体裁、写何种题材，都爱在作品中表现一种悲不能已的情感，即使写到游览、宴饮一类的轻松活动，也往往悲从中来，感慨嘘唏。这固然是时代可悲、人生可悲，作者们悲不自禁，触物生悲，但也不排除建安作者同有一种以情感悲凉为美的审美趣味。

和以慷慨、悲凉为美作为所有建安作家的审美心态不同，崇尚辞采华美只是部分建安作家的审美倾向。但这部分作家的审美倾向，却能代表建安文学发展的主流，在当时和对后世影响很大。大概除曹操、刘桢、蔡琰等人以外，建安作家大都赏爱文辞的华丽，曹丕说：“诗、赋欲丽”(《典论·论文》)，曹植说赋应“质素也如秋蓬，摛藻也如春葩”(《前录序》)。从建安作者互论其文，既能看出彼等对词采之类的喜好，也能看出建安文学词采美丽的特点。如曹丕“深好孔融文辞”(《后汉书·孔融传》)的“气扬采飞”，又称繁钦之书“虽过其实，而其文甚丽”(《叙繁钦》)。曹植称吴质之书“晔若春荣，浏若清风”(《与吴季重书》)。卞兰说曹丕《典论》等文“逸句烂然，沉思泉涌，华藻云浮”(《赞述太子赋上表》)。陈琳说曹植文章“清词妙句，焱绝焕炳”(《答东阿王笺》)，吴质则赞美曹植文采“巨丽”(《答东阿王笺》。这些都充分说明，建安文学的风格特征，除了辞气慷慨、情感悲凉，还有辞采华美的一面。

总之，建安文学既有风骨美，又有辞采美，而在古代文学发展史、尤其是诗歌史上，风骨十分难得，而建安文学尤其是建安诗歌的风骨美非常突出，故人们常用建安风骨概括建安文学的艺术风格。

第二节　曹操的诗和曹丕的诗、赋

一、曹操的诗歌

曹操(155—220)，字孟德，沛国谯(今安徽亳县)人。祖父曹腾在汉桓帝时做过中常侍，父曹嵩是曹腾的养子，官至太尉。出土文物表明，曹操父、祖辈中官至太守以上者有十人之多。曹操虽出身显宦之家，却不是名门，由于先代不"清白"(做过宦官)，仍然受到高门世族的鄙视。他在镇压黄巾农民起义的过程中，扩大了势力，认为自己为国讨"贼"，可以封侯，将来墓前碑上能写上"汉故征西将军曹侯"则足矣。曹操挟制献帝，大可篡位，但他没有篡位。曹操在政治上是很清醒的，他在诗文中常以周公自诩，但他又不放弃军权，认为那样做于国、于自己的子孙都不利。大抵曹操并不急于称帝，其用心仍在于为曹氏子孙开创基业，因为他说过："若天命在吾，吾为周文王矣。"(《三国志·魏书·武帝纪》注引《魏氏春秋》)

曹操一生，南征北战，戎马倥偬，但他的爱好却很广泛。张华《博物志》说："蔡邕善音乐，冯翊山子道、王九真、郭凯等善围棋，太祖(指操)皆与埒能。"又《曹瞒传》言："太祖为人佻易，无威重，好音乐，倡优在侧，常以日达夕。"《宋书·乐志》记载，曹操曾令乐师将一种一人唱、三人和、无弦节的徒歌乐曲"但歌"改造成"丝竹更相和，执节者歌"的"相和曲"。而曹丕在《典论·自叙》中说："上雅好诗书文籍，虽在军旅，手不释卷。"王沈进一步讲："(太祖)御军三十余年，手不舍书，昼则讲武策，夜则思经传，登高必赋，及造新诗，被之管弦，皆成乐章。"(《三国志·魏书·武帝纪》注引《魏书》)这些记载说明，曹操爱好虽广，似以音乐、文学为甚，这也是他现存诗歌全为乐府诗的一个原因。

曹操今存二十一首乐府诗，其中有三言、有四言，有五言，而以四言居多。这些诗除《气出唱》、《陌上桑》等是表现游仙题材、《短歌行·周西伯昌》是歌吟历史题材的以外，大都是表现当时的社会现实和作者的生活感受的。其《薤露行》云："惟汉廿二世，所任诚不良。沐猴而冠带，知小而谋强。犹豫不敢断，因狩执君王。白虹为贯日，己亦先受殃。贼臣持国柄，杀主灭宇京。荡覆帝基业，宗庙以燔丧。播越西迁移，号泣而且行。瞻彼洛城郭，微子为哀伤。"这诗正是写的何进谋诛宦官不果，致使董卓劫持国柄，杀少帝、焚洛阳、西迁长安而使百姓备受灾难的时事。诗人说他目睹洛阳惨象而有感慨，就像当年微子见殷墟而悲伤一样。这和他在《蒿里行》里表达的感受是一致的。《蒿里行》中写袁绍等人联合起来攻讨董卓，结果众军阀各怀异心，诗云："关东有义士，兴兵讨群凶。初期会盟津，乃心在咸阳。军合力不齐，踌躇而雁行，势利使人争，嗣还自相戕。淮南弟称号，刻玺于北方。铠甲生虮虱，万姓以死亡。白骨露于野，千里无鸡鸣。生民百遗一，念之断人肠。"诗人悯时悼乱，感慨良深。他的《苦寒行》写北上并州征讨高幹、行军太行山中的艰苦，谓"北上太行山，艰哉何巍巍；羊肠坂诘屈，车轮为之摧。树木何萧瑟，北风声正悲。熊罴对我蹲，虎豹夹路啼。溪谷少人民，雪落何霏霏……行行日已远，人马同时饥。担囊行取薪，斧冰持作糜"，更是写他的实际经历。明人钟惺称《薤露行》中"贼臣执国柄"六句乃"汉末实录，真诗史也"(《古诗归》卷七)。其实，曹操的许多诗都当得起这个评价。

他的《度关山》说"天地间、人为贵"，讲执政者要守法、爱民、提倡俭朴；《对酒》则言"太平时，吏不呼门。王者贤且明，宰相股肱皆忠良。咸礼让，民无所争讼。三年耕有九年储，仓谷满盈……爵公侯伯子男，咸爱其民，以黜陟幽明。子养有若父与兄。犯礼法，轻重随其刑。路无拾遗之私。囹圄空虚，冬节不断。人耄耋，皆得以寿终"，描绘出一幅太平盛世景象，这种盛世景象实际上是以现实中的乱世惨象作背景想像出来的。因此《度关山》、《对酒》这一类诗，虽然表现的是诗人的思想，但也曲折地反映了汉末吏治不修的现实。

曹操有一首《短歌行》，是宴飨宾友时作的，它很真实地反映了诗人的内心世界，其间有向望和追求，也有失望和苦闷。诗云：

对酒当歌，人生几何！
譬如朝露，去日苦多。
慨当以慷，忧思难忘。
何以解忧？唯有杜康。
青青子衿，悠悠我心。
但为君故，沈吟至今。
呦呦鹿鸣，食野之苹。
我有嘉宾，鼓瑟吹笙。
明明如月，何时可掇？
忧从中来，不可断绝。
越陌度阡，枉用相存。
契阔谈谯，心念旧恩。

月明星稀，乌鹊南飞。
绕树三匝，何枝可依？
山不厌高，海不厌深。
周公吐哺，天下归心。

曹操“不戚年往，忧世不治”(《秋胡行》)。他写此诗时已年过半百，但统一天下的大业尚未完成，因此深感“去日苦多”。他“忧思难忘”，虽说是“何以解忧，唯有杜康”，实是酒亦不能消忧，放下酒杯，那深隐之思又浮上心头。“青青子衿”数句，极写他对贤才的思慕，写他礼遇贤士的热情，写他对贤才可望而不可即的怅惘情绪，反复诉说、咏叹，至为感人。“月明星稀”数句，写到天下贤士正择主而事，诗人说他要效法周公广聚人才、重用人才，以此劝勉、告慰天下贤士，希望他们来和自己一起建立功业。曹操创业思贤，诗中言词恳切，表现出作者唯恐不得的汲汲之心。诗篇格调悲凉，或直抒其慨，或用比兴，反复诉说纠缠在胸的一团心事，艺术感染力极强。曹操把《诗经》中“青青子衿”、“呦呦鹿鸣”数句作为自己诗篇的组成部分，用来表情达意，一则反映出诗人的英雄气质和朴素诗风，二则反映出诗人工力深厚，因为这些句子的引入十分自然，不粘不滞，既和全诗情调相合，又显得语气高古，念起来跌宕悠扬。

他的《步出夏门行》(又称《陇西行》)(包括“艳”和四解)是他征乌桓时写的。曹操征讨乌桓是在建安十二年(207)，五月出兵，七月出卢龙塞，次年正月还邺。当时他五十四岁。《观沧海》为“一解”，它写的是诗人兵出卢龙塞，自己登上碣石山所见到的大海景象。诗云：

东临碣石，以观沧海。
水何澹澹，山岛竦峙。
树木丛生，百草丰茂。
秋风萧瑟，洪波涌起。
日月之行，若出其中；
星汉灿烂，若出其里。
幸甚至哉，歌以咏志。

此诗着意表现大海的磅礴气势和壮阔景象，显露出诗人吞吐宇宙的博大胸怀。诗的起句平实，只是交代观海位置。接着写放眼纵观大海，只见水天辽阔，波光荡漾。一个“何”字准确地表现出诗人登上山头、一眼瞥见沧海时所引起的惊讶、赞叹的神情。诗人的视线由远而近，见到海上“山岛竦峙”，岛上“树木丛生，百草丰茂”，虽是秋天，却处处充满活力。陡然秋风劲吹，草木发声，海上洪波巨浪，喧豗奔腾。诗人的心像大海一样不能平静，他想到那运行的日月、灿烂的银河以至整个宇宙都出自大海的怀抱之中。这是何等壮观的境界！一个动荡不安而又包容一切的大海形象出现了。前人说此诗“志在容纳，而以海自比也”(张玉穀《古诗赏析》)。诗人写海确实是在写他自己。因此，他写海并不专写海的外观，而是写海的壮阔气势。在手法上可以说是虚实相间、动静结合。写海的外貌全属实写，其中写了静景，也写了动景。在布设景物时，由于插入山岛草木，海景便不单调；由于引入秋风，方显出大海生气。而写大海气度恢弘则用虚笔。这种虚拟之词出现在实写之后，尽管夸张，仍然可信，很真实地表现出了大海的特点。《观沧海》是一首完整的山水诗，它通过写海来写人的性情、抱负，艺术水准很高。

《步出夏门行》的“四解”是《龟虽寿》：

神龟虽寿，犹有竟时。
腾蛇乘雾，终为土灰。
老骥伏枥，志在千里。
烈士暮年，壮心不已。
盈缩之期，不但在天。
养怡之福，可得永年。
幸甚至哉，歌以咏志。

此诗言万物皆有竟时，即使是长寿的神龟、能兴云驾雾的龙蛇亦不能免，作为有志之士应该及时建立功业，到了晚年也要不断奋斗。因为人的寿命不一定全由天定，人通过主观努力可以延年益寿。这种积极乐观的进取精神和诗人在《短歌行》中表现的思想感受是相通的。这首诗开头四句从反面着笔，用两个比喻极言万物同有尽日，为的是衬托“老骥”、“烈士”精神气概的可贵。而在后四句中，“老骥”二句又兼有比兴作用。经过一番跌宕、渲染，“烈士”二句便显得十分突出。它实际上成了诗中之柱，下面的议论也是围绕它展开的。传说东晋大将军王敦(处仲)每每酒后辄咏“老骥伏枥”四句，且“以铁如意击唾壶为节，壶尽缺”(《北堂书钞》一二五裴启《语林》)，可见这几句诗是如何激动人心。

曹操用乐府旧题写时事，富有革新精神。一是所写内容和旧题内容不尽一致，比如《薤露行》、《蒿里行》本是挽歌，曹操却用它们来写汉末的社会动乱，只取其悽惋哀伤的调子。二是句式有变化，比如《薤露行》、《蒿里行》古辞本为杂言体，《善哉行》本为四言体，他却通通用五言体。这种改革对建安其他诗人具有表率作用。曹操的四言乐府写得凝练而又顺畅。四言简短，容易板垛，曹操却运转自如。其诗语句自然，而又气势雄伟，后来的诗人写四言诗，没有几个能赶得上他的。曹操也是努力写五言诗的诗人，他的《却东西门行》写一位连年"戎马不解鞍，铠甲不离旁"的征夫的痛苦，反复使用比兴手法，民歌风味很足。他的《苦寒行》写征途艰难，一唱三叹，抒情气氛极浓，表现出一种悲壮的美。无论四言、五言，曹操的语言总是那样质朴，能以本色相见。钟惺说他"真心真话"，"不出于假"(《古诗归》卷七)，颇能道出曹操诗歌的特点。

总的来说，曹操的诗充满着正视现实、关注国事的慷慨不平的激情，表现了他拯世济物、统一天下的宏伟抱负以及壮志难以实现的痛苦心情。钟嵘说："曹公古直，甚有悲凉之句。"(《诗品》卷下)敖器之说："魏武帝如幽燕老将，气韵沈雄。"(《诗品》)冯班谓"魏祖慷慨悲凉"(《钝吟杂录》)，沈德潜言其"沉雄俊爽"(《古诗源》卷五)，这些评语对于我们理解曹操诗歌的艺术特色很有启发作用。

二、曹丕的诗歌和辞赋

曹丕(187—226)，字子桓，曹操次子。二十五岁为五官中郎将、副丞相，三十一岁立为魏太子。公元220年，曹丕继曹操为魏王，同年废汉献帝自立，为魏文帝。曹丕当政，效法汉文帝搞无为而治，客观上有利于老百姓休养生息和恢复经济。在选举用人方面，基本上沿袭曹操的一套做法。曹丕即位前即已实行九品中正制度，初实行时，本欲将官吏的选举权控制在中央政府手中，后来由于担任大小中正的都是地方上的世家豪族，这一制度的推行反倒起了加重大族威权的作用。由于它成了维护世族统治的合法工具，所以一直沿用到隋代才被废除。曹丕在位七年，虽然实行过一些开明政策，但在政治上、军事上并未取得突出的成就。他说自己六岁知射，十来岁就随父出征，"长于戎旅之间"，学得一手好剑法。因为受到父亲的影响，"是以少诵诗、论，及长而备历五经、四部，《史》、《汉》、诸子百家之言，靡不毕览"(《典论·自叙》)。从曹丕写给建安作家的书信以及对他们创作的评论来看，曹丕实是邺下文人集团中的领袖人物。他能以友人的身份对待邺下文人，和他们探讨创作中的得失，总结出带指导性的文论观点。他对建安文学的发展是有贡献的。

曹丕现存诗、赋约百余篇，完整的诗歌约四十首，一半以上为乐府诗。

曹丕的诗，在内容上不及曹操丰富、深厚，而在形式上却别有创新。他除了大力写五言诗（占全部诗作的一半）外，还写有四言诗、六言诗、七言诗以及杂言诗。其中六言诗、七言诗完全是这个时期的新的诗歌形式。相比之下，他的六言诗（如《黎阳作诗》、《令诗》）不及七言诗（《燕歌行》二首）影响大。《燕歌行》系“魏文代为北征者之妇思征夫而作”（王尧衢《古唐诗合解》卷三）。其一云：

秋风萧瑟天气凉，草木摇落露为霜。
群燕辞归雁南翔，念君客游思断肠（一作“多思肠”）。
慊慊思归恋故乡，君何淹留寄他方！
贱妾茕茕守空房，忧来思君不敢忘，
不觉泪下沾衣裳。摇琴鸣弦发清商，
短歌微吟不能长。明月皎皎照我床，
星汉西流夜未央。牵牛织女遥相望，
尔独何辜限河梁？

其二云：

别日何易会日难，山川悠远路漫漫。
郁陶思君未敢言，寄声浮云往不还。
涕零雨面毁容颜，谁能怀忧独不叹？
展诗清歌聊自宽，乐往哀来摧肺肝。
耿耿伏枕不能眠，披衣出户步东西，
仰看星月观云间。飞鸧晨鸣声可怜，
留连顾怀不能存。

诗用思妇口吻，写她对游子的思念。诗中感情深挚，表现得委婉细腻，音调和谐，语言明朗而又精雅。诗写的是传统题材，可诗人通过对思妇的内心世界的挖掘，并通过多种艺术手法把她的柔情幽怨抒发出来，具有极高的艺术价值。显然，诗中所用的种种表现手法以及构思形象所用到的素材（甚至包括语言），许多都是来自民歌和古诗。在两汉乐府和古诗中，七言句式早就存在，不过这些七言句要么中间带有“兮”字（如刘邦的《大风歌》），即使不带“兮”字，也只能作为三言、四言的附庸（如《安世房中歌》、《郊祀歌》等），即如张衡的《四愁诗》，也还不是纯粹的七言诗。曹丕的《燕歌行》二首，和一句一意、文气不贯的联句体《柏梁诗》不同，虽一句一韵且一韵到底，却思绪相承、一气卷舒，可以说是最早由文人创作的体制完整的七言诗，是所谓言“叠韵歌行之祖”（王尧衢语）。它们“不仅为乐府产生一新体制，实亦为吾国诗学界开一新纪元”（萧涤非《汉魏六朝乐府文学史》）。

曹丕的五言诗，有的酷似民歌，如《钓竿行》：“东越河济水，遥望大海涯。钓竿何珊珊，鱼尾何簁簁。行路之好者，芳饵欲何为？”纯用隐语和比喻写男女之间的爱情。有的则近于古诗，如《杂诗二首》其二：“西北有浮云，亭亭如车盖。惜哉时不遇，适与飘风会。吹我东南行，行行至吴会。吴会非我乡，安得久留滞。弃掷勿复陈，客子常畏人。”诗写游子飘泊在外的感受，低回宛转，而言词浅近。曹丕写得最多、最好的是那些以恋情离愁为题材的诗，这一方面反映出他的诗歌创作深受民歌的影响，同时也说明他诗中表现的生活感受比较单一。写恋情离愁的诗，多为拟、代之作，诸如《于清河见挽船士与妻别》、《代刘勋妻王氏杂诗》、《寡妇诗》（序云：友人阮元瑜早亡，伤其妻孤寡，为作此诗），从诗题、序就可看出他是代人言情。虽然诗中不乏想象之词，但他善于言情，总能深微细致地道出难言之痛。由于曹丕多写这类题材，故其诗风纤弱、舒缓。刘勰说“魏文之才，洋洋清绮”，“子桓虑详而力缓……而乐府清越”（《文心雕龙·才略》），沈德潜说“子桓诗有文士气，一变乃父悲壮之习矣。要其便娟婉约，能移人情”（《古诗源》卷五），而陈祚明说“子桓笔姿轻俊，能转能藏，是其所优。转则变宕不恒，藏则含蕴无尽，其源出于十九首，淡逸处弥佳，乐府雄壮之调，非其本长”（《采菽堂古诗选》卷五）。大抵其诗之美，美在凄怆、清绮、婉约，与其所用题材大有关系。

曹丕今存辞赋二十八篇（包括残篇）。其中有纪行述征的，如《愁霖赋》、《喜霁赋》、《济川赋》、《述征赋》、《浮淮赋》等；有写游览、校猎活动的，如《登台赋》、《登城赋》、《校猎赋》等；有写河、海之景的，如《临涡赋》、《沧海赋》等；有咏物的，如《玉玦赋》、《弹棋赋》、《玛瑙勒赋》、《车渠碗赋》以及《迷迭赋》、《槐赋》、《柳赋》、《莺赋》等；有自道人生感触的，如《戒盈赋》、《感物赋》、《离居赋》、《感离赋》、《永思赋》、《悼夭赋》、《哀己赋》等；有代人言悲或直写他人悲苦境遇的，前者如《出妇赋》、《寡妇赋》，后者如《蔡伯喈女赋》。这些赋作虽取材有异，大都篇幅短小，抒情味浓。出语多以四言、六言、七言为句，而篇篇用韵。除少数作品以体物为主外，多数带有浓郁的情感色彩。而且所抒之情，多悲戚而少快乐。如《柳赋》咏物，其序却说：“昔建安五年，上与袁绍战于官渡。是时余始植斯柳自彼迄今，十有五载矣。左右仆御已多亡，感物伤怀，乃作斯赋。”同样，

《莺赋》之序也说："堂前有笼莺，晨夜哀鸣，凄若有怀，怜而赋之。"都是托物抽思，以赋述哀，并且词随情出，言之真切。又如下面两篇小赋并序：

建安十六年，上西征，余居守。老母诸弟皆从，不胜思慕，乃作赋曰：

秋风动兮天气凉，居常不快兮中心伤。出北园兮彷徨，望众墓兮成行。柯条憯兮无色，绿草变兮萎黄。脱微霜兮零落，随风雨兮飞扬。日薄暮兮无悰，思不衰兮愈多。招延伫兮良久，忽踟蹰兮忘家。

——《感离赋并序》

丧乱以来，天下城郭丘墟，惟从太仆君宅尚在。南征荆州，还过乡里，舍焉。乃种诸蔗于中庭，涉夏历秋，先盛后衰，悟兴废之无常，慨然永叹，乃作斯赋。

伊阳春之散节，悟乾坤之交灵。瞻玄云之蓊郁，仰沉阴之杳冥。降甘雨之丰沛，垂长溜之泠泠。堀中堂而为圃，植诸蔗于前庭。涉炎夏而既盛，迄凛秋而将衰。岂在斯之独然，信人物其有之。

——《感物赋并序》

《感离赋》写对父母、诸弟的思念，《感物赋》写作者目睹庭中"诸蔗"先盛后衰而"悟兴废之无常"的慨叹，都是实写人生感受，而言"思"道"悟"，无不情真意切，凄恻动人。

和作诗相似，曹丕作赋亦爱拟、代，且多以遭遇不幸之女子为拟、代对象，尽言其悲苦。如《出妇赋》云：

念在昔之恩好，似比翼之相亲。
唯方今之疏绝，若惊风之吹尘。
夫色衰而爱绝，信古今其有之。
伤茕独之无恃，恨胤嗣之不滋。
甘没身而同穴，终百年之常期。
信无子而应出，自典礼之常度。
悲谷风之不答，怨昔人之忽故。
被入门之初服，出登车而就路。
遵长途而南迈，马踌躇而回顾。
野鸟翩而高飞，怆哀鸣而相慕。

抚骓服而展节，即临圻之旧城。
践麋鹿之曲溪，听百鸟之群鸣。
情怅恨而顾望，心郁结其不平。

赋以“出妇”口吻写其因无子而被“出”的遭遇。既写其心境，又记其过程；既像抒情诗，又像叙事诗，皆因以诗为赋所致。《寡妇赋》与《出妇赋》同一情调，拟、代的是阮瑀之妻。序云：“陈留阮元瑜，与余有旧，薄命早亡，每感存其遗孤，未尝不怆然伤心，故作斯赋，以叙其妻子悲苦之情。命王粲并作之。”赋中有云：“人皆处兮欢乐，我独怨兮无依。抚遗孤兮太息，俯哀伤兮告谁?”“历夏日兮苦长，涉秋夜兮漫漫。微霜陨兮集庭，燕雀飞兮我前。去秋兮既冬，改节兮时寒。水凝兮成冰，雪落兮翻翻。伤薄命兮寡独，内惆怅兮自怜。”赋写夏、秋、冬日景象，铺陈有序，是对辞赋传统手法的应用。而借景抒怀，寓情于景，显然是取法于诗(曹丕作有与赋相同内容的《寡妇诗》)。当然，表明曹丕赋中有诗、诗赋相通的突出特征，是他诗、赋中同有的“悲苦之情”。而这一点，和建安辞赋的诗化，与诗同具慷慨、悲凉之美是一致的。另外，从《〈寡妇赋〉序》说“命王粲并作之”，《〈槐赋〉序》说“王粲直登贤门，小阁外亦有槐树，乃就使赋焉”，还可看出曹丕作为邺下文坛领袖对建安辞赋诗化所起的促进作用。

第三节　曹植的诗、赋

一、曹植的诗

曹植(192—232)，字子建，曹丕之弟，曹操的第四个儿子。他是建安时期创作成就最高的作家，现存完整的诗八十余首，辞赋、书笺四十余篇。

曹植自幼聪敏好学，年十岁余，就能诵读《诗》、《论》及辞赋数十万言。自云“少小好为文章”(《与杨德祖书》)，又说：“少而好赋，其所尚也，雅好慷慨，所著繁多。”(《文章序》)他十几岁写的文章已很出色，以至曹操误以为他是请人写的。及至铜雀台成，曹操当面命他作赋，曹植援笔立成，而且文辞可观，才引起曹操的惊异。曹植“性简易，不治威仪。舆马服饰，不尚华丽。每进见难问，应声而对，特见宠爱”。二十岁封平原侯，二十三岁徙封临淄侯。曹操几度想立他为太子，“而植任性而行，不自彫励，饮酒不节。文帝御之以术，矫情自饰，宫人左右，并为之说，故遂定为嗣”(《三国志·魏书·陈思王传》)。有这一段经历，遂使曹丕父子和曹植有着尖锐的矛盾，这个矛盾直接影响着曹植的生活境遇。大抵以曹丕称帝为界，曹植的生活和创作可以分为前后两个时期。

前期的曹植，生活优裕，上有父母宠爱，下有同好相从；上马则随父南征北讨，提笔则偕友吟诗作赋。自言“庶几戮力上国，流惠下民，建永世之业，流金石之功，岂徒以翰墨为勋绩，辞赋为君子哉”(《与杨德祖书》)。曹植壮志在胸，意气昂扬，热情奔放，对前途十分乐观自信，这个时期的诗歌创作也反映出这种精神面貌。请看《白马篇》中所写的英雄少年：

白马饰金羁，连翩西北驰。
借问谁家子？幽并游侠儿。
少小去乡邑，扬声沙漠垂。
宿昔秉良弓，楛矢何参差。
控弦破左的，右发摧月支。
仰手接飞猱，俯身散马蹄。
狡捷过猴猿，勇剽若豹螭。
边城多警急，虏骑数迁移。
羽檄从北来，厉马登高堤。
长驱蹈匈奴，左顾陵鲜卑。
弃身锋刃端，性命安可怀！
父母且不顾，何言子与妻！
名编壮士籍，不得中顾私。
捐躯赴国难，视死忽如归。

诗从游侠儿连翩奔驰的雄姿写起，先出战马，再出骑手，继而写他们本领的高强和驰骋战场、为国立功的壮举，最后写出他们的精神境界，描绘出一群武艺高超、为国赴难、视死如归的少年英雄的形象。诗人写游侠儿也是写他自己，是借对他们崇高精神的礼赞来抒发自己渴望为国建功立业，甚至不惜壮烈牺牲的远大抱负。他在《鰕䱇篇》中歌颂那位“高念翼皇家，远怀柔九州。抚剑而雷音，猛气纵横浮”的“壮士”，将他比做鸿鹄，而把那些“势利唯是谋”的庸俗之辈比做鰕䱇和燕雀，也反映出诗人所追求的理想。早期的曹植，充满积极进取的乐观精神，其诗也写到志向难以实现的苦闷。《赠徐幹》本是慰勉徐幹，但说：“宝弃怨何人？和氏有其愆。弹冠俟知己，知己谁不然？”表明曹植自己也为无人发现自己的才能、重用自己的才能而深有感慨。

曹植前期诗歌中有不少是叙酣宴、纪游乐的，如《公讌》、《斗鸡篇》、《箜篌引》(一作《野田黄雀行》)、《侍太子座》等。诗写邺下文人集团诗酒留连的生活，谢灵运说是“但美遨游，不及世事”(《拟〈邺中集〉序》)，思想意义不高。但他也写有描叙汉末社会动乱的好诗，可以《泰山梁甫行》和《送应氏》二首为代表。

八方各异气，千里殊风雨。
剧哉边海民，寄身于草原。
妻子象禽兽，行止依林阻。
柴门何萧条，狐兔翔我宇。

——《泰山梁甫行》

步登北芒阪，遥望洛阳山。
洛阳何寂寞，宫室尽烧焚。
垣墙皆顿擗，荆棘上参天。
不见旧耆老，但睹新少年。
侧足无行径，荒畴不复田。
游子久不归，不识陌与阡。
中野何萧条，千里无人烟。
念我平生亲，气结不能言。

——《送应氏二首》其一

这两首诗作于作者早年，写洛阳经过董卓之乱后的残破景象，虽不能和曹操的“诗史”之作等量齐观，但也真实地反映了那个时代的社会面貌，具备建安诗歌的典型特征。

曹植的后期生活经历了两个阶段，一是文帝(曹丕)在位的七年，一是明帝(曹叡)在位的六年。曹丕立为太子后即已深忌曹植，及至即位，对他的防范、迫害就更加露骨。先是杀掉了曹植的心腹朋友丁仪、丁廙兄弟，继而又命令他离开京城到封地去。第二年又借故将他贬为安乡侯，继而改封为鄄城侯，并对他的行动严加控制。明帝即位，这种状况仍未改变，不过外示尊宠而内加羁縻愈甚而已。曹丕父子当权，曹植多次改换封号，迁徙居地，虽几番上表要求试用，为国效力，终不能得。这种处境使他郁郁寡欢，忧愤日增。忠而见疑，动辄得咎，名曰王侯，实为囚徒，哪里还谈得上奋其智能，施展抱负！因而曹植后期的诗沉郁悲壮，尤多慷慨之音。言志抒怀往往多用譬喻，曲折隐蔽、掩抑吞吐之至。他也歌咏自己的才干，“怀此王佐才，慷慨独不群”(《薤露行》)，但那是为了抒发有才不得施展的苦闷。他也写对理想的追求，但这种追求却少有早年乐观自信的情调，而是带着一种难以摆脱的悲愁气氛。如《杂诗六首》之五：

仆夫早严驾，吾行将远游。
远游将何之？吴国为我仇。
将骋万里途，东路安足由？
江介多悲风，淮泗驰急流。
愿欲一轻济，惜哉无方舟。
闲居非吾志，甘心赴国忧。

诗以紧问紧答的方式托出“吴国为我仇”，说明自己不甘闲居，希望踏上征途去为消灭敌国效力。无奈江上悲风激越，淮、泗水流湍急，无船可渡江河。诗用比兴手法，表现出诗人胸怀壮志却无法实现的巨大痛苦。

《杂诗》“南国有佳人”，写一位美女深感“俯仰岁将暮，荣曜难久恃”；《美女篇》写一位容华出众、心“慕高义”、志在“思贤”的佳人“盛年处房中，中夜起长叹”，都是通过描写美女的现实境遇悲苦感受来表现诗人不能及时为世所用的隐忧。而《吁嗟篇》则是以“转蓬”为喻，通过极写蓬草的“流转无恒处，谁知吾苦艰”，来反映他“十一年中而三徙都”(《魏书》本传)的漂泊不定的生活。有时诗人也以弃妇、孤妾自比，通过写她们的幽怨来表现自己遭到曹丕父子排斥、压抑的痛苦。著名的《七哀》(一名《怨诗行》)即是。诗云：

明月照高楼，流光正徘徊。
上有愁思妇，悲叹有余哀。
借问叹者谁？言是宕子妻。
君行逾十年，孤妾常独栖。
君若清路尘，妾若浊水泥。
浮沉各异势，会合何时谐？
愿为西南风，长逝入君怀。
君怀良不开，贱妾当何依？

此诗起首二句写景如画，渲染出浓重的抒情气氛。后面连用两比喻写孤妾心思，愈转愈深。她既明彼此浮沉异势，却又幻想二人会合有期；既“愿为西南风，长逝入君怀”，又担心“君怀良不开，贱妾当何依”，真是一腔愁思，纠结难解。联想到曹丕当权时诗人说：“愿欲披心自说陈，君门以九重，道远河无津。”(《当墙欲高行》)联想到曹叡当权时，“植每欲求别见独谈，论及时政，幸冀试用，终不能得”(《魏书》本传)，我们对诗中的寓意当有更深的理解。

《赠白马王彪》是曹植的代表作，它集中抒发了诗人遭到曹丕迫害的悲愤心情。诗分七章，各章首尾之间采用顶真格的修辞形式，纵然情感曲折复杂，仍有脉络可寻。黄初四年(223)，曹植、曹彪和任城王曹彰同到洛阳朝会，结果曹彰不明不白地死在洛阳(《世说新语》说是被曹丕毒死的)，而当他和白马王曹彪要求同路回到封地时，又受到阻拦。于是“植发愤告离而作诗”(《魏书·陈思王传》注引《魏氏春秋》)。诗首章写对京城洛阳的依恋，次章写归途之艰难险阻，第三章承上二章情绪而来，直接谴责播弄是非、离间他们兄弟感情的小人：“鸱枭鸣衡轭，豺狼当路衢。苍蝇间白黑，谗巧反亲疏。”这里说的是小人可恶，怨愤的真正对象却是曹丕。第四章写途中所见秋景，一片萧条冷落景象。诗人“感物伤我怀，抚心长太息”，情绪已由愤激转为感伤。此情此景，正为下面寄慨起了引发作用。第五章便由痛悼曹彰的“一往形不归”，写到他“自顾非金石，咄唶令心悲”。表面上诗人把生死存亡归于天命，实际上对己身难保充满忧虑。今日何日？曹彰骁勇，尚且一朝暴薨，吾性懦弱，焉能久处人世！曹植真是悲伤到了极点。第六章却另起波澜，仿佛已从痛苦中挣脱出来了。诗云：

心悲动我神，弃置莫复陈！
丈夫志四海，万里犹比邻。
恩爱苟不亏，在远分日亲。
何必同衾帱，然后展殷勤！
忧思成疾疢，无乃儿女仁。
仓卒骨肉情，能不怀苦辛！

其实这是故作旷达之言，自我宽慰，也用以劝慰曹彪。隐藏在这乐观言词后面的是难以尽言的悲哀。故最后一章忍不住一声长叹：“变故在斯须，百年谁能持！离别永无会，执手将何时？王其爱玉体，俱享黄发期。”既然变故不可料，何来“俱享黄发期”？叮咛之言，亦饱含悽怆。这首诗写出了诗人心中的悲愤，情调时而激扬，时而凄凉，总是一团激愤之气在那里盘旋。他的《圣皇篇》与此诗同一主旨，谴责曹丕对兄弟毫无“爱恋”、“顾念”、“仁慈”之情，表达得更为深婉。

《野田黄雀行》属比兴体，“语悲而调爽”（陈祚明《采菽堂古诗选》卷六）。诗云：

高树多悲风，海水扬其波。
利剑不在掌，结友何须多！
不见篱间雀，见鹞自投罗。
罗家得雀喜，少年见雀悲。
拔剑捎罗网，黄雀得飞飞。
飞飞摩苍天，来下谢少年。

这诗是有寄托的，盖因丁仪被囚而希望有权力者施以援手而作。诗中“高树”指居高位者，实暗指曹丕；“海水”指曹丕的亲近臣僚。首二句是写曹植及其知交所处环境的险恶。其他形象皆有所指。诗末“拔剑捎罗网，黄雀得飞飞。飞飞摩苍天，来下谢少年”，集中地表现了诗人迫切的热望之情。王夫之说这几句“悠然如春风之微歇”（《船山古体诗评选》卷一），正说出了诗人喜不自胜的欢快心情。

曹植诗集中有十几首以游仙为题材的诗，它们表现了诗人对自由生活的向往，是他在现实中找不到出路的反映。其实他并不相信神仙，说是“虚无求列仙，松子久吾欺”（《赠白马王彪》）。他在诗中一再说“四海一何局！九州安所如？韩终与王乔，要我于天衢。万里不足步，轻举陵太虚”（《仙人篇》）；“九州不足步，愿得陵云翔。逍遥八纮外，游目历遐荒”（《五游咏》；“人生不满百，戚戚少欢娱。意欲奋六翮，排雾陵紫虚。蝉蜕同松乔，翻迹登鼎湖。翱翔九天上，骋辔远行游”（《游仙》），只不过表明他在现实生活中抑郁太甚而不得舒展而已。

曹植的诗卓有特色。敖陶孙说：“曹子建如三河少年，风流自赏。”（《诗评》）这话只适宜概括他前期诗歌中的某些篇章。还是钟嵘讲得全面：“魏陈思王植，其源出于《国风》。骨气奇高，词采华茂，情兼雅怨，体被文质。”（《诗品》卷上）曹植说：“慷慨有悲心，兴文自成篇。”（《赠徐幹》）其诗慷慨悲凉而有豪逸之美，工丽秀雅而又显得清新。“其浑雄苍老，有时或不及乃父；清莹悲凉，有时或不及乃兄。然不能不推子建为极”（吴淇《六朝选诗定论》卷五）。其“微婉之情，洒落之韵，抑扬顿挫之气，故不可以优劣论也”（张戒《岁寒堂诗话》卷上）。具体说来，曹植的五言诗（占所存诗作中的多半）格调高雅，文采缤纷，它们来自于民歌而又高于民歌，是典型的文人诗。这些诗（包括乐府和徒诗）一方面继承了汉乐府写实的艺术传统，在题材开掘、表现手法方面吸取了它们的长处，同时又有大的发展。其表现为：

一是扩大了诗的表现范围，诗人用它描叙社会动乱、表现个人遭遇，或抒怀、或说理、或写景、或赠答，无所不写，充分显示出五言诗的表现力。

二是曹植的五言诗不像汉乐府那样偏于叙事而增强了抒情性。他有的诗起笔便是写景，创造出一种抒情气氛，使人一读诗就感到他心情的不平。如《野田黄雀行》中的“高树多悲风，海水扬其波”，《七哀》中的“明月照高楼，流光正徘徊”，《杂诗》其一中的“高台多悲风，朝日照北林”，《赠徐幹》中的“惊风飘白日，忽然归西山”等即是。沈德潜说“陈思极工起调”（《说诗晬语》卷上），就是指这种情形而言。他还有些诗虽然是极尽描叙之能事，但目的还是为了抒慨。如《美女篇》：

美女妖且闲，采桑歧路间。
柔条纷冉冉，落叶何翩翩！
攘袖见素手，皓腕约金环。
头上金爵钗，腰佩翠琅玕。
明珠交玉体，珊瑚间木难。
罗衣何飘飘，轻裾随风还。
顾盼遗光彩，长啸气若兰。
行徒用息驾，休者以忘餐。
借问女安居？乃在城南端。
青楼临大路，高门结重关。
容华耀朝日，谁不希令颜？
媒氏何所营？玉帛不时安，
佳人慕高义，求贤良独难。
众人徒嗷嗷，安知彼所观。
盛年处房室，中夜起长叹。

这诗除直接描写女子形体的美和神态的美以外，还借助旁人望之入迷的举动来衬托她的美，这些都受到乐府《陌上桑》写法的影响。但此诗后半写佳人内心的美，却极富抒情色彩。实际上，诗人极写其形貌的美、内心的美都是为了突出佳人的“盛年处房室”，借她的形象抒发自己的身世之慨。

三是改变了乐府民歌质朴鄙俚的特点，言词藻丽。曹植的诗多有寄托，实是文人的咏怀诗，因此不可能像民歌那样单纯质朴，在语言上讲究修辞的美。胡应麟说子建诗“辞极赡丽，然句颇尚工，语多致饰。视东西京乐府，天然古质，殊自不同”（《诗薮》内编卷二）。我们只要读《名都》、《美女》、《白马》诸篇，再读读汉乐府中的《孤儿行》、《病妇行》等篇，就会有这种感觉。曹植能创造性地学习民歌的长处，使他的乐府、古诗既文采华茂而终不离闾里歌谣之质，是与他的艺术修养和严肃的写作态度分不开的。诗人除饱读《诗》、《论》等古籍以外，还十分重视民间文学。他说过：“夫街谈巷说，必有可采。击辕之歌，有应风雅；匹夫之思，未易轻弃也。”（《与杨德祖书》）他还爱作谜语，背得许多“俳优小说”（《魏书·王粲传》注引《魏略》）。此外，他还主张对文章多作修改，说：“世人之著述，不能无病。仆常好人讥弹其文，有不善者，应时改定。”（《与杨德祖书》）当然，其文佳句连篇，斐然成章，也与他文学才能卓异分不开。谢灵运说：“天下才有一石，曹子建独占八斗。”（宋无名氏《释常谈》卷中引，见《说郛》卷十二）虽不无夸张，若论曹植诗才超越时人，亦足以当之。

二、曹植的辞赋

曹植虽然说过“辞赋小道，固未足以揄扬大义，彰示来世也”（《与杨德祖书》），其言或如鲁迅所说乃“违心之论”（《魏晋风度及文章与药及酒之关系》）。他一生作赋甚多，其自编《前录》即收赋七十八篇，《自序》亦谓“余少而好赋，其所尚也，雅好慷慨，所著繁多”。事实上，曹植是建安时期作赋最多的作家。

曹植的辞赋，题材多种多样，内容十分丰富，表现形式富于变化。有直抒胸怀而言志的，如《感婚赋》、《静思赋》、《闲居赋》、《离思赋》、《释思赋》、《归思赋》、《秋思赋》和《九愁赋》、《玄畅赋》、《洛神赋》等；有拟、代他人而言愁的，如《愍志赋》、《出妇赋》、《叙愁赋》等；有记征述行的，如《东征赋》、《述行赋》、《喜霁赋》等；有咏物的，如《九华扇赋》、《车渠碗赋》、《宝刀赋》、《酒赋》、《芙蓉赋》、《槐赋》、《橘赋》、《蝉赋》、《蝙蝠赋》、《神龟赋》、《鹦鹉赋》、《鹖赋》、《白鹤赋》、《离缴雁赋》、《鹞雀赋》等；有写游观感受的，如《登台赋》、《娱宾赋》、《游观赋》、《感节赋》、《节游赋》等。

曹植的辞赋除有建安辞赋抒情性强、篇幅短小、文词美丽、赋中有诗等一般特征外，突出特点有二：

一是曹植辞赋创作和诗歌创作一样，也有前后期的不同。这种不同，主要表现在题材的选择和风格的变化上。大抵前期多记征述行之作、拟代之作和咏物之作，虽也写到生活感受（如《大暑赋》、《闲居赋》），甚至自言其愁（如《怀亲赋》、《离思赋》），但总给人一种明朗、单纯、意气洋洋的感觉。后期的辞赋则多写他受到曹丕父子防范、排济、压制的境遇，以及由此带来的精神上的痛苦，赋风亦由早年的“雅好慷慨”，转为以沉郁、悲凉为主。如《九愁赋》直言被曹丕所“放”的悲苦之感，既谓“恨时王之谬听，受奸枉之虚辞，扬天威以临下，忽放臣而不疑”。又一再说自己“虽危亡之不豫，亮无远君之心”。“谓内思而自策，算乃昔之愆殃。”“旷年载而不回，长去君兮悠远。”“知犯君之招咎，耻干媚而求亲。”“亮无怨而弃逐，乃余行之所招。”作者被“放”，本是“怀愤激以切痛，若回刃之在心”，却不断地自怨自艾，归结为咎由自取。赋中叙事抒怀，所用愁、怨、悲、痛之字俯拾即是，可谓文辞凄切，语语含哀。其《节游赋》、《感节赋》本写游观之事，却充满伤感情绪。前者说：“丝竹发而响厉，悲风激于中流。且容与以尽观，聊永日以忘愁。嗟羲和之奋迅，怨曜灵之无光。念人生之不永，若春日之微霜。谅遗命之可纪，信天命之无常。”后者说：“见游鱼之涔灂，感流波之悲声。内纡曲而潜结，心怛惕以中惊。匪荣德之累身，恐年命之早零。”谢灵运说“公子（指曹植）不及世事，但美遨游，然颇有忧生之嗟”（《拟魏太子邺中集诗序》）。显然，曹植“颇有忧生之嗟”不仅见于诗作，还见于赋作。不过，此类赋作并非其“不及世事”之作，而是饱经人生忧患的结果。他在游观中触物兴感而频频发出忧生之嗟，固然有人生苦短，“悲予志之长违”（《临观赋》）的一面，但也说明他在险恶的政治境遇中，内心常有对生命难保的忧虑。作者怀着这种心态作赋，沉郁、悲凉自为其风格取向。

二是表现艺术的多样性。曹植以赋抒怀言志、即物明理，在艺术表现形式上作过多种探索和尝试。除体物以显物性、拟代以道人情外，其抒怀言志，还用到了下面几种手法。

其一，以骚为赋，反复陈说“以忠言而见黜”的悲苦愁怨。《九愁赋》即以“践南畿之末境”、“登高陵而反顾”、“窜江介之旷野”、“俾予济乎长江”、“顾南郢之邦壤”为线索，写被“放”途中所见的凄凉景象和“惨毒”之感，反复诉说“时王之谬听”、自己“信无负于时王”，和“知犯君之招咎”。不但反复陈说、淋漓尽致地写愁写怨类似《离骚》，就连赋中用语也多与楚辞同。故前人称此赋乃“楚骚之遗”，“文辞凄咽深婉，何减灵均”（丁晏语）。“若论文章，则伯仲屈平，贾、宋诸人未堪与俦”（沈嘉语）。

其二，言志说理，有意学习司马相如大赋的构思方法。《玄畅赋》，写作者在政治上迭遭打击后对人生态度、方式（归于玄学人生境界）的思考。其《序》即谓“庶以司马相如为《上林赋》，控引天地古今，陶神知机，摛理表微”。赋中有云：

思荐宝以继佩，怨和璞之始镌。思黄钟以协律，怨伶夔之不存。嗟所图之莫合，怅蕴结而延伫。希鹏举以傅天，蹶青云而奋羽。企驷跃而改驾，任中才之展御。望前轨而致策，顾后乘而安驱。匪逞迈之短修，长全贞而保素。弘道德以为宇，筑无怨以作藩。播慈惠以为圃，耕柔顺以为田。不愧景而惭魄，信乐天之何欲。逸千载而流声，超遗黎而度俗。

赋中说迭遭打击、有才不能为君所用，皆用古今人事和现实生活细节作喻，不单辞达意明，而且说得生动。“弘道德以为宇”数句，分明学的是《上林赋》中“游于六艺之囿，驰骛乎仁义之途。览观《春秋》之林……悲《伐檀》、乐乐胥。修容乎《礼》园，翱翔乎《书》圃”等句造句的思维方式而自有变化，都有用形象语言说抽象道理而“摛理表微”的特点。

其三，学习汉代俗赋的表现艺术。曹植对民间文学的语言风格和表现艺术十分欣赏，作诗作赋往往取而用之。其《鹞雀赋》，先写鹞欲食雀，雀逃到枣树上躲过灾祸，再写二雀相逢，罹祸者向雌鸟倾诉得以逃脱的感觉。赋用对话形式写鹞雀相争，云：

鹞欲取雀。雀自言：“雀微贱，身体些小，肌肉瘠瘦，所得盖少。君欲相啖，实不足饱。”鹞得雀言，初不敢语。“尔来甝轲，资粮之旅。三日不食，略思死鼠。今日相得，宁复置汝！”雀得鹞言，意甚怔营。“性命至重，雀鼠贪生。君得一食，我命是倾。皇天降监，贤者是听。”鹞得雀言，意甚怛惋。“当死斃雀，头如蒜颗。不早首服，烈颈大唤。行人闻之，莫不往观。”雀得鹞言，意甚不移。依一枣树，丛茇多刺。目如擘椒，跳萧二翅。“我当死矣，略无可避。”鹞乃置雀，良久方去。

后写雀儿遇难未死之感受，也用对话形式。云：

二雀相逢，似是公妪。相将入草，共上一树。仍叙本末，辛苦相语。“向者共出，为鹞所捕。赖我翻捷，体素便附。说我辨语，千条万句。欺恐舍长，令儿大怖。我之得免，复胜于兔。自今徙意，莫复相妒。”

此赋将鹞的霸道、恃强凌弱和雀儿的机警、善辩和脱险归来的感受，写得何等生动！所写寓言故事自是对一种社会现象的概括，构思方法和表现艺术则受到汉代《神乌赋》(1993 年江苏省东海县尹湾村汉墓竹简所记)一类俗赋的影响。赋中用语通俗、生动，有的说得俏皮而浅近、形象，如同口语。如“头如蒜颗”之“蒜颗”，即为汉代“俗间常语”(赵岐《三辅决录》，颜之推《颜氏家训·书证》引)。

其四，巧用比兴，托美女以言志。这是《离骚》、古诗作者用过的方法，曹植也曾用来写诗抒怀。其赋用这种手法表达心志，写得最富情意美、词采美和艺术匠心的，是《洛神赋》。赋写“余”与“洛灵”的相互爱慕和终于不能结合的离恨，描绘的是一片梦幻境界，表现的却是作者对文帝的期盼和愿望难以实现的苦闷。《序》谓：“黄初三年，余朝京师，归济洛川。古人有言，斯水之神名曰宓妃。感宋玉对楚王说神女之事，遂作斯赋。”赋实作于黄初四年(223)，立意当如何焯所说：“植既不得于君，因济洛川作为此赋，托辞宓妃以寄心文帝，其亦屈子之志也。”(《义门读书记·文选》卷一)其构思明显受到宋玉《神女赋》的启发，赋的主体内容(即“余”与“洛灵”情感交流之事)用“余”答“御者”之问的方式引出，而写“洛灵”形神之美，则极铺陈描绘之能事，想像之丰富、词采之华丽，较《神女赋》过之而无不及。如写其形态之美：

> 其形也，翩若惊鸿，婉若游龙。荣曜秋菊，华茂春松。仿佛兮若轻云之蔽月，飘飖兮若流风之回雪。远而望之，皎若太阳升朝霞；迫而察之，灼若芙蕖出渌波。秾纤得中，修短合度。肩若削成，腰如约素。延颈秀项，皓质呈露。芳泽无加，铅华弗御。云髻峨峨，修眉联娟。丹唇外朗，皓齿内鲜。明眸善睐，靥辅承权。瑰姿艳逸，仪静体闲。柔情绰态，媚于语言。

或从情态着眼，或从动态下笔，或近观，或远望，种种比喻和细致描叙，画出一活脱脱的美女形象。又如写“洛灵”为“余”爱慕之心所动的情怀和举动，以及不能与之交接的怅惘：

> 于是洛灵感焉，徙倚彷徨。神光离合，乍阴乍阳。竦轻躯以鹤立，若将飞而未翔。践椒途之郁烈，步蘅薄而流芳。超长吟以永慕兮，声哀厉而弥长……从南湘之二妃，携汉滨之游女。叹匏瓜之无匹兮，咏牵牛之独处。扬轻袿之猗靡兮，翳修袖之延伫。体迅飞凫，飘忽若神。陵波

微步，罗袜生尘。动无常则，若危若安。进止难期，若往若还。转眄流精，光润玉颜。含辞未吐，气若幽兰……于是越北沚，过南冈，纡素领，回清阳。动朱唇以徐言，陈交接之大纲。恨人神之道殊兮，怨盛年之莫当。抗罗袂以掩涕兮，泪流襟之浪浪。悼良会之永绝兮，哀一逝而异乡。无微情以效爱兮，献江南之明珰。虽潜处于太阴，长寄心于君王。

赋写洛神与"余"离别时泪流浪浪、解珰相赠的神态、举动以及对他的郑重表白，将其情意绵绵的形象表现得何等逼真。这番描绘，反过来又进一步衬托出"余"对于洛神可望而不可即的失意之痛。使得下写"洛灵"消隐后，"余""背下陵高，足往神留。遗情想像，顾望怀愁。冀灵体之复形，御轻舟而上溯"所显现的无限眷恋之情真挚感人。

第四节　"建安七子"的诗、赋和蔡琰的诗

一、"建安七子"的诗、赋

"七子"之称最早见于曹丕《典论·论文》，指的是建安时期七位有代表性的作家，他们是孔融、陈琳、王粲、徐幹、阮瑀、应玚、刘桢。其中孔融年岁最大，长于散文。因出身世族，在政治上反对曹操，为操所杀。其余六人都曾依附曹氏父子，作过一番事业。

"七子"中，创作成就最高的是**王粲**(177—217)。王粲字仲宣，山阳高平(今山东邹县西南)人。年轻时就以文才卓著受到过著名学者蔡邕的赏识。董卓迁都长安，王粲亦迁居长安，他的《七哀》(三首其一)诗写李傕、郭汜作乱时，关中的一片惨象。当时他十七岁，逃出长安后，准备到荆州(治所在襄阳)投靠刘表。诗云：

西京乱无象，豺虎方遘患。
复弃中国去，委身适荆蛮。
亲戚对我悲，朋友相追攀。
出门无所见，白骨蔽平原。
路有饥妇人，抱子弃草间。
顾闻号泣声，挥涕独不还。
未知身死处，何能两相完？

驱马弃之去，不忍听此言。
南登霸陵岸，回首望长安。
悟彼《下泉》人，喟然伤心肝。

诗一发端，即斥军阀为豺虎，对他们制造祸乱深表不满。然后在这个背景下叙写战乱给人民带来的苦难。中间既有概括描叙（“出门无所见，白骨蔽平原”），又有典型场面（饥妇弃子）的再现，直画出一幅乱民流离图。最后写诗人的感触，表现出他对国事的关注和对人民的同情。诗人写的是自身见闻，因而生动深刻。但他又不是简单地叙事，而是带有强烈的抒情色采。诗的情调苍凉，悲哀之感溢乎言外。它通过小的细节反映时代的方法对后代诗人颇有影响，何焯就说：“‘路有饥妇人’六句，杜诗宗祖。”（《义门读书记·文选》）沈德潜更明确地说：“‘未知身死处’二句，妇人之词。此杜少陵《无家别》、《垂老篇》诸篇之祖。”（《古诗源》卷六）

王粲今存赋二十六篇（包括残篇），其中有些是应曹丕、曹植之命而作的同题赋。名篇有《登楼赋》。此赋是建安时期抒情辞赋中的代表作。王粲依附刘表，本想有所作为，而刘表“以粲貌寝而体弱、通侻，不甚重也”（《三国志·魏志·王粲传》）。王粲登上当阳城楼，眺望异乡美景，心中便涌起无限感慨。赋的层次清晰，首写登楼所见，次叙怀乡之思，末言抱负难展之忧。情绪由舒缓而趋紧张，开端说因销忧而登楼，结尾却说因登楼而更生愁。赋的长处在于它以从容柔曼的语气充分写出了作者内心感情的变化，使人体会到作者隐忧之深。赋中景物描写对抒情起了很好的映衬作用。比如首言“聊暇日以销忧”，便出以荆州物土富美之景；中言思乡，便出以家乡“壅隔”之景；末言内心苦痛，便出以凄凉之景。此赋写“登楼”“四望”之景以抒怀的手法，对后来写登临亭、台、楼、阁、关隘以至山丘所见所感的诗、赋、散文的表现艺术，都有率先示范的作用。曹丕说：“仲宣独自善于辞赋……至于所善，古人无以远过。”（《与吴质书》）谢灵运说王粲“遭乱流寓，自伤情多”（《拟魏太子邺中诗序》）。这些话可以帮助我们理解王粲诗、赋长于抒情的艺术特色及其形成的原因。

王粲诗、赋颇负盛名，其诗“苍凉悲慨，才力豪健，陈思而下，一人而已”（方东树《昭昧詹言》卷二），其赋“亦魏、晋之赋首也”（《文心雕龙·诠赋》）。总论则如刘勰所说：“仲宣溢才，捷而能密，文多兼善，辞少瑕累，摘其诗赋，则七子之冠冕乎！”（《文心雕龙·才略》）

刘桢（170？—217），字公幹，东平（今山东泰安）人。今存诗十余首，几乎全为五言。诸如《公谯诗》、《赠五官中郎将诗四首》、《赠徐幹诗》、

《斗鸡诗》、《射鸢诗》等，虽也叙写怀抱，但诗的内容比较单薄。但历来论诗，对他评价很高。曹丕说："公幹有逸气，但未遒耳。其五言诗之善者，妙绝时人。"(《与吴质书》)钟嵘称其诗"仗气爱气，动多振绝，真骨凌霜，高风跨俗。但气过其文，雕润恨少。然自陈思以下，桢称独步"(《诗品》卷上)。这种评价主要就他的《赠从弟三首》一类诗而言。《赠从弟三首》分别以"华叶纷扰溺"的蘋藻、"亭亭山上松"以及"羞与黄雀群"的凤凰为喻，形容从弟品格的美好，表现诗人对一种高尚情操的向往，格调不凡。但诗的语言比较质朴，艺术成就远远赶不上曹植和王粲。《赠从弟》之二云：

亭亭山上松，瑟瑟谷中风。
风声一何盛，松枝一何劲！
冰霜正惨凄，终岁常端正。
岂不罹严寒？松柏有本性。

刘桢赋也多为应命之作。较有特色的，是他的《黎阳山赋》和《鲁都赋》。前者作于征讨刘表途中，后者写鲁都曲阜历史、山川、物产、民俗等诸多内容，两者都有气势宏大、情兴高逸之美。

陈琳(160？—217)，字孔璋，广陵(今江苏江都县)人。**阮瑀**(170？—212)，字元瑜，陈留(今河南陈留)人。陈、阮俱以章表书记见长，存诗甚少。二人诗风相近，他们的乐府诗都能以质朴的语言反映社会问题。陈琳的《饮马长城窟行》用"太原卒"与"内舍"妇夫妻书信往来的对话形式，揭露徭役带给人民的深重苦难，言词沉痛，感人至深，诗中有云：

长城何连连！连连三千里。
边城多健少，内舍多寡妇。
作书与内舍，"便嫁莫留住。
善事新姑嫜，时时念我故夫子。"
报书往边地，"君今出语一何鄙！"
"身在祸难中，何为稽留他家子？
生男慎莫举，生女哺用脯。
君独不见长城下，死人骸骨相撑拄！"
"结发行事君，慊慊心意关。
明知边地苦，贱妾何能久自全？"

诗中写秦时役卒筑城之苦，实是对现实生活的概括。所用对话形式显然受到《陌上桑》的影响，但它用语简练、质朴。随着对话的进展，逐渐敞开戍卒、寡妇凄楚的内心世界，使人为之震撼，诗人也借此表达出了自己的倾向性。故沈德潜极称此诗对话之妙，说是“无问答之痕而神理井然，可与汉乐府竞爽矣”(《古诗源》卷六)。阮瑀的《驾出北郭门行》写一孤儿受到后母虐待的悲惨遭遇，从题材到表现形式都与汉乐府《孤儿行》相像，但它反映的又是现实生活。诗末说“传告后代人，以此为明规”，表明作者劝诫世人不要虐待孤儿的写作动机，是很明确的。和曹植、王粲比较，陈琳、阮瑀的乐府诗语言朴素，多用白描手法叙事，在风格上更接近汉乐府民歌的本色。

陈琳、阮瑀都写有《止欲赋》，二赋同写对女子强烈而真挚的爱，但抒情又拘于“发乎情，止乎礼义”的观念，终以“止欲”为结。与王粲《闲邪赋》、应玚《正情赋》、曹植《静思赋》同一旨趣。陈琳另有《武军赋》，写袁绍破公孙瓒“武军(即以敌尸封土为垒，以彰武功)”之事(时在建安四年)，赋写战争题材，铺陈渲染，夸张形容，气势雄壮，为众多同类题材作品所不及。葛洪即谓“等称征伐，而《出车》、《六月》之作，何如陈琳《武军》之壮乎”(《抱朴子·钧世》)。

徐幹(171—217)，字伟长，北海(今山东寿光)人。他是学者，著有《中论》。曹丕说：“伟长独怀文抱质，恬淡寡欲，有箕山之志，可谓彬彬君子矣。”(《与吴质书》)其诗深受民歌影响。比如他的《室思》六首，明写闺怨，暗喻君臣关系，情致极深而出语自然。其三云：

浮云何洋洋，愿因通我辞。
飘飖不可寄，徙倚徒相思。
人离皆复会，君独无返期。
自君之出矣，明镜暗不治。
思君如流水，何有穷已时！

此章向称绝唱，尤其是后四句写思妇思恋之深，朴素、真挚。后人模拟者多，皆不及此。

应玚(170？—217)，字德琏，汝南(今属河南)人。曹丕说“应玚和而不壮”(《典论·论文》)。又说“德琏常斐然有述作之意，其才学足以著书”(《与吴质书》)。今存诗六首，内容一般。唯《别诗》二首叙写行役之愁，情词哀转。

徐、应均为辞赋名家。曹丕说“幹之《玄猿》、《漏卮》、《圆扇》、《橘赋》，虽张、蔡不过也”(《典论·论文》)。张溥说“德琏善赋，篇目颇多”(《汉魏六朝百三家集题辞·应德琏、休琏集题辞》)。二人赋作，除与曹丕兄弟赋作同题者外，徐幹有大赋《齐都赋》，应玚有《灵河赋》、《西狩赋》，都有气势宏大的特点。

二、蔡琰及其《悲愤》诗

蔡琰(174？—？)，字文姬，陈留圉县(今河南杞县)人。她是著名学者蔡邕的女儿。博学有才，善辩，精通音律。幼年曾随父度过一段亡命流离的生活。十六岁嫁给河东卫仲道，不久因夫亡无子回娘家寡居。献帝兴平年间(194—195)，她被董卓部属中的胡羌骑兵所掳(一说于献帝初平二年即公元191年被掳)，嫁南匈奴左贤王，在胡地十二年，生有二子。曹操念老友蔡邕没有后嗣，建安十二年(207)特遣人以金璧赎回蔡琰。蔡琰归来嫁给董祀为妻，凭着记忆录得乃父文章四百余篇。

蔡琰有五言《悲愤诗》一首，长一百零八句，五百四十字。另有骚体《悲愤诗》和《胡笳十八拍》，内容虽与五言《悲愤诗》无大差别，然其词意冗复，体制亦与同时之七言诗不同，研究者多以为二诗系后人伪托之作。

五言《悲愤诗》是汉代第一部由文人创作的长篇叙事诗。诗以女主人公的生活经历为线索，揭露了汉末政治的黑暗、社会的混乱以及军阀混战的罪恶和人民遭受的苦难。它和民间长篇叙事诗《孔雀东南飞》可以合称为古代叙事诗中的双璧。它们的出现，标志建安时期五言诗已经高度成熟。

《悲愤诗》是叙事诗，但它抒情色彩很浓。诗的前四十句原原本本地叙述女主人公被掳掠的经历，情词惨痛，它所提供的内容比历史记载丰富、生动得多。诗从董卓之乱的大背景写起，然后落到个人的遭遇上来。诗中说：“卓众来东下，金甲耀日光。平土人脆弱，来兵皆胡羌。猎野围城邑，所向悉破亡。斩截无孑遗，尸骸相撑拒。马边悬男头，马后载妇女。长驱西入关，迥路险且阻。”读这些句子，我们就会想到史书上的有关记载：董卓遣其部将李傕、郭汜“击破河南尹朱儁于中牟，因掠陈留颍川诸县，杀略男女，所过无复遗类”。“卓尝遣军至阳城，时人会于社下，悉令就斩之。驾其车重，载其妇女，以头系车辕，歌呼而还。”(《后汉书·董卓传》)董卓的暴乱，史书能道其大概，而被掳掠者的痛苦境遇却只有身经其事的作者才能细致入微地反映出来：

所略有万计，不得令屯聚。
或有骨肉俱，欲言不敢语。

失意几微间，辄言毙降虏！
要当以亭刃，我曹不活汝！
岂敢惜性命，不堪其詈骂。
或便加棰杖，毒痛参并下。
旦则号泣行，夜则悲吟坐。
欲死不能得，欲生无一可。
彼苍者何辜？乃遭此厄祸！

胡骑滥施淫威，难民在斥责声中战栗。她们既难免皮肉之苦，又饱受精神折磨，欲生不能，欲死不可，悲痛、绝望到了极点。曹操、王粲的诗写汉末动乱中人民的苦难，堪称实录，若论其艺术感染力，是比不上蔡琰的沉痛控诉这样震撼人心的。

中间四十句，写女主人公在胡地对家乡亲人的思念，和被赎得归又与子别的惨痛心理。她在胡地的生活(诗中“人俗少义理”包含着她在南匈奴被蹂躏、被侮辱的种种遭遇)使她百般思念故乡，每当有人从外面来，她总是急切地打听家乡的情况，但来人总不是自己家乡的人。但当她被赎得归时，她又陷入新的痛苦之中。诗中叙写她们母子分别的情景，最为感人：

天属缀人心，念别无会期。
存亡永乖隔，不忍与之辞。
儿前抱我颈，问母欲何之？
人言母当去，岂复有还时！
阿母常仁恻，今何更不慈？
我尚未成人，奈何不顾思！
见此崩五内，恍惚生狂痴。
号泣手抚摩，当发复回疑。

儿子的天真质问和哀切恳求，激起母亲内心的剧烈悲痛，真是“悲莫悲兮生别离”(《楚辞·九歌》)，更何况慈母、爱子！“见此崩五内，恍惚生狂痴。号泣手抚摩，当发复回疑”，这几句把母亲恋儿的撕心之痛写得多么真切。这段诗以及下写难友送别，字字句句都浸透着血泪，情景最为惨酷。

诗的后二十八句写她在归途中和回到故乡后的见闻感受。她怀着恋子之愁踏上归途，回到故乡后见到的情况怎样呢？

既至家人尽，又复无中外。
城郭为山林，庭宇生荆艾。
白骨不知谁，纵横莫覆盖。
出门无人声，豺狼号且吠。

不在故乡想故乡，回到故乡又是如此惨象！在这样的境遇中，她不能不对自己的余生充满忧虑：

茕茕对孤景，怛咤糜肝肺。
登高远眺望，魂神忽飞逝。
奄若寿命尽，旁人相宽大。
为复强视息，虽生何聊赖？
托命于新人，竭心自勖厉。
流离成鄙贱，常恐复捐废。
人生几何时，怀忧终年岁！

她回到故乡，感受不到亲人的温暖，只能在旁人的宽慰下勉强生活下去。再嫁新人，虽说有了归宿，然而自己几次嫁人，特别是久久流落胡地，使她有一种自卑自贱之感，深恐随时会遭到遗弃。诗就在这样一种悲不胜悲的气氛中结束。

诗中蔡琰的形象有很强的典型性，这个形象所具有的思想意义远远超出了作者个人遭遇的范围。人们从她身上，可以看到整个封建社会妇女地位的低下和她们在战乱中家破人亡、较之男子受到更多更深的侮辱、折磨而不能自主的命运。同时还能使人对东汉末年社会动乱的特点，有一种感性认识。

《悲愤诗》的写作显然受到过汉乐府中以自述口吻叙事的叙事诗(诸如《十五从军征》、《孤儿行》等)的影响，但它在规模、体制上却大大超过了它们。在艺术上有几点很突出：一是以叙事为主。二是挑选一些典型场面、细节，集中抒发诗人心中的悲愤。如被掳途中所受的虐待、在南匈奴与儿子分别时的情景。三是写出了人物曲折复杂的心理变化。如她急于南归，但又难舍儿子；她怀着希望归来，可回来后却得不到亲人的温暖；虽然再嫁新人，而她又自觉鄙贱，对未来的生活怀着恐惧心理。诗人一次又一次地陷入精神痛苦的漩涡中，诗感动人的重要原因就在于她真实地写出了这种曲折、复杂的心思。四是情感悲愤而言词朴素。诗人只是把她的亲身经历如实说出来，就像在和一位妇女谈心回忆往事一样，一点也不做作，一点也不隐晦。诗以哀痛为主，但“其词明白、感慨”(《竹庄诗话》卷二引苏轼语)，不像“七子”含思宛转，不尽发露。句句语自肺腑中出，平易至极，却有强大的感染力。

第三章　建安散文

第一节　建安散文的新变

建安散文应是两汉散文的一部分，但它的艺术风貌，与从西汉中期到东汉中期能体现“汉文本色”的新儒家散文大为不同。其不同主要表现在散文的艺术精神和艺术风格上。建安诸家散文的艺术精神虽然有不同的思想理论基础，但在突出自我、强调以气为主方面，却是共同的。这与汉代散文动辄“本经立义”、悬置自我、泯灭个性，自然不同。与汉文醇厚、典雅、阐缓、平实的文风有异，建安散文多有清峻、通脱的特点。用清峻描述诗、文艺术特点，大概始于刘勰说的“风清骨峻”(《文心雕龙·风骨》)。刘师培用来概括建安文风，并说它是“魏武治国，颇杂刑名”(《中国中古文学史讲义》第三课)所致。鲁迅沿用其说，且释其为“简约、严明”(《魏晋风度及文章与药及酒之关系》)。后来论建安文学特征，亦多称清峻而另有所解。其实，作为艺术风格，清峻可以理解为清朗、峻健，其含义和被理解为爽朗、刚健的风骨相近。作为描述语言艺术特征的清峻，则可理解为清约、峻直。以通脱论文，则“通脱即随便之意”，“想说什么便说什么”，“想写的便写出来”(《魏晋风度及文章与药及酒之关系》)。建安文风的走向，实有两种发展趋势：一是由清峻、通脱走向质朴，以曹操为代表；一是由清峻、通脱走向华靡，以孔融、曹丕、曹植为代表。前者在曹操之后少有嗣响，后者却绵延不绝，直到隋、唐。

建安散文发展有此新变，原因有四。

一是桓、灵以降，以迄少、献之时，匹夫抗愤、处士横议。儒学消退，再也不是规范士人的唯一准则，道家思想、刑名之学、法家思想、纵横之术广为流行。思想界出现了“户异议，人殊论，论无定检，事无定价”(《意林》，引自曹丕《典论》)的局面。思想的解放，带来文士为人的两大特点，即言论上的师心作论、放言无惮和行动上的少有拘束、行无定仪。而且他们的放言作论、举止通脱，常与负气任性联系在一起。散文本为作者人格精神之写照，士风如此，文风自有清峻、通脱特色。

二是士人对战国时代纵横家流风遗韵的承袭。建安散文家，多数经过黄巾起义的历史时期，流离迁徙，蓬转不定。他们面对许多政治集团形同棋峙的局面，欲乘时而动，便十分仰慕战国时代纵横家的国士之风。往往择主而事，合则留，不合则去，并不把忠贞不二作为事主的原则。像王粲初依刘表，后投曹操；繁钦数见奇于刘表，后来也投向曹操。像阮瑀托疾拒为曹洪掌书记，却弃杖而起应曹操之征；边让先为何进所召，后来却不屈从曹操，都有些战国时代国士的气性。像陈琳先依何进，何进败，则投靠袁绍；袁绍败，又投向曹操。而且事一人即为一人说话，昨日痛诋之敌即成今日颂扬之主。时人讥议，后人鄙视，他却自有理由，说是“世治责人以礼，世乱则考人以功。”“达人君子必相时以立功，必揆宜以处事”(《应讥》)。他们既以类似战国时代纵横之士的灵活态度处世，又以相似方法处事，必然对纵横家的“长短术”下过一番工夫。这对他们的散文写作深有影响。他们作文引事纷纭，有骋词之风，而又善辩若毂，甚至将一些无理不实之事说得头头是道，实是对纵横家浮夸泛滥、虚张声势手段的灵活运用。说陈琳、阮瑀等人之文得苏、张之辩术，是不错的。此外，建安文士中不少人口舌快利、文思敏捷，也与纵横家相像。他们抽思为文、出口成章的特长，对建安散文形成梗概而多气、纵横驰骋的艺术风貌，也是有影响的。

三是两种文质观带来两种审美倾向。建安文士有两种文质观，分别属于道家思想体系和儒家思想体系。前以阮瑀为代表，后以应玚为代表。二人都写有《文质论》，且都就当时治政之术和人物修养立论，从中可见其有关散文审美取向的文质观。阮瑀《文质论》论政、论人，纯以黄老道学为理论基础。论政主无为而治，论人以“质士”为高，主张去多言、华言。理由是华而不实，不合于用。由此可见，他论文章必然重质轻文。但他的重质轻文，并非不要文采，而是以自然朴质为美，以文能为质(偏指内容)而用为美。应玚不赞成阮瑀的观点，其《文质论》就是驳阮之作。其论亦就治政之术和人物修养说开去。认为治国文质代序，各有所用，质(守成法、无为)可用于“承清泰，御平业”；文(制礼乐、兴文教)则适于“拨乱夷世”之时。还说文有观赏、装饰价值。论人则肯定“文士”胜于“质士”。由此引申到论文，当为质文并重，实际上却是重文轻质，追求文采的华美绮丽。这从应玚之文的华美即可看出。应玚这种文质观，无论就治政、论人而言，还是就论文而言，都代表当时多数文士的意见。在论文方面，持这种看法而影响最大的是曹植。从散文角度说，这两种文质观，实际上间接地反映出儒、道两家对散文艺术发展的审美要求，对建安散文趋势的形成，有理论指导作用。

四是东汉后期诗风、赋风的影响。通观古诗十九首和建安时期的文人诗，坦陈胸臆、慷慨多气，可以说是东汉后期诗歌创作的共同倾向。这一艺术倾向的出现，很重要一个原因，是由于经学束缚的解除，诗人们进入认知自我价值、率性表现人生感受的阶段。东汉后期的赋，从赵壹的《刺世疾邪赋》，到祢衡的《鹦鹉赋》，到王粲的《登楼赋》，无不贴近现实、关涉人生。雅好慷慨、吐气抒情、文采斑斓为其共同特征。建安散文家，少有不能作诗、赋的，其诗风、赋风既受到时风的影响，同时又必然会影响到他们散文艺术风格的变化。说到诗、赋对散文的影响，还有两点不可忽略：其一，东汉后期五言诗大兴，但作为《诗经》体的四言诗，仍然是常见的诗歌形式。同前此四言诗句法大量为散文所用一样，建安散文句子的营造，也采用了同时写作《诗经》体诗结构四言诗句的艺术经验。其二，汉灵帝开鸿都门学，引诸生能为文赋者，待以不次之位，使天下学者趋之若鹜。不但使文辞浮华、辞义浅薄的辞赋大量出现，还使人们形成一种好铺陈、喜夸张、尚华美的审美趣味，影响到散文文风的变化。不少建安散文家的青少年时代，正是在灵帝执政期间度过的，他们会用这种审美趣味对待散文创作，并使之成为风气，自不奇怪。故刘师培说："汉之灵帝，颇好俳词，下习其风，益尚华靡，虽迄魏初，其风未革。"（《中国中古文学史》第三课）范文澜甚至认为："东汉辞质，建安文华，鸿都门下诸生，其转易风气之关键欤！"（《文心雕龙·时序》注）

第二节 曹操、孔融的散文

一、曹操的散文

曹操在建安以前生活了四十余年。他"少机警，有权数而任侠，放荡不治行业"。后来"运筹演谋，鞭挞宇内，揽申、商之法术，该韩、白之奇策，官方授材，各因其器，矫情任算，不念旧恶"（《三国志·魏志·武帝》）。应该说，曹操的思想、性格乃至文风，都是在建安之前形成的。但从他建安以前的散文看，虽也有逞性而言的（如《上书理窦武、陈蕃》），有行文简易的

（如《答袁绍》），但遣词造句力求工整，与东汉前期儒家散文并无差别。

最能显出曹操散文艺术特色的，是他在建安时期的作品。之所以如此，大概是这一时期曹操政治上最为活跃、思想最为开放、性格显露得最充分，而它们对散文风格影响最为直接的缘故。曹操思想的开放，不只是说说而已，而是落实在治政、治军、治家的行动上。他好法术，尚刑名，但对儒术并不一概废弃。在他那里，各种政治主张、思想观念都是工具，只要对统一国家、巩固权势有益，就拿过来用。由于讲实用，他对传统思想的突破，就更大胆，更自然，更显得理直气壮。而能如此，自与他在建安时期所处的强势地位分不开。既有唯我所用、敢作敢为的处世特点，又享有最大的言论自由，曹操为文自然有通脱、清峻、质朴的风格取向。本来，曹文通脱、清峻、质朴，同存于一体，难以切割，为行文方便，且分而言之。

先说其通脱。

思想自由，持论通脱，易使散文创作具有任气、随意的特点。曹操作文，全是随意而为。由于“随意”，故其为文能说真话，求真美。他有自己的用人标准，于是便在《求贤令》中明白说出来。谓“若必廉士而后可用，则齐桓其何以霸世！今天下得无有被褐怀玉而钓于渭滨者乎？又得无盗嫂受金而未遇无知者乎？二三子其佐我明扬仄陋，唯才是举，吾得而用之”。他作《又下诸侯长史令》，也是明白道出其用心，所谓“从子建私开司马门来，吾都不复信诸侯也。恐吾适出，便复私出，故摄将行，不可恒使吾以（原作‘尔’，依《册府元龟》改）谁为心腹也”。这真是想说的都说出来，毫不遮掩，而这些话也只有地位、身份如他的人才说得出来。

曹操作文能说真心话，行文笔带感情。其《军谯令》说：“吾起义兵，为天下除暴乱，旧土人民，死伤略尽，令人凄怆，国中终日行，不见所识，使吾凄怆伤怀。”其《与荀彧书追伤郭嘉》言：“郭奉孝年不满四十，相与周旋十一年，险阻艰难，皆共罹之……何意卒尔失之，悲痛伤心！今表增其子满千户，然何益亡者！追念之感深。且奉孝乃知孤者也，天下人相知者少，又以此痛惜，奈何奈何！”都是绝好抒情文字。

坦露真性的，尚有名篇《让县自明本志令》。张溥即谓其“《述志》一令，似乎欺人，未尝不抽序心腹、慨当以慷也”（《汉魏六朝百三家集题辞·魏武帝集题辞》）。此令意在向拥汉派剖白心迹，表明他并无“不逊之志”。文章从他年少时“欲为一郡守”，说到后来“欲望封侯作征西将军”，再说到今日“身为宰相，人臣之贵已极，意望已过矣”。在忆念往事中描出自己的心路历程，语语含慨叹声。

下面说他不会因势盛而图汉，也充满情感。既说他每读乐毅拒与赵王合谋燕王之书，与蒙恬临死对胡亥所说不敢背叛之语，“未尝不怆然流涕也”。又借蒙恬语以作发挥，言曹氏见信于汉“过于三世矣”，说他也同蒙恬一样，“不敢辱先人之教以忘先王”。并说自己不但“对诸君说此”，还要妻妾明白其意，要他们在自己死后，向世人传道其心。反复叙事，是要证明心地真诚。还一再重申：“孤此言皆肝鬲之要也。所以勤勤恳恳叙心腹者，见周公有《金縢》之书以自明，恐人不信之故。”可见曹操作此文，本来就是要动之以情，用殷勤恳切的态度，来向世人说明心志。

至于文中说“设使国家无有孤，不知当几人称帝，几人称王”。说不愿交出军队，“诚恐已离兵为人所祸也。既为子孙计，又己败则国家倾危，是以不得慕虚名而处实祸，此所不得为也”。又说“前朝恩封三子为侯，固辞不受，今更欲受之，非复以为荣，欲以为外援、为万安计”。“江湖未静，不可让位，至于邑土，可得而辞。”也是言由心出，激情迸涌。至于他那些本以情显的祭、吊之作和明示爱憎的褒赏、诛讨之令，更是情随文生。

除了说真话、动真情，曹操作文的随意任性，还表现在行文的自由、灵活，不为体裁、篇法、章法所拘。如下面三篇文中语句：

> 故太尉桥公，诞敷明德，泛爱博容。国念明训，士思令谟。灵幽体翳，邈哉晞矣。吾以幼年逮升堂室，特以顽鄙之姿，为大君子所纳。增荣益观，皆由奖助，犹仲尼称不如颜渊，李生之厚叹贾复。士死知己，怀此无忘。又承从容约誓之言：“殂逝之后，路有经由，不以斗酒只鸡过相沃酹，车过三步，腹痛勿怪。”虽临时戏笑之言，非至亲之笃好，胡肯为此辞乎？匪谓灵忿，能贻己疾，旧怀惟顾，念之凄怆。奉命东征，屯次乡里，北望贵土，乃心陵墓。裁致薄奠，公其尚飨。
>
> ——《祀故太尉桥玄文》

> 观文约所为，使人笑来。吾前后与之书，无所不说，如此何可复忍？卿父谏议，自平安也。虽然，牢狱之中，非养亲之处，且又官家亦不能久为人养老也。
>
> ——《手书与阎行》

> 赤壁之役，值有疾病，孤烧船自退，横使周瑜虚获此名。
>
> ——《与孙权书》

他作《祀故太尉桥玄文》，忽于哀切语中引入“戏笑之言”；作《手书与阎行》，出以幽默之语；作《与孙权书》，取狡狯之词以自饰。皆为信笔所至。其《遗令》说："吾夜半觉小不佳，至明日饮粥汗出，服当归汤。吾在军中持法是也，至于小忿怒，大过失，不当效也。天下尚未定，未得遵古也。吾有头病，自先著帻，吾死之后，持大服如存时，勿遗。百官当临殿中者，十五举音，葬毕便除服。其将兵屯戍者，皆不得离屯部，有司各率乃职。敛以时服，葬于邺之西冈上，与西门豹祠相近。无藏金玉珍宝。吾婢妾与伎人皆勤苦，使著铜雀台，善待之……诸舍中无所为，可学作组履卖也。吾历官所得绶，皆著藏中。吾余衣裘，可别为一藏，不能者兄弟可共分之。"更是想到哪里，便写到哪里，自成格式。中言伎女、遗物如何处置，流露曹操作为凡人的真情性。实际上，《遗令》和其他一些散文的文无定法、内容跳脱、用语随便，都是由作者情思的自然流转所决定的。

再言其清峻。

除了立论通脱、任气，曹操散文风格的清朗、峻健，主要是通过清约、峻直的语言艺术表现出来的。其文用语简约、朴质，论理说事，无不径遂直言。除《让县自明本志令》外，其文绝少长篇。无论长短，行文疏朗而简约。而直言其意，多不展开论说，只以结论告人。言辞简约，意思明白，而且说得使人感到毫无可商量之处。如其下列文字：

> 议者或以军吏虽有功能，德行不足堪任郡国之选……未闻无能之人、不斗之士，并受禄赏，而可以立功兴国者也。故明君不官无功之臣，不赏不战之士；治平尚德行，有事赏功能。论者之言，一似管窥虎欤！
>
> ——《论吏士行能令》

> 日出于东，月盛于东，凡人言方，亦复先东，何以省东曹。
>
> ——《止省东曹令》

> 非但君当知臣，臣亦当知君。今欲使吾坐行西伯之德，恐非其人也。
>
> ——《报刘廙》

全是直言其意，出语斩截，说一不二。《止省东曹令》，用语简则简矣，实是以不合逻辑之理强说自家主张。而像《宣示孔融罪状令》、《假为献帝收伏后》、《赐死崔琰令》，更是语直气横，有峻刻之风。

这些固然与曹操位尊，告语对象多为子弟和部属有关，与教、令等文体的功用和审美特征有关，与他戎马倥偬，无暇修饰文字、详言其事有关，与他尚法术、性格刚强有关，但主要是由他务实尚用、求真尚朴的艺术趣味所决定的。

最后简说其朴质。

曹操为人，最忌“以伪假实，条不胜华”(《令兖州牧表》)。不愿有“饰辞”之举(《上书让增封武平侯》)。以至生活上“雅性节俭，不好华丽”(《魏志·武帝纪》注引《魏书》)。这种个性自会影响他的文论主张，故有为文“勿得浮华”之说(刘勰《文心雕龙·章表》)。

曹操散文的朴质，除行文梗概(疏朗不密)任气(随意行止)、句无定式以外，还表现在语言的质朴、直露上。这一点和他诗歌的“古直”很相像，只不过散文用语更加不避浅俗。如《手书与阎行》，言“使人笑来”，《与王修书》设想他人议论之言，谓“张甲李乙，尚犹先之，此主人意待之不优之效也”，《遗令》言“余香可分与诸夫人，不命祭。诸舍中无所为，可学作组履卖也”，此与口语何异？正因朴直，始能妙传神气、声色。

曹操的散文，几乎全是应用文。其中教、令、书一类文字，最能显出通脱、清峻、朴质的特点，章表之作则略逊一筹。

西汉以来，章表(包括下级写给上级的公文)中套语、对句越来越多。做官的(包括处士)都要学得两套作文功夫，作章表或写给同级、同辈以上人物的公文、书函，要会用套语、用对句，以示庄重、恭敬；写给同级、同辈以下人物的书函、教、令等，则尽可用散句，且用语较为随便。时至建安，此风未变。曹操虽有独特的艺术趣味，但也难以避免时风的影响。他作章表行文就比教、令、书文显得拘谨一些。这只要拿他的《请爵荀彧表》、《请追赠郭嘉表》，分别和《报荀彧》、《与荀彧书追伤郭嘉》加以对比，就可看出区别之所在。

大抵书信写得洒脱、简约，而且富有感情。表则未脱通用格式，有套语，且多整齐之句(中含对句)。显得突出的，是少作虚言浮语，务为指事造实之词。曹操凡言他人他事的章表皆有此特点，唯“上书让表”客气话较多。又与孙权作书，命阮瑀代笔；檄吴将校部曲，有陈琳之作，阮、陈之文，重词藻、求华美、爱铺陈、多对句。曹操激赏其美，以至说陈琳书、檄可愈其病。可见，曹操作文自有其艺术趣味，由通脱而走向清峻、朴质一路。但他作表，虽欲力革浮华，却未能彻底打破通行的写法。而对气盛词美之作的喜爱，更说明他有一种兼容性的审美心态。这一点，对建安散文由通脱走向华靡是有利的。甚至可以说，他这种喜好，对建安散文由通脱趋于华靡，具有一定的促进作用。

二、孔融的散文

孔融(153—208)，字文举，鲁国(今山东曲阜)人。孔子二十世孙，官至少府(九卿之一)。为人跌宕、简傲，因反对曹操，为操所杀。

钱基博说："建安文章，雅壮多风，结两汉之局，而开魏、晋之派者，盖融有以先之也。"(《中国文学史》第三编)孔融是以他散文的气势雄迈、文辞典丽而领建安文风之先的。实际上，他正是在东汉后期文风与建安文风之间起承传作用的重要作家，也是建安文风由通脱趋于华靡的前驱。所谓"气扬采飞"，正是他散文艺术风貌的生动写照。

先说气势雄迈。孔融为文气势雄迈，表现有二。

一是通脱任性，以气运词。他为人严正刚直，负气不屈，心有所思即笔有所书，故文如其人，总以气胜。刘熙载说孔融"遒文壮节"(《艺概·文概》)，实可解释为孔融将其凛凛壮节不加掩饰地显现出来，才有了他气势雄迈的"遒文"。其《论盛孝章书》，要求曹操火速解救为孙权所困的盛宪，说桓公救人之道、燕王纳贤之术，笔带感情，逞性而言。从语势的豪荡激越，可见其救友之心如何急切。其《报曹公书》，说郗虑"贬毁之于己(指郗氏承望曹操风旨，以微法奏免融官事)，犹蚊虻之过也"，已显出胸怀的坦荡。又说"人心不相似"云云，就不单是辩白，而是抑操扬己，有自傲之意。故苏轼谓"其论盛孝章、郗鸿豫书，慨然有烈丈夫之风"(苏轼《乐全先生文集叙》)。其实，孔融之文多具英伟豪杰之气，张溥即谓"东汉词章拘密，独少府诗文，豪气直上，孟子所谓浩然，非邪"(《汉魏六朝百三家集题辞·孔少府集题辞》)。

孔融以气运词，通脱任性，还表现在他说理、论事，必尽心中好恶之情而后已。对自己喜爱的人物、赞成的道理，总是称誉有加，极道其美。对自己不喜欢的事情，则极尽嘲戏之能事。作者才力豪迈有余，为文通脱无羁，因而欢忭嘲讽，出语自然。他称赞虞翻《易传》之妙，言"今睹吾君之治《易》，乃知东南之美者，非但会稽之竹箭焉"(《答虞仲翔书》)。叹赏韦端二子才器之美，对韦端说"不意双珠，近出老蚌，甚珍贵之"(《与韦休甫书》)。他不满意曹丕私纳袁熙妻，便对曹操说"武王伐纣，以妲己赐周公"(《与曹公书》)。知王朗自会稽来许，喜不自胜，言"知櫂舟浮海，息驾广陵，不意黄能突出羽渊也，谈笑有期，勉行自爱"(《与王朗书》)。

其文真可称为张扬个性之作，难得的是内含真趣之美。但他有时说得兴起，便滔滔汩汩，几不可止。加上情绪激动，常有偏激之语。虽然文章气势浩荡，而立论不够深刻、论述不够严密的情形却时有所见，以致曹丕说他“体气高妙有过人者，然不能持论，理不胜词，至于杂以嘲戏”(《典论·论文》)。

二是结构疏散，章法灵活。孔融的散文，结构疏散、章法灵活。这也是作者以气运词、有意无意追求气势之美的结果。他的文章，大致的框架是有的，细说其结构方式则很难。因为作者本来就没有受所谓文法的束缚，只是飞辩骋辞，溢气坌涌。决定文章走向的是气，连接段落词句的还是气。其《论盛孝章书》，开篇便对“岁月不居，时节如流”，慨叹不已。说到曹操和自己年过半百，而“海内知识、零落殆尽”，一下落到盛孝章身上。说到盛氏“困于孙氏”，忽然冒出《春秋传》语。接着，又回头说到孝章“实丈夫之雄”，曹操应当弘扬“友道”，援之以手。继而又说到“今之少年，喜谤前辈，或能讥评孝章”，似为孝章一辩。再说曹操今日“匡复汉室”，“实须得贤”。最后又把昔日昭王求贤盛事演染一番。全篇文字承接不严，内容跳跃性强。看似东说西说，总不离劝曹操速救盛宪之意。文章结构疏散而张力强劲，实乃义气鼓荡所致。

再说文辞典丽。孔融散文的气势雄迈，是与文辞典丽联系在一起的。而文辞典丽，既取决于他的艺术趣味，也与他惯用的艺术手法有关。和曹操为文通脱、清峻、尚简、尚质不同，孔融为文通脱，出语自然且“奇逸博闻”(路粹《为曹公与孔融书》)。又见人“言有可采，必演而成之”(《后汉书·孔融传》)。善于博引例证，推演事理，故其为文并不以简要为贵，而特偏好言语的富赡、华美。

孔融惯用的艺术手法有两种，即论人多夸张、形容，说理多引古今之事为证。这本是辞赋家、纵横家常用的方法，孔融用来作文，便使散文有了独特的艺术风格。具体表现有二：

一是作者论人，常常用夸张、形容的方法，表现对象的人格美、才智美，行文往往充满激情。比如：

> (谢该)体曾、史之淑性，兼商、偃之文学；博通群艺，周览古今；物来有应，事至不惑；清白异行，敦悦道训；求之远近，少有俦匹。若乃巨骨出吴，隼集陈庭，黄熊入寝，亥有二首，非复恰闻者，莫识其端也。隽不疑定北阙之前，夏侯胜辨常阴之验，然后朝士益重儒术，今该实卓然比迹前列。
>
> ——《上书荐谢该》

（祢衡）淑质贞亮，美才卓荦。初涉艺文，升堂睹奥。目所一见，辄诵于口；耳所暂闻，不忘于心。性与道合，思若有神。弘羊心计，安世默识，以衡准之，诚不足怪。忠果正直，志怀霜雪，见善若惊，疾恶如仇；任座抗行，史鱼厉节，殆无以过也。鸷鸟累百，不如一鹗。使衡立朝，必有可观。飞辩骋辞，溢气坌涌；解疑释结，临敌有余。

——《荐祢衡疏》

二文分别赞美谢该、祢衡的才德，写得意气洋洋，文辞翩翩。作者不是以冷静的态度客观叙说二人的长处，而是有声有色地张扬其美。既夸张其事，又反复加以形容。动辄以古代良士作比，或借他们衬写其美，真能耸人听闻！有的荐书，则用突出的物象为喻，形容才士本领，如说“边让为九州衣被则不足，为单衣襜褕则有余”（《与曹公书荐边让》），也使读者对所论之人留下深刻印象。用语既多夸张、形容之词，且爱将一些复杂的内容加以浓缩，用整齐的短句表述出来，这样自然会造成文章气势的雄迈和文辞的典丽。

二是孔融说理，往往借论古人古事说出自家主张。而主张提出后，又爱用古今人事证实其说（偶尔也引用经文佐证），对所持观点作理论上的阐述较少（曹丕说他“不能持论”，这也是原因之一）。其《上书请准古王畿制》、《肉刑议》，即在说古事中摆出论点，本身就是借事证理。而像《难曹公表制酒禁书》，说“酒之为德久矣”，几乎全是用古人古事和有关知识，以证其说。如云：

古先哲王，类帝禋宗，和神定人，以济万国，非酒莫以也。故天垂酒星之曜，地列酒泉之郡，人著旨酒之德。尧非千钟，无以建太平；孔非百觚，无以堪上圣；樊哙解厄鸿门，非彘肩卮酒，无以奋其怒；赵之厮养，东迎其王，非引卮酒，无以激其气；高祖非醉斩白蛇，无以畅其灵；景帝非醉幸唐姬，无以开中兴；袁盎非醇醪之力，无以脱其命；定国非酣饮一斛，无以决其法，故郦生以高阳酒徒著功于汉，屈原不餔糟歠醨取困于楚，由是观之，酒何负于政哉。

这是用事例的堆积来哄抬其说。铺陈排比，纵然很有气势，说服力却不强。因为你可以举出这一类例子，他也可以拿出另一类例子。最后落在对具体事例的分析上，各人立论都会露出破绽。

又像《汝颖优劣论》，说汝南士胜颍川士，几乎是说一“胜”，即举一人之事为证。与此相关，孔融议论时，还爱杂糅众多古人古事以尽其说。如《肉刑议》云：

> 纣斫朝涉之胫，天下谓为无道。夫九牧之地，千八百君，若各刖一人，是天下常有千八百纣也。求俗休和，弗可得也。且被刑之人，虑不念生，志在思死，类多趋恶，莫复归正。夙沙乱齐、伊戾祸宋，赵高、英布为世大患，不能止人，遂为非也。适足绝人还为善耳。虽忠如鬻权、信如卞和、智如孙膑、冤如巷伯、才如史迁、达如子政，一离刀锯，没世不齿。是太甲之思庸、穆公之霸秦、南睢之骨立、卫武之初筵、陈汤之都赖、魏尚之守边，无所复施也。

显然，他的杂糅众事以作议论，是以古人古事谕说今事今理。而作者爱借论古人古事以说理，且将古人古事细加描述，以壮声势，似乎出自其艺术偏好。

出于同样的原因，孔融叙事有借用古人古事指代今人今事的倾向。如《遗张纮书》，劝纮安心留守，谓其“无乃李广之气，循发益怒，乐一当单于以尽余愤乎？南北并定，世将无事。孙叔投戈，绛灌俎豆，亦在今日”。这与用典叙事已无太大差别，不过是将典故展开细说而已。

此外，孔融行文的通脱还有一种倾向，就是句式力求整齐，用语喜尚华赡。既然论人爱作夸张、形容之语，说理又爱纳叙事于其中，而叙议之事又多为古人古事；说今日之事亦爱借古人古事言之，直言则多用夸饰之词，那句式整饬、语言典丽，便不是一件难事。可以说，孔融文辞的典丽，与他论人、说理的特点，有着割不断的联系。

第三节　曹丕、曹植的散文

一、曹丕的散文

曹丕论文尚气，特别推崇文有遒壮之气。他称美孔融“体气高妙，有过人者”(《典论·论文》)，且“深好融文辞，谓其扬、班俦也。募天下有上融文章者，辄赏以金帛”(《后汉书·孔融传》)。他又喜爱文辞华美，说繁钦《与魏太子书》“虽过其实而文甚丽”。而卞兰赞扬曹丕“所作《典论及诸赋、颂逸句烂然，沉思泉涌，华藻云浮”(《赞述太子赋》)。这些使得他成为继孔融之后，推动建安散文由清峻、通脱走向华靡的重要人物之一。

曹丕优秀的散文，绝大多数都写在建安时期。他称帝后，写过《武帝哀策文》、一些书信和部分诏令。他在给征南将军夏侯尚的诏令中，有“作威作福，杀人活人”的话，蒋济说曹丕用了“亡国之语”，并谓“天子无戏言，古人所慎，惟陛下察之”(《三国志·魏志·蒋济传》)。刘勰说曹丕的诏令，“辞义多伟，至于‘作威作福’，其万虑之一弊乎”(《文心雕龙·诏策》)。其实，如此用语，是他早日行文通脱所致。故其诏书多言简意明，气盛势壮。但做皇帝，说话毕竟要慎重，所以称帝前的散文最能见出其艺术本色。

曹丕散文的艺术特色，在叙事和论理方面表现得最为突出。

(一)叙事散文的艺术特色

曹丕善于述说往事，有的说得津津有味，有的说得感慨系之。无不以情纬事，文随情生。如其《典论·自叙》云：

> 余又学击剑，阅师多矣。四方之法各异，唯京师为善。桓、灵之间，有虎贲王越，善斯术，称于京师。河南史阿，言昔与越游，具得其法，余从阿学之，精熟。尝与平虏将军刘勋、奋威将军邓展等共饮，宿闻展善有手臂，晓五兵，又称其能空手入白刃。余与论剑良久，谓言将军法非也，余顾尝好之，又得善术。因求与余对。时酒酣耳热，方食甘蔗，便以为杖，下殿数交，三中其臂。左右大笑。展意不平，求更为之。余言吾法急属，难相中面，故齐臂耳。展言愿复一交。余知其欲突以取交中也，因伪深进，展果寻前，余却脚鄛，正截其颡。坐中惊视。余还坐，笑曰：“昔阳庆使淳于意去其故方，更授以秘术；今余亦愿邓将军捐弃故伎，更受要道也。”一坐尽欢。

大凡开朗之人，和友人说到平生得意之事，多半情绪激动，以至手舞足蹈。而且爱尽言极言，以致七分事实，三分夸饰。曹丕此文便如同友人述说往事，把当年得意事说得活灵活现。作者其人，呼之欲出。而用语通脱、自然，以朴素的言词、活泼的句法叙说生动的细节，使人读来亲切有味。

人们爱拿此文和曹操《让县自明本志令》作比，以为同为通脱之作，自有道理。但操文欲辩其并无“不逊之志”，通脱是通脱，总不免给人以凝重感。丕文述旧，只是想给后人留下一份了解他的材料(所谓“以付后之良史”)，因而写得轻松、随便，道尽情事，几乎不加剪裁。曹丕此文是以叙事为主，注情于文中。其《与吴质书》、《又与吴质书》，则以叙事为抒情所用，使得叙事更富有情感。如云：

每念昔日南皮之游，诚不可忘。既妙思六经，逍遥百氏，弹棋间设，终以博弈。高谈娱心，哀筝顺耳，驰骛北场，旅食南馆，浮甘瓜于清泉，沉朱李于寒水。白日既匿，继以朗月，同乘并载，以游后园。舆轮徐动，宾从无声。清风夜起，悲笳微吟。乐往哀来，怆然伤怀。余顾而言，斯乐难常。足下之徒，咸以为然。今果分别，各在一方。元瑜长逝，化为异物，每一念至，何时可言！

——《与吴质书》

昔年疾疫，亲故多离其灾，徐、陈、应、刘，一时俱逝。痛可言邪！昔日游处，行则连舆，止则接席，何曾须臾相失？每至觞酌流行，丝竹并奏，酒酣耳热，仰而赋诗。当此之时，忽然不自知乐也。谓百年已分，长共相保，何图数年之间，零落略尽！言之伤心。顷撰其遗文，都为一集；观其姓名，已为鬼录，追思昔游，犹在心目；而此诸子，化为粪壤，可复道哉！

……动见观瞻，何时易乎？恐永不复得为昔日游也。少壮真当努力，年一过往，何可攀援！古人思炳烛夜游，良有以也。

——《又与吴质书》

这些都是“叙心”(《又与吴质书》)之语、血诚之言。作者通过忆念往事，抒发他对亡友的哀念之情和对人生短暂的无可奈何之感。写往日的欢乐，是为了衬写今日的悲伤。所叙之事，都经过作者一番回味，较之《自叙》，带有更浓的主观色彩。在形式上则表现为叙、议结合，或叙一具体事时，言语中就有感慨；或说一事，即出以慨叹之词。由于是借叙事以抒情，故叙事句式较为整齐，文词清雅、典丽。

曹丕叙事，还有铺排张扬、尽力形容的特点。这在《自叙》中已有反映。葛洪即谓“洪见《典论·自叙》，末及弹棋、击剑之事，有意于略说所知，而实不数少所便能。不可虚自称扬”(《抱朴子·外篇》卷五十)。葛洪认为曹丕只想“略说所知”，不意说得太多，有“虚自称扬”之嫌。其实，曹丕那样做，是一种艺术习惯。《典论·太子》言其所为太子“上书自陈”之难，谓“欲繁辞博称，则父子之间不文也；欲略言直说，则喜惧之心不达也”。便说明他本来就是赞成作文“繁辞博称”以达喜惧之心的。由于叙心唯恐不尽，自然导致叙事必道其详，形容、张扬，以至华藻云浮，词胜于事。

大抵曹丕叙事，爱叙深有感触之事，且将感受一同写出，叙说情事务求其尽。在手法上则取用赋的体物技巧，铺陈、夸张，以至反复形容。如此以气运词，其文自易浮俊、华靡。

曹丕一些赋前小序，可谓叙事小品。其叙事，也是情事并言。不过文字简短，因为铺张、形容都由赋作本身代替了。像下面两则文字：

> 建安十四年，王师自谯东征，大兴水运，泛舟万艘。时余从行，始入淮口，行泊东山，睹师徒，观旌帆，赫哉盛矣。虽孝武盛唐之狩，舳舻千里，殆不过也。
>
> ——《浮淮赋序》

> 上建安十八年至谯，余兄弟从上拜坟墓，遂乘马游观。经东园，遵涡水，相佯乎高树之下。驻马书鞭，为临涡之赋。
>
> ——《临涡赋序》

由此可见，曹丕不是不能“略言直说”以叙事，其叙事“繁辞博称”，爱夸饰、形容，实在是出于一种艺术趣味和审美观念。他用它们指导自己的创作，同时又通过作品和文学批评影响他人。

（二）说理散文的艺术特色

曹丕作文，善于“持论”。其文说理，往往立论新，见识深，文气盛，辞藻美。所谓“发言抗论，穷理尽微，摛藻下笔，鸾龙之文奋矣”（吴质《答魏太子笺》）。

立论新，见识深，首先要求作者思想自由，而且有较好的理论修养。曹丕具备这一条件。他不是醇儒，汉末（包括建安时期）广为流行的黄老思想对他影响很深。他不但接受元气自然论，还接受了当时一些思想家以黄老道学为理论基础所形成的生命观、政治观、历史观和人生价值观，吸收了汉末以来人物品评的思辨方式，加上独立思考，论理便多有创见。所见既有异于常人，能言人所未能言，为文自然会由一般的通脱转变为善于立论。

曹丕论理，突出的特点是直言抗论。这与他的身份、地位有关，也与他持论自信心强有关。

在表述时，一是论断语多，不作过细的解说。比如《典论·论文》中说：“文以气为主。气之清浊有体，不可力强而致。譬诸音乐，曲度虽均，节奏同检，至于引气不齐，巧拙有素，虽在父兄，不能以移子弟。”几乎全都是观点的陈述，虽作譬喻，而未曾加以仔细论证。同篇说“王粲长于辞赋，徐幹时有齐气”云云，以及《又与吴质书》说“孔璋章表殊健，微为繁富；公幹有逸气，但未遒耳”云云，评论七子得失，也是明指瑕瑜，以论断之语告人。本来，说理论断语多，易使散文紧健有力，但由于曹丕语气优柔，其文并不以刚健胜。

二是若作解说，必穷理尽微，尽力发挥。《论文》说：“盖文章，经国之大业，不朽之盛事。年寿有时而尽，荣乐止乎其身，二者必至之常期，未若文章之无穷。”较之《与王朗书》说“生有七尺之形，死惟一棺之土。惟立德扬名，可以不朽，其次莫如著篇籍”，已为详细，但《论文》却还用反证方式发挥。说：

> 是以古之作者，寄身于翰墨，见意于篇籍，不假良史之辞，不托飞驰之势，而声名自传于后。故西伯幽而演《易》、周旦显而制《礼》，不以隐约而不务，不以康乐而加思。夫然，则古人贱尺璧而重寸阴，惧乎时之过已。而人多不强力，贫贱则慑于饥寒，富贵则流于逸乐，遂营目前之务，而遗千载之功。日月逝于上，体貌衰于下，忽然与万物迁化。斯志士之大痛也。

文中“是以古之作者”数句，和“故西伯幽而演《易》”数句，两相并列，同与“未若文章之无穷”为因果关系。前者概言其事，后者具体举例，都用两两相同的句式加以渲染，无疑对前面提出的论点有论证之意。应该承认，这两个句组和前面的论点还是扣得较紧的，而下面的发挥就转得远了。若讲到“古人贱尺璧而重寸阴，惧乎时之过已”，即续以人当努力于文章之事便好。作者却从古人珍惜光阴一笔宕开，大说今人如何“营目前之务”、“遗千载之功”，而“忽然与万物迁化”之可悲。如此作论，实是借题发挥，而不是对前述观点的论证。可见，曹丕作论穷理尽微，实是将他有关某一论题的种种想法，通通说出，至于内在逻辑如何，他是注意不够的。这也应是他为文通脱任气的一种表现。

三是罗列事实，以证其说。其《论太宗(汉文帝)》、《论孝武(汉武帝)》，都是这种写法。前者说文帝器量，后者说武帝威震匈奴，即分别拈出文帝数件大度之举和武帝多种征伐之功，最后作一论断。可以说是数事一论，或谓集数事以证一说。这样，说理文中叙事成分大增，便使得有些文字，成了对一件事或几件事的评论文。

而在行文时，作者惯用的铺陈、夸张、形容手段，也随之用入说理文中。像《奸谗》、《内诫》、《论郤俭等事》，几乎都是就事作论。叙事之细，不厌其烦。作论亦逞性尽言。如《奸谗》说如何避免奸谗，又是尽其所知，用事例说话。如：“若夫爰盎之谏淮南，田叔之救梁孝，杜邺之给二王，安国之和两主，仓唐之称诗，史丹之引过，周昌犯色以廷争，叔孙切谏以陈诫，三老抗疏以理冤，千秋托灵以寤主。彼数公者，或显德于前朝，或扬声于上世，或累迁而登相，或受金于帝室，其言既酬，福亦随之，斯可谓善处骨肉之间矣。”这种博引史事以说理的行文方式，反映出曹丕重经验、重历史、尚实用的理性思维特点和短于抽象思辨的缺点。但这却为他文辞的华靡，创造了条件。

此外，曹丕说理，笔带感情，却不像孔融那样情涌气扬；由于纳叙事于说理中，而叙事又展开来说，故文含缛采却不失散朗之致；论理虽能“辩要”，却“虑详而力缓”。这些对建安文风的演变，也是有影响的。

二、曹植的散文

(一)曹植前期散文的艺术特色

曹植论文，质、藻兼重，而尤喜生气勃勃、词采华茂之作。尝谓“君子之作也，俨乎若高山，勃乎若浮云；质素也如秋蓬，摛藻也如春葩；汜乎洋洋，光乎皓皓”(《前录序》)。而吴质说曹植之书，“是何文采之巨丽而慰喻之绸缪乎”(《答东阿王书》)！杨修则称其书“蔚矣其文”(《答临淄侯笺》)。可见其既有通脱任气、词尚华丽的主张，还将其主张体现在创作实践中。和曹丕一样，曹植也是继孔融之后，推动建安文风由清峻、通脱走向华靡的代表人物。其散文创作，也有前后期之分。

曹植文学创作的前期，属于建安后期。此时，正是他任性而行、不自雕励、意气风发、露才扬己的时期，也是他为文通脱任性、仗气爱奇、骋词腾说、辞章彬蔚的时期。这一时期，他最有艺术特色的散文，是书、论之作。

书作名篇有《与吴季重书》，此书大约写于建安二十年，是作者接到吴质来信后，在席间口授的回信。信的内容简单，由对往日聚会的回忆，说到文章、音乐，说到对方在朝歌的政绩。兴之所至，随意作论，并无严格的布局。既是任性而发，故其文于作者感受特深之事，便尽力描叙。而于即兴所言之事则三言两语说完。此信前面大半文字只说得一事，即前日宴饮弥日，乐不可支，可惜时间太短，就要远别。但文章写得何等生动！如云：

> 若夫觞酌凌波于前，箫笳发音于后，足下鹰扬其体，凤叹虎视，谓萧、曹不足俦、卫、霍不足侔也。左顾右眄，谓若无人，岂非吾子壮志哉！过屠门而大嚼，虽不得肉，贵且快意。当斯之时，愿举泰山以为肉，倾东海以为酒，伐云梦之竹以为笛，斩泗滨之梓以为筝。食若填巨壑，饮若灌漏卮。其乐固难量，岂非大丈夫之乐哉！

然日不我与，曜灵急节。面有逸景之速，别有参商之阔。思欲抑六龙之首、顿羲和之辔，折若木之华、闭蒙汜之谷，天路高邈，良久无缘。怀恋反侧，如何！如何！

文中激情荡漾，作者抒发情感的方式，是使他的强烈感受形象化。用许多极度夸张的言词，形容吴质的“壮志”，形容他们的“大丈夫之乐”和要留住时光的愿望。这些言词多半体现为具体描述，描述中又以偶句、排比句和纳偶句于其中的长句铺陈其事，故文章气扬采飞，较之孔融之文，有过之而无不及。作者在酒席间口授此文，“适对嘉宾”的现实感受，无疑对他以想像之词形容“前日”宴饮之乐，会有激发作用。但他为文“若成诵在心，借书于手”，动辄文气奔涌，辞采华茂，则是厚积久养所致。无怪乎其有“绣虎”之称(曾慥《类说》四引《玉箱杂记》)。

曹植致书友人，抒情达意，最为洒脱。言哀言乐，虽有侈陈之嫌，却出语自然，有真趣在内。其《与丁敬礼书》，谓“顷不相闻，覆相声音亦为怪，故乘兴为书，含欣秉笔，大笑而吐辞，亦欢之极也”，以此种心态作书，其情焉能不真？不溢？

作者爱叙事以明理，叙事夸张、形容，说理可能更有力量。但曹植作书，以气运词，往往是抒情、叙事、议论兼而有之，《与杨德祖书》即为其例。从此书可以看出，曹植叙事，实有两种功夫。一是善于张扬、形容，气盛辞赡，华美壮观。如说王粲、杨修等六人以文才显示各地，后为曹操所得一段文字。或排比、或对偶、或纳偶句于长句内，比喻、形容，不独文词富艳，而且气势飞动。二是善于平实说来，不加渲染。如说丁廙要他修改文章的故事，即谓：“昔丁敬礼尝作小文，使仆润饰之。仆以才不过若人，辞不为也。敬礼谓仆：卿何所疑难？文之佳恶，吾自得之，后世谁相知定吾文者耶?”近乎实话实说，故句子长短不拘，能妙传语意、语气。作论手法也富于变化。或用比喻作形容语，或直说结论，或寓论断于比喻中，或提出论点，证以众事。可能是作书的关系，作者立论、说理都比较通脱，无一定之法。唯其通脱，故文气疏宕，少有繁密之累。但这只是书中作论的情况，至于专题论文，则是另一种风貌。

刘勰认为曹植和张衡、孔邕一样，善作论文却“才不持论”(《文心雕龙·论说》)。他并不否认曹植论事有卓见，不满意的是他论理的方式不合“正体”。所谓“至如张衡《讥世》，韵似俳说；孔融《孝廉》，但谈嘲戏；曹植《辨道》，体同书抄，才不持论，宁如其已”。刘勰的结论是对的，曹植作论，远不及其作诗、作赋、作书以写情性。不过，他的说理文也自有特点。

一是以事带论。他的说理文，一般不是先立一论，再证之以事，而是因事作论。既先叙说一事，对它进行评议。不但像《周成、汉昭论》、《汉二祖优劣论》这类专门评论具体人物的论文是这样(其《令禽恶鸟论》也是借论鸟而说人事)，就像《辨道论》、《释疑论》这类带有理论探讨性质的文章也是如此。前者主要是摆出史事以作评断，后者则博引众事以作评论。

二是惯用形容词、整齐句式叙事作论。其《汉二祖优劣论》，论刘邦、刘秀优劣，句式整齐者居多。说二人功过，多是通过形容具体事件表述出来。文中叙事，兼有议论。作论也是指事而言，多形容语。如《辨道论》最后一则文字：

> 夫帝者，位殊万国，富有天下，威尊彰明，齐光日月。宫殿阙庭，焜耀紫微，何顾乎王母之宫、昆仑之域哉？
>
> 夫三鸟被致，不如百官之美也；素女常娥，不若椒房之丽也；云衣雨裳，不若黼黻之饰也；驾螭载霓，不若乘舆之盛也；琼蕊玉华，不若玉圭之洁也。而顾为匹夫所罔，纳虚妄之辞，信眩惑之说，隆礼以招弗臣，倾产以供虚求，散王爵以荣之，清闲馆以居之，经年累稔，终无一验。或没于沙丘，或崩于五柞，临时复诛其身、灭其族，纷然足为天下一笑矣！
>
> 若夫玄黄所以娱目，铿锵所以耸耳，嫒妃所以绍先，刍豢所以悦口也，何必甘无味之味、听无声之乐、观无采之色也。然寿命长短、骨体强劣，各有人焉。善养者终之，劳扰者半之，虚用者殀之，其斯之谓矣。

这简直就是一篇完整的小论文。其指事作论，文词富丽；逞才尽言，气壮义明，颇有些《淮南子》的风采。《淮南子》说理，有以赋作论的特点。曹植作论，也受到赋的影响。他不但行文好铺陈，喜明言尽言，而且赏爱赋作语词的美丽，故其"文章典丽"、"词旨华致"。联想到他诗作的"词采华茂"，他用散文作论，句多形容，辞尚华靡，似乎与他特有的审美趣味大有关系。而句式的整齐化、用偶句或排比句构成长句的做法，显然是对班、蔡散文艺术的继承。

三是以寓言形式立论说理。这种手法受到《庄子》的影响，也是他爱即物以明理的习尚所致。曹植用寓言形式说理，善作比喻，巧妙引申，以作发挥。其《藉田论》即谓："今寡人之兴此田，将欲以拟乎治国，非徒娱耳目而已也。"下面种种发挥，便由此引出。如文中讲"治天下者"等三种人的修养，就发挥得好：

> 封人有能以轻凿修钩去树之蝎者，树得以繁茂。中舍人曰："不识治天下者，亦有蝎乎?"寡人告之曰："昔三苗、共工、鲧、欢兜，非尧之蝎欤?"问曰："诸侯之国，亦有蝎乎?"寡人告之曰："齐之诸田、晋之六卿、鲁之三桓，非诸侯之蝎欤？然三国无轻凿修钩之任，终于齐簒鲁弱，晋国以分，不亦痛乎?"曰："不识为君子者亦有蝎乎?"寡人告之曰："固有之也。富而慢、贵而骄、残仁贼义、甘财悦色，此亦君子之蝎乎？天子勤耘以收一国，大夫勤耘以收世禄，君子勤耘以显令德。夫农者始于种，终于获，泽既时矣，苗既美矣。弃而不耘，则故为荒畴。盖丰年者期于必收，譬修道亦期于歿身也。"

文由"去树之蝎"说到"治天下者"、"诸侯之国"以及"君子"有"蝎"可去，该去其"蝎"。又用"勤耘"作比，说三者如何"修道期于歿身"。既形象，又深刻。柳宗元《种树郭橐驼传》，由种树之术讲到治民之道，文章写法似由此而出。

其《髑髅说》，假髑髅之口，对人之死作出一种解释，以为死之为归，归于道、返于真、回于太虚。其说本于元气自然论。此文结构形式，与《庄子·至乐》中"庄子之楚，见空髑髅"寓言相同。两相比较，二文都有一定的故事性，但《庄子》记庄子与髑髅语，语简意明，几无形容语，尽为散行单句。而植文记"曹子"见髑髅而与之对谈，叙事记言则出以形容之词，多用整齐句式。《庄子》一句一意，植文则一意多语。《庄子》句之长短随语意而定，植文则不论语意多寡，将不同的意思嵌入相同的句式内。排比句、对偶句尤多。髑髅说"道"一段文字，铺陈、形容、句式整齐，直可与《淮南子》论道文字媲美。

此外，如《魏德论》"假论客主，问答迂缓，虽已千言，劳深绩寡，飚焰缺焉"(《文心雕龙·封禅》)，也反映出其论作理不胜词的特点。

总之，曹植前期的散文，通脱任性，以气运词，有一往不制之势；夸张形容，铺排整饰，词美句丽，不避华靡，难免浮华之病。

(二)曹植后期散文的艺术特色

曹植后期，先是受到曹丕的管制和迫害，饱经忧生之苦。之后又受到曹睿的禁防，被视若罪人，求为异姓朝士而不得。既忧生，又忧国，而以忧国为主。总想有所作为，却不能如愿。生活境遇和精神状态的变化，必然会影响到文风的变化。因而曹植后期的散文，在艺术上既保留了前期散文的某些特性，而又有新的表现。

同诗、赋一样，曹植后期之文言愁者多。其《释愁文》，即与其《九愁赋》同写愁而表现手法有异。后者学屈子《离骚》反复陈述“含哀”之“长愁”，前者则借用赋中常用的主客问对形式，通过“玄灵先生”为“予”提供释愁之术而言其愁。赋写“予”言“愁之为物”，以虚为实，也是尽力形容。“玄灵先生”所言“吾将赠子以无为之药，给子以澹薄之汤，刺子以玄虚之针，灸子以淳朴之方，安子以恢廓之宇，坐子以寂寞之床。使王乔与子遨游而逝，黄公与子咏歌而行，庄子与子具养神之馔，老聃与子致爱性之方。趣遐路以栖迹，乘青云以翱翔”。全是托喻言其抽象道理，与《玄畅赋》末言对玄学人生境界的立意、句法相同。其文章结构方式和造句方法，对后人散文写作有一定的影响。

曹植后期的散文，以令、表、疏最有特色。

令即命令。曹植今存之令，皆作于黄初时期。清人吴淇说：“陈思入黄初，诗思更加沉著。故建安之体，如锦绣黼黻，而黄初之体，一味清老也。”(《六朝选诗定论》)他讲的是诗，言黄初之作沉著、清老，有异于前。这结论似乎也适于散文，从令的风貌即可看出。

其《赏罚令》，以说理为主。但令中说理，较之建安时期作论畅所欲言，已大为不同。令中引传、引诗、引谚达五处之多。立论全借他人之语以作发挥，最后说出他“功之宜赏，于疏必与；罪之宜戮，在亲不赦”的决定。

其《自诫令》，叙事、说理更是少有夸张、形容之词，而以平实语说其事理。曹植作此令，本是受曹丕迫害后向其悔过的一种表示，故说他人对自己的诬告，并不敢用力加以谴责。说种种诬告“卒归不能有病于归者”，也只能说是“信心足以贯于神明也”。至于说“孤小人尔，深更以荣为戚，何者？将恐简易之尤，出于细微；脱尔之愆，一朝复露也”，实有自责自怨之意。他以沉郁之心作文，犹如飞鸟铩羽，翔龙暴鳞，自然难有飞腾之势。

曹植作的表、疏不少，优秀之作则出于太和时期。刘勰对曹植表、疏评价很高，说“陈思之表，独冠群才。观其体赡而律调，辞清而志显，应物掣巧，随变生趣，执辔有余，故能缓急应节矣”(《文心雕龙·章表》)。这也主要是就太和表疏而言。

和黄初之令相比，太和表、疏内容深广得多，艺术特色显著得多。这固然与文体特征有关，实在也是作者心态不同所致。黄初年间，曹植动辄得咎，成年成月处于自诫、自惕之中，故其文敛气就范。太和年间，他对曹睿怀有希望，试图冲破曹丕所遗留而为曹睿所沿用的禁防政策，欲于国事有所作为。其言志抒怀，虽不像建安时期那样露才扬己，却也时有情来、气来、神来之笔。这些表、疏凡揭露国家隐忧，表达作者政见，无不直言尽言，此外，尚有两大特点。

第一，每当述及求用之心、闲居之苦，必以情驭词。既直抒胸怀，又多形容之语。请读下列文字：

> 窃不自量，志在效命，庶立毛发之功，以报所受之恩。若使陛下出不世之诏，效臣锥刀之用，使得西属大将军，当一校之队；若东属大司马，统偏师之任，必乘危蹑险，骋舟奋骊，突刃触锋，为士卒先。虽未能禽权馘亮，庶将虏其雄率，歼其丑类。必效须臾之捷，以灭终身之愧。使名挂史笔，事列朝荣。虽身分蜀境、首悬吴阙，犹生之年也。如微才弗试，没世无闻，徒荣其躯而丰其体，生无益于事，死无损于数，虚荷上位而忝重禄，禽息鸟视，终于白首，此徒圈牢之养物，非臣之所志也。流闻东军失备，师徒小衄，辍食弃餐，奋袂攘衽，抚剑东顾，而心已驰于吴、会矣。
>
> ——《求自试表》

> 至于臣者，人道绝绪，禁固明时，臣窃自伤也。不敢乃望交气类，修人事，叙人伦。近且婚媾不通，兄弟永绝；吉凶之问塞，庆吊之礼废；恩纪之违，甚于路人；隔阂之异，殊于胡、越。今臣以一切之制，永无朝觐之望。至于注心皇极，结情紫闼，明明知之矣。然天实为之，谓之何哉！……
>
> 臣伏自思惟：岂无锥刀之用？及观陛下之所拔授，若以臣为异姓，窃自料度，不后于朝士矣！若得辞远游，戴武弁，解朱组，佩青绂，驸马、奉车，趣得一号，安宅京室，执鞭珥笔，出从华盖，入侍辇毂，承答圣问，拾遗左右，乃臣丹情之至愿，不离于梦想者也。远慕《鹿鸣》君臣之宴，中吟《棠棣》匪他之诫，下思《伐木》友生之义，终怀《蓼莪》罔极之哀。每四节之会，块然独处，左右惟仆隶，所对唯妻子，高谈无所与陈，发义无所与展，未尝不闻乐而拊心，临觞而叹息也。
>
> ——《求通亲亲表》

曹植表以情胜，于此可见。表中说到能为时所用当如何如何，不能为时所用又如何如何，皆明言极言，且多用想像之词加以形容。虽然说为时所用的情况时语壮气盛，但毕竟是假设之词。所以表面情感激越，实与说不能为时所用的情感一样，以悲怆、凄凉为主。而且越是激昂，越显得内心凄楚不堪。

以情驭词和以气运词，本自相通，所以曹植表、疏沿用了前期散文言事抒情的一些艺术手法。最突出的是，铺陈形容和长句的运用。如前引一段，基本上由四长句组成，后一段基本上由五长句组成。每句容量很大，渲染形容，能道尽一事的种种情况。前引一段中“犹生之年也”以前一句和“非臣之所志也”一句，后引一段中“殊于胡、越”以前一句和“不离于梦想者也”以前一句，各自包含多少内容！而长句内词组、短句结构形式，又何等灵活！

第二，曹植的表、疏虽然直言其事、尽写其情，但较之前期散文，说理成分明显增多。而说理的方法，除正面提出论点外，主要是博引他人之言和广用古人古事以作论。

所谓他人之言，指的是儒家典籍上的话、圣贤言论以及谣谚、俗语等。比如《上疏陈审举之义》，就引有书、诗、传、谚语等。所谓古人古事，既有史籍中记载的真人真事，也有传闻中的人物故事。

曹植博引他人之言和广用古人古事以说理，与表、疏所言之事大有关系。像《求自试表》、《求通亲亲表》，所言之事，带有要求冲破禁防的性质，因而行文既要明白地说出意思、吐露情感，又要将其要求说得合情合理合法。如《求通亲亲表》，首尾两段，引诗、传、孔、孟、文子之言达八条之多，行文方式几如刘向、匡衡之疏。所说之理，无非君当“亲亲”和吾议出自至诚二义。由于博引圣贤、经典之言以作论，所说之理便说服力强，语气会显得宛转，气氛会显得平和。这样，中间两段出以亢言动情之语，对方就容易接受。如果一味直言，效果就会很差。再说，那样也不合曹植的身份。

曹植表、疏中博引他人之言以作论，主要是纳他人之言于论述中。或提出论点，引以为证；或以己言概述他人言语之义；或引言借作发挥，总以我为主。这样，引言虽多，各句都能以一当十，而不是引若干同类言语以证一理，这是和刘向、匡衡之疏不同的地方。

广用古人古事以作论，也是曲折达意，缓和语气的一种方法。作者这样行文的动机和效果，均与博引他人之言以作论同。《求自试表》用古人古事二十多处，可以说自始至终(除中间明言其求试之心一小段外)都是用古人古事说理。其用古人古事说理，大抵方法有四。

一是先提出论点，再证之以古人古事。二是先出以古人古事，借对他们的评论述说其理。三是揭示古人古事的含义，并以其义为前提，说自己求用之理。四是用古人古事和其他事物作比以说理。从文内可以看出，用前两种方式述说古人古事往往是展开式的。后两种方式，则有用精练的言词浓缩其事的倾向。再进一步，就与骈文用典的形式很接近了。

由于作者博引他人之言和广用古人古事以说理，故文中抄引材料甚多。

刘勰说曹植论说文“体同书抄”(《文心雕龙·论说》),表疏的说理文字也有此特点。这一特点,自然容易造成句子的整齐(包括对偶)和语词的华靡。作为表疏,特别是作为曹植那种特殊身份的人所作的表疏,这种文风却是适宜的。如果说表疏中那些直言其事,尽写其情的言词表现出阳刚之美,那博引他人之言和广用古人古事以说理的文字,则多半显现出阴柔之美。刚柔相济,自有其独特的艺术魅力。

第四节 建安其他作家的散文

建安作家,莫不能文。除孔融及曹氏父子外,尚有诸多名家。如有同受汉末文风影响,著论“成一家之言,辞义典雅,足传于后”(曹丕《与吴质书》)的徐幹和“奋笔直书,以气运词……多尚骋词,或慷慨高厉,或溢气坌涌”(刘师培《中国中古文学史讲义》第三课)的祢衡。有“书记翩翩”(曹丕《与吴质书》),“马上具草”,“太祖揽笔欲有所定而竟不能增损”(《三国志·魏书·王粲传》裴注引《典略》)的阮瑀,有“笺记丽而规益,……有美于为诗”(《文心雕龙·书记》)的刘桢,有“颇怀笔记之工”(《文心雕龙·才略》)的路粹、杨修,有“含论述之美”(《文心雕龙·才略》)的丁仪、邯郸淳等。以下略介陈琳、王粲、杨修、吴质等人之文。

一、陈琳的散文

陈琳为人颇有纵横家作风,出言通脱任气,特点显著。他在冀州,袁氏势盛,陈琳所作书、檄,亦与其势相称。献帝下诏,责绍地广兵多。琳代绍作《上汉帝书》以辩,以夸张、形容之词,详说袁氏忠于国家之事。每叙一事必作一结,所谓“此诚愚臣效命之一验也”,“斯亦愚臣破家徇国之二验也”,“是臣畏怖天威、不敢怠慢之三验也”。他指责献帝:“今赏加无劳,以携有德;杜黜忠功,以疑众望,斯岂腹心之远图、将乃谗慝之邪说,使之然也。”他为袁氏叫屈:“诚伤偏裨列校,勤不见纪,尽忠为国,翻成重愆,斯蒙恬所以悲号于边狱、白起歔欷于杜邮也。”而说袁氏“虽欲释甲投戈,事不得已”。最后竟以威胁语气要献帝将此书交与公卿议其罪戾,言“若以臣今行权为衅,则桓、文当有诛绝之刑;若以众不讨贼为贤,则赵盾可无书弑之贬矣”。可谓放言无忌,极合强臣口吻。上书与章表功用相同,曹植说“孔璋章表殊健,微为繁富”(《与吴质书》),于此可见一斑。

陈琳作文,爱铺陈,喜援引,多浮词泛藻,少诚信之实。袁绍使其作书劝臧洪投降,臧洪即言其书“援引古今,纷纭六纸”,谓“足下之言,信不由衷"(《答陈琳书》)。他说话少有顾忌，出语尖锐以至尖刻，逞性而言，刺刺不休，很有些借声势压人的味道。《为袁绍檄豫州》即为其例。檄文写于建安五年正月。此时袁绍欲攻许(今许昌)，为劝豫州刺史刘备附己以攻曹，而有是作。

文章的落脚点是要刘备与袁绍合力反曹，以建非常之功，理由则是为了扶汉室、匡社稷，文章主要内容却是揭露曹操的罪恶和说明曹军的不堪一击。文中数落曹操之罪，连其父、祖一并骂倒。说操之罪，引事很多，如同罪状罗列。而所谓引事，实是用斥责性的愤激之言，论叙其事，随着恶行的依次展现，文章气势愈来愈盛。

此文气盛，一是作者对曹操本自愤恨而有轻蔑之心，作檄便逞性而言，无一丝顾忌，故行文痛快淋漓，势不可遏。如张溥所说，陈琳"为袁本初草檄，诋操，心诚轻之，奋其怒气，词若江河"(《汉魏百三家集题辞·陈记室集题辞》)。

二是刘勰说的"抗辞书衅"，"敢指曹公之锋"(《文心雕龙·檄移》)。作者对操既"心诚轻之"，敢于逞性怒喝，用语便不掩锋芒，不论雅俗，只要讥刺有力便用。如说操"赘阉遗丑，本无懿德，僄狡锋协，好乱乐祸"。"承资跋扈，肆行凶忒；割剥元元，残贤害善。""卑侮王室，败法乱纪；坐领三台，专制朝政，爵赏由心，刑戮在口；所爱光五宗，所恶灭三族。""触情任忒，不顾宪网。""操又特置发丘中郎将，摸金校尉。所过隳突，无骸不露；身处三公之位，而行桀虏之态；污国虐民，毒施人鬼。""历观载籍，无道之臣，贪残酷烈，于操为甚。""操豺狼野心，潜包祸谋，乃欲摧挠栋梁，孤弱汉室。"文中此类高声怒斥之语络绎而出，故其"皦然露骨"，"壮有骨鲠"(《文心雕龙·檄移》)，气势自然不弱。

三是铺陈之事多，且爱用夸张、形容之词。说曹操之罪如此，如言边让被杀事，既谓其"英才俊伟，天下知名，直言正色，论不阿谄，身首被枭悬之诛、妻孥受灰灭之咎。自是士林愤痛，民怨弥重；一夫奋臂，举州同声"云云。说袁绍军威之盛亦然，如谓"幕府奉汉威灵，折冲宇宙，长戟百万，胡骑千群，奋中黄、育获之士，骋良弓劲弩之势……大军泛黄河而角其前，荆州下宛叶而掎其后。雷霆虎步，并集虏庭，若举炎火以焫飞蓬，覆沧海以沃熛炭，有何不灭者哉"。如此夸张形容，于敌则有凌厉莫御之感，于己则可自壮声势。

四是句法灵活，因气成句。文中整齐的词组、句组很多，有的因自成对偶，或构成排比，显得文气充沛。又作者很注意词组、句组结构形式(包括长短)的变化，且常用接续词带动它们的运行，用散句疏散其密度，故其文虽势不可当却有抑折之妙。

拿此檄和两汉之交隗嚣所作《移檄告郡国》的“布其(指王莽)三逆，文不雕饰，而辞切事明”相比(《文心雕龙·檄移》)，可见东汉前后文风演变之剧。

此檄刚健、雄壮、赡丽，既是时代使然，也有作者个人的原因。表面看是作者充分满足了檄文的文体要求，其实起主导作用的，是作者行文好逞性极言、骋词腾说的艺术趣味。这种艺术趣味的形成，明显地受到纵横家言的影响。檄中征引事多，夸张形容以至超出实际。所谓“章密太甚。发丘摸金，诬过其虐”(《文心雕龙·檄移》)。陈琳作其他文字也是率性任气，力尽形容，夸张其事，而且讲究词藻的华美。其文通脱、华靡、气壮骨健、自有特色，但对建安前期文风的影响却不如孔融之文。

陈琳归曹操，操即以陈琳、阮瑀同为司空军谋祭酒，管记室，军国书、檄多琳、瑀所作。陈琳所作深得曹操赏爱，以至操谓“此愈我病”(《魏志·王粲传》裴松之注引《典略》)。此时代表作有《檄吴将校部曲文》、《为曹洪与曹丕书》与《答东阿王笺》等。

《檄吴将校文》，作于建安二十一年。是年十月，陈琳与曹丕、王粲等随曹操征讨孙权而有此作。此檄与《为袁绍檄豫州》文风一致，铺陈、夸张、反复申言，有过之而无不及。

檄文揭敌之短、扬己之威，往往对敌方首领讥讽鞭挞，不遗余力。此文说孙权之不足道，也是以轻蔑态度，出以诋呵乃至辱骂之词。所谓“孙权小子，未辨菽麦，要领不足以膏齐斧，名字不足以污简墨。譬犹鷇卵，始生翰毛，而便陆梁放肆，顾行吠主。谓为舟楫足以距皇威，江湖可以逃灵诛，不知天网设张以在纲目，爨镬之鱼期于消烂也”。就行文而言，入手即作怒斥，将敌首置于声讨地位，便有一种凌厉气势。然后乘势而下，驳斥敌论、扬己声威、劝谕江东将校部曲归降，就可以说得理直气壮、句无弱语。

其次，此檄驳斥敌论，扬己声威，劝人归降，都爱引人引事以说。而且引的多，说的细。如驳孙权仗恃江水自保之论，即引六事以说其非。而说丞相威势不可抵挡，即以往日军功为证。既概述剪灭二袁、吕布十余辈豪杰事，又细道近日镇压关中叛乱和西征告捷之事。概述、细道，多用夸张、形容之词。如说曹操三十年来，将天下枭雄收拾殆尽，即夸大为“云散原燎，罔有孑遗”。而说关中破敌，谓“丞相秉钺鹰扬，顺风烈火，元戎启行，未鼓而破，伏尸千万，流血漂橹”；说西征，如谓“偏将涉陇，则建、约枭夷，旌首万里”。“进临汉中，则阳平不守，十万之师，土崩鱼烂。”也是语多形容，有意张扬。

檄文叙事成分极重，可见作者亦不善持论。所叙之事多连类而出，而用语多求句式整齐。有对偶者，有排比者，更多的是四字一顿，接连而下，构成长句。当然也有纳若干偶句于长句者。加上语多夸张和反复形容，此类句式颇能显现气势。故其文词虽繁，而文气健旺。

《为曹洪与曹丕书》，作于建安二十年。

书以曹洪口吻，就曹丕信中所言，与其讨论曹军大破关中的原因。书中盛称汉中土地形势险峻，谓以中才守之即不能破，言张鲁实乃“不逮下愚”。又谓汉中之破，不单如曹丕所说，是张鲁恶积衅稔，还在于汉中没有仁人贤士。此书文义一般。

值得注意的是，此书前后两段文字。一说此书为曹洪自撰，一说前书为曹洪自撰，既能学得曹洪声气、心态，但又露出马脚，还是被曹丕识破。理由很简单，书作叙事好作形容语、夸张语，说理好博引众事以作论，叙事、说理又好用譬喻，造句好求整齐，喜用对句、排比句，用纳整齐短句于其中的长句，又文词繁富、气势雄健，在在显出陈琳散文的艺术本色。

《答东阿王笺》，可以说是陈琳读了曹植《龟赋》写的读后感。

笺于植赋文词之美，极尽称美、颂扬之能事。如言“清词妙句，焱绝焕炳，譬犹飞兔流星，超山越海，龙骥所不敢追，况于驽马，可得齐足”。援譬取喻，夸张形容，一则出于礼仪，二则出于自己的艺术喜好。此笺可以说是词浮于意，从它的特点，可以看出当年曹植兄弟和建安其他散文家文风相互影响的情形。

总的来看，陈琳散文有健壮之美，好铺陈、夸张、形容；挟气运词、语直义露；援譬引喻、不避浅俗；文词繁富，但不华丽。他善于概叙其事而不善于持论，善于连类援引而不善于精择，长于张扬声威而短于抒发情感，长于整齐句式而短于长短变化。陈琳和阮瑀的章、表、书、记被曹丕称为“今之隽也”(《典论·论文》)，他们行文的艺术特点，不但对这四种文体的审美特征、艺术表现方法有规范作用、示范作用，还对建安后期散文繁缛、整练、华美倾向的形成，起过不可低估的作用。刘师培即谓“孔璋之文，纯以骋辞为主，故文体渐流繁富……文之由简趋烦，盖自此始”(《中国中古文学史讲义》第三课)。

二、王粲的散文

王粲也是建安前期重要的散文家。他的祖父王畅，为汉末名士“八俊”之一，他自己十几岁时就得到著名学者蔡邕的称誉。后来他到荆州依附刘表，在那里过了十五年。

在建安前期，荆州实为当时重要的文化学术中心之一。刺史刘表为名士“八顾”之一，诏书捕案党人，他逃跑得快才未入狱。他在荆州，巧妙地利用袁绍、曹操之间的矛盾，求得安定。当时“关西、兖、豫学士归者盖有千数”，“遂起立学校，博求儒术”(《后汉书·刘表传》)。“耆德故老綦毋闿等负书荷器、自远而至者，三百有余人。”(《荆州文学记官志》)像邯郸淳、繁钦、祢衡都到过荆州。刘表要綦毋闿等人撰立五经章句，一时荆州儒风昌盛。王粲生当其时、其地，文风多少受到影响。不过，从他反对“在世季末，华藻流淫。文不写行，书不尽心。淳朴浇散，俗以崩沉”(《砚铭》)来看，其文论主张受道家影响也是很深的。

王粲在荆州作文不少，后多毁弃。今存文字以两书一志最有特色。其志即《荆州文学记官志》，记刘表设“文学(实为儒学)官”讲授儒学之事。二书即《为刘荆州谏袁潭书》与《为刘荆州与袁尚书》。袁氏兄弟内讧，自我削弱，不利于刘表利用袁氏力量牵制曹操，所以刘表命王粲移书二袁。二书都是劝袁氏兄弟“克己复礼”，止阋墙之举，合力而“先除曹操”。所说道理不多，不外儒家传统观念，却说得很动感情。如其《为刘荆州与袁尚书》云：

> 得二月六日所起书，又得贤兄贵弟显雍及审别驾书，陈叙事变本末之理，知变起辛郭，祸结同生，追阏伯实沉之踪，忘棠棣死丧之义，亲寻干戈，僵死流血，闻之哽咽，若存若亡。乃追案书传，思与古比。昔轩辕有涿鹿之战，周公有商奄之军，皆所以翦除灾害而定王业者也，非强弱之争、喜怒之忿也。是故虽灭亲不为尤，诛兄不伤义也。今二君初承洪业，纂继前轨，进有国家倾危之虑，退有先公遗恨之负，当惟曹是务，不争雄雄之势；惟国是康，不计曲直之利，虽蒙尘垢罪，贱为隶圉，析入污泥，犹当降志辱身，方以定事为计。

书中既说刘表闻说二袁相斗心情之难受，所谓“闻之哽咽，若存若亡”，又“追案书传，思与古比”，援譬引类，拿许多古人古事来比附二袁之事，开导他们，劝告他们。真是正说反说，纵说横说。因以苦谏为主，虽然文词铺陈、征引繁富，而文势显得平和。

张溥说：“王仲宣为刘荆州移书苦谏，今读其文，非独词章纵横，其言诚仁人也。”又说：“仲宣二书，疾呼泣血，无救阋墙。袁氏将丧，顽子执兵，即苏、张复生何益哉！”(《汉魏百三家集题辞·王侍中集题辞》)张溥是看出了王粲二书立于儒学、说理以情动人、词章纵横奔放的特点的。

此外，从今存王粲论文残篇可见，王粲作论，名、法思想突出，习惯于以实求名。如《儒吏论》说“儒通文法，故能宽猛相济、刚柔自克也”，《爵论》说“赐爵”、“夺爵”之法，皆是。其《难钟荀太平论》云：

圣莫盛于尧，而洪水方割，丹朱淫虐，四族凶佞矣。帝舜因之，而三苗畔戾矣。禹又因(之)，而防风为戮矣。此三圣，古之所大称也，继踵相承，且二百年，而刑罚未尝一世而乏也。然则此三圣能平。三圣(不?)能平，则何世能致之乎？孔子称曰：“唯上智与下愚不移。”不移者，丹朱、四凶、三苗之谓也。当纣之世，殷罔不小大，好草窃奸宄。周公迁殷顽民于洛邑，其下愚之人，必有之矣。周公之于三圣，不能逾也。三圣有所不化矣，有所不移矣，周公之不能化殷之顽民，所可知也。苟不可移，必或犯罪；罪而弗刑，是失所也；犯而刑之，刑不可错矣。孟轲有言：“尽信书，不如无书。”有大而言之者，刑错之属也。岂亿兆之民历数十年而无一人犯罪、一物失所哉？谓之无者，尽信书之谓也。

此为驳论，强调的是“刑不可错(弃置不用)”。作者说“三圣”、周公皆“有所不化矣，有所不移矣”，故诉之于刑，并斥“大而言之者”的“刑错”论是因“尽信书”而引出的错误结论。可见其持论和思维方式，的确与名法之士相近。

刘勰尝谓“仲宣溢才，捷而能密，文多兼善，辞少瑕累”(《文心雕龙·才略》)。并称赞他的《吊夷齐文》“讥诃实工”(《文心雕龙·哀吊》)，言其《去代》之论“师心独见，锋颖精密”，为“校练名理”之作(《文心雕龙·论说》)。但曹丕却说“王粲长于辞赋”，“然于他文，未能称是”(《典论·论文》)。可见，王粲在荆州形成的散文艺术风格，对建安前期文风的影响是不大的。

三、杨修、吴质、繁钦、应璩等人的散文

杨修(175—219)，字德祖，弘农华阴(今陕西华阴)人。出身世族，曾任曹操丞相主簿。为人恃才不逊，后为曹操所杀。其人赋作较多，散文名篇有《答临淄侯笺》。

杨书亦就植书所言作答，气度、文采则不如彼。书称植书“蔚矣其文”，对曹植将自己与王粲诸人并论作谦让语，称赞曹植文才高妙，皆答书应有之义。不过说得实在，少有夸张之处。

书说曹植语多。既言其德，所谓“体发、旦之资，有圣善之教”；又言

其文才，所谓“今乃含王超陈、度越数子矣！观者骇视而拭目，听者倾首而竦耳”。所谓“尝亲见执事，握牍持笔，有所造作，若成诵在心，借书于手，曾不斯须，少留思虑”。言语虽多，也用譬喻，但词事相称。书说曹植命作二赋，自己一辞而不作，一作而不敢献，都是实话实说。而他提出“不忘经国之大美、流千载之英声，铭功景钟，书名竹帛，斯自雅量素所蓄也，岂与文章相妨害”，以纠植说之偏。且谓“修家子云，老不晓事，强著一书，悔其少作……君侯忘圣贤之显迹、述鄙宗之过言，窃以为未之思也”。则直言不讳，出语通脱。他如说“敢望惠施，以忝庄氏。季绪琐琐，何足以云”，语简义明，也反映出杨文不尚华靡的特点。

吴质(177—230)，字季重，济阴(今山东定陶)人。魏文帝时官至振威将军，封列侯。他是曹丕的忠诚谋士，与曹植也有交往。今存散文全为书笺之作，其中四篇写给曹丕，一篇写给曹植。致曹丕者，略与丕书同风；致曹植者，与植书略相仿佛。

《答魏太子笺》，是吴质收读曹丕《与吴质书》(三月三日)后的回信。丕书情怀沉郁，感慨良多。由忆念往日朋友相聚之乐，到评说各人文章长短，直说到后生可畏，来者难诬，和自己德不及人而年岁已大。

质书也按此思路展开，不过自有所见而已。如对曹丕的评价虽也因来信引起，却为其独特感受。所谓“优游典籍之场，休息篇章之囿，发言抗论，穷理尽微，摛藻下笔，鸾龙之文奋矣。虽年齐萧王，才实百之。此众议所以归高、远近所以同声”。这个评论，大致可以反映出建安后期文士们对曹丕的看法。由此，也可看出曹丕学识、修养和文风对时人影响之所在。

吴质迁元城令，途经邺城，拜别曹丕，到任作有《在元城与魏太子笺》此笺说元城地形、民俗和他的治政之思，行文亦多夸张、形容之语，铺陈有所节制，句子则以字数整齐者为多。其中说地形，打破空间、时间界限，将有关历史人物一并说出。而且说法富有变化，每一说都带有感慨。如谓“观地形，察土宜，西带常山，连冈平代，北邻柏人，乃高帝之所忌也。重以泜水，渐渍疆宇，喟然叹息，思淮阴之奇谲、亮成安之失策，南望邯郸，想廉颇之风；东接巨鹿，存李齐之流”。后来欧阳修作《丰乐亭记》、苏轼作《浩然台记》，有些笔墨蹊径略与此同。

从二书中可以看出，吴质与曹丕书，虽也铺陈其事，夸张、形容、句尚整齐，却内容沉实、情感恳挚。语缓气平，文章鲜有飞动之势。

吴质写给曹植的信，则与植书同风。曹植尝谓吴质前作书信“文采委曲，晔若春荣，浏若清风”，《答东阿王书》亦如其所称。此书内容系就植书所言而作发挥，文词之美，也是有意效仿植书。质谓植书“何文采之巨丽而慰喻之绸缪”，其答书亦得其仿佛。

如书中写受曹植礼遇的感受，用众多譬喻说一种意思。有谓“虽恃平原养士之懿，愧无毛遂耀颖之才；深蒙薛公折节之礼，而无冯谖三窟之效；屡获信陵虚左之德，又无侯生可述之美，凡此数者，乃质之所以愤积于胸臆、怀眷而悁邑者也”。而说治一小邑难以建功，则谓“一旅之众，不足以扬名；步武之间，不足以骋迹”。“今处此而求大功，犹绊良骥之足，而责以千里之任；槛猿猴之势，而望其巧捷之能者也”。也是广譬博喻、夸张、形容；驰骋想像，着意虚拟；铺陈渲染，文词华靡。如此，尚谓“不敢繁词”，可见建安散文家的繁简观念如何。至于情志的显露，此书似胜过与丕之书。

繁钦(？—218)，字休伯，颍川(今河南颍川)人。曾任曹操丞相主簿，与曹丕兄弟及邺下文士过从甚密。其为文亦尚通脱，逞性发言，不避戏谑。作碑文似以散句为多，他文则句求整求。其《与魏太子书》有云：

> 顷诸鼓吹广求异妓，时都尉薛访车子年始十四，能喉啭引声，与笳同音。白上呈见，果如其言。即日故共观试，乃知天壤之所生，诚有自然之妙物也。潜气内转，哀音外激。大不抗越，细不幽散。声悲旧笳，曲美常均。及与黄门鼓吹温胡迭唱迭和，喉所发音，无不响应。曲折沉浮，寻变入节。自初呈试，中间二旬，胡欲傲其所不知，尚之以一曲，巧竭意匮，既已不能，而此孺子遗声抑扬，不可胜穷。优游转化，余弄未尽，暨其清激悲吟，杂以怨慕，咏北狄之遐征，奏胡马之长思，凄入肝脾，哀感顽艳。是时日在西隅，凉风拂衽，背山临溪，流泉东逝。同坐仰叹，观者俯听，莫不泫泣殒涕，悲怀慷慨。自左骐史妠謇姐名倡能识以来，耳目所见，佥曰诡异、未之闻也。

书中写薛访车之女歌声之妙，言其“喉啭引声，与笳同音”。夸张、形容，言词华靡。既用形容之词直接描摹，如谓“潜气内转，哀音外激，大不抗越，细不幽散，声悲旧笳，曲美常均”。又用黄门鼓吹温胡“巧竭意匮，既已不能”，衬托她的“遗声抑扬，不可胜穷；优游转化，余弄未尽”。又将乐音发声，与日在西隅、凉风习习、山静泉逝的自然场景联系在一起，用听者在此场景中闻乐生悲的外在表现，衬写其艺术感染力。最后还用夸张之词以作评论，将其歌音之妙，说成是前无古人，真是言“过其实而其文甚丽”(曹丕语)。

这种从多种角度表现音乐之美的手法，对后代音乐诗的创作很有影响。至于它所体现的带有时代色彩的艺术精神，不但见之于以悲为美的音乐审美观念，还见之于叙事夸张、形容、逞性任气、言过其实、句尚整齐、语求美丽的文风。

应璩(190—230)，字休琏，应玚(字德琏)之弟。曾为文帝、明帝、齐王之臣。应氏兄弟皆有书作传世，但“(德琏)世所传者，止《报庞公》一牍耳。休琏书最多，俱秀绝时表”(张溥《汉魏百三家集题辞·休琏集题辞》)，且应玚书作文藻不如应璩远甚。如应璩《与侍郎曹长思书》云：

> 璩白：足下去后，甚相思想。叔田有无人之歌，闉阇有匪存之思，风人之作，岂虚也哉？王肃以宿德显授，何曾以后进见拔，皆鹰扬虎视，有万里之望。薄援助者，不能追参于高妙，复敛翼于故枝。块然独处，有离群之志。汲黯乐在郎署，何武耻为宰相，千载揆之，知其有由也。德非陈平，门无结驷之迹；学非扬雄，堂无好事之客；才劣仲舒，无下帷之思；家贫孟公，无置酒之乐。悲风起于闺闼，红尘蔽于机榻。幸有袁生，时步玉趾，樵苏不爨，清谈而已，有似周党之过闵子。夫皮朽者毛落，川涸者鱼逝，春生者繁华，秋荣者零悴，自然之数，岂有恨哉？聊为大弟陈其苦怀耳。想还在近，故不益言。璩白。

应璩晚年有归田之思，作有《与从弟君苗、君胄书》，文风一如前期。其写游乐有云：

> 间者北游，喜欢无量。登芒济河，旷若发曚。风伯扫途，雨师洒道。按辔清路，周望山野。亦既至止，酌彼春酒。接武茅茨，凉过大厦。扶寸肴修，味逾方丈。逍遥陂塘之上，吟咏菀柳之下。结春芳以崇佩，折若华以翳日。弋下高云之鸟，饵出深渊之鱼。蒲且赞善，便嬛称妙。何其乐哉！虽仲尼忘味于虞《韶》，楚人流遁于京台，无以过也。班嗣之书，信不虚矣。

《与侍郎曹长思书》述其寂寥之“苦怀”，迭用典故，虽语浅意明，毕竟有词浮于意之嫌。《与从弟君苗、君胄书》写春游之乐，文笔轻松活泼。本是春风习习，微雨潇潇，作者却说是“风伯扫途，雨师洒道”，仿佛风伯、雨师也深知作者出游之乐，都来为他凑趣、助兴。这是诗化了的散文语言，抒情味浓，而且饶有意境之美。此书与作者《与满公琰书》写“昨者”、“宴乐”同一手法，而描述更细，可谓极尽形容、美化之能事。兴之所至，无不情溢词外，语语“秀绝”。

第四章 正始文学

第一节 正始时代与“正始体”

正始(240—249)是魏国齐王曹芳的年号。正始文学指从齐王曹芳登基到魏亡这二十多年间的文学。魏明帝在位时，司马氏集团和曹魏宗室集团就已经在明争暗斗，正始年间，这种斗争达到了白热化的程度，已经进入了魏晋易代的时期。正始十年，司马懿趁曹爽陪曹芳谒高平陵(曹叡墓)之机，发动政变，诛杀曹爽，同日处死何晏、李胜、丁谧、邓飏等一班拥护曹魏政权的名士，并夷其三族。使得“天下名士去其半”，大权全归司马氏。从此司马氏加快了篡权步伐，嘉平六年(254)司马师废曹芳为齐王，杀夏侯玄、李丰、张缉、乐敦、刘贤等人；甘露五年(260)，司马昭又杀死了高贵乡公曹髦，景元四年(263)杀嵇康。再过两年，司马炎就代魏自立了。从正始元年到西晋泰始元年，短短二十来年，曹魏集团中人几乎被司马氏诛杀殆尽。残酷的政治斗争和大批名士被杀的血腥事件，对正始文士心灵震撼之大、精神打击之深，可想而知。他们再也没有建安文士那样一种迫切希望建功立业以求不朽的雄心，也很少有那样一种仗气任性、通脱不拘的人生态度，而是深怀忧生惧祸之心、长年为性命难保惊恐不安。所谓“但恐须臾间，魂气随风飘。终身履薄冰，谁知我心焦”(阮籍《咏怀》十一)。以这种心态作诗作文，必然会带来正始文学与建安文学艺术风貌的不同。

再者，正始年间又是玄学兴起、急剧演变的时期，何晏、王弼、夏侯玄等人的玄学观点被称为“正始之音”。其主要观点涉及“有”“无”关系、儒道关系、圣人有情无情的关系、言意关系以及才性关系等。现实意义最强的是名教和自然的关系。由于明帝、齐王均推行名教，故三家都持儒、道相合和名教本于自然、合于自然的观点。随着何晏、夏侯玄被杀、王弼去世，正始玄学要义发生深刻变化。变化的重要原因是司马氏集团为了篡权，一方面剪除异己，实行恐怖政治，另一方面又加强思想统治。他们任用一批名士鼓吹名教，标榜以孝道治天下，把违抗礼教、不孝的罪名加到曹魏统治集团头上。于是，一批不满意司马氏集团篡权行径的名士谈玄说理，便变儒、道融合为儒、道对立，变名教、自然统一论为名教、自然对立化。提出了“越名教而任自然”（嵇康《释私论》），将依顺自然返归自然作为人生原则和理想境界。而把蔑弃礼法、顺应自然作为达到这种理想境界的唯一途径。如陈寅恪先生所说：“其崇尚名教一派之首领，如王祥、何曾、荀𫖮等三大孝，即佐司马氏欺人孤儿寡妇，而致位魏末晋初之三公者也。其眷怀魏室不趋赴典午者，皆标榜老、庄之学，以自然为宗。”（《陶渊明之思想与清谈之关系》）其代表人物有所谓“竹林七贤”（指嵇康、阮籍、山涛、向秀、阮咸、王戎、刘伶七人）。特殊的政治、思想、文化环境，带来了文士们处世态度和生活方式的改变，这些反映到文学创作中，便有了新的诗风、文风。刘勰即谓“正始明道，诗杂仙心，何晏之徒，率多浮浅。唯嵇志清峻，阮旨遥深”（《文心雕龙·明诗》）。显然，这只是说出了正始诗歌受玄风影响的一般情况。其实，玄学流行对正始诗、文发展的影响情形是很复杂的。总的来看，正面影响远远大于负面影响。具体表现有三点：一是为正始诗文艺术精神（出自作者的人格精神）的形成提供了新的理论基础；二是哲理进入诗、文创作，形成文学新的思想文化底蕴；三是本于玄学的种种审美观念（以自然为宗）对诗、文艺术发展的促进。当玄学哲理和政治环境的险恶以及个人性情，同时成为影响诗、文创作的因素时，自会带来诗、文的独特艺术风貌。即如被刘勰称为“浮浅”的何晏，所作《拟古》诗谓：“双鹤比翼游，群飞戏太清。常恐失罗网，忧祸一旦并。岂若集五湖，顺流唼浮萍。逍遥放志意，何为怵惕惊。”虽以议论为诗，但也用到比兴手法，表现出诗人的忧生畏祸之心和主张用合于玄学理念的人生方式求得远祸全生的想法。至于散文，突出的是阐发玄理论文的激增，其说理艺术较之儒家说理文更为丰富。不少文章立论不用实证，析理精于思辨。叙事者简淡传神，抒怀者情思隽永。

正始作家不多，诗、文成就最高的是阮籍和嵇康。严羽把阮、嵇诗风称为“正始体”，说：“正始体，魏年号，嵇、阮诸公之诗。”（《沧浪诗话》）其实，由于个性有异，处世态度不同，嵇、阮诗风并不完全一致（所谓“嵇志清峻，阮旨遥深”即为区别之一）。其相同处，主要表现在同受玄学观念、思维方式、表述特点的影响，对诗歌艺术精神、审美境界的追求，取向大体一致。此外，则表现在都能真切地表现现实人生感受，且出语慨叹生悲者多。而这也正是和建安诗风相通的地方。从这个意义上说，正始诗歌无疑是建安诗歌的继续和发展。当然，正始诗风和建安诗风也有不同之处，那就是正始诗人不像建安诗人那样大胆地揭露社会矛盾和抒发自己慷慨不平的心情，即使反映社会矛盾、抒发人生感慨也多采用曲折、隐蔽的象征手法，因而诗风含蓄，不像建安诗歌那样明朗、刚健。对诗歌体裁的应用，正始诗人也不再像建安诗人那样采用乐府形式叙事、抒情，他们使五言诗变成了纯粹的文人诗，五言诗的独立地位更加稳固了。所作四言诗则语隽意深，既不同于《三百篇》的平易，也不同于汉诗的古朴，可谓别开生面。

第二节　阮籍的诗、赋、文

阮籍(210—263)，字嗣宗，他是"建安七子"之一阮瑀的儿子。曾为司马师大将军从事中郎。高贵乡公即位，封关内侯，徙散骑常侍。为东平相，法令清简，旬日而还，得为司马昭从事中郎。后闻步兵厨营人很会酿酒，且有贮酒三百斛，于是求为步兵校尉，故世称阮步兵。

阮籍博览群书，尤好《庄子》、《老子》。他本有济世之志，但生活在魏、晋交替时期，目睹政治昏暗、天下许多名士被杀的现实，既不满意司马氏集团的篡权活动，也不满意曹魏统治集团的昏庸腐败、不思振作，但又不敢公开表示，只好采取韬光养晦的处世原则。他"虽不拘礼教，然发言玄远，口不臧否人物"(《晋书》卷四十九《阮籍传》)，喜怒不形于色。或闭门读书累月不出，或登临山水经日忘归，而以醉饮为常。阮籍有许多异乎常人的举动。他能为青白眼，见到拘守礼俗的人，就用白眼看他，以示轻蔑。嵇喜前往阮家吊丧，阮籍翻以白眼，嵇康带酒携琴来吊，阮籍乃以青眼相对，以示喜爱。又"籍嫂尝归宁，籍相见与别。或讥之，籍曰：'礼岂为我设邪!'邻家少妇有美色，当垆沽酒。籍尝诣饮，醉便卧其侧。籍既不自嫌，其夫察之，亦不疑也。兵家女有才色，未嫁而死。籍不识其父兄，径往哭之。其外坦荡而内淳至，皆此类也"(《晋书·阮籍传》)。

实际上他的异常行动是他服膺老庄哲学，用来对抗礼法的一种手段。司马氏的爪牙钟会多次以时事问阮籍，想从阮籍的评议中搜集材料治他的罪，阮籍就用酣饮来躲避。司马昭为其子司马炎(后来的晋武帝)向阮籍求婚，阮籍便大醉六十天，使对方没有开口的机会。阮籍的政治头脑是很清醒的，他对两大统治集团之间的斗争形势洞若观火。当曹爽辅政召他为参军时，他便以病辞而不受，不到一年，曹爽及其身边的名士果为司马懿所杀。正因洞察形势而自己又不愿委曲求全去干卑鄙的政治勾当，因而内心感慨尤深。当他登上广武山目睹楚汉相争的遗迹时，便感叹地说：“世无英雄，遂使竖子成名!”这话实际上概括了他对魏、晋之际政治形势的看法。史书记载，阮籍经常驾车出游，任意奔驰。车走不通了，他就大哭一场，然后驾车而返。这种举动说明阮籍在那种政治背景下找不到出路，内心是多么苦闷，但他只能作些无言的反抗和挣扎。这种无言的反抗，力量是很有限的，所以当司马昭逼他写《劝进表》时，他虽欲以醉酒相避，却还是照样写了。他对名教也并不是彻底否定。当其子阮浑“少慕通达，不饰小节”时，他便劝道：“仲容(阮咸，阮籍之侄)已豫吾此流，汝不得复尔!”(《晋书·阮籍传》)

一、阮籍的诗歌

阮籍的诗有五言《咏怀》八十二首、四言《咏怀》十三首。这些诗并非写于一时一地，是他一生内心痛苦的自白。

五言《咏怀诗》感慨良多，从大的方面讲，包括下面几方面的内容。

一是表现诗人的孤独之感、忧生之嗟以及理想不能实现的忧伤之情。如《咏怀》其一：

夜中不能寐，起坐弹鸣琴。
薄帏鉴明月，清风吹我襟。
孤鸿号外野，翔鸟鸣北林。
徘徊将何见，忧思独伤心。

这首诗写的是诗人在那个时代的寂寞感、孤独感和他不能自已的忧思。他内心幽思烦乱，但又无从解脱，无法发抒，到了半夜尚不能入眠，于是“起坐弹鸣琴”。“弹鸣琴”是诗人为了从忧思中挣脱出来所作的努力。“薄帏鉴明月，清风吹我襟”，写明月照在薄帏上引起了他心中的悲哀。古诗云“明月何皎皎，照我罗床帏；忧愁不能寐，揽衣起徘徊”。月色容易勾起人们的索寞之愁，阮籍就处在这种境界中。除了“明月”、“清风”所带来的寒冷、孤独感以外，他还听见“孤鸿号外野，翔鸟鸣北林”。孤鸿哀号是因为它失去了侣伴，担心自己会遇到杀身之祸；翔鸟在北林中鸣叫，是因为北林寒冷无法栖身。这种躁动不安、凄寒哀厉的气氛，能引发诗人什么样的感触呢？“徘徊将何见，忧思独伤心”。那些寂寞、冷清、凄凉之景不能给他带来快乐、带来安慰，倒使他更加感到绝望。他本想弹琴排忧，结果是忧愁更深。诗人生活在政治黑暗的时代，常恐遭祸，内心忧虑很深，但又不能直说，只能用隐晦曲折的手法来寄托感情。钟嵘说阮籍的诗“言在耳目之内，情寄八荒之表”(《诗品》上)，是不错的。

《咏怀诗》也有明白发出忧生之嗟的。其三十三云：

一日复一夕，一夕复一朝。
颜色改平常，精神自损消。
胸中怀汤火，变化故相招。
万事无穷极，知谋苦不饶。
但恐须臾间，魂气随风飘。
终身履薄冰，谁知我心焦。

此诗生动地描写出诗人在人生道路上忧虑重重、痛苦不堪的憔悴形象，读完诗，我们对阮籍的旷放行为当会有更深的理解。其十七写诗人不合于世、游离世外的孤寂之感：“独坐空堂上，谁可与亲者？出门临永路，不见行车马。登高望九州，悠悠分旷野。孤鸟西北飞，离兽东南下。日暮思亲友，晤言用自写。”诗中极写四望无人，所见唯鸟飞兽下，是说世上知音绝少，无人可以交接，心中之愁难以排遣。他心中最大的愁闷是什么呢？请看：

西方有佳人，皎若白日光。
被服纤罗衣，左右佩双璜。
修容耀姿美，顺风振微芳。
登高眺所思，举袂当朝阳。
寄颜云霄间，挥袖凌虚翔。
飘飖恍惚中，流盼顾我旁。
悦怿未交接，晤言用感伤。

——《咏怀》十九

少年学击剑，妙伎过曲城。
英风截云霓，超世发奇声。
挥剑临沙漠，饮马九野垧。
旗帜何翩翩，但闻金鼓鸣。
军旅令人悲，烈烈有哀情。
念我平常时，悔恨从此生。

——《咏怀》六十一

前者采用比兴手法，是用写佳人对我“悦怿”，而我未能与之交接所引起的感伤情绪，来寄托诗人理想不能实现的苦闷。后者则是以追忆的形式写他早就学得过人的本领（以击剑为喻）而始终未能施展的无穷遗恨。

二是表现诗人对人生无常、世事无常的感慨和对以玄学为本的人生境界的向往。如《咏怀》其五、其六云：

嘉树下成蹊，东园桃与李。
秋风吹飞藿，零落从此始。
繁华有憔悴，堂上生荆杞。
驱马舍之去，去上西山趾。
一身不自保，何况恋妻子？
凝霜被野草，岁暮亦云已。

——《咏怀》其五

天马出西北，由来从东道。
春秋非有讫，富贵焉常保？
清露被皋兰，凝霜沾野草，
朝为美少年，夕暮成丑老。
自非王子晋，谁能常美好！

——《咏怀》其六

世事无常、人生无常，自身难保，诗人苦无应对之术。他想到过求仙，想到过隐居，其《咏怀》四十二、六十二云：

危冠切浮云，长剑出天外。
细故何足虑？高度跨一世。
非子为我御，逍遥游荒裔。
顾谢西王母，吾将从此逝。
岂与蓬户士，弹琴诵言誓？

——《咏怀》四十二

朝阳不再盛，白日忽西幽。
去此若俯仰，如何似九秋？
人生若尘露，天道邈悠悠。

齐景升牛山，涕泗纷交流。
孔圣临长川，惜逝忽若浮。
去者余不及，来者吾不留。
愿登太华山，上与松子游。
渔父知世患，乘流泛轻舟。

——《咏怀》六十二

但“愿耕东皋阳，谁与守其真”（其六十四），“三山招松乔，万世难与期”（其八十），隐居、求仙都难以做到，最后只好用本于玄学的人生价值观和人生艺术来对待人生。如《咏怀》其二十二、四十八、七十二云：

幽兰不可佩，朱草为谁荣？
修竹隐山阴，射干临增城。
葛藟延幽谷，緜緜瓜瓞生。
乐极消灵神，哀深伤人情。
竟知忧无益，岂若归太清。

——《咏怀》二十二

炎光延万里，洪川荡湍濑。
弯弓挂扶桑，长剑倚天外。
泰山成砥砺，黄河为裳带。
视彼庄周子，荣枯何足赖？
捐身弃中野，乌鸢作患害。
岂若雄杰士，功名从此大。

——《咏怀》四十八

世务何缤纷，人道苦不遑。
壮年以时逝，朝露待太阳。
愿揽羲和辔，白日不移光；
天阶路殊绝，云汉邈无梁。
濯发旸谷滨，远游昆岳傍。
登彼列仙岨，采此秋兰芳。
时路乌足争？太极可翱翔。

——《咏怀》七十二

其四十八是用庄子齐物观看待人得以长生和建立功名的意义，其二十二说“归太清”、其七十二说“太极可翱翔”，都是讲依归、顺从自然之可取，实是对以玄学为本的人生境界、处世态度的肯定。阮籍《咏怀》的艺术精神多半植根于玄学，于此可见。但他的诗涉玄理，是与表达真切的人生感受联系在一起的，并非为说玄理而说玄理。又所说玄理往往掩藏在意象、情感之中，直言明说者少。这类诗，实可称为哲思、情感、意象、词采的自然融合。

三是表现对曹魏统治集团昏愦、腐朽终将招致灭亡的痛恨和悲哀。其三十一云：

驾言发魏都，南向望吹台。
箫管有遗音，梁王安在哉？
战士食糟糠，贤者处蒿莱。
歌舞曲未终，秦兵已复来。
夹林非吾有，朱宫生尘埃。
军败华阳下，身竟为土灰。

此诗用《战国策》中梁王魏婴为秦所败事，指出曹魏统治集团倒行逆施，势必自取灭亡。明帝在位，政治腐败，生活腐化，后宫所费与军费相等，又在洛阳、许昌大修宫殿，圈得猎场周广千余里，不求贤讲武以谋强国之事。眼看国势衰微，故作者“借古以寓今”，言其“不亡于敌国，则亡于权奸”（陈沆《诗比兴笺》）。

阮籍对曹魏统治集团既怒其不振，又对其遭到司马氏集团的宰割感到惋惜和悲哀。其十一云：

湛湛长江水，上有枫树林。
皋兰被径路，青骊逝骎骎。
远望令人悲，春气感我心。
三楚多秀士，朝云进荒淫。
朱华振芬芳，高蔡相追寻。
一为黄雀哀，涕下谁能禁！

此诗寓意当如刘履所说：“正元元年，魏主芳幸平乐观，大将军司马师以其荒淫无度，亵近倡优，乃废为齐王，迁之河内，群臣送者皆为流涕。嗣宗此诗其亦哀齐王之废乎。盖不敢直陈游幸平乐之事，乃借楚地而言。”（黄节《阮步兵咏怀诗注》所引）作者在诗中指斥魏主的追逐荒淫，对他身边没有匡辅之臣发出慨叹，但更多的是为齐王遭人暗算而感到悲哀。

四是表现诗人对司马氏集团篡权活动的不满。其五十一云：

丹心失恩泽，重德丧所宜。
善言焉可长，慈惠未易施。
不见南飞燕，羽翼正差池。
高子怨新诗，三闾悼乖离。
何为混沌氏，倏忽体貌隳。

此诗首言曹魏厚施恩泽于司马氏，而司马氏却不以丹心相报，对魏主或废或诛，使其宗室摈却、骨肉冰释。末二句言司马氏奸诈有术，肆行篡弑，如同倏忽为混沌凿窍，将其置于死地一样。

阮籍是不敢公开谴责司马氏的篡权活动的，但他对司马氏鼓吹的名教和那些拘守名教的礼法之士的虚伪性却作了大胆的嘲笑。其六十七云：

洪生资制度，被服正有常。
尊卑设次序，事物齐纪纲。
容饰整颜色，磬折执圭璋。
堂上置玄酒，室中盛稻粱。
外厉贞素谈，户内灭芬芳。
放口从衷出，复说道义方。
委曲周旋仪，姿态愁我肠。

诗中写鸿儒形象，漫画式地描摹礼法之士的卑劣面貌，他们内外不一，言行相离；矫揉造作，丑态百出。诗人有意挑选礼法之士的不同举动作对比性的描写，嬉笑怒骂，效果强烈。礼法之士可笑可鄙，那司马氏鼓吹的名教价值如何，自然可知。

阮籍《咏怀诗》，意旨遥深，所写内容实难确指。如王夫之所言：“其托体之妙，或以自安，或以自悼，或标物外之旨，或寄疾邪之思，意固径庭，而言皆一致，信其但然而又不徒然，疑其必然而彼固不然。不但当时雄猜之渠长，无可施其怨忌，且使千秋以还了无觅脚跟处。”（《古诗评选》卷四）正因如此，上面对阮诗内容的分类只能是概而言之。

《咏怀诗》诗风含蓄蕴藉，颇多感慨之词而归趣难求，出语自然而少有琢炼痕迹。它们广泛运用比兴手法，用典较多，言在此而意在彼；抒情性强，但不如建安诗人显露。阮籍的诗重在表现感受，至于触发这种感受的具体生活内容却避而不谈。其原因正如颜延之所说："嗣宗身仕乱朝，常恐罹谤遇祸，因兹发咏，故每有忧生之嗟。虽志在刺讥，而文多隐避，百代之下，难以情测。"(《文选》李善注引)虽然阮诗旨趣难以确指，但由于诗含哲理、情思而语多咏叹，又巧用比兴，即物谕理，故其诗读来有味，能使人思。如钟嵘所说："《咏怀》之作，可以陶性灵，发幽思。言在耳目之内，情寄八荒之表。洋洋乎会于风雅，使人忘其鄙近，自致远大。"(《诗品》上)《咏怀诗》脱离了五言诗模仿汉乐府的倾向，它的出现标志着五言诗在体制、韵律方面完全成熟，并且已经取得了稳固的独立地位。同时，也使诗歌在抒情化、个性化方面大大向前迈进了一步，打破了建安以前以颂扬、鉴戒为主的辞赋体，树立了个性鲜明、跳跃着诗人感情脉搏的新诗风。而它含蓄隐避的抒情方法，则为后来诗人们的抒情寄慨开辟了一种途径。陶渊明作《饮酒》二十首，江淹写《效阮公诗》十五首，庾信写《拟咏怀》二十七首，陈子昂作《感遇》三十八首，张九龄作《感遇》十二首，李白写《古风》五十九首，无不受到阮籍的启发。

二、阮籍的辞赋

阮籍今存辞赋六篇。其中《鸠赋》、《猕猴赋》以禽兽为题材，似有寄托。《鸠赋》序谓"嘉平中得两鸠子，常食以黍稷，后卒为狗所杀，故为作赋"。论者以为"两鸠子"似隐喻齐王曹芳与高贵乡公曹髦，赋中"狂犬之暴怒，加楚害于微躯"，似指司马师父子加害两魏帝事。《猕猴赋》，说猕猴"体多似而匪类，形乖殊而不纯；外察慧而内无度兮，故人面而兽心；性褊浅而干进兮，似韩非之囚秦；扬眉额而骤眒兮，似巧言而伪真"，实是指猴骂人，痛斥"人面兽心"者的可恶。两篇咏物赋都带有寓言性质，以寻常禽兽说人生感受，意在言外，修辞策略与《咏怀》诗有相同处。

受玄学影响最深的，是《清思赋》。赋虽多想像、形容之词，实是以论为赋。所言之理不外赋首数句："余以为形之可见，非色之美；音之可闻，非声之善……是以微妙无形，寂寞无听，然后乃可以睹窈窕而淑清。故白日丽光。则季后不步其容，钟鼓闾铪则延子不扬其声。夫清虚寥廓则神物来集，飘颻恍惚则洞幽贯冥，冰心玉质则激洁思存，恬淡无欲则泰志适情。"所谓"清虚寥廓"、"飘颻恍惚"、"冰心玉质"、"恬淡无欲"，都是写"清思"应有之心境，总归为"不以万物累心"。从理论层面来看，赋讲"清思"可贵和如何方能“清思”，属于玄学认识论范畴，具体论述则涉及人的性情修养问题。而对“清思”心境的界定，实出于玄学以无为本的本体论。

三、阮籍的散文

阮籍今存散文，有《为郑冲劝晋王笺》、《诣蒋公奏记辞辟命》、《晋文王书荐卢播》、《通易论》、《通老论》(残篇)、《达庄论》、《乐论》、《大人先生传》、《答伏义书》等。前三篇如刘师培所说：“文虽雅健，非阮氏文章之本色也。”(《中国中古文学史讲义》第四课)能显露阮文本色的，是后面一组玄学论文和以服膺玄学人生理则而自得的《答伏义书》。诸文特点，大体如刘师培所说：“其意旨所寄，所为《大人先生传》，其体亦出于汉人设论(如《解嘲》之属)，然杂以骚赋各体，为汉人所未有……《通易论》综贯全经之义，以推论世变之由，其文体奇偶相成，间用韵语。《达庄论》亦多韵语，然词必对偶，以气骋词。《乐论》文尤繁富，辅以壮丽之词。阮氏之文，盖以此数篇为至美。别有《答伏义书》一书，亦是窥阮氏文体之概略。此文亦阮氏意旨所寄，观其文体，余可类推。”(《中国中古文学史讲义》第四课)所谓“阮氏意旨”，即阮籍所持的玄学观念和据以观照社会、人生的体会。如《乐论》，即用玄学本体论说明乐的本质，认为乐的最高境界是与自然同体、与万物同体，即不受人世善恶之争、喜怒哀乐之情的干扰，而以依顺自然的和谐、自在为归。提出乐的美在于平淡无味，其感染力也在于平淡无味，对汉以来“以悲为乐”的观点持否定态度。《答伏义书》，则以自得语气称美自己所坚持的玄学人生观，且据以嘲讽儒生人生的“其陋可愧，其事可悲”。从其论、书可见，阮籍为文和作《咏怀》诗一样，惯于和善于用比兴手法言志抒怀。往往用一些超常的想像之词，创造奇特的形象、境界，以显示其理。这一点和《淮南子》很相似，故其文瑰丽可喜。不同于《淮南子》的是，阮文以气运词，文势震荡，语带锋芒。此类特点，也表现在《大人先生传》中。

《大人先生传》，名为传，实以论为主。可谓借传作论或纳论于传。阐发的是玄学家通于自然、与道周始的人生观。文中立论，主要是通过“大人先生”的三则答词、一段叹词和对他体道而行的描叙完成的。所谓“大人先生”，就是文中说的“至人”即体道之人，是作者服膺玄学理想人格的化身。文中说他“以应变顺和、天地为家”，“直驰骛乎太初之中，而休息乎无为之宫”云云，都是对与道合一，超越一切有限事物，使个体人格精神获得绝对逍遥、自由，进入永恒、无限的境域，这样一种人生境界的形象性诠释。

就描叙手法而言，阮籍写大人先生似乎受到过屈原《远游》、司马相如《大人赋》的影响，但作为与道合一的人物形象的“原型”，应是出自《庄子》

所讲的“大人”、“真人”、“至人”形象。用大人和假设的人物对话，这种说理方式也主要是取自《庄子》。至于驰骋想像，夸张形容，以瑰丽的言词创造高远阔大境界和超尘脱俗的巨大形象，则与《淮南子》写“大丈夫”、“圣人”、“真人”、“至人”那些得道者体道而行的手法相似。

颇能显出《大人先生传》文风特征的，是“先生”对“遗书者（即礼法之士）”之书的答词。“先生”愤激作答，出语尖锐、泼辣，气势极盛。其言振振，快利无比。除挟怒作论外，反驳针锋相对，挞伐声讨，不胜其忿。言其事恶理非，敢于讥笑嘲讽以至于骂。如说礼法之士处于人世：

汝独不见乎虱之处于裈中，逃乎深缝、匿乎坏絮，自以为吉宅也。行不敢离缝际、动不敢出裈裆，自以为得绳墨也。饥则啮人，自以为无穷食也。然炎丘火流，焦邑灭都，群虱死裈中而不能出，汝君子之处区，亦何异夫虱之处裈中乎？悲夫！而乃自以为远祸、近福、坚无穷也！

又如说礼法之士“内险而外仁”的种种恶行：

今汝造音以乱声，作色以诡形，外易其貌，内隐其情，怀欲以求多，诈伪以要名，君立而虐兴，臣设而贼生。坐制礼法，束缚下民，欺愚诳拙，藏智自神。强者睽眠而凌暴，弱者憔悴而事人。假廉而成贪，内险而外仁，罪至不悔过，幸遇则自矜……于是惧民之知其然，故重赏以喜之，严刑以威之，财匮而赏不供，刑尽而罚不行，乃始有亡国戮君溃散之祸。此非汝君子之为乎？汝君子之礼法，诚天下残贼乱危死亡之术耳，而乃目以为美行不易之道，不亦过乎？

此与《咏怀》“志在刺讥而文多隐避”不同，不但直述其恶、明言其非，且论断斩截，说尽说透，怒不可遏。文中多用反诘句、多用包容甚多短句的长句，使得文势如同排浪迭涌。

第三节　嵇康的诗、文

嵇康（223—262），字叔夜，谯国铚（今安徽宿县西）人。博览群籍，无不该通，好《庄》、《老》，善谈玄理。娶曹魏宗氏女为妻，官拜中散大夫。嵇康服膺玄学，不单追求精神上的返归自然、与道冥合，还企图将现实生活玄学化。要让现实生活具有审美意味、充满玄学艺术精神，使游心太玄成为实实在在的人生体验。因而他厌仕、厌俗、厌弃礼法、厌弃政争，厌弃一切妨碍他任性适意、依顺自然、心与道合的人与事。不但在行动上和礼法之士划清界限，还用玄学理论揭露、嘲笑礼法之士持论的荒谬。常常“非汤、武而薄周、孔”(《与山巨源绝交书》)。主张“从欲”以得“自然”，说仁义“非养真之术”、廉让“非自然之所出”，申言“不学未必为长夜，六经未必为太阳”(《难张辽叔自然好学论》)，将“越名教”由不遵礼法演变为从根本上毁弃名教。司马氏肆行篡夺，他却提倡“崇简易之教，御无为之治，君静于上，臣顺于下”(《声无哀乐论》)。揭露彼等“凭尊恃势，不友不师；宰割天下，以奉其私”(《太师箴》)。不但如此，嵇康于其难堪之人，从不掩饰厌恶之情，动辄绝交，或置之不理，或冷言相对，或直斥其恶，以至于骂。随性犯俗，性烈如火，与阮籍不论时事、不臧否人物的“至慎”态度迥然不同。其为人如此，当然不为礼法之士所容。钟会即言于司马昭曰：“嵇康，卧龙也，不可起。公无忧天下，顾以康为虑耳。”又说嵇康、吕安等“言论放荡，非毁典谟，帝王者所不宜容，宜因衅除之，以淳风俗”(《晋书·嵇康传》)。还说他“上不臣天子，下不事王侯；轻时傲世，不为物用；无益于今，有败于俗……今不诛康，无以清洁王道”(《世说新语·雅量》刘孝标注引《文士传》)。嵇康终为司马昭所害。嵇康一生反对礼教十分坚决，但他在《家诫》中却教诲自己十岁的儿子长大后要非礼勿动，甚至要他做些苟合世俗之事，可见他在思想上的矛盾是很深的。

一、嵇康的诗歌

嵇康今存诗五十余首，五言多于四言，而以四言诗著称。陈祚明说嵇诗“四言中饶隽语，以全不似《三百篇》，故佳”，五言则为“时代所限，不能为汉音之古朴，而复少魏响之鲜妍，所缘渐沦而下也”(《采菽堂古诗选》卷八)。嵇诗清远、峻切，和阮籍的诗旨遥深不同。其诗径遂直陈，有言必尽，而少宛转之词，但境界高远，决非浮浅之作。其乐府《代秋胡歌》言“富贵尊荣，忧患谅独多”，言“绝智弃学，游心于玄默”，玄理味重而感慨良多。刘熙载即谓“《秋胡行》贵玄默之致，而激烈悲愤，自在言外”(《艺概·诗概》)。《幽愤诗》是他入狱后写的，言词的峻切、情感的愤激，可和《与山巨源绝交书》并论，不过更显得忧思深重，愤慨中略含悲怆之意。诗写他年轻时就“抗心希古，任其所尚；托好老、庄，贱物贵身”，结果“欲寡其过，谤议沸腾；性不伤物，频致怨憎”，“理弊患结，卒致囹圄”。诗人说他不能学北游之雁“顺时而动，得意忘忧”，不能学“万石周慎，安亲保荣”，他“有志不就，惩难思复”，内心伤悲，只能寄希望于将来。诗人把他遭人迫害的原因说得何等明白，他何曾掩饰过心中的不平！

嵇康的四言诗，往往能以生动的笔触描绘出鲜明的艺术形象，比如他的《四言赠兄秀才人军诗》十二章云：

轻车迅迈，息彼长林。
春木载荣，布叶垂阴。
习习谷风，吹我素琴。
交交黄鸟，顾俦弄音。
感寤驰情，思我所钦。
心之忧矣，永啸长吟。

诗以春日长林美景写“思我所钦”之忧心，妙在景新情真。王夫之即谓“春木四句，写气、写光，几非人造”(《古诗评选》卷二)。又十三章云：

浩浩洪流，带我邦畿。
萋萋绿林，奋荣扬晖。
鱼龙瀺灂，山鸟群飞。
驾言出游，日夕忘归。
思我良朋，如渴如饥。
愿言不获，怆矣其悲。

同样表达思念之情，写景又是一种境界，不但场面阔大，而且生机勃勃。极写出游之乐，对“愿言(指思念)不获”自有衬写作用。又第九章云：“良马既闲，丽服有晖。左揽繁弱，右接忘归。风驰电逝，摄景追飞。凌厉中原，顾盼生姿。”诗写其兄嵇喜军中驰射的英姿，一片想像之词，却神态宛然。而十四章云：

息徒兰圃，秣马华山。
流磻平皋，垂纶长川。
目送归鸿，手挥五弦。
俯仰自得，游心太玄。
嘉彼钓叟，得鱼忘筌。
郢人逝矣，谁与尽言。

诗写嵇康在大自然中作逍遥游的活动和感受，表现出诗人“游心太玄”即与道合一的最大人生乐趣和他对世无知音的感叹。诗以清秀之语写自在、自得之心，显得自然飘逸而境界高远。“目送归鸿”二句写名士风姿，一传其神，一显其形，比较而言，传神者最为微妙。故顾恺之说“画‘手挥五弦’易，‘目送归鸿’难”(《世说新语·巧艺》)。于此可见，嵇诗清峻而托喻清远，虽情思不违玄理，却语隽境美，令人生想。

二、嵇康的辞赋和散文

嵇康今存赋，惟《琴赋》为完篇，余(题为《酒赋》、《蚕赋》、《怀乡赋》)各有残句若干。《琴赋》立意与其《声无哀乐论》相同，都是从玄学本体论出发，说音声之特质。赋序有谓：“余少好音声，长而玩之，以为……可以导美神气，宣和情志，处穷独而不闷者，莫近于音声也。”“历世才士并为之赋、颂，其体制风流，莫不相袭。称其材干，则以危苦为上；赋其声音，则以悲哀为主；美其感化，则以垂涕为贵。丽则丽矣，然未尽其理也。推其所由，似元不解音声；览其旨趣，亦未达礼乐之情也。”可见，作者是不赞成音乐以悲哀为美的传统观念的，其作《琴赋》在思想文化领域有很强的针对性。

嵇康写得最多的散文，是玄理论文，传于今者尚有《养生论》、《答向子期难养生论》、《声无哀乐论》、《释私论》、《管蔡论》、《明胆论》、《难张迈叔自然好学论》、《难宅无吉凶摄生论》、《答张辽叔释难宅无吉凶摄生论》。另有《卜疑》、《与山巨源绝交书》、《与吕长悌绝交书》、《太师箴》和《家诫》等，著述散文则有《圣贤高士传》。

前人对嵇康之论评价甚高，李充《翰林论》即谓“研求名理而论生焉，论贵于允理，不求支离。若嵇康之论，成文矣”。刘师培解释说：“李氏以论推嵇，明论体之能成文者，魏、晋之间，实以嵇氏为最。”(《中国中古文学史讲义》第四课)刘勰说阮籍、嵇康体性有异，谓“嗣宗俶傥，故响逸而调远；叔夜隽侠，故兴高而采烈”(《文心雕龙·体性》)。又谓“嵇康师心以遣论，阮籍使气以命诗，殊声而合响，异翮而同飞”(《文心雕龙·才略》)。刘师培发挥说：“嵇康、阮籍之文，文章壮丽，总采骋辞，虽阐发道家之绪，实与纵横家言为近也。此派之文，盛于竹林诸贤。溯其远源，则阮瑀、陈琳已开其始。”“彦和以‘响逸调远’评籍文，与《魏志》‘才藻艳逸’说合。盖阮文之丽，丽而清者也。以‘兴高采烈’评康文，亦与《魏志》‘文词壮丽’说合。盖嵇文之丽，丽而壮者也。均与徒事藻采之文不同。”“嵇、阮之文，艳逸壮丽，大抵相同。若施以区别，则嵇文近汉孔融，析理绵密，阮所不逮；

阮文近汉祢衡，托体高健，嵇所不及。此其相异之点也。”“嵇文长于辨难，文如剥茧，无不尽之意，亦阮氏所不及也。”(《中国中古文学史讲义》第四课)

嵇康的玄理论文，立论新颖、析理绵密，在阮文之上。如其《声无哀乐论》，所说“声无哀乐”即为一全新观点。从玄学命题相互影响看，其立论基础和思维方式，与何晏提出的圣人无喜怒哀乐有某种相似处。阮籍作《乐论》，虽不反对乐有哀乐之分，但他既把乐的本体定为自然，而平淡无味又是自然之道的本质属性，因而他是有可能提出声无哀乐论的。但他未能深入下去。嵇康却用他用过的方法(从玄学本体论出发探讨音乐的属性、功用)，建立了声无哀乐论。而论述更为精细，对儒学音乐理论突破更为彻底。他讲“声音以平和为体”，“声音有自然之和而无系于人情”，实际上是讲声音以自然为本体，而以自然的属性“和”为属性。如此立论，便容易说明音声是能超越哀乐之情的，而以无哀无乐的“和”为本质特征；作乐的目的是要使人挣脱种种情感的束缚，进入自由、无限的境界。在写法上，用的是主客对话形式。文章通过“秦客”和“东野主人”八番“难”、“答”以成完篇。反复论难，自易带来论证的严密和文章布局的严谨。当然，如此行文，也难免文词繁复。

除玄理论文外，嵇康的《太师箴》和书作所蕴含的文化精神，也是出自于玄学思想。其中最能显现其人格特征和另类散文艺术风貌的，应是《与山巨源绝交书》。

山巨源即山涛，他本是“竹林七贤”之一，中途出仕为吏部郎，后得升迁，便举嵇康自代。嵇康十分生气，即作此书痛斥其行径。作者在书中以老、庄思想作指导，极写自己越礼教而任自然的放纵生活，揭露官场的龌龊，对山涛极尽讽刺、挖苦之能事，直说自己非汤、武而薄周、孔，显示出对世俗生活的极端蔑视。他拒绝的是山涛的举荐，实是借此宣布自己和司马氏集团的彻底决裂。因作者具有大无畏的叛逆精神，故行文恣肆、出语尖刻，仿佛不尽其言辄不足以泄胸中愤怒之气。如云：

> 阮嗣宗口不论人过，吾每师之，而未能及。至性过人，与物无伤，唯饮酒过差耳。至为礼法之士所绳，疾之如仇，幸赖大将军保持之耳。吾不如嗣宗之贤，而有慢弛之阙；又不识人情，闇于机宜；无万石之慎，而有好尽之累，久与事接，疵衅日兴，虽欲无患，其可得乎？又人伦有礼，朝廷有法，自惟至熟，有必不堪者七，甚不可者二。卧喜晚起，而当关呼之不置，一不堪也。抱琴行吟，弋钓草野，而吏卒守之，

> 不得妄动，二不堪也。危坐一时，痹不得摇，性复多虱，把搔无已，而当裹以章服，揖拜上官，三不堪也。素不便书，又不喜作书，而人间多事，堆案盈几，不相酬答，则犯教伤义；欲自勉强，则不能久；四不堪也。不喜吊丧，而人道以此为重，己为未见恕者所怨，至欲见中伤者；虽瞿然自责，然性不可化；欲降心顺俗，则诡故不情，亦终不能获无咎无誉，如此，五不堪也。不喜俗人，而当与之共事，或宾客盈坐，鸣声聒耳，嚣尘臭处，千变百伎，在人目前，六不堪也。心不耐烦，而官事鞅掌，机务缠其心，世故繁其虑，七不堪也。又每非汤、武而薄周、孔，在人间不止此事，会显世教所不容，此甚不可一也。刚肠疾恶，轻肆直言，遇事便发，此甚不可二也。以促中小心之性，统此九患，不有外难，当有内病，宁可久处人间耶？又闻道士遗言，饵术黄精，令人久寿，意甚信之。游山泽，观鱼鸟，心甚乐之。一行作吏，此事便废，安能舍其所乐，而从其所惧哉？

真是通脱任性，直言尽言，不掩锋芒，嬉笑怒骂，俱为文章。后世诗、文中所用“七不堪”、“二甚不可”的典故，即出于此书。事实上，此书不但是嵇康散文中逞性放言的名篇，也是魏、晋文章中颇能显现魏、晋风度的代表作，其文风对后来的愤世之文深有影响。

第四节 向秀、刘伶的诗、赋、文

向秀(227？—272)，字子期，河内怀(今河南武陟)人，“竹林七贤”之一。少为同郡山涛所知，又与嵇康、吕安友善，“并有拔俗之韵，其进止无不同，而造事营生业亦不异。常与嵇康偶锻于洛邑，与吕安灌园于山阳，不虑家之有无，外物不足佛其心”(《世说新语·言语》注引《向秀别传》)。弱冠著《儒道论》，弃而不录。后又著《庄子隐解》、注《周易》，前者影响甚大。《世说新语·文学》有云：“初，注《庄子》数十家，莫能究其旨要。向秀于旧注外为解义，妙析奇致，大畅玄风。”嵇、吕激赏其注，以至惊曰：“庄周不死矣！”(《向秀别传》)其注后来被郭象纳入其《庄子注》中。嵇康被诛，秀遂惧而失图，乃应岁举，到京师投向司马昭。昭问：“闻君有箕山之志，何以在此?”对曰：“巢、许狷介之士，不足多慕。”(《世说新语·言语》)后为散骑侍郎，转黄门侍郎，在朝而不任职，容迹而已。

向秀今存文章，仅有一赋一论。

赋即《思旧赋》，是向秀“应岁举”入京以后的作品。赋写作者思念已友的哀伤情怀，同时也流露出他在嵇、吕被杀之后，惧而失图，不得不仕于晋的难言心绪。《思旧赋并序》云：

余与嵇康、吕安居止接近，其人并有不羁之才。然嵇志远而疏，吕心旷而放，其后各以事见法。嵇博综技艺，于丝竹特妙，临当就命，顾视日影，索琴而弹之。余逝将西迈，经其旧庐，于时日薄虞渊，寒冰凄然。邻人有吹笛者，发声寥亮，追思曩昔游宴之好，感音而叹，故作赋云：

将命适于远京兮，遂旋反而北徂。济黄河以泛舟兮，经山阳之旧居。瞻旷野之萧条兮，息余驾乎城隅。践二子之遗迹兮，历穷巷之空庐。叹《黍离》之愍周兮，悲《麦秀》于殷墟。惟古昔以怀今兮，心徘徊以踌躇。栋宇存而弗毁兮，形神逝其焉如。昔李斯之受罪兮，叹黄犬而长吟。悼嵇生之永辞兮，顾日影而弹琴。托运遇于领会兮，寄余命于寸阴。听鸣笛之慷慨兮，妙声绝而复寻。停驾言其将迈兮，遂援翰而写心。

序文说作赋由来，言经嵇康旧庐闻笛声而思及嵇康临刑索琴而弹之事，因而叹而有作。出语自然，看似客观叙事，却于评议嵇、吕为人特征中带出无限感慨。作者的悼念之情，全从叙说“余”之所见、所至、所思、所听写出。无论是所见“旷野之萧条”，所至“穷巷之空庐”，所听“鸣笛之慷慨”，还是情思流动所出现的“叹《黍离》之愍周兮，悲《麦秀》于殷墟。惟古昔以怀今兮，心徘徊以踌躇”，无不充满浓重的哀伤气氛。可谓情景交融，咏叹如诗。纵然如此，作者以赋“写心”，写得最充分的仍然是故地重游、睹物“思旧”的悲怆之感，至于作者何以如此感伤的现实动因并未明说。鲁迅说此赋“刚开头却又煞了尾”（《为了忘却的纪念》），正好道出了它引而不发、寄意言外的抒情特点。

论即《难嵇叔夜养生论》。此论的写作用心，或如《晋书·向秀传》所说：“与康论养生，辞难往复，盖欲发康高致也。”如此，则此论所言，并非向秀本意，作“难”的目的，是为了促使嵇康将其本于玄学本体论的养生论说得更深入、更周全。嵇康论养生之道，既以“惟五谷是见，声色是耽，目惑玄黄，耳务淫哇，滋味煎其腑臓，醴醪鬻其肠胃，香芳腐其骨髓，喜怒悖其正气，思虑销其精神，哀乐殃其平粹”为非，而主张“清虚静泰，少私寡欲，知名位之伤德，故忽而不营……无为自得，体妙心玄”（《养生论》），故向秀作“难”，开宗明义即谓“若夫节哀乐、和喜怒，适饮食，调寒暑，亦古人之所修也。至于绝五谷、去滋味、寡情欲、抑富贵，则未之敢许也”。不但立论出自儒家思想，论述方式也是博引人事以证其说，与儒家说理文同一风格。

刘伶（生卒年不详），字伯伦，沛国（今安徽濉溪）人。他也是“竹林七贤”之一，与阮、嵇友善。仕魏为建威参军，入晋应诏对策，盛言无为而化，以“无用”罢。其人志气旷放，以宇宙为狭。性嗜酒，常乘鹿车出游，携一壶酒，使人荷锸随之，言“死便埋我”。又其妻劝其戒酒，刘伶诡称设酒肉祭神发誓断之，誓词却是：“天生刘伶，以酒为名（即“命”）。一饮一斛，五斗解酲。妇人之言，慎不可听。”其为人旷放任诞如此。今存诗、文各一。

诗即《北芒客舍诗》：

泱漭望舒隐，黤黮玄夜阴。
寒鸡思天曙，拥翅吹长音。
蚊蚋归丰草，枯叶散萧林。
陈醴发悴颜，巴歈畅真心。
缊被终不晓，斯叹信难任。
何以除斯叹？付之与瑟琴。
长笛响中夕，闻此消胸襟。

此诗应是刘伶应诏对策赴洛途中留宿北芒客舍时作。诗中所说“难任”、难“除”之“斯叹”，当为不得已应诏对策而发。诗只说“斯叹”难除之痛苦感受，言外之意难以情测，风格与阮籍《咏怀》有相似处。

文即《酒德颂》：

有大人先生，以天地为一朝，万期为须臾；日月为扃牖，八荒为庭衢。行无辙迹，居无室庐；幕天席地，纵意所如。止则操卮执觚，动则携榼提壶；唯酒是务，焉知其馀？有贵介公子，缙绅处士，闻吾风声，议其所以；乃奋袂攘襟，怒目切齿，陈说礼法，是非锋起。先生于是方捧罂承槽，衔杯漱醪，奋髯箕踞，枕麹藉糟，无思无虑，其乐陶陶。兀然而醉，豁尔而醒，静听不闻雷霆之声，熟视不睹泰山之形。不觉寒暑之切肌，利欲之感情，俯观万物扰扰，焉如江汉之载浮萍。二豪侍侧，焉如蜾蠃之与螟蛉！

文中“大人先生”与阮籍《大人先生传》中的“大人先生”本性相同，都是指体道而行、依顺自然、追求玄学人生境界的人，只不过刘伶所赞颂者更有一嗜酒个性。又《酒德颂》用嘲讽礼法之士的方法来称美大人先生，也与《大人先生传》写大人先生讥刺礼法之士以显其高，手法相似，只是言之甚简。联系《世说新语·任诞》所言：“刘伶恒纵酒放达，或脱衣裸形在屋中，人见讥之。伶曰：‘我以天地为栋宇，屋室为帏衣，诸君何为入我帏中？’”可见《酒德颂》中的大人先生，实为作者人格精神之写照。从此也可看出，《酒德颂》的通脱、峻直和刘伶为人的逞性任诞、旷放不拘，有多么密切的关系。

第五章　蜀、吴文学

第一节　蜀 汉 文 学

蜀汉(221—263)文学，基本上是两汉文学的延续。之所以如此，是因为蜀汉文士尚儒的学风与汉儒基本相同。

蜀汉文士尚儒，主要表现在两方面。一是对两汉儒学的继承，一是对蜀学的发扬。

蜀汉文士，由土著之士和客籍之士组成。客籍之士多来自中原，其中一部分在建安时期就已流寓蜀州，另一部分则是刘备、诸葛亮带入蜀地或后来投归蜀汉的。他们自幼受到儒学的熏陶，是从汉代传统文化土壤里栽培、成长起来的人物。比如法正、许靖、孟光、来敏等流寓之士，早在中原就形成了自己的学术观点和学风。他们不但把汉末儒学的传统学风带进蜀地，还要坚持、维护自己的观点、学风，用以影响社会、影响家人。

蜀中儒学称为蜀学。蜀学的奠基人，是司马相如和扬雄。蜀汉土著学者重视蜀学传统，对相如、扬雄十分推崇。蜀学发展到蜀汉时，大抵今文经学最为流行。所谓“益部多贵今文而不崇章句”(《三国志·蜀志·尹默传》)。可惜蜀中没有王弼那样的人物出现，因而蜀学传统学风，在蜀汉时期没有大的改变。像“蜀中学士”秦宓、“为世硕儒，有董、扬之规”的谯周、“依则先儒”的郤正，都是儒学和蜀学传统学风的传人。

蜀汉学风，与汉儒学风相近的另一个迹象，是天文、占候、历算学的流行。汉儒占候兼用谶纬，蜀士亦然。

既然蜀汉学风与汉儒学风相近，蜀中文士着意揣摩两汉儒家散文艺术以学其文风，便是很自然的事。郤正“耽意文章”，即“自司马、王、扬、班、傅、张、蔡之俦遗文篇赋，及当世美书善论，益部有者，则钻凿推求，略皆寓目”，故其“文辞灿烂，有张、蔡之风”(《三国志·蜀志·郤正传》)。

蜀汉文学成就，主要表现在散文创作上，代表性作家有诸葛亮、秦宓、谯周、郤正等。

诸葛亮(181—234)，字孔明，琅琊阳都(今山东沂水南)人。早年避难荆州，隐居隆中(今湖北省襄樊市西南)。建安十二年后，一直辅佐刘备。刘备死后，刘禅封诸葛亮为武乡侯，领益州牧，蜀国军政大事，由他裁决。诸葛亮志在北伐，于是东连孙吴，频年出征，与曹魏交战，最后卒于军中。他是政治家、军事家，足智多谋，颇重实用。思想上，儒、法、道兼具。学问广博，不但识天文、知地理，还精于占候、谶纬之术。但他的散文都是经世致用之作，其艺术精神，只与两汉儒家散文艺术精神相通。

陈寿在《上诸葛氏集目录表》中说：“或怪亮文彩不艳，而过于丁宁周至……亮所与言，尽众人凡士，故其文指不得及远也。然其声教遗言，皆经事综物，公诚之心形于文墨，足以知其人之意理，而有补于当世。”陈寿从诸葛亮散文告语对象的特点及其为文的实用性出发，分析他散文艺术风貌形成的原因，实际上已触及其散文艺术精神。

诸葛亮最著名的散文是前、后《出师表》。尤其是前《出师表》，几乎被前人誉为三国第一篇好文章。南宋理学家、文论家楼昉即谓其“规模正大，志念深远，详味乃见吴、魏二国未识有此人物、有此文章否”(《崇古文诀》)？前于楼昉的苏轼则将此表与李密《陈情表》、韩愈《祭十二郎文》同论，谓“读《出师表》不下泪者，其人必不忠；读《陈情表》不下泪者，其人必不孝；读《祭十二郎文》不下泪者，其人必不友。然其惨痛悲切，皆出于至情之中，不期然而然也”(章懋勋《古文析观解》卷五引)。应该说，苏、楼二人都是从对《出师表》儒家散文艺术精神的领略，来赞赏其艺术美的。

《出师表》，作于建兴五年(227)。这年，诸葛亮率军屯驻汉中，准备北伐，行前上了这道表。孔明作此表，很动感情，以至“临表涕泣”。孔明在表中切切开导、殷勤叮咛，固然与其老臣身份、口吻相合，但说得如此情词动人，实与金圣叹所说的作者胸怀隐忧、“身提重师，万万不可不去；心牵钝物，又万万不能少宽”的难受心情有关。所谓“盖先生此日此表之涕泣，固自有甚难甚难于嗣主者，而非为汉、贼之不两立也”(《金圣叹批才子古文》)。而将表写得“志尽文畅”(刘勰《文心雕龙·章表》)，能使惨痛悲切之情自然发露，则得益于他的言事口口声声必称先帝。言必称先帝，既能自占地步，言之恳切，又有可能使对方悚然以惕。

刘备托孤于孔明，要刘禅“与丞相从事，事之如父”(《三国志·蜀志·诸葛亮传》)。《出师表》真可视为孔明以表的形式作的诫子弟书。表一开始，即作规劝语。在说到国家形势严峻，而内外臣子尚能兢兢业业、忘我奋斗后，即谓此乃众臣“追先帝之殊遇，欲报之于陛下”。这段话极有分量，意在提醒后主认识到局势的严重，明白众臣子的不懈努力是出于感激“先帝之殊遇”，并非你后主恩德所致。鉴于此，陛下“诚宜开张圣听，以光先帝遗德，恢弘志士之气，不宜妄自菲薄、引喻失义，以塞忠谏之路也”。该怎么做，不该怎么做，明确得很。这是规劝，也是教训。从文章结构看，则是一篇之柱。下面以谆谆告诫之语，说如何处理宫中、府中、营中之事，应该亲近、信任哪些臣子，都是围绕这一主旨所作的阐发。

篇末一段，作者满怀深情地回顾先帝的知遇之恩，特地说明自己“受命以来，夙夜忧叹，恐托付不效，以伤先帝之明”，而此次北伐正是为了完成先主的遗命。这段文字声情激越，作者写此是为了表白自己对蜀汉二主的一片忠心，同时也是为了对前面的规劝语、教训语滋润以情。以情感动后主、激励后主，望其振奋精神，有所作为。所以在篇末，作者再次叮嘱说：“陛下亦宜自谋，以谘诹善道，察纳雅言，深追先帝遗诏。”句中“深追先帝遗诏”，既是为了与前言“以光先帝遗德”呼应，也是暗示对方，要记住先帝遗诏(《先帝遗诏》有谓“勿以恶小而为之，勿以善小而不为。惟贤惟德可以服人”。“当与丞相从事，事之如父”)，照自己的话去做。

《出师表》规劝、叮嘱后主，看似随口说来，言语布置，实是煞费心思。文章显得苍凉悲壮，意周辞简，语重心长，而言词质朴无华。说理反复致意，叙事则不厌琐细。忠心真情，吐露无遗，至为动人。故刘勰说“孔明之辞后主，志尽文畅……表之英也”(《文心雕龙·章表》)。

和《出师表》同享盛名的，还有一篇《后出师表》。此表最初见于《三国志·诸葛亮传》裴松之的注文。裴注说：“此表亮集所无”，出张俨(三国时吴人)《默记》。加上表中所述事有与史实抵牾者(如赵云卒于建兴七年，而表言云已卒)，故论者多以此表为张俨拟作。但诸葛恪著论谕众，谓“近见家叔父表陈与贼争竞之计，未尝不喟然叹息也”。又似指此表而言，故拟作之说靠不住。

大抵建兴五年的北伐未成功，蜀国臣子中出现了怀疑北伐有无必要，甚至反对北伐的议论。次年十一月，诸葛亮给后主上了这道表，要求北伐。

此表前言汉、贼不两立，说的是必须北伐的正大之理。中言“此臣之未解”六事，实是从六方面反驳反战派对北伐的非议。最后一段又举先主成而复败之事，说明“至于成败利钝，非臣之明所能逆睹也”。唯“臣鞠躬尽力，死而后已”。作者要后主正确看待北伐中的成败，言语中却反映出他对北伐并无必胜把握。故此表虽连举六事反驳，终显得气格衰飒。他说“鞠躬尽力，死而后已”，固然奋斗精神感人，总有些无可奈何之意。至于言词简要、素朴、情感恳切、深沉，则与《前出师表》相近。

孔明作书亦有特色，能视告语对象特点行文。如关羽知马超来降，作书与孔明问超“人才谁可比类”。亮知羽护前（袒护所为，绝不认错），其《答关羽书》即谓：“孟起（马超字）兼资文武，雄烈过人，一世之杰，黥、彭之徒，当与益德（张飞字）并驱争先，犹未及髯之绝伦逸群也。”羽省书大悦，遍示宾客。显然，这是针对关羽护前的特点作书，在非原则问题上给他一点心理上的满足。而作诫子弟书，虽也尽道心腹中语，语气就严肃得多。并且说的多是一些大道理，加上句式整齐，一篇书作好像由若干格言集合而成。如其《诫子》则云：“夫君子之行，静以修身，俭以养德。非澹泊无以明志，非宁静无以致远。夫学须静也，才须学也。非学无以广才，非志无以成学。慆慢则不能励精，险躁则不能治性。年与时驰，意与岁去，遂成枯落，多不接世，悲守穷庐，将复何及。”可谓以箴言为书，以语录为书。书多训辞，作者似乎不动感情，其实他是将深爱之情藏在心底。之所以不像《出师表》那样以情纬文，就在于告语对象不同。

秦宓（？—226），字子敕，广汉绵竹人。刘备定蜀，秦宓应召为从事祭酒，建兴中任益州别驾，寻拜左中郎将、长水校尉，迁大司农。受本土思想、文化传统影响颇深，严君平见黄、老作《指归》，扬雄见《易》作《太玄》、见《论语》作《法言》，司马相如为武帝制《封禅文》，是他津津乐道、引为自豪之事。

大抵其思想根基本于儒、道，对纵横家的权术十分厌恶。陈寿说他“始慕肥遁之高，而无若愚之实。然专对有余，文藻壮美，可谓一时之才士”（《三国志·蜀志·秦宓传》）。所谓“专对有余”，当指秦宓与张温对谈事（温问天有头、耳、足、姓否，宓多引《诗》，巧相发挥以答）。

其人思想活跃，还表现在读书能有怀疑精神，作文敢立新说。史载其“见《帝系》之文，五帝皆同一族，宓辩其不然之本。又论皇帝王霸养龙之说，甚有通理”（《三国志·蜀志·秦宓传》）。

秦宓言谈，文藻壮美，自言出于性之自然，非有意而为。有人问他：“足下欲自比于巢、许、四皓，何故扬文藻、见瑰颖乎？”宓答：“仆文不能尽言，言不能尽意，何文藻之有扬乎？夫虎生而文炳，凤生而五色，岂以五采自饰画哉？天性自然也。”（《三国志·蜀志·秦宓传》）

秦宓今存诗一、奏记一、书三。其诗《远游》云：

远游何所见？所见邈难纪。
岩穴非我邻，林麓无知己。
虎则豹之兄，鹰则鸱之弟。
困兽走环冈，飞鸟惊巢起。
猛气何咆厉，阴风起千里。
远游长叹息，叹息远游子。

诗写“远游子”的孤寂、恐怖之感，全借途中所见所闻的险恶景象表现出来。用语质朴，与汉诗同，并非“文藻壮美”之作。今存蜀诗极少，故其显得可贵。

其文言事说理，儒、道兼取。《奏记》实为荐书，乃作者向益州牧刘焉荐举任安之作。书中大半文字是引用古事和典籍中的记载，说用人取士的道理。说到被荐举人的长处，仅二十余字。所说之理，尽为大道理，如谓“昔百里蹇叔以耆而定策，甘罗子奇以童冠而立功。故《书》美黄发，而《易》称颜渊，固知选士用能，不拘长幼，明矣”。“夫欲救危抚乱，修己以安人，则宜卓荦超伦，与时殊趣。震惊邻国，骇动四方。上当天心，下合人意。天人既合，内省不疚，虽遭凶乱，何忧何惧？昔楚叶公好龙，神龙下之。好伪彻天，何况于真。”如此说理，并不严密，唯能乘性高谈阔论，显得气盛。

书中说刘焉录用任安的意义，说刘焉应当立即录用任安，要么借古事作论，要么作譬况语。如云：

昔汤举伊尹，不仁者远。何武贡二龚，双名竹帛。故贪寻常之高，而忽万仞之嵩；乐面前之饰，而忘天下之誉。斯诚往古之所重慎也。甫欲凿石索玉，剖蚌求珠，今乃随、和炳然，有如皎日，复何疑哉？

秦宓言事，多虚拟语，多形容语，多典缛语，鲜有事理而多意气。这一特点在《答王商书》中也有体现。

同郡王商为治中从事，致书秦宓，劝其出仕。谓“贫贱困苦，亦何时可以终身？卞和衒玉以耀世，宜一来与州尊相见”。宓作答书云：

昔尧优许由，非不弘也，洗其两耳；楚聘庄周，非不广也，执竿不顾。《易》曰：“确乎其不可拔。”夫何衒之有？且以国君之贤，子为良辅，不以是时建萧、张之策，未足为智也。仆得曝背乎陇亩之中，诵颜氏之箪瓢、原宪之蓬户，时翱翔于林泽，与沮溺之等俦，听玄猿之悲吟，察鹤鸣于九皋。安身为乐，无忧为福；处空虚之名，居不灵之龟。知我者希，则我贵矣。斯乃仆得志之秋也，何困苦之戚焉？

从此书可见秦宓“慕肥遁之高”的胸怀，也可看出他“无若愚之实”的特点。书中说王商为官事，语带讥讽；而说自己无“困苦之戚”，则洋洋得意。行文也是意之所至，少有裁剪。文风较为活泼，不同于东汉醇儒之文，也与孔融等人文风有异。蜀中文章最具儒家散文特色的，是谯周之文。

谯周(201—270)，字允南，巴西西充国(今四川西充)人。诸葛亮领益州牧，谯周任劝学从事，后官至光禄大夫。后劝刘禅降魏，被魏封为阳城亭侯，入晋拜骑都尉。谯周少时，曾数往问学于秦宓。其人耽古笃学，研读六经。自谓“庶慕孔子遗风，可与刘(向)、扬(雄)同轨”(《三国志·蜀志·谯周传》)。陈寿亦称其“词理渊通，为世硕儒，有董、扬之规”(《三国志·蜀志·谯周传》)。为文善于依经立义、引史作论，《谏后主疏》、《谏后主南行疏》即为其例。前者要后主“省减乐官、后宫所增造”，即从“王莽之败”说来，以见帝王“欲善”之举，又引《传》言帝当百姓不附时，应以德为先，两者都是为最后进谏蓄理。后者谏后主南行，虽转弯抹角不多，但篇尾还是以圣人、尧、舜、微子事作论据。

谯周的代表作是《仇国论》。时军旅数出，百姓雕瘁，谯周与尚书陈祗论其利害。退而记之，即为其论。此论假设有小国因余之国和大国肇建之国，并争于世而为仇敌。文章即以因余之国高贤卿和伏愚子的两问两答，结构而成。贤卿首问古代以弱胜强，其术如何。伏愚子答谓“处小有忧者恒思善……思善则生治”。继而贤卿以楚、汉相争，汉终灭楚为例，谓“肇建之国，方有疾疢；我因其隙，陷其边陲，觊增其疾而毙之也”。伏愚子则谓今非昔比，言今日“既非秦末鼎沸之时，实有六国并据之势”。而“民疲劳，则骚扰之兆生。上慢下暴，则瓦解之形起”。“如遂极武黩征，土崩势生，不幸遇难；虽有知者，将不能谋之矣”。揣摩其意，伏愚子所言当为谯周观点。

此论实是将作者称引古事以作论的方式，用进主客对答之中。说理既少新意，论证亦不严密。气缓词靡，闲畅有余。陈寿说谯周词理渊通，有董、扬之规，盖就其大体而言。此文则渊通不足，更无扬文之瑰丽。采取主客对答形式，显然袭用的是西汉以来蜀地文士的传统做法。

郤正(？—278)，本名纂，字令先，河南偃师人。在蜀为秘书省之吏，入晋任巴西太守。他自幼父死母嫁，但安贫好学，博览坟籍，弱冠即能作文。其人淡于荣利，耽意文章。自司马、王、扬、班、傅、张、蔡之文，到当时益地美书善论，他都弄来研读。因而他的文风，既受到汉代新儒家散文艺术传统的影响，也受到蜀地地方散文艺术传统的影响。郤正为刘禅写过降魏书，书乃降心忍气之作，难显郤文本色。能反映他艺术风格的，应是《释讥》。

史载，郤正"自在内职，与宦人黄皓比屋周旋，经三十年。皓从微至贵，操弄威权。正既不为皓所爱，亦不为皓所憎，是以官不过六百石而免于忧患。依则先儒，假文见意，号曰《释讥》"(《三国志·蜀志·郤正传》)。

《释讥》借主客问答方式以申作者志意，与东方朔《答客难》、扬雄《解嘲》、班固《答宾戏》、崔骃《达旨》、张衡《应间》、崔实《答讥》、蔡邕《释诲》同一机杼。不但设讥以释者同，而且立意、行文方式亦相仿佛。但拿《释讥》与诸文相比，显然作者牢骚不盛，只是平心静气地言志明意。文字也与《答客难》的矫健爽朗有异，显得冗缛不精。称引事例，罗列殆尽；叙说一事，面面俱到，虽意明而理浅。爱说古人古事，爱引经义论理，爱作四言短句，爱作对偶句，爱于句尾用韵。阐缓、温雅，近于汉代儒家文风。故陈寿说郤正"文辞灿烂，有张、蔡之风"(《三国志·蜀志·郤正传》)。

颇能显出蜀汉散文具有两汉儒家散文本色的，还有向朗的《遗言戒子》、李密的《陈情表》等。

向朗(？—247)，字巨达，襄阳宜城人。入蜀前，刘表任其为临沮长，入蜀后曾任巴西太守、步兵校尉、光禄勋、左将军，封显明亭侯，位特进。向朗一生潜心典籍，年过八十，尚能校书作文。其《遗言戒文》有云：

> 传称："师克在和不在众。"此言天地和则万物生，君臣和则国家平，九族和则动得所求，静得所安。是以圣人守和，以存以亡也。吾，楚国之小子耳，而早丧所天，为二兄所诱养，使其性行不随禄利以堕。今但贫耳，贫非人患，唯和为贵。汝其勉之！

作者用"和为贵"训诫其子，立论自来自儒家的应世之术，妙在《遗言》借对"传"中一语的诠释，将何以为人应以"和为贵"的道理说得如此透彻，且出语简明、自然、亲切。

李密(224—287)字令伯，犍为武阳(今四川彭山一带)人。李密自幼父死母嫁，靠祖母养大。年轻时曾师事谯周，以文学见称。尝治《春秋左氏传》，博览多所通涉。为人机警辨捷。事祖母以孝闻。在蜀官至太子洗马。几次出使东吴，以善于应对著称。蜀亡，晋武帝为宠络蜀士，先拜他为郎中，后又征其为太子洗马，密以祖母年迈多病、无人奉养为由，上表陈情，不肯应征。祖母亡后，他才到洛阳任职，后官至汉中太守。

其《陈情事表》，虽作于蜀亡之后，实可视为蜀汉文风代表作。他上表的目的是“辞不就职”，但他作为“亡国贱俘”，上表拒新朝君王之征，不能不讲究修辞技巧。李密的高明处，就在于他仅在表中陈述私人情事，从两方面打动、说服晋武帝。而所持之理，完全符合儒家伦理观念。

一是极言祖母刘氏和他相依为命的事实，表明自己要做忠臣，更应做一个孝孙；二是揭出“圣朝以孝治天下”的口号，暗示自己先作孝孙再作忠臣完全合乎“大义”。这样言不离孝道、忠心，便在大道理上站稳了脚跟，容易说得主动、充分。加之言词恳切（就连说自己“本图宦达，不矜名节”一类自污语也是出于诚心），以情生文，不假雕饰，故武帝能为其所动。不但答应他的要求，还下诏嘉其孝行，又赐奴婢二人，命郡县供养他的祖母。

后人赞颂此表的艺术感染力，常将它与诸葛亮的《出师表》并论。大抵孔明之表，境界阔大，虽多叮咛语，含无可奈何意，终有雄逸之气，而出语斩截，义随词出。李密之表，终有求情意，虽然出自性情，毕竟措辞谨慎，而行文靡密闲畅，选词典雅而造句整练。

第二节　东吴文学

较之蜀汉，东吴学风更为守旧，而与汉儒保守的学风较为一致。不但玄学未进入蜀地，就连早于玄学出现的荆州学派的治经方法和新学观点，也遭到吴中学士的抵制和批评。而长期流行的，是汉儒的经学传注之学。这种情况，在吴亡以后相当长一段时间内都没有改变。

东吴学风近于汉儒，有两个原因。一是汉末大批儒生避乱江东将儒学及汉儒学风带入吴地，造成一种思想文化氛围，形成传统学风得以存在、流行的社会基础。第二个原因，也是更重要的原因，是吴地土著学者对汉儒传统学风的继承和维护，以及对“新学（包括荆州之学和玄学）”的抵制。

由于吴地儒学和汉儒传统学风的根深蒂固，使得流行于中原的玄学，根本无法进入江南。这种情况直到东晋才有所改变。所以纪瞻和顾荣在赴洛途中讨论《易》之太极，二人所持皆为汉儒旧说，他俩似乎都未读过王弼的《易注》。而陆机、陆云在吴亡后苦学十年，也未曾深研玄学。

东吴学术既然严守汉儒家法，文士为文必以踵武汉儒为美。不但士人趣尚如此，就连孙皓也以“越扬、班、张、蔡之畴”，称美他人文才之高（孙皓《答华核》）。所以孙吴既为西晋培养了一批儒士，也为西晋造就了一些弘扬汉代儒家散文艺术传统的“俊才”。

东吴诗、赋之作今存甚少。严可均所辑《全吴文》所录辞赋仅十余篇，且多为残篇。其中杨泉所作六赋，亦少有完篇，只是原作文字保留较多而已。其《五湖赋》写具区即太湖地理形势和水势浩荡的壮观景象。《草书赋》、《织机赋》、《蚕赋》皆为咏物而作。与《五湖赋》一样，同以体物详尽、铺陈描叙取胜。另有《赞善赋》，实以论为赋，取材特别。他如胡综《黄龙大牙赋》、张纯《赋席》、朱异《赋弩》、张俨《赋犬》、华核《车赋》、闵鸿《琴赋》、《羽扇赋》等，皆以体物为主，与汉赋传统写法并无二致。

今存东吴诗作很少，而民谣和颇有俳谐意味的韵语却比较多。民谣如《孙亮初白鼍鸣童谣》云：“白鼍鸣，龟背平，南郡城中可长生，守死不去义无成。”《孙皓初童谣》云：“宁饮建业水，不食武昌鱼。宁还建业死，不止武昌居。”内容皆与时政有关。俳谐语如薛综《嘲蜀使张奉》云：“有犬为独，无犬为蜀。横目苟身，虫入其腹。”“无口为天，有口为吴。君临万邦，天子之都。”拆字造句，巧作褒贬，作者文思可谓敏捷。又蜀使费祎作《嘲吴群臣》语，谓“凤凰来翔，麒麟吐哺。驴骡无知，伏食如故”。诸葛恪即作《答费祎》，谓“爰植梧桐，以待凤凰。有何燕雀，自称来翔。何不弹射，使还故乡”，亦为俳谐之作。上引二俳谐语皆产生在孙权宴飨蜀使时，自与“孙权性既滑稽，嘲啁无方”(《三国志·吴志·费祎传》)有关。可惜孙权诗才不逮曹操远甚，不然，东吴诗坛是会热闹一些的。

和蜀汉相似，东吴文学成就也体现在散文创作中。

较之蜀汉散文，东吴散文艺术的发展，似乎受汉末散文艺术的影响更深，而出现了追求词繁藻丽的艺术倾向。现依次说说孙权、诸葛瑾父子以及胡综、虞翻、韦昭等人散文的艺术特点。

孙权(182—252)，字仲谋，吴郡富春(今浙江富阳)人。权为吴主，擅作书、诏。其《选郎吏诏》谓选三署郎吏“不得以虚辞相饰”，《与浩周书》则谓“孤性无余，凡所欲为，今尽宣露”。他为文也是实话实说，故其文风朴质，颇具本色之美。突出的特点是能即心为文，显露出他的性情之真。具体表现有三。

一是出语通脱，少有修饰。如其《与曹公笺》言“春水方生，公宜速去”。又《别纸与曹公》，言“足下不死，孤不得安”。又其《论步骘言防魏诏》，言“吕岱、诸葛恪道步骘说：‘北人欲以布囊盛土塞江。’每读此表，令人连日失笑。此江自天地以来，宁有可塞者乎”。而《答步骘表言防魏》，言“此曹衰弱，何能有图？必不敢来。若不如孤言，当以牛千头为君作主人”。都是怎么想就怎么说。所作诏令，有以极通俗语为之者。如《诏作太初宫》、《诏息铸大钱》等，即是。所作与臣下书，也多是信口信心。句式自由，不求整练。或有偶句，也出之自然。

二是推心置腹，动之以诚。如其《报陆逊表保明诸葛瑾事》，言己不信谣言(有人说瑾派亲属与刘备通消息)，既说二人相知之深，所谓“子瑜与孤从事积年，恩如骨肉”。“孤与子瑜，可谓神交，非外言所间也。”又说自己对子瑜了解之深，所谓“其为人非道不行，非义不言”。且引往事(孙权要诸葛瑾劝其弟亮背蜀投吴，瑾尝以“弟之不留犹瑾之不往也”作答)说自己对子瑜的深信不疑。皆语无雕润，出自诚心。又其《让孙皎书》，指责堂弟孙皎不该因酒发作，欺凌甘兴霸，又诚心希望对方改正错误，说得语重情深。如指出其错，谓“此人(指甘兴霸)虽粗豪，有不如人意时，然其较略，大丈夫也。吾亲之者，非私之也。吾亲爱之，卿疏憎之。卿所为每与吾违，其可久乎”。而劝其改错，则谓“卿行长大，特受重任，上有远方瞻望之视，下有部曲朝夕从事，何可恣意有盛怒邪？人谁无过，贵其能改，宜追前愆，深自咎责……临书摧怆，心悲泪下”。句句真情流溢，无论语气，还是行文风格，都与东汉流行的诫子弟书相近。

三是直言其事，语简意明。这从上引书、诏中就可看出。他如《斥张温令》，数落张温罪状，单刀直入。一事接一事，且三言两语即言一事，而言事不掩怒气。又如《答诸葛瑾等》，说处置周胤事；《报陆逊》，说为臣当极陈以进言事，都是以简洁语直述己意。

大抵孙权散文，出语通脱、粗豪朴拙有过曹操散文处；而开诚布公，因情生文，语简意明，有似汉文帝诏令处，而无其情韵之美。至于他的以散句为文，不事雕饰，不但在东吴，就是在整个三国时期，也是很突出的。

诸葛瑾(174—241)，字子瑜，诸葛亮之兄。他于汉末避乱江东，在吴官至大将军左都护。今存文二篇。

其《与刘备笺》，作于刘备兴兵欲报关羽被杀之仇时。他作笺的本意自是劝阻刘备率兵东下，希望对方答应吴王求和的要求。但笺中仅说：“或恐议臣以吴王侵取此州，危害关羽，怨深祸大，不宜答和：此用心于小，未留意于大者也。”“陛下以关羽之亲，何如先帝？荆州大小，孰与海内？俱应仇疾，谁当先后？若审此数，易如反掌。”文风与其为人“微见风采，粗陈指归”相近。只冷静陈述大道理，并不细论，因而文字简括。裴松之讥其作“奢阔”之论，不能打动刘备之心，徒为词章之费(《三国志·吴志·诸葛瑾传》裴松之注)，诚或有之。但文风简朴，还是值得注意的。

诸葛恪(203—253)，字元逊，为诸葛瑾长子。弱冠拜骑都尉，孙权死后，官至中书令，辅立孙亮，专国政，为孙峻所杀。其文好作论辩，虽无新异之论而言之恳切，语词较繁而明畅条达。

其《谏齐王孙奋笺》，说孙奋不轨行为，如同罪状罗列。劝其改易前行，也是反复劝谕。而作《与丞相陆逊书》，因知陆逊“嫌己”，“故遂广其理而赞其旨”。此书实为一有针对性的说理文，不过说理仍是借古事、近事以作议论，而说得详尽透彻。同样有针对性而特点显著的，是他的《出军论》。

此论作于吴建兴二年(253)。是年东吴与蜀汉修好，大将军诸葛恪致函姜维，约其西攻魏，吴则东攻魏，互为呼应。但诸葛恪出兵主张遭到诸大臣的反对，于是恪作此论以谕众意。综观其论，不外三点。前二点皆借史事生发议论，唯后一点略微涉及魏、吴现实情况。虽然文中说理头头是道，出兵却以大败告终。

《出军论》的写法，受到过诸葛亮《后出师表》的影响。这表现在立论能从大处着眼，以远虑之心说出兵之事，而说得恳切动人。但称引古人古事以作论，长于叙事而短于立论，却与汉末一般儒家说理文同。由于立论高远，大道理能耸人听闻，故行文气壮。虽不如《后出师表》简明条畅，却也词清意爽，并无冗滞缠绕之累。

胡综(185—243)，字伟则，汝南固始(今属河南)人。曾为孙权同窗，官至侍中。胡综为东吴大手笔，“凡自权统事，诸文诰策命、邻国书符略，皆综之所造也”(《三国志·吴志·胡综传》)。胡综尝作《黄龙大牙赋》，四言一句，换韵自由。他著名的文章是《中分天下盟文》。

盟文作于吴黄武元年(222)。是年孙权称帝，蜀派使者入吴称贺，以申前好，共订盟约。盟文的核心内容是说两家联合灭魏，永不叛离。前叙联盟由来，后记盟誓之词。全文语词简约、典雅。中言曹魏罪状，极言其非而近于骂，但用词极省。而说蜀、吴灭魏责无旁贷，正好以气运词，作者也只说到即止。所谓“今日灭睿，擒其徒党，非汉与吴，将复谁任”。至于盟约、誓词，涉及内容较多，也是要言不烦，易诵易记。陈寿称此文“文、义甚美”(《三国志·吴士·胡综传》)，钱基博谓其“辞气铿訇，点窜《左氏》，而颇雅练，得班、蔡之意，不如建安七子之蹈厉发扬”(钱基博《中国文学史》第三编第五节)，都说明它具有东汉传统儒家散文的审美特征。

虞翻(164—232)，字仲翔。吴余姚(今属浙江)人。他是东吴《易》学专家，尝以其《周易注》寄孔融，融赞美不已。还曾为《国语》、《论语》、《老子》、《太玄经》作注。虞翻为人狂直，也与孔融有相近处。自谓“骨体不媚”(《三国志·吴志·虞翻传》注引《虞翻别传》)，犯颜谏争，几次因言行悖慢，差点被孙权杀掉。又性不协俗，多见谤毁。

虞翻治《易》，故其为文简要。如孙策好驰骋游猎，翻作谏书曰：

明府用乌集之众，驱散附之士，皆得其死力，虽汉高帝不及也。至于轻出微行，从官不暇严，吏卒长苦之。夫君人者，不重则不威。故白龙鱼服困于豫，且白蛇自放，刘季害之。愿少留意！

——《谏孙策好游猎书》

文虽短而意多转折，层转层深点出轻出微行的危险。其书作，除言简意明外，还有出语通脱、趣味性强的特点。如《与某书》云：

此中小儿，年四岁矣，似欲聪哲。虽虾不生鲤子，此子似人。欲为求妇，不知所向。君为访之，勿怪老痴誉此儿也。

又如《与弟书》，云：

长子容当为求妇。其父如此，谁肯嫁之者？造求小姓，足使生子，天其福人，不在旧族。扬雄之才，非出孔氏之门。芝草无根，醴泉无源。家圣受禅，父顽母嚚，虞家世法出痴子。

虞文有些孔融散文的气象，但不像孔融那样在文中跌荡放言，也没有孔文的气激词壮、高华流丽。虞文的通脱，固然与信心信口相通，但也不是即说即录，故其用语朴质、浅易而又简明扼要。

韦昭(204—273)，字弘嗣，吴郡云阳(今江苏丹阳)人。历仕吴国四朝，官至侍中。他是东吴著名儒家学者，曾受命校定众书，著有《国语注》和《吴书》。华核谓其在吴“亦汉之史迁也”，言其才学“亦汉(叔孙)通之次也”(《三国志·吴志·韦曜传》)。但昭为人耿直，终因数次逆孙皓之意和批评孙皓恶行而被杀。

《博弈论》，是韦昭单篇散文中的代表作。作于吴赤乌五年(242)。时昭为太子中庶子，蔡颖也在东宫。颖性好博弈，太子孙和以为无益，令昭论之，而有此作。此论主要用儒家建功立名的人生价值观念揭露“好玩博弈”之害，勉励好博弈者把“博弈之力”用在有意义的事情上，以立功名而远鄙贱。

《博弈论》，对“好玩博弈”者的批评是有力的，但作者把博弈和博取功名完全对立起来，却有些片面性。就充分揭露博弈之害而言，本文的写法体现了作者“笃学好古，博见群籍，有记述之才”(《三国志·吴志·韦曜传》)

的特点。文中动辄引用圣人之言、古人之事说理、造句。叙事爱形容，且面面俱到，说清说尽。由于重在罗列博弈之弊，故文中多用排比句，多用容纳多组对句的长句。至于事烦理碎，短于归纳，言词纷纭而语气从容，更与汉末儒家说理文如出一辙。

东吴文风承袭汉末儒家文风而来，孙皓勉励臣下，即谓“当飞翰驰藻，光赞时事，以越扬、班、张、蔡之畴”(《三国志·吴志·华核传》)。文士也多以上承张、蔡文风自励。除上述作者外，像张纮的“文理意正”，薛综移文的字句廉悍，而无剑拔弩张之态，华核的上疏“期于自尽”，虽行文各有特点，但在以儒学为本上是一致的。大抵吴中儒家散文，依儒学大义立论者多，也有引用经辞入文的。至于迭用古人古事言事说理，句尚整齐，文气和缓，更为常见。

最后，还要略微提到陆景、陆机兄弟的散文。陆景著有《典语》，其书探讨帝王之道，虽以儒家学说为宗，也兼采道、法家之说。虽也引古人古事为证，却偏于对一些抽象理论的陈述。其单篇散文《诫盈》也有这一特点。陆机《辩亡论》作于吴亡之后，但它是陆机受东吴儒家散文艺术传统影响的产物。陆景被王浚部属杀害，陆机却成了贯通汉、吴、晋儒家文风的重要人物。

第六章　西晋文学

第一节　傅玄、张华的诗、文

一、傅玄的诗、文

傅玄(218—278)，字休弈，北地泥阳(今陕西耀县东南)人，生于建安二十三年，卒于晋武帝咸宁四年。在魏官至弘农太守，领典农校尉；入晋累迁侍中、御史中丞。泰始五年(269)转司录校尉，坐事免官。

傅玄写过许多乐府诗。他的乐府诗有两种情况：一是纯粹拟古，以古题写古事；二是以古题表现社会问题，有的还有较深的现实寄托。建安诗人写乐府诗往往借用汉乐府题反映时事，这与他们生当乱世、个人迁徙流转的经历是分不开的。晋朝建立，国家统一，社会趋于安定，文人生活优裕，因而他们作诗拟古咏史、讲究辞采的风气很盛。傅玄的乐府借何题名便以何事为题材。《惟汉行》写汉高祖事，《秋胡行》写秋胡事，《庞氏有烈妇》(一名《秦女休行》)即写庞氏烈妇事。但傅玄毕竟是入晋不久的诗人，他写诗并不像太康诗人那样苦心雕琢字句，追求华艳，仍有汉、魏作家质朴的特点。诗人这类诗故事性很强。《庞氏有烈妇》叙述庞女替父报仇的故事，通过写庞女的言行和他人对她的赞扬，刻画出一位刚强、勇敢而有胆略的烈女形象。诗云：

庞氏有烈妇，义声驰雍凉。父母家有重怨，仇人暴且强。虽有男兄弟，志弱不能当。烈女念此痛，丹心为寸伤。外若无意者，内潜思无方。白日入都市，怨家如平常。匿剑藏白刃，一奋寻身僵。身首为之异处，伏尸列肆旁。肉与土合成泥，洒血溅飞梁。猛气上干云霓，仇党失守为披攘。一市称烈义，观者收泪并慨慷："百男何当益？不如一女良！"烈女直造县门，云"父不幸遭祸殃，今仇身以分裂，虽死情益扬。杀人当伏法，义不苟活隳旧章！"县令解印绶："令我伤心不忍听！"刑部垂头塞耳："令我吏举不能成！"烈著希代之绩，义立无穷之名。夫家同受其祚，子子孙孙，咸享其荣。今我作歌咏高风，激扬壮发悲且清。

此诗文字古朴，可与汉乐府媲美。前人说此诗"古貌绮心，微情远境，汉后未睹其俦"(陆时雍《诗境》)，并非溢美之词。傅玄这类乐府还有个特点，就是叙事完毕，常以二句议论作结，或点明诗旨，或抒发感慨。《惟汉行》篇末说："健儿实可慕，腐儒安足叹?"《秋胡行》篇末说："彼夫既不淑，此妇亦太刚。"这种写法对后来白居易新乐府"卒章显其志"深有影响。

傅玄有些拟古诗，手法笨拙。他的《艳歌行》仿汉乐府《陌上桑》，字字因循而遗其神理，真是画虎不成反类狗。其《西长安行》："所思兮何在？乃在西长安。何用存问妾？香橙双珠环。何用重存问？羽爵翠琅玕。今我兮闻君，更有兮异心，香亦不可烧，环亦不可沉。香烧日有歇，环沉日自深。"即仿汉铙歌《有所思》。铙歌《有所思》云："有所思，乃在大海南。何用问遗君？双珠玳瑁簪，用玉绍缭之。闻君有他心，拉杂摧烧之。摧烧之，当风扬其灰。从今以往，勿复相思。相思与君绝！鸡鸣狗吠，兄嫂当知之。秋风肃肃晨风飔，东方须臾高知之。"相形之下，傅玄的《西长安行》就太浅陋了。太康年间，许多人写拟古诗，走的也是傅玄这条道路。

傅玄有些表现社会问题，特别是反映妇女问题的诗写得很成功，代表作有《苦相篇》，诗云：

苦相身为女，卑陋难自陈。
男儿当门户，堕地自生神。
雄心志四海，万里望风尘。
女育无欣爱，不为家所珍。
长大逃深室，藏头羞见人。
垂泪适他乡，忽如雨绝云。
低头和颜色，素齿结朱唇。

跪拜无复数，婢妾如严宾。
情合同云汉，葵藿仰阳春；
心乖甚水火，百恶集其身。
玉颜随年变，丈夫多好新。
昔为形与影，今为胡与秦。
胡秦时相见，一绝逾参辰！

诗写女子一生的悲惨命运，概括性很强。它从女子出生"不为家所珍"，一直写到出嫁后为夫所弃，就像弃妇在同她的女伴诉说心事，言词朴素而情意哀切。其《董逃行·历九秋篇》十二章也是为妇女鸣不平的。他还有些乐府诗和徒诗写青年男女的恋情、离愁，构思新巧，语言清丽宛转，表现得缠绵悱恻。诸如《云歌》："白云翩翩翔天庭，流景仿佛非君形。白云飘飘，舍我高翔；青云徘徊，为我愁肠。"《车遥遥篇》："车遥遥兮马洋洋，追思君兮不可忘。君安游兮西入秦，愿为影兮随君身。君在阴兮影不见，君依光兮妾所愿。"这类诗，有些研究者认为是用比兴手法写君臣关系，也可备一说。

傅玄今存赋多为残篇，且多为咏物之作，佳篇极少。著述散文有《傅子》，系"撰论经国九流及三史故事，评断得失，各为区例"，"为内、外、中篇，凡有四部、六录，合百四十首，数十万言"（《晋书·傅玄传》）。其中《马先生传》记马钧改革绫机、制造指南车、翻车和"百戏"活动机事，取材独特。后叙其欲改革诸葛亮连弩而不为曹羲、曹爽所重视，有为马钧抱不平意。只是文章短于裁剪，枝蔓其事而冗长其言。另外作有《七谟》、《连珠》，二文之序实为"七"体、"连珠"体之文体论。二序说二文体由来、功用、写作特点及各家写作之得失，立论及表述方式对后来文体论都有一定影响。

二、张华的诗、赋、文

张华（232—300），字茂先，范阳方城（今河北固安南）人。出身寒门，曾以牧羊为生。"华学业优博，辞藻温丽，朗赡多通，图纬方伎之书，莫不详览。少自修谨，造次必以礼度……器识弘旷，时人罕能测之。"（《晋书·张华传》）晋惠帝时，张华官至太子少傅、司空。后因拒绝参与赵王司马伦和孙秀的篡夺阴谋，为伦、秀所杀。

钟嵘说张华的诗"儿女情多，风云气少"，又说他"巧为文字，务为妍冶"（《诗品》），从内容和形式方面概括出了他诗歌的某些特点。"儿女情多"当指《情诗五首》、《感婚诗》以及《杂诗三首》而言。其实他的诗并非全都"风云气少"。其《轻薄篇》写"末世多轻薄，骄代好浮华"，实是对晋代时风的揭露和讽刺。史载："晋惠帝元康中贵游子弟相与为散发倮身之饮，对弄婢妾。逆之者伤好，非之者负讥，希世之世，耻不与焉。"(《宋书·五行志》)这就是《轻薄篇》的写作背景。《游猎篇》谓"游放使心狂，覆车难再履"，也是对贵游子弟放纵生活的规诫。二诗写法均是藏刺于铺叙之中。他如《博陵王宫侠曲》讥刺当局不以法护民；《壮士篇》高唱"年时俯仰过，功名宜速崇；壮士怀愤激，安能守虚冲"。"慷慨成素霓，啸吒起清风；震响骇八荒，奋威曜四戎。濯鳞沧海畔，驰骋大漠中。独步圣明世，四海称英雄。"《上巳篇》慨叹"盛时不努力，岁暮将何因。勉哉众君子，茂德景日新"，都是不应视为"风云气少"的。

张华的诗，以《情诗五首》最著名。诗写夫妇离别思念之情，一从女方着手，一从男方着手，言词浅易，情意深长。其五云：

游目四野外，逍遥独延伫。
兰蕙缘清渠，繁华荫绿渚。
佳人不在兹，取此欲谁与？
巢居知风寒，穴处识阴雨；
不曾远别离，安知慕俦侣？

诗一开始，就使一个若有所失、若有所思的形象便出现在我们眼前。他本来是随意游览，忽然呆呆地站住了，原来他看见了水边的香花芳草，而由花草想到了离别已久的妻子。他想折花(表情之物)送给妻子，可她又不在身边。思念及此，心头自然涌起惆怅之感，只好久立凝视。这种睹物生情的心理活动，说明他平日早就百般思念妻子，此刻不过为"繁华"触发而已。诗末用两比喻说明只有经历过夫妇离别的人才能体会到彼此的思念之苦，更显出他的思念深挚、强烈。

从上面的诗句(如"慷慨成素霓，啸吒起清风"、"巢居知风寒，穴处识阴雨"等)可以看出，张华写诗，已很讲究文字的对偶和词采的华美，这就是钟嵘说的"巧用文字，务为妍冶"。但这一特点并非"源出王粲"(《诗品》)，而是受到曹丕、曹植的影响。

张华今存赋作，有偏于以咏物而言理者，如《朽社赋》、《相风赋》等，有偏于言志抒怀者，如《咏怀赋》、《感婚赋》、《归田赋》等。其《鷦鷯赋》则兼有咏物明理、言志抒怀的特点。其序云：

鷦鷯，小鸟也。生于蒿莱之间，长于藩篱之下，翔集寻常之内，而

> 生生之理足矣。色浅体陋，不为人用，形微处卑，物莫之害。繁滋族类，乘居匹游，翩翩然有以自乐也。彼鷲鹗鹍鸿，孔雀翡翠，或凌赤霄之际，或托绝垠之外，翰举足以冲天，觜距足以自卫，然皆负矰婴缴，羽毛入贡，何者？有用于人也。夫言有浅而可以托深，类有微而可以喻大，故赋之云尔。

此赋实以小鸟鷦鷯为喻，表达作者对玄学人生方式的向往。写法则用鸷鸟、美禽加以衬托，借写两者生活习性、生存遭遇的不同，以阐说玄学人生智慧的要义及其可贵之处。如赋文写鷦鷯生活习性及作者从中体悟到的玄理：

> 何造化之多端兮，播群形于万类。惟鷦鷯之微禽兮，亦摄生而受气。育翩翾之陋体，无玄黄以自贵。毛弗施于器用，肉弗登于俎味。鹰鹯过犹俄翼，尚何惧于罿罻。翳荟蒙笼，是焉游集。飞不飘飏，翔不翕习。其居易容，其求易给。巢林不过一枝，每食不过数粒。栖无所滞，游无所盘。匪陋荆棘，匪荣茝兰。动翼而逸，投足而安。委命顺理，与物无患。伊兹禽之无知，何处身之似智。不怀宝以贾害，不饰表以招累。静守约而不矜，动因循以简易。任自然以为资，无诱慕于世伪。

这实际上是从本于玄学的人生艺术的角度，诠释鷦鷯的生活习性。强调的是“不怀宝以贾害，不饰表以招累……任自然以为资，无诱慕于世伪”。于赋可见作者早年对玄学人生艺术的领会，故阮籍读赋，对张华才智称叹不已。张溥谓华“作《鷦鷯赋》以寄意，感其不才善全，有庄周木雁之思”(《汉魏六朝百三家集·张茂先集题辞》)，也说出了作者对玄学人生艺术的向往。赋以咏物为题，但说理成分很重。其说理，或纳于叙事中，或就事生发议论。其说鷦鷯如此，说鸷鸟、美禽亦然。如赋文谓“雕鹖介其觜距，鹄鹭轶于云际；鹍鸡窜于幽险，孔翠生乎遐裔。彼晨凫与归雁，又矫翼而增逝。咸美羽而丰肌，故无罪而皆毙。徒衔芦以避缴，终为戮于此世”。由于说理多与叙事密切相关，而且说得形象、生动，故小赋语带玄言，却读来有味。

刘勰说：“晋初笔札，则张华为俊。其三让公封，理周辞要，引事比义，必得其偶。世珍《鷦鷯》，莫顾章表。”(《文心雕龙·章表》)张华让表今已不存，所存章表亦无完篇。又张华所作箴、铭、诔文及哀策文较多，亦少有完篇。特色显著而为完篇者，唯《文选》所载《女史箴》而已。箴体的功用在于“攻疾防患”(《文心雕龙·铭箴》)，张华系“惧后族之盛，作《女史箴》以为讽”(《晋书·张华传》)，目的是告诫贾后不要过度自我膨胀，小心自取灭亡。但箴言却针对女史(女官名)而发，持论则兼取儒、道，而归于为人斧藻其德，翼翼矜矜。出语多如格言，说得概括而深刻。如谓"道罔隆而不杀，物无盛而不衰；日中则昃，月满则亏；崇犹尘积，替若骇机"。"无恃尔荣，天道恶盈；无恃尔贵，隆隆者坠"。"欢不可以黩，宠不可以专。专实生慢，爱极则迁。致盈必损，理有固然"等，皆是。也有略作论述者，如谓"人咸知饰其容，而莫知饰其性。性之不饰，或愆礼正，斧之藻之，克念作圣……故翼翼矜矜，所福以兴；靖恭自思所期荣显"。由于以韵文为箴，即使论述，也不如散体文说得充分、明白。

第二节 潘岳的诗、赋、文

西晋太康年间，文学创作出现新的高潮。钟嵘说："太康中，三张(张载、张协、张亢)二陆(陆机、陆云)，两潘(潘岳、潘尼)一左(左思)，勃尔复兴，踵武前王，风流未沫，亦文章之中兴也。"(《诗品序》)由于社会原因和文学发展本身的原因，太康文学发展有明显的特点：一是诗文创作并不唯为政教服务是求，二是作品思想内容比较贫乏，三是在形式上穷力于追新。作家们扩大了建安文学创作已经出现的注重词采华美的倾向，追求词藻华丽，在句法上力求对偶工整，已开骈俪之风。刘勰论太康诗歌即谓"体情之制日疏，逐文之篇愈盛"(《文心雕龙·情采》)，"晋世群才，稍人轻绮。张、潘、左、陆，比肩诗衢，采缛于正始，力柔于建安，或析文以为妙，或流靡以自妍"(《文心雕龙·明诗》)。又谓其"并结藻清英，流韵绮靡"(《文心雕龙·时序》)。其实，太康辞赋、散文也有词尚工丽、语求华靡的特点。太康主流诗风、文风的代表人物，应是潘岳和陆机。

潘岳(247—300)，字安仁，中牟(今属河南)人。貌美，年幼即以才能卓异为乡里所称，号为奇童。二十几岁名气更大，与陆机合称"潘、陆"。他热心仕进，但终不得意。晋惠帝元康年间，贾后揽权，贾谧"权侔人主"(《晋书·贾谧传》)。"岳性轻躁，趋世利，与石崇等谄事贾谧。每候其出，与崇辄望尘而拜。构愍怀之文，岳之辞也。谧二十四友、岳为其首。谧《晋书》限断，亦岳之辞也。其母数诮之回：'尔当知足，而乾没不已乎?'而岳终不能改。"(《晋书·潘岳传》)后赵王司马伦辅政，孙秀得为中书令，将其害死。

潘岳今存诗十余首，其诗词采华茂，伤于冗繁，少含蓄之美。所谓"安仁情深之子，每一涉笔，淋漓倾注，宛转侧折，旁写曲诉，刺刺不能自休。夫诗以道情，未有情深而语不佳者，所嫌笔端繁冗，不能裁节，有逊乐府古诗含蕴不尽之妙耳”(陈祚明《采菽堂古诗选》卷十一)。另外，潘诗(应酬诗和代人之作除外)还有情深意真的特点。其言志之作，如《河阳县作诗》其一有云：“登城眷南顾，凯风扬微绡。洪流何浩荡，修芒郁岧峣。谁谓晋京远？室迩身实辽。谁谓邑宰轻？令名患不劭。人生天地间，百年孰能要……福谦在纯约，害盈由矜骄。虽无君人德，视民庶不恌。”诗写其“才名冠世，为众所疾，遂栖迟十年，出为河阳令，负其才而郁郁不得志”(《采菽堂古诗选》卷十一)的心态，不能说不真实。又如《在怀县作诗》其一，写在夏口登城目睹农田景象之感触，谓“虚薄乏时用，位微名日卑。驱役宰两邑，政绩竟无施。自我违京辇，四载迄于斯。器非廊庙姿，屡出固其宜。徒怀越鸟志，眷恋想南枝”，言语中有因“屡出”而久为邑令的牢骚，有对廊庙之位的热切向往，其情其志未必高尚，却是由衷之言。至于抒情之作，更以情意真挚取胜。如其《内顾诗》二首：

静居怀所欢，登城望四泽。
春草郁青青，桑拓何奕奕！
芳林振朱荣，渌水激素石。
初征冰未泮，忽焉振绨绤。
漫漫三千里，迢迢远行客。
驰情恋朱颜，寸阴过盈尺。
夜愁极清晨，朝悲终日夕。
山川信悠永，愿言良弗获。
引领讯归云，沈思不可释。

——《内顾诗二首》其一

独悲安所慕，人生若朝露。
绵邈寄绝域，眷恋想平素。
尔情既来追，我心亦还顾。
形体隔不达，精爽交中路。
不见山上松，隆冬不易故。
不见陵涧柏，岁寒守一度。
无谓希见疏，在远分弥固。

——《内顾诗二首》其二

潘岳真是情深之子。二诗先写诗人与妻子久别远别的思恋之愁，后写二人爱心相通，且以松柏为喻说诗人对妻子情感的专一，以道其相思之切，都显得语浅情深。又如《杨氏七哀诗》有云：

漼如叶落树，邈若雨绝天。
雨绝有归云，叶落何时连？
山气冒冈岭，长风鼓松柏。
堂虚闻鸟声，室暗如日夕。
昼愁奄逮昏，夜思忽终昔。
展转独悲穷，泣下沾枕席。
人居天地间，飘若远行客。
先后讵能几，谁能弊金石。

此诗所写种种感受、议论，皆因缅怀亡妻而生。所写景象、举动，无不为哀情所浸透。就是议论看似理性色彩很浓，实则声声嗟叹，悲不胜悲。同样写得凄婉感人而语词明净、自然的，是他的《悼亡诗》三首。其一、其三云：

荏苒冬春谢，寒暑忽流易。
之子归穷泉，重壤永幽隔。
私怀谁克从？淹留亦何益。
僶俛恭朝命，回心反初役。
望庐思其人，入室想所历。
帏屏无仿佛，翰墨有余迹。
流芳未及歇，遗挂犹在壁。
怅怳如或存，回遑忡惊惕。
如彼翰林鸟，双栖一朝只；
如彼游川鱼，比目中路析。
春风缘隙来，晨霤承檐滴。
寝息何时忘，沉忧日盈积。
庶几有时衰，庄缶犹可击。

——《悼亡诗三首》其一

曜灵运天机，四节代迁逝。
凄凄朝露凝，烈烈夕风厉。
奈何悼淑丽，仪容永潜翳。

念此如昨日，谁知已卒岁。
改服从朝政，哀心寄私制。
茵帱张故房，朔望临尔祭。
尔祭讵几时，朔望忽复尽。
衾裳一毁撤，千载不复引。
亹亹朞月周，戚戚弥相愍。
悲怀感物来，泣涕应情陨。
驾言陟东阜，望坟思纡轸。
徘徊墟墓间，欲去复不忍。
徘徊不忍去，徙倚步踟蹰。
落叶委埏侧，枯荄带坟隅。
孤魂独茕茕，安知灵与无。
投心遵朝命，挥涕强就车。
谁谓帝宫远，路极悲有余。

——《悼亡诗三首》其三

这是诗人为亡妻服丧一年期满后的作品。其一写他赴任前夕因望庐、入室、感时、睹物所引起的对亡妻生前种种情事的追念，和由此而产生的不能自已的悲伤，其三则具体写到他临上车前“徘徊墟墓间”的行动。二诗都是通过细写诗人的举动和触物兴感所引发的情思流动，来抒发其丧妻之痛。虽然铺叙过繁，反复曲折，称心而言，却出语自然，真情流溢，哀切动人。

潘岳为西晋著名赋家，今存赋尚有二十余篇。其赋大体分为四类。一以咏物为主，如《橘赋》、《安石榴赋》、《朝菌赋》等。二以纪行为主，如《西征赋》。三以抒怀言志为主，如《秋兴赋》、《闲居赋》等。四以诉哀言悲为主，如《怀旧赋》、《悼亡赋》、《寡妇赋》。其赋多数有序，序及正文皆词采赡丽。其中，《西征赋》作于元康二年(292)，赋纪其“自京徂秦”任长安令途中所见所思，既描写实景，又纪其遥想所经地域之相关史实。内容丰富，场面宏大，词繁意密，体制规模如同汉代大赋。若论抒情性强，当推其抒怀言志、诉哀言悲之作。

潘岳的抒情赋和建安以抒情见长的小赋，在艺术上有相通处。写景叙事，语词简练；铺陈形容，较有节制；情意深挚，境界高远，以清丽取胜，则是潘赋的特点。如其《秋兴赋》(作于咸宁四年)虽为大赋，但并不以体物为主，而是写作者如同“池鱼笼鸟，有江湖山薮之思”，抒发的是他因沉沦下僚、滞官不迁而产生的牢骚。借写秋景以抒愁怀，用对遁世之乐的向往来表达他对现实处境的不满。又如《闲居赋》（作于遇害前四年），写他历经仕途蹭蹬，对人生方式的一种思索。赋的思想倾向和作者的实际为人是矛盾的，因而元好问据此直谓“心画心声总非真，文章宁复见为人”（《论诗绝句三十首》）。但元氏也说“高情千古《闲居赋》”，意谓《闲居赋》所表现的志在隐世闲居的情怀是高尚的、真切的。事实上，此赋通过描叙田园景色和家人团聚之乐，来写他向往闲居的情怀，是很能打动人的。张溥即谓“《闲居》一赋，板舆轻轩，浮杯高歌，天伦乐事，足起爱慕”（《汉魏六朝百三家集题辞·潘黄门集题辞》）。

潘赋抒情性最强的，应是诉哀言悲之作。本来诉哀言悲也是抒怀，但较之感时感物感事而言志的抒怀之作，不单情感尤为深切，而且抒情氛围更浓。如其《怀旧赋》，写对已故岳丈和“不幸短命”而死的妻弟的怀念，谓：“今九载而一来，空馆阒其无人。陈荄被于堂除，旧圃化而为薪。步庭庑以徘徊，涕泫流而沾巾。宵展转而不寐，骤长叹以达晨。独郁结其谁语，聊缀思于斯文。”真是郁结之悲释而为文，而行文如诗，情随词出，语语动人。又如《悼亡赋》，写亡妻之死，写入殓、出殡之细节，叙事即带悲哀。以致作者说：“吾闻丧礼之在妻，谓制重而哀轻。既履冰而知寒，吾今信其缘情。”至于写丧礼完成后作者的感受，谓“入空室兮望灵座，帏飘飘兮灯荧荧。灯荧荧兮如故，帏飘飘兮若存。物未故兮人已化，馈生尘兮酒停樽。春风兮泮水，初阳兮戒温。逝遥遥兮浸远，嗟茕茕兮孤魂”，情意哀切、用语繁复以及抒情方式，都与《悼亡诗》没有多大区别。其《寡妇赋》，叙好友任子安死后遗妻的“孤寡之心”，虽为代言，抒悲言愁，亦情真意深。只是叙事、写景、体物过于琐细，铺陈形容、反复诉说太多。

潘岳的辞赋序，实可视为散文。但他最出色的散文，是哀诔文字。哀辞（或称哀文）是哀悼短命夭折者的文章，诔是累列死者德行以示作者伤悼之情的文章。两者一般以散句作序，正文则四言为句者多。其中哀辞正文用韵语，或四言，或骚体，惟意所之。

哀辞之作，“情主于痛伤，而辞穷乎爱惜”，“必使情往会悲，文来引泣”（《文心雕龙·哀吊》）。最忌奢体为辞，丽而不哀。诔文尚实，以缠绵、凄怆为美。写作要领是：“选言录行，传体而颂文，荣始而哀终。论其人也，暧乎若可觌；道其哀也，凄焉如可伤。”（《文心雕龙·诔碑》）潘岳“辞藻绝丽，尤善为哀诔之文”（《晋书·潘岳传》）。在继承前人艺术经验的基础上，形成了独特的艺术风格。

潘岳的哀辞，词短情长，凄婉悲切。其叙悲诉哀，方法不一。或极力形容死者资质之美，以衬写其早死之可悲。此类文字，多用譬喻，巧加形容，词采葱蒨，却铺陈有节。或呼天悲号，尽吐其哀。如《王氏哀辞》，谓“彼苍者天，胡宁斯忍！曾未弱笄，无疾而陨”，即是。或既呼天以号，又以其他丧事之痛和此一丧事之痛合叙以吐哀。如《金鹿哀辞》，谓“呜呼上天，胡忍我门！良嫔短世，令子夭昏。既披我干，又剪我根！槐如瘣木，枯荄独存”，即是。或以凄厉鸟声引发心中之悲，如《刘氏妹哀辞》，谓“乌鸣于柏，乌号于荆，徘徊踯躅，立闻其声。相彼羽族，矧引人情。叩心长叫，痛我同生”，即是。此可谓借哀景以写哀情，自是倍增其哀。或写母之哀哀，以传心中之戚戚。或设想魂灵孤寂，以寄托对死者的悼惜之意。种种手法，无一不为便于写“我”之哀而用。

诸哀辞中，以《哀永逝文》艺术成就最高。张溥即将此文与《悼亡》诗、赋视为潘岳哀诔之文的代表作，以为三者“伤其闺房辛苦，有古落叶哀蝉之叹。史云‘善为哀诔’，诚然哉”（《汉魏六朝百三家集题辞·潘黄门集题辞》）。此文作于岳妻杨氏夫人葬礼完毕后，大体按出葬的礼仪顺序，叙写哀情。先写启殡前夕情事，继写祖奠之后、丧车将行时情事，再写发引、丧车一路行进情事，再写入葬情事，再写反哭情事，末以“重词”作结。

全文皆用骚体句式，叙事言少，抒情句多。即使叙事，也在渲染悲惨气氛。如言“启夕兮宵兴，悲绝绪兮莫承。俄龙𫐓兮门侧，嗟俟时兮将升。嫂侄兮憧惶，慈姑兮垂矜。闻鸣鸡兮戒朝，咸惊号兮抚膺”，即是。抒情，则多写作者在不同场合的悲痛感受。有的写他因忆念亡妻生前事而哀叹，有的写他因想像亡妻孤魂眷恋旧居而产生的若隐若现的幻觉，有的写他因情哀意悲所见外物的苍茫、萧散景象，有的写他渴望魂灵入梦而不得的惆怅。其中有直诉其哀者，有叙事寓哀者，有借写他人之哀以写己哀者，有以哀景写哀者。“重辞”谓“已矣！此盖新哀之情然耳。渠怀之其几何？庶无愧兮庄子”，更是以不得已之欲求止哀之词，写其悲哀之甚。为《悼亡诗》结以“庶几有时衰，庄缶犹可击”之先导。种种手法，生动地写出了作者因妻逝之哀所引发的诸如忆念、深思、想像时的心绪和举动，就作者言，则是真挚情感的自然显露。

可见，潘岳的哀辞，情哀藻丽，思虑富赡而渲染得体。诉哀必尽，而文词富于变化。刘勰似乎特别欣赏他的四言体哀辞，谓“观其虑善（赡）辞变，情洞悲苦，叙事如传；结言摹诗，促节四言，鲜有缓句；故能义直而文婉，体旧而趣新。《金鹿》、《泽兰》，莫之或继也”（《文心雕龙·哀吊》）。

潘岳今存诔文十四题，除六篇仅有残句外，余皆为完篇。从成篇之作可以看出，潘氏诔文的突出特点是抒情性强，而且以抒发悲哀之情见长。其中亲戚之诔（如《杨荆州诔》、《杨仲武诔》），尽写其哀哀亲情；友人之诔（如

《夏侯常侍诔》)，尽写其哀哀友情；义士之诔(如《马汧督诔》)，尽写其哀哀义愤，即使应酬之作(如《皇女诔》)，也写得哀情动人。

其诔都能以哀动人，大抵与他作诔真能做到"序述哀情则触类而长"(《文心雕龙·诔碑》)有关。即他既能心衔其哀而触逢事类益增其哀，又能将"触类而长"之哀尽吐无遗。当然，他的"触类而长"，与其兴哀"虑善(赡)"有关。专一哀号而不能思绪翻涌、引事言悲，是不能感人的。

潘岳作诔，固然"叙事如传"，但所叙之事都是足以反映死者为人特点、且易引出哀哀之情或哀愤之情的大事或细节。而在行文时，往往寓颂赞于叙事中，或寓哀伤、哀愤于叙事中。他的几篇名诔，都有意写到自己和死者生前交往的细节或感而作诔的原因，显然也是为了便于叙哀或抒愤。

潘岳几篇著名的诔文，都由序文和诔词组成，其中《马汧督诔》，为"忠孝义烈"之士马敦所诔，序文最长，颇能反映潘岳散文的艺术风貌。序主要写马敦保卫汧城的功劳和遭妒蒙冤下狱、发愤而卒，终又受到朝廷褒奖的经历，表现出作者为义士、功臣横遭诬陷致死而不平的愤慨之情。

文中既详叙马敦保卫汧城的事迹，又记其遭"州之有司"构陷而死于狱中，形成鲜明对比。记其遭陷入狱，特引大将军上书之言以称其功；记其死，特引朝廷追赠之诏，都是借当日正大之言以显其功、以明其冤，引出材料本身就隐含不平之气。下云：

> 絜士之闻秽，其庸致思乎？若乃下吏之肆其噤害，则皆妒之徒也。嗟乎！妒之欺善，抑亦贸首之雠也。语曰："或戒其子：慎无为善。"言固可以若是，悲夫！

此为议论，亦是抒愤。但作论不多，且引"语"致慨，虽哀愤兼具，却出语低回宛转。至于末言作诔之由，实将马敦"发愤而卒"与县赍父之死、司马叔持"视死如归"并论，把他列入"忠孝义烈之流、慷慨非命而死者"，是对死者巧妙的颂赞。

序文记马敦保卫汧城事迹，也有特点。一是记汧城处境之险恶及马敦对策之高，皆详细道来。且时作形容语，以见其大勇大智、大节大功。文云：

> 初，雍部之内，属羌反，未弭，而编户之氐又肆逆焉。虽王旅致讨，终于殄灭，而蜂虿有毒，骤失小利，俾百姓流亡，频于涂炭。建威丧元于好畤，州伯宵遁乎大谿。若夫偏师裨将之殒首覆军者，盖以十数；剖符专城纡青拖墨之司，奔走失其守者，相望于境。秦陇之僭，巩

> 更为魁，既已袭汧，而馆其县。子以眇尔之身，介乎重围之里，率寡弱之众，据十雉之城。群氐如猬毛而起，四面雨射城中。城中凿穴而处，负户而汲。木石将尽，樵苏乏竭，刍荛罄绝，于是乎发梁栋而用之，罗以铁锁机关，既纵礧而又升焉。爨陈焦之麦，柿梠桷之松，用能薪刍不匮，人畜取给，青烟傍起，枥马长鸣。凶丑骇而疑惧，乃阙地而攻。子命穴浚堑，置壶、镭、瓶、甀以侦之。将穿响作，内焚矿火薰之，潜氐歼焉。

叙事虽有形容语，却不事夸张，近乎实录。二是夹叙夹议，无论叙事还是议论，都以与死者面谈形式说出。寓颂寓赞，寓哀寓愤，极其自然。三是行文句式自由，几乎全为单行奇句。有一、二整句并列，不过两句字数相当而已。又用字平易、朴质、明白。引书虽用原文，却严于剪裁；用事展开来说，却措辞简练生动。刘勰说潘文“辞自和畅”(《文心雕龙·才略》)，孙绰说“潘文浅而净”(《世说新语·文学》第八十九条)，《续文章志》说“岳为文，选言简章，清绮绝伦”(《世说新语·文学》第八十四条，刘注引文)，此序足以当之。

潘岳诔词正文，全以四言为句。内容多是先“述祖宗”，次言死者德行，末致哀悼、怀念之意。行文真能做到“选言录行，传体而颂文，荣始而哀终。论其人也，暧乎若可觌；道其哀也，凄焉如可伤”(《文心雕龙·诔碑》)。常用的艺术手法有四种：

一是述祖德、累列死者德行，皆学《诗经》史诗写法，既言其大概，又记其细节。“次第铺叙，不惟记其事，兼貌其状，描摹入纤，绝有境有态。”(《诗经直解》引孙钎评《生民》语)不同于《诗经》史诗的是，全以称美语气描叙其事。故叙事多形容语、议论语，不但如传，亦如颂、如诗。

如《马汧督诔》直接以颂扬语气叙说马敦功业，不但叙事多作渲染，且时出褒扬之词。如云：“马生爰发，在险弥亮。精冠白日，猛烈秋霜。”“昔命悬天，今也惟马。惟此马生，才博智赡。”“实赖夫子，思谟弥长。咸使有勇，致命知方。”“慨慨马生，琅琅高致。发愤囹圄，没而犹视。”如此叙事，自然韵长。

二是为了便于衷心作颂、抽思致哀，多取第一人称，用与死者晤言、忆念往事的方式叙事抒怀。这样，对死者的赞美、悼惜、怀念，便来得自然，显得更为真诚、亲切，也更为感人。故其诔作名篇，不但为亲友作诔如此行文，即使为素昧平生的义士功臣作诔也设法缩短彼此距离，找好晤言角度。《马汧督诔》，即以“我虽末学，闻之前典：十世宥能，表墓旌善。思人爱树，甘棠不翦”云云，引出自己为死者大鸣不平的许多文字。

三是除极写死者德行之美，以见其逝之可哀外，还善于通过叙说自己和死者生前的往事来倾诉衷肠，还用叙说自己忆念死者的举动、感受来述哀。还有一种情况是，作者念及死者可悲，陡生众多譬喻，并借譬喻以述哀。如《杨仲武诔》，谓“春兰擢茎，方茂其华。荆宝挺璞，将剖于和。含芳委耀，毁璧摧柯。呜呼仲武，痛哉奈何”，即是。又因哀思沉积，观物无不寓哀，即以哀景衬写其哀。如同篇谓“痛矣杨子，与世长乖。朝济洛川，夕次山隈。归鸟颉颃，行云徘徊……魂兮往矣，梁木实摧”，即是。

上述手法可谓“触类而长”，或称托引众事以述其哀。既是托事以述哀，其叙事抒情性强，以至一唱三叹，便是很自然的事。

四是无论累列死者德行，还是抒发作者哀情，都能做到文质彬彬。前者词随事出，后者文由情生。或朴质，或华美，两者调剂得好，总以语明情尽、词哀韵长取胜。

又潘岳为不同人作诔，文风亦视死者德行特点和与自己的关系如何而定。杨肇为其岳父，故出语庄重、典雅。杨经为其内侄，故出语随和、亲切。夏侯湛与其“友善，每行止同舆接茵，京都谓之双璧”，且“湛幼有盛才，文章宏富，善构新词”（《晋书·夏侯湛传》），故出语既重文彩，又华而有实，情词相宜。马敦蒙冤下狱，发愤而卒，其为人慷慨、刚烈，故词旨沉郁，而声情激越。“犹班孟坚之传苏子卿也”，使人读之，“恻然思古义士”（《汉魏六朝百三家题辞·潘黄门集题辞》）。

总之，潘岳的哀诔之文，“巧于序悲，易入新切”（《文心雕龙·诔碑》）。“触类而长”而文以情变，得铺叙处且铺叙，得抒情处且抒情，或繁或简，总以达意序悲为主。不像汉代有些诔文，有意求简或繁芜不裁。其词虽以四言为句，但行文简练、流畅，语义明白，起落自然，“辞自和畅”，却“锋发而韵流”（《文心雕龙·体性》），内含散文的神、理、气、味之美。

第三节　陆机的诗、赋、文

陆机（261—303），字士衡，吴郡（今江苏吴县）人。祖父陆逊为东吴丞相，父陆抗为大司马。他“少有异才，文章冠世。伏膺儒术，非礼不动。抗卒，领父兵为牙门将”（《晋书·陆机传》）。太康元年（280）吴为晋灭，陆机闭门读书十年，于太康末年与弟陆云（字士龙）到洛阳，以文才超群受到张华的赏识。陆机功名心强，尝与贾谧亲善，后又豫诛贾谧，得封关内侯。曾被成都王司马颖表为平原内史。陆机负其才望，欲有所作为，结果卷入“八王之乱”。太安初年，他作为成都王司马颖的后将军、河北大都督随颖和河间王司马颙起兵讨伐长沙王司马乂，兵败，陆机与弟陆云同为司马颖所杀。

一、陆机的诗歌

陆机现存诗百余首，乐府诗占半数以上。无论乐府、徒诗，内容皆比较单薄，而讲究语言形式的美。陆机为东吴名将之后，饱经国破家亡之痛，照理应能写出一些感受深刻的诗，但集中此类诗甚少。偶有触及，也只是表露出一种淡淡的哀愁。比如他离开故乡到洛阳，感慨应该很多，而他的《赴洛道中作二首》却只能让人看出一般游子的旅愁。诗说：

总辔登长路，呜咽辞密亲。
借问子何之？世网婴我身。
永叹遵北渚，遗思结南津。
行行遂已远，野途旷无人。
山泽纷纡余，林薄杳阡眠。
虎啸深谷底，鸡鸣高树巅。
哀风中夜流，孤兽更我前。
悲情触物感，沈思郁缠绵。
伫立望故乡，顾影凄自怜。

——《赴洛道中作二首》其一

远游越山川，山川修且广。
振策陟崇丘，案辔遵平莽。
夕息抱影寐，朝徂衔思往。
顿辔倚嵩岩，侧听悲风响。
清露坠素辉，明月一何朗！
抚枕不能寐，振衣独长想。

——《赴洛道中作二首》其二

二诗融情于景，写旅途中的寂寞之感、思家之愁是很成功的。但作为陆机这样的身份，写这样的题材，仅仅表达这样的情思，似乎很不够。陈祚明说：“夫破亡之余，辞家远宦，若以流离为感，则悲有千条；倘怀甄录之欣，亦幸逢一旦。哀乐两柄，易得淋漓，乃敷旨浅庸，性情不出。岂余生之遭难，畏出口以招尤，故抑志就平、意满不叙，若脱纶之鬣，初放微波，圉圉未舒，有怀靳展乎？大较衷情本浅，乏于激昂者矣。”(《采菽堂古诗选》卷十)陈祚明言陆机诗“敷旨浅庸，性情不出”乃“畏出口以招尤”，可能是对的，同时陆机这样做也和当时诗歌创作忽视思想内容而重语言涂饰之美的风气分不开。陆机十分重视诗句对偶的工整，有时为了求对仗，不惜把一个意思分做两句诗，如《其一》中的“永叹遵北渚，遗思结南津”即是；有时为了求凝炼，而趋向深奥；有时为了求华美而出现词藻的堆垛。总之，陆诗的语言雕琢痕迹明显，而少自然之态。《其二》中“夕息抱影寐，朝徂衔思往”，前句诗意尚好，后句就不免雕琢了。但他即景抒怀，也确实能写出好的句子，《其二》中的“清露坠素辉，明月一何朗”，无论写景传情，均堪称绝妙。

当然，陆诗也有写到其人生感慨的。如《长歌行》谓“逝矣经天日，悲哉带地川……兹物苟难停，吾寿安得延。俯仰时将过，倏忽几何间。慷慨亦焉诉，天道良自然。但恨功名薄，竹帛无所宣”。《君子行》谓“天道夷且简，人道险而难。休咎相乘摄，翻覆若波澜……近情苦自信，君子防未然”。《猛虎行》谓“日归功未建，时往岁载阴……人生诚未易，曷云开此衿。眷我耿介怀，俯仰愧古今”。《东宫作诗》谓“羁旅远游宦，托身承华侧……载离多悲心，感物情凄恻。慷慨遗安豫，永叹废寝食。思乐乐难诱，曰归归未克。忧苦欲何为，缠绵胸与臆。仰瞻凌宵鸟，羡尔归飞翼”。诗写人生之艰难，进退之不定，功名之难得，人道之险恶，以及热心仕进而又忧虑重重，都比较真实地表现了陆机的现实境遇和复杂心态。并非“不能流露性情”。陆诗中情感流溢、使人为之心动的，应是“感物兴哀”、“寄其哀苦”的《与弟清河云诗》，诗既写到“昔我西征，扼腕川湄。掩涕即路，挥袂长辞。六龙促节，逝不我待”的场面，又发出“天步多艰，性命难誓。常惧陨毙，孤魂殊裔”的忧叹，还用今昔对比手法，写到诗人目睹今日惨象的悲哀，谓“昔我斯逝，兄弟孔备。今予来思，我凋我瘁。昔我斯逝，族有余荣。今我来思，堂有哀声。我行其道，鞠为茂草。我履其房，物存人亡。附膺涕泣，血泪彷徨”。真是事哀情悲。诗人直说隐忧和反复细述其事、细道其悲，可谓称情而言。这样的诗，是不能归入“衷情本浅”之作的。

黄子云说：“平原五言乐府，一味排比敷衍，间多硬句；且踵前人步伐，不能流露性情，均无足观。”(《野鸿诗的》)但他这类诗却名重当世，由此可以想见太康诗坛模拟之风如何盛行。但陆机并不是所有的诗都这样内容浅庸，专力模仿前人，以辞藻繁富求胜。其乐府，尚有“金石之音、风云之气，能令读者惊心动魄”者(刘熙载《艺概·诗概》)。其《饮马长城窟行》写他随司马颖征讨司马乂的感受。诗云：

驱马陟阴山，山高马不前。
往问阴山候，劲虏在燕然。
戎车无停轨，旌旆屡徂迁。
仰凭积雪岩，俯涉坚冰川。
冬来秋未反，去家邈以绵。
猃狁亮未夷，征人岂徒旋？
末德争先鸣，凶器无两全。
师克薄赏行，军没微躯捐。
将遵甘陈迹，收功单于旃。
振旅劳归士，受爵藁街传。

诗写士卒征战之苦，情理俱佳。陆时雍《诗镜总论》说：“陆机诗，可喜处，在清俊之气。可憎处，在缛绣之辞。《饮马长城窟》，绝少词累。”此诗写心中实感，一任自然，确实与他以赋为诗的习惯做法不同。

陆机作诗，有爱模拟前人佳作的习好。模拟的动机有二：一是借以深入领会前人佳作立意之美和抒情艺术之妙，二是借以言志抒怀。效果则有两种：一是拟作胜过原作，创新特点明显，所谓“独舒高调”，“不问创守，皆成独构”（王夫之语）。二是字拟句摹，“亦步亦趋，在法必安”，徒增一批“造情既浅，抒响不高”（陈祚明语）的“呆板”（李重华语）之作。由于模拟前人诗作，与诗歌流传中的接受、传播有关，以陆机才名之高而作拟诗，无疑会加快原作的经典化过程。故为陆机所拟的古诗十二首，悉数被萧统选入古诗十九首之中。不过，陆机有些拟作，或按旧题含义敷衍成篇，或按前人所写内容另加编排，很少结合自己的生活感受，甚至在字句上追影逐响，实在缺乏个性色彩。比如他作《短歌行》就仿曹操，其中有这样一些句子：“置酒高堂，悲歌临觞。人寿几何，逝如朝霜……来日苦短，去日苦长。”了无己意。他又曾拟古诗，其《拟明月何皎皎诗》即拟古诗十九首中的《明月何皎皎》；其《拟涉江采芙蓉诗》即拟古诗十九首中的《涉江采芙蓉》。现把古诗《涉江采芙蓉》和陆机的拟作排列如下：

涉江采芙蓉，兰泽多芳草；
采之欲遗谁？所思在远道。
还顾望旧乡，长路漫浩浩。
同心而离居，忧伤以终老。

——《古诗十九首》其六

上山采琼蕊，穹谷饶芳兰。
采采不盈掬，悠悠怀所欢。
故乡一何旷，山川阻且难。
沈思钟万里，踯躅独吟叹。
——陆机《拟涉江采芙蓉诗》

不能说陆诗全无抒情特点，但所抒之情、所用意象、书写层次，以及用语的选择，都有步趋如一的模拟痕迹。

总的来看，陆机“天才秀逸，辞藻宏丽”(《晋书·陆机传》)，其诗亦“才高词赡，举体华美”(钟嵘语)，与曹植诗风有相近处，而少有其风骨之美。他是太康主流诗风的代表者，钟嵘即谓“陆机为太康之音，安仁、景阳为辅”(《诗品·总论》)。

二、陆机的辞赋和散文

陆机今存赋二十多篇。有咏物者，有抒怀者，有说理者，有颂扬祖德者，也有疾邪以警世者。陆机《文赋》说：“赋体物而浏亮。”其《遂志赋序》则云：

> 昔崔篆作诗明道述志，而冯衍又作《显志赋》、班固作《幽通赋》，皆相依仿焉。张衡《思玄》、蔡邕《玄表》、张叔《哀系》，此前世可得言者也。崔氏简而有情，《显志》壮而泛滥，《哀系》俗而时靡，《玄表》雅而微素，《思玄》精练而和惠，欲丽前人，而优游清典，漏幽通矣。班生彬彬，切而不绞，哀而不怨矣；崔、蔡冲虚温敏，雅人之属也；衍抑扬顿挫，怨之徒也。岂亦穷达异事，而为穷变乎？余备托作者之末，聊复用心焉。

可见，陆机作赋，对前人之作的“简而有情”、“壮而泛滥”、“俗而时靡”、“雅而微素”、“精练而和惠”，以及“切而不绞、哀而不怨”、“冲虚温敏”，是颇为“用心”的。其赋在“明道述志”，固然不会超出儒家思想范围，风格取向也一定要符合儒家审美要求。而体物浏亮，辞务索广，则为其特有的艺术趣味。大抵陆机小赋抒情者多，如《感时赋》、《思亲赋》、《述思赋》、《怀土赋》、《思归赋》、《叹逝赋》、《愍思赋》等，皆是。大赋则说理者多，名篇如《文赋》、《豪士赋》，皆是。《文赋》本书将有专章讨论。这里说说《豪士赋》。

《豪士赋》有序，且序文篇幅几等于正文的七倍，正文所言实乃序言之余音。其赋之大，即“大”在序，而序实可视为陆机说理散文之代表作。

臧荣绪谓“机恶齐王冏矜功自伐，受爵不让，及齐亡，作《豪士赋》”(《文选》李善注引)。序末谓“庶使百世少有悟焉”，故论者以为机作赋“殆借齐王冏以讽长沙、河间等耳”(高步瀛语)。要之，其赋盖因司马冏之事而发，通过论述豪士的处世之道而警诫后世。故赋序论事虽有影射司马冏处，有些地方直可视为“过冏论”，但又跳出具体人事，泛说一种道理。

序谓一人建功须得之于时势，庸人遇时亦可成功，所以有功不足矜。又谓功高位重之地本不易居，圣贤处之犹遭疑谤，何况矜功怙位之辈！其人不知去势、辞宠以求安招福，却倒行逆施、愈行其恶，必遇祸败。最后点明豪士当“览天道，知尽不可益，盈难持久，超然自引，高揖而退”，那样才会“大欲不乏于身，至乐无愆乎旧；节弥效而德弥广，身愈逸而名愈劭”。

赋序立论，本于儒学。重实证的行文方式，也从汉儒说理文中来。其实证方式较为灵活：有自作论断而借解说物事、人情以为证者，有借古人成语作论者，又有借史事论断、论证，引论众多史事以行文者。这样论不离事，引成语、述古事以说理，文章便显得深复典雅；又述事多，且论事喜铺陈，故易用排偶句式；而接续词出现频繁，且扣合严密，故文章笔笔顿挫，气势畅达、紧健。

陆机最有名的论文是《辩亡论》(上、下)和《五等诸侯论》。前者作于入洛之前，后者作于入洛之后。

史载，“(机)二十而吴灭，退居旧里，闭门勤学，积有十年。以孙氏在吴，而祖、父世为将，有大勋于江表，深慨孙皓举而弃之，乃论权所以得，皓所以亡，欲述其先祖、父功业，遂作《辩亡论》二篇”(《晋书·陆机传》)。

此论之作，归根结底是要辨析孙皓灭亡的原因，但在辨析中却屡屡述其祖、父功业。其写法从《过秦论》中来。但由于陆氏几代皆为东吴重臣(孙皓即位，即拜机父陆抗为大司马、荆州牧)，对孙皓并无深责痛恨之意(一则为人忠厚，二则投鼠忌器)，加上辩亡不忘述其祖、父功业，故在逞性作论、挥斥方遒，以及文词的疏直激切等方面，都不如《过秦论》。刘勰即谓“陆机《辩亡》效《过秦》而不及，然亦其美矣”(《文心雕龙·论说》)。

全文构思，则如黄侃所说：“上篇主颂诸主，下篇扬其先功，而皆致暗咎归命(孙皓)之意。”(《文选平点》)

分开看，上篇写法、行文方式与《过秦》(上)最为相像。此篇虽“主颂诸主”，实以称颂孙坚、孙策，特别是以称颂孙权功业为主要内容。于孙亮、孙休、孙皓三主，特别是对孙皓极少颂扬之词。作者极写前三主的英明和国势强盛，实有意用来和后三主，尤其是与孙皓有“病”，致使国势衰落、溃败对比，形成强烈反差。再通过比较，揭明主意，所谓“彼此之化殊，授任之才异也”。

《辩亡论》下篇，前说孙权何以成功，中驳吴亡是因蜀灭之说，后总论吴亡症结所在。虽以议论为主，却引事说来，或引书以助文，仍然用的是汉儒说理文的常用手法。

总之，《辩亡论》(上、下)引事作论，论事说理，皆好铺陈，或形容、渲染，或反复申言，且造句多求整齐，故其文词赡藻丽而语义昭晰。上篇气势恢弘，下篇前半气尚不弱，后半则出语纡徐、平缓。上、下篇在艺术上从多方面效仿《过秦论》，所谓“命意相拟”、“笔致相拟”、“句法相拟”、“句度相拟”(骆鸿凯《文选学》)，统而言之，是拟其以赋为论。故项安世谓“贾谊之《过秦》、陆机之《辩亡》，皆赋体也”(《项氏家说》)。

《五等诸侯论》的基本观点，是“五等之制”优于“郡县之治”。从文中首段所言，就可看出本文作法，即通过详言“备在典谟”内的有关两种制度的“得失成败”来立论。但作者所持之论并不精深和切于实际，故柳宗元作《封建论》，只一句“封建非圣人意也，势也”，便将其“先王”“并建五长”说驳倒。

此文说理也是借史作论、引书助论。借史则从古说起，逐代作论。而在评议秦、汉史事时，总拿作者筛选过的史事与之对比。且爱用譬喻等手法形容、渲染其事，以突出两种制度的利弊。如论两汉事，说汉事本来就详细，以周、汉比较作论，叙事更多形容语。加上作者爱反复申言其说，故其文语词繁复。只是言事展开来说，引书抄录原文，造句虽求整齐，时有对偶之句，但用语并不深奥，易读易晓。陆机说“论精微而朗畅”(《文赋》)，此文足以当之。前人谓陆文“深而芜”，此文“芜”则有之，“深(隐深)”则未必。

陆机散文名篇，尚有《吊魏武帝文并序》。吊文并序，乃陆机游秘阁而见曹操遗令所作。所谓“览见遗籍以慷慨，献兹文而凄伤”。他的伤怀、慷慨，皆为曹操而发，并不像贾谊作《吊屈原文》，既吊屈子又吊自己。而且他吊曹操，隐含讥讽之意，故张溥谓“(其)吊魏武而老奸掩袂”(《汉魏六朝百三家集题辞·陆平原集题辞》)，黄侃亦谓“此文诮辱魏武，亦云尽酷，特托云伤怀耳”。“吊文之发，不自伤情，明矣。”(《文选平点》)

张、黄所言，盖因陆文写到曹操临终系念姬妾、幼子、余香、衣裘，而所托付终未如愿之事，及作者因此而生发的慨叹式议论而起。其实，曹操生为英雄，临终犹“大恋”人生，系心所爱，正反映出人性的多重性以及人难以超越生死大限的悲剧性。他切切嘱托后事的无奈举动，说明他与俗人本无大异。陆机以儒家“完人”标准要求曹操，故睹遗令而生“怪”，因“怪”而“忾然叹息”。于是便以慷慨之心论述其事。慨叹即含贬意，凄伤愈甚而讥意愈深。

此篇序、文篇幅相当，同有闳赡之美。刘勰说“陆机之吊魏武，序巧而文繁”(《文心雕龙·哀吊》)，当指其序、文皆巧、皆繁。序、文皆巧，是说二者均巧于托伤怀以消辱；序、文皆繁，是说二者因详说其事、尽致其慨和内容重复所带来的文字繁复。

陆机和潘岳同为太康主流诗风、赋风、文风的代表者。其区别大抵在于“陆氏之文工而缛，潘氏之文虽绮而清”(刘师培《中国中古文学史》第四课)。就散文而言，潘、陆之作，无疑继承的是汉代新儒家散文的艺术传统。除艺术精神一脉相承外，主要是继承了东汉以来班、张、崔、蔡由句尚整齐、语求华美所带来的典雅温醇、词采绮茂、文气阐缓的文风。故为文绮茂，词赡藻丽，是他们的共同点。相对而言，文词华美、雅练，则潘不如陆；用语清省、浅近，则潘远胜于陆。潘富于情，多抒怀之作，尤其善于触类而长，巧于叙悲，虑赡辞变，易入新切，而“触类”之“类”多寻常事物。特点是以诗为文。即使用整齐句式，并不刻意求对。陆饶于气，多说理文字，思能入巧，惯于述史事以作论，引书以助论，辩理精微。特点是以赋为论，多用排偶句式。

第四节　左思的诗、赋和刘琨的诗、文

一、左思的诗、赋

左思(250？—305？)字太冲，临淄(今山东淄博)人。家世儒学。父左熹官至殿中侍御史。左思“貌寝口讷，而辞藻壮丽。不好交游，惟以闲居为事”(《晋书·左思传》)。其妹左棻以文才为武帝所赏识，先后拜美人、修仪、贵嫔，终以色微不见宠。因妹进宫，左思移家京师，曾对入仕抱有很大希望，但为官仅至秘书郎而已。这固然与西晋世家大族把持仕途、压制寒门才俊有关，也与左思貌丑口讷、不持仪饰、短于社交和显现才干，以致引起时人误会(《左思别传》即谓“思为人无吏干，而有文才，又颇以椒房自矜，故齐人不重也”)有关。他虽曾厕身贾谧二十四友之中，不过以文显名而已。后来谧诛棻逝，便退居宜春里。永兴元年(304)，张方纵暴洛阳，左思举家迁往冀州，数年后因病而亡。

左思最著名的诗，是组诗《咏史》八首。组诗非一时一地之作，写诗人

多重心理感受。共同特点是气盛词壮，充满愤愤不平的感情，对豪门世族及其赖以为生的门阀制度作了有力的抨击和反抗，具有鲜明的思想倾向性。可谓骨力刚健，风格明快。他是真有所感，言从心出，写起来一气呵成，一点也不像太康年间有些诗人那样一味在语言的华美、对偶等形式上下功夫。

《咏史》八首外表典雅，内含幽怨悲愤，言词精警，借写古人古事而表现诗人的性情、怀抱，题为咏史，实是典型的抒情诗。《咏史》其一全未涉及史事，而是直抒怀抱，写自己的文才武略和抱负。诗云：

弱冠弄柔翰，卓荦观群书。
著论准《过秦》，作赋拟《子虚》。
边城苦鸣镝，羽檄飞京都。
虽非甲胄士，畴昔览穰苴。
长啸激清风，志若无东吴。
铅刀贵一割，梦想逞良图。
左眄澄江湘，右盼定羌胡。
功成不受爵，长揖归田庐。

诗人讲他即使才能不大也总希望能发挥一下作用，话说得恳切，言词中已隐含抱利器而无所施的巨大苦闷。《咏史》其三直谓“吾希段干木，偃息藩魏君。吾慕鲁仲连，谈笑却秦军”，表达诗人欲建不世之功的理想；同时又借对段、鲁“功成耻受赏，高节卓不群”的称赞，表明志在为国建功而不以富贵为念的情怀。《咏史》其四咏扬雄，极写其生前不得意，特别用出入金、张、许、史显贵之家的王侯的显赫、热闹来衬写其“寂寂”、“寥寥”，而盛赞其“言论准宣尼，辞赋拟相如。悠悠百世后，英名擅八区”，实是借扬雄说自己，其中有自我安慰式的高自期许，更多的是对其落寞境遇的慨叹。《咏史》其二说出了产生这种境遇的由来：

郁郁涧底松，离离山上苗。
以彼径寸茎，荫此百尺条。
世胄蹑高位，英俊沉下僚。
地势使之然，由来非一朝。
金张藉旧业，七叶珥汉貂。
冯公岂不伟，白首不见招。

“世胄蹑高位，英俊沉下僚”，揭露的是“上品无寒门，下品无世族”的现象，而这正是造成他良图难展的原因。诗以比兴开头，接着点出现实特点，然后用“由来非一朝”过渡到古人古事。诗中古人古事，不过对指明的现实情况起一种映衬作用。《咏史》其五：

皓天舒白日，灵景耀神州。
列宅紫宫里，飞宇若云浮。
峨峨高门内，蔼蔼皆王侯。
自非攀龙客，何为欻来游?
被褐出阊阖，高步追许由。
振衣千仞冈，濯足万里流。

这是组诗中情感最为激昂的一篇。它表现出诗人对世俗生活的鄙视，反映了庶族地主知识分子对世家大族的抗议、憎恶和厌弃。诗以气势胜，开篇即写明亮的天空里展现一轮白日，接着在这个大场面下写都市的富丽，出以连云甲第，蔼蔼王侯，气势可谓盛矣。然后用“自非攀龙客”一转，在自己和王侯之间划一界限。下面再写到自己的向往，最后说到他要“振衣千仞冈，濯足万里流”。一个人站在千仞高的山冈上抖落从人间带来的烦恼，站在万里奔流的江河中洗涤脚上所沾染的尘世污垢，这是多么高大的形象。诗中所写的脱俗境界和诗人自重的气概早把蔼蔼王侯的气焰压下去了。诗的写法是欲抑先扬，它所表现的思想、气度和《咏史》其六中说的“高眄邈四海，豪右何足陈？贵者虽自贵，视之若埃尘。贱者虽自贱，重之若千钧”是一致的，都表现出诗人“贱者”自尊、自贵的人格精神和对豪门世族的极端鄙视。

左思的《咏史》诗，并非专咏一人一事而即兴抒慨，更不是拈来一人一事明白断案，将咏史写成史论。而是名为咏史，实为咏怀。他是以我为主，以古人古事为宾，借古人古事抒写现实人生感慨。说到动情处，激愤之词便脱口而出。由于以写性灵为主，而出语以气运词，故诗中所言古人古事，往往起有象喻其志、佐证其说、激发其慨的作用。具体写法，则“或先述己意而以史事证之，或先述史事而以己意断之，或止述己意而史事暗合，或止述史事而己意默寓”（张玉谷《古诗赏析》卷十一）。

除《咏史》八首外，左思另有《招隐诗》二首和《杂诗》一首。前者立意与《咏史》其五有相近处，中言“非必丝与竹，山水有清音”堪称名句。后者写景亦有妙句，如谓“明月出云崖，皦皦流素光”，即是。又有四言诗《悼离赠妹诗》二首，写送妹入宫时的离别之情。既写左棻文思敏捷，辞采华美，所谓“幽思泉涌，乃诗乃赋。飞翰云浮，摛藻星布”，又对她劝勉有加，足见兄长情深。颇能显出左思慈父情怀的，是他的《娇女诗》：

吾家有娇女，皎皎颇白皙。
小字为纨素，口齿自清历。
鬓发覆广额，双耳似连璧。
明朝弄梳台，黛眉类扫迹。
浓朱衍丹唇，黄吻澜漫赤。
娇语若连琐，忿速乃明㦎。
握笔利彤管，篆刻未期益。
执书爱绨素，诵习矜所获。
其姊字惠芳，面目灿如画。
轻妆喜楼边，临镜忘纺绩。
举觯拟京兆，立的成复易。
玩弄眉颊间，剧兼机杼役。
从容好赵舞，延袖像飞翮。
上下弦柱际，文史辄卷襞。
顾眄屏风画，如见已指擿。
丹青日尘暗，明义为隐赜。
驰骛翔园林，果下皆生摘。
红葩缀紫蒂，萍实骤抵掷。
贪华风雨中，倏忽数百适。
务蹑霜雪戏，重綦常累积。
并心注肴馔，端坐理盘槅。
翰墨戢函案，相与数离逖。
动为垆钲屈，屣履任之适。
止为荼荈据，吹嘘对鼎䥶。
脂腻漫白袖，烟薰染阿锡。
衣被皆重池，难以沈水碧。
任其孺子意，羞受长者责。
瞥目当与杖，掩泪俱向壁。

诗用许多细节描绘两个小女孩天真活泼的娇憨姿态，言语中流露出诗人不能自已的怜爱之情，题材新颖，叙写生动，其表现手法对后来同类诗作产生过大的影响。

总之，左思诗以气胜，他是身在太康而无太康习气的诗人。严羽即谓“晋人舍陶渊明、阮嗣宗外，唯左太冲高出一时，陆士衡独在诸公之下”(《沧浪诗话》)。钟嵘说左思“文典以怨，颇为精切，得讽谕之致”(《诗品》上)。陈祚明则谓“太冲一代伟人，胸次浩落，洒然流咏。似孟德而加以流丽，仿子建而独能简贵。创成一体，垂式千秋。其雄在才，而其高在志”(《采菽堂古诗选》卷十一)。沈德潜说：“太冲胸次高旷，而笔力又复雄迈，陶冶汉、魏，自制伟词，故是一代作手，岂潘、陆辈所能比埒!”(《古诗源》卷七)这些评论都很中肯。

左思最有特色的辞赋，是《三都赋》和《白发赋》。

史载：“(思)造《齐都赋》，一年乃成。复欲赋三都，令妹棻入宫，移家京师，乃诣著作郎张载，访岷、邛之事。遂构思十年，门庭藩溷，皆著笔纸，遇得一句，即便疏之。自以所见不博，求为秘书郎。及赋成，时人未之重。思自以其作不谢班、张，恐以人废言，安定皇甫谧有高誉，思造而示之。谧称善，为其赋序，张载为注《魏都》，刘逵注《吴》、《蜀》，而序之曰：‘观中古以来，为赋者多矣。相如《子虚》，擅名于前；班固《两都》，理胜于辞；张衡《二京》，文过其意。至若此赋，拟议数家，傅辞会义，抑多精致，非夫研核者不能练其旨，非夫博物者不能统其异。世咸贵远而贱近，莫肯用心于明物。斯文吾有异焉，故聊以余思为其引诂……’陈留卫瓘又为思赋作《略解》，序曰：‘余观《三都》之赋，言不苟华，必经典要，品物殊类，禀之图籍，辞义瑰玮，良可贵也……’自是之后，盛重于时。司空张华见而叹曰：‘班、张之流也，使读之者，尽而有余，久而更新。’于是豪贵之家，竞相传写，洛阳为之纸贵。初陆机入洛，欲为此赋，闻思作之，抚掌而笑，与弟云书曰：‘此间有伧父欲作《三都赋》，须其成，当以覆酒瓮耳。’及思赋出，机绝叹伏，以为不能加也，遂辍笔焉。”(《晋书·左思传》)

《三都赋》为《蜀都赋》、《吴都赋》、《魏都赋》的合称。三赋分别以三国时代蜀都益州、吴都建业、魏都邺城之事为题材，极言“蜀都之富”、“大吴之巨丽”、“魏都之卓荦”。而在结构上相互关联，即用“西蜀公子言于东吴王孙”的方式说蜀都，用“东吴王孙”笑答西蜀公子的方式说吴都，用“魏国先生”对蜀、吴二客郑重相告的方式说魏都，最后写到“先生之言未卒，吴、蜀二客矆焉相顾、睽焉失所……侇墨而谢”，直谓“日不双丽，世不两帝，天经地纬，理有大归，安得齐给守其小辩也哉”。显然，其结构形式从司马相如《子虚赋》、《上林赋》中来，吴、蜀二客对魏国先生扬魏抑吴、抑蜀之诚服，即《三都赋》立意所在。从晋承魏统的角度看，作者肯定魏都之卓荦，实于西晋统一天下有颂扬之意。

《三都赋》和两汉京都大赋在写法上的不同，主要是言物必“依其本”，叙事必“本其实”。作者这样写，是有针对性的。其序云：

盖诗有六义焉，其二曰赋。扬雄曰：“诗人之赋丽以则。”班固曰：“赋者，古诗之流也。”先王采焉，以观土风……然相如赋《上林》而引“卢橘夏熟”，扬雄赋《甘泉》而陈“玉树青葱”，班固赋《西都》而叹以“出比目”，张衡赋《西京》而述以“游海若”，假称珍怪，以为润色，若斯之类，匪啻于兹。考之果木则生非其壤，校之神物则出非其所，于辞则易为藻饰，于义则虚而无徵。且夫玉卮无当，虽宝非用；侈言无验，虽丽非经。而论者莫不诋讦其研精，作者大抵举为宪章。积习生常，有自来矣。余既思慕《二京》而赋《三都》，其山川城邑，则稽之地图；其鸟兽草木，则验之方志。风谣歌舞，各附其俗；魁梧长者，莫非其旧。何则？发言为诗者，咏其所志也；升高能赋者，颂其所见也。美物者贵依其本，赞事者宜本其实。匪本匪实，览者奚信？且夫任土作贡，《虞书》所著；辨物居方，《周易》所慎。聊举其一隅，摄其体统，归诸诂训焉。

左思不满意汉大赋“假称珍怪，以为润色”的做法，故作《三都赋》言三都之山川、鸟兽草木以及风谣歌舞皆有依据。其写实观念的形成，可能与太康文士治学看重博物知识的风气有些关系。而用“美物者贵依其本，赞事者宜本其实”指导大赋写作，都是他的创新。正因如此，故其赋言山川，几可视为三国山川志；言鸟兽草木，几可视为三国鸟兽草木志；言风谣歌舞，几可视为三国风谣歌舞志，其博、其真如此，无怪乎热爱博物知识者竞相传写。当然，左思作赋言必依本求实的做法，对汉大赋体物言事想像、夸张以至以无为有、以虚为实的手法是一大突破，但也带来了恢宏气势、瑰丽境界和黼黻藻采的丢失，故其赋并不以气盛辞美取胜。

左思的《白发赋》，是一篇具有调笑性质的小赋。赋用白发将拔时与主人的对话，抒发作者平生不能为时所用的牢骚。赋云：

星星白发，生于鬓垂。虽非青蝇，秽我光仪。策名观国，以此见疵。将拔将镊，好爵是縻。白发将拔，惄然自诉：“禀命不幸，值君年暮。逼迫秋霜，生而皓素。始览明镜，惕然见恶。朝生昼拔，何罪之故？子观橘柚，一皓一晔。贵其素华，匪尚绿叶。愿戢子之手，摄子之镊。""咨尔白发，观世之途，靡不追荣，贵华贱枯。赫赫阊阖，蔼蔼紫庐。弱冠来仕，童髫献谟。甘罗乘轸，子奇剖符。英英终贾，高论云衢。拔白就黑，此自在吾。"白发临欲拔，瞑目号呼："何我之冤！何子之误！甘罗自以辩惠见称，不以发黑而名著。贾生自以良才见异，不以乌鬓而后举。闻之先民，国用老成。二老归周，周道肃清。四皓佐汉，汉德光明。何必去我，然后要荣？""咨尔白发，事各有以。尔之所言，非不有理。曩贵耆耋，今薄旧齿。皤皤荣期，皓首田里。虽有二毛，河清难俟。随时之变，见叹孔子。"发乃辞尽，誓以固穷。昔临玉颜，今从飞蓬。肤发至昵，尚不克终。聊用拟辞，比之国风。

赋中说"曩贵耆耋，今薄旧齿……虽有二毛，河清难俟"，表明作者对今生为世所用已经绝望。小赋寓庄于谐，虽托胎于扬雄的《逐贫赋》，泄愤抒慨，实较扬赋沉痛得多。其不掩性情处，实与《咏史》诗相通。

二、刘琨的诗、文

刘琨(271—318)，字越石，中山魏昌(今河北无极县东北)人。他出身士族，早有才名。西晋末年，北方少数民族首领常常率众南扰，刘琨与祖逖为友，闻鸡起舞，志在澄清中原。后闻祖逖为朝廷所用，与亲友作书说："吾枕戈待旦，志枭逆虏，常恐祖生先吾著鞭。"(《晋书·刘琨传》)刘琨年轻时好庄、老，尚清谈，与石崇、陆机等人同为贾谧"二十四友"。永嘉元年(307)，拜并州刺史，招募流亡与刘渊、刘聪对抗，兵败，父母遇害。建兴三年(315)，都督幽、并、冀三州诸军事，进司空，为石勒所败，投奔幽州刺史鲜卑人段匹磾，因子刘群得罪段氏，为其所害。

刘琨今存诗四首，均为后期所作。其诗格调悲壮，诗人"善为凄戾之词，自有清拔之气……善叙丧乱，多感恨之词"(钟嵘《诗品》中)，表现出一位失路英雄的悲哀。《重赠卢谌》中说："功业未及建，夕阳忽西流。时哉不我与，去乎若云浮。朱实陨劲风，繁英落素秋。狭路倾华盖，骇驷摧双辀。何意百炼钢，化为绕指柔！"这是刘琨被段匹磾囚禁后写给卢谌(刘琨的主簿)的诗。他在诗中述怀抱，写幽愤，言其处境险恶，英雄途穷，功业未建，壮心瓦解，此悲此恨，终天难尽。与此诗同一感慨，更显得情感迂回、纠结的，是代表作《扶风歌》。诗云：

朝发广莫门，暮宿丹水山。
左手弯繁弱，右手挥龙渊。

顾瞻望宫阙，俯仰御飞轩。
据鞍长叹息，泪下如流泉。
系马长松下，发鞍高岳头。
烈烈悲风起，泠泠涧水流。
挥手长相谢，哽咽不能言。
浮云为我结，归鸟为我旋。
去家日已远，安知存与亡？
慷慨穷林中，抱膝独摧藏。
麋鹿游我前，猿猴戏我侧。
资粮既乏尽，薇蕨安可食？
揽辔命徒侣，吟啸绝岩中。
君子道微矣，夫子故有穷。
惟昔李骞期，寄在匈奴庭。
忠信反获罪，汉武不见明。
我欲竟此曲，此曲悲且长。
弃置勿重陈，重陈令心伤。

永嘉元年(307)，刘琨出任并州刺史而有此作。诗中写他离开国门踏上征途后对都城的顾瞻依恋，写征途上的艰困，写他对事业、前途的忧虑，处处表现出动乱时代的气氛。诗人此次北上面对强敌，而自己军力薄弱，存亡很难预料，何况当时统治集团内部相互残杀，他不得不对朝廷存有戒心。因而一路上愁思百结，心绪悲凉，发而为诗，则慷慨悲歌，莽莽苍苍。这种清拔刚健的诗风，上追建安，是太康诗人所无法比拟的，故元好问说："曹刘坐啸虎生风，四海无人角两雄。可惜并州刘越石，不教横槊建安中！"(《论诗绝句》)

刘琨后期所作散文，最有特色的是表、书和盟文。

刘琨《为并州刺史到壶关上表》，说他离开洛阳到晋阳赴任、到达壶关前沿途所见社会惨象、所经艰难险阻和自己的惨痛心情，至为翔实感人。如云：

九月末得发，道险山峻，胡寇塞路。辄以少击众，冒险而进，顿伏艰危，辛苦备尝，即日达壶口关。臣自涉州疆，目睹困乏，流移四散，十不存二，携老扶弱，不绝于路。及其在者，鬻卖妻子，生相捐弃，死亡委危，白骨横野，哀呼之声，感伤和气。群胡数万，周匝四山，动足遇略，开目睹寇，唯有壶关，可得告籴。而此二道，九州之险，数人当路，则百夫不敢进，公私往反，没丧者多。婴守穷城，不得薪采，耕牛既尽，又乏田器。以臣愚短，当此至难，忧如循环，不遑寝食。

其《与丞相笺》(一)亦云："不得进军者，实困无食。残民鸟散，拥发徒跣。录召之日，皆披林而至，衣服蓝缕，木弓一张，荆矢十发，编草盛粮，不盈十日。夏则桑椹，冬则营豆。视此哀叹，使人气索。想吴、孙、韩、白，犹或难之，况以琨怯弱凡才，而当率此以殄强寇！"一表一笺，叙事抒慨，情词无异。都是实话实说，极少修饰，故文字质朴，用语浅显。虽有以四言为词组或短句者，并不力求偶对。

刘琨作有四篇《劝进表》，都是劝司马睿即帝位的，唯《文选》所录者为完篇。

此为刘琨在蓟州以他与段匹磾等一百八十人名义所上之表，作于建兴五年(317)六月。

表文层次分明，语义递进，各段均以"臣琨、臣磾顿首顿首、死罪死罪"领起。大抵一说君王的责任是"对越天地、司牧黎元"，故圣帝明王"知天地不可以乏飨，故屈其身以奉之；知黎元不可以无主，故不得已而临之"。又谓三皇五帝以来，"社稷有难，则戚藩定其倾；郊庙或替，则宗哲纂其祀"。此为全文之纲，也是作者劝进的最大道理。二说西晋形势的险恶。愍帝出降，晋已不晋，讲的正是"社稷有难"、"郊庙或替"。三说司马睿"玄德"、"圣姿"之美，句句落在"主晋祀者，非陛下而谁"。愿其"以社稷为务，不以小行为先；以黔首为忧，不以克让为事"。仍是对首段"郊庙或替，则宗哲纂其祀"的发挥。就文脉言，此段"天命未改，历数有归"，和上段说"厄运之极，古今未有"，过接最紧。四说"尊位不可久虚"，谓司马睿当速即帝位。

此表写得庄重、恳切。"辞虽劝进，义切复仇"(张溥《汉魏六朝百三家集题辞·刘中山集题辞》)，故时作慷慨语，时作悲凉语。真所谓"文致耿介"(《文心雕龙·章表》)，"劲气直词，回薄霄汉"(张溥《汉魏六朝百三家集题辞·刘中山集题辞》)。其中"顿首、顿首、死罪、死罪"五次出现，对突出刘琨等人劝进的悃诚之心，起了反复渲染的作用。又表中对句很多，说理爱用故事，叙事、抒情喜作形容语。但语义明白易晓，文字朗畅上口，无深芜之弊。

刘琨作书，书作文风常视受书对象特点而定。如《与石勒书》，因石勒投靠刘聪而作。受书者与作者并非同一政治营垒中人，而刘琨作书是要石勒接受晋室封号，带有"外交"性质，故书中说理虽然直露，行文却很注意出语的巧妙和句式的整对。无论说建功立业贵在“得主”，还是讲投靠刘聪之弊和归顺晋室之利，都是尽言其理、广引其例。末言对方善于用兵，更是称誉有加。书中用语，奇偶相济，显得文气很盛而有顿挫之势。

《答卢谌书》出语悲怆，而词采雅丽，亦因对方来书文雅所致。卢谌原为刘琨从事中郎，段匹磾为幽州牧，卢即求为段氏别驾。卢谌致书刘琨，附赠诗一首。刘琨作书也回诗一首，不过，卢书止于忆念二人交往之情，以道其离别故主之意。刘琨作答，除回应卢书之意外，还感念时艰，用回顾人生经历、感受和前后对照的手法，抒发其“积惨”之恨。不但内容深广得多，书中气劲词直，文采熠熠，也高出卢书许多。如书中说：

琨顿首。损书及诗，备辛酸之苦言，畅经通之远旨，执玩反复，不能释手。慨然以悲，欢然以喜。昔在少壮，未尝检括，远慕老、庄之齐物，近嘉阮生之放旷，怪厚薄何从而生，哀乐何由而至。自倾辀张，困于逆乱，国破家亡，亲友凋残。负杖行吟，则百忧俱至；块然独坐，则哀愤两集。时复相与，举觞对膝，破涕为笑。排终身之积惨，求数刻之暂欢。譬由疾疢弥年，而欲以一丸消之，其可得乎？

夫才生于世，世实须才。和氏之璧，焉得独曜于郢握？夜光之珠，何得专玩于随掌？天下之宝，当与天下共之。但分析之日，不能不怅恨耳。然后知聃周之为虚诞，嗣宗之为妄作也。

此书多用整齐句式，但并不是骈文。众多整齐的句子只是字数相当，词义对偶者少，至于音韵更未做到“一简之内，音韵尽殊；两句之中，轻重悉异”。充其量只能称作句尚整齐的散文，但它描叙心情、抒发感受，却形容得好。书中句式整散结合，所用譬喻浅显，却展开来说。故语随情出，既跌宕有致，又具有自然、朗畅之美。

刘琨《与段匹磾盟文》，系与鲜卑贵族政治代表人物段匹磾歃血盟誓共讨石勒而作。盟文前写盟誓背景，所谓“天不静晋，难集上邦”，“二虏交侵，区夏将泯”；中写盟誓缘由，所谓“大惧丑类猾夏，王旅陨首丧元，尽其臣礼”，无不体现两人结盟以效忠晋室、翼戴天子、驱虏救国为最高原则。末写结盟誓言，患难与共，亦以“尽忠竭节以翦夷二寇”为前提。故全文意高词壮，显得正气凛然。文云：

天不静晋，难集上邦。四方豪杰，是焉扇动。乃凭陵于诸夏，俾天子播越震荡，罔有攸底。二虏交侵，区夏将泯；神人乏主，苍生无归。

百罹备臻，死丧相枕。肌肤润于锋镝，骸骨曝于草莽。千里无烟火之庐，列城有兵旷之邑。兹所以痛心疾首，仰诉皇穹者也。

臣琨蒙国宠灵，叨窃台岳；臣磾世效忠节，忝荷公辅。大惧丑类猾夏，王旅陨首丧元，尽其臣礼。古先哲王，贻厥后训，所以翼戴天子、敦序同好者，莫不临之以神明，结之以盟誓。故齐桓会于邵陵，而群后加恭；晋文盟于践土，而诸侯兹顺。加臣等介在遐鄙，而与主相去迥辽；是以敢干先典，刑牲歃血。

自今日既盟之后，皆尽忠竭节，以翦夷二寇。有加难于琨，磾必救；加难于磾，琨亦如之。缱绻齐契，披布胸怀，书功金石，藏于王府。有渝此盟，亡其宗族，俾坠军旅，无其遗育！

誓言铮铮，可惜刘琨竟为段氏所害。刘勰评议古代政治家盟誓之事，以为“义存则克终，道废则渝始，崇替在人，咒何预焉。若夫臧洪歃辞，气截云蜺；刘琨铁誓，精贯霏霜，而无补于晋、汉，反为仇雠。故知信不由衷，盟无益也”(《文心雕龙·祝盟》)。刘、段盟誓无济于事，确如刘勰所言。不过，主因在于段氏亡义废道，信不由衷。就刘琨说来，还是有至诚之心的，不然，其盟文就没有“精贯霏霜”的“铁誓”之辞。

第五节　张载、张协等人的诗、赋、文

一、张载的诗、赋、文

张载(生卒年不详)，字孟阳，安平观津(今河北武邑)人。太康中初为佐著作郎，迁弘农太守，复为著作郎。永安中为长沙王乂记室督，拜中书侍郎，后复领著作郎。见世纷乱，称疾而归。载文才富赡，受到傅玄的赏识，曾与华畅同撰《晋书》。与弟张协、张亢同以才藻名世，时称“三张”。

张载擅长五言古诗的写作。早年入蜀，作有《登成都白菟楼诗》。诗以铺陈手法写成都人文、地理、物产和富家生活之美，而以“人生苟安乐，兹土聊可娱”作结。立意不深，却也写出了古代成都适宜人类安乐闲居的特点。中言“披林采秋橘，临江钓春鱼。黑子过龙醢，果馔逾蟹蝑。芳茶冠六清，溢味播九区”，描叙中流露欣喜之意。虽然造句有追求偶对倾向，毕竟出语轻快、自然。与此诗风格大异的，是他后期的代表作《七哀诗》二首。诗云：

北芒何垒垒，高陵有四五。
借问谁家坟？皆云汉世主。
恭文遥相望，原陵郁膴膴。
季世丧乱起，贼盗如豺虎。
毁壤过一抔，便房启幽户。
珠匣离玉体，珍宝见剽虏。
园寝化为墟，周墉无遗堵。
蒙茏荆棘生，蹊径登童竖。
狐兔窟其中，芜秽不复扫。
颓陇并垦发，萌隶营农圃。
昔为万乘君，今为丘中土。
感彼雍门言，凄怆哀今古。

——《七哀诗二首》其一

秋风吐商气，萧瑟扫前林。
阳鸟收和响，寒蝉无余音。
白露中夜结，木落柯条森。
朱光驰北陆，浮景忽西沉。
顾望无所见，唯睹松柏阴。
肃肃高桐枝，翩翩栖孤禽。
仰听离鸿鸣，俯闻蜻蛚吟。
哀人易感伤，触物增悲心。
丘陇日已远，缠绵弥思深。
忧来令发白，谁云愁可任？
徘徊向长风，泪下沾衣襟。

——《七哀诗二首》其二

二诗均写诗人的现实人生感受。其一借写诗人目睹汉主陵墓毁坏惨象的感慨言之，其二借写林中秋风萧瑟、秋景惨淡、秋声凄厉使诗人触物生悲言之。诗中虽无建安诗歌“生民百遗一”、“路有饥妇人”那样的具体描写，但读诗却能使人想见西晋八王之乱给社会带来的灾难之重和士人身处乱世如何忧心忡忡。其“季世丧乱起，贼盗如豺虎”，“感彼雍门言，凄怆哀今古”，以及“忧来令发白，谁云愁可任。徘徊向长风，泪下沾衣襟”，皆为悯世生悲之言。诗人辞官归里以避祸，或不足道，但其诗直面现实的精神却与建安诗歌相通，重在表现忧悲感受而不直言其事的抒情风格则与阮籍《咏怀》相近。钟嵘说“孟阳诗，乃远惭厥弟，而近超两傅”（《诗品》下），言超两傅（玄、咸）者，当指《七哀》等诗直写现实人生感受而言。

张载赋、文为当时所重者，为《濛汜池赋》和《剑阁铭》。

《濛汜池赋》作于洛阳。史载赋为傅玄所赏，以至以车迎载，言谈终日，为之延誉于士林。《濛汜池赋》已无完篇存世，从残篇可见此赋所写当为水池所处位置、池上景象以及天子临池渔钓之乐，妙在写景状物生动，语言节奏感强。张载今存其他赋作亦多为咏物之作，且多为残篇，可以不论。唯《叙行赋》纪其随父入蜀途中经历，较有特色。如云：“出潼关以回逝，仰华岳之崔嵬。勤大禹之疏导，豁龙门之洞开。舍予车以步趾，玩卉木之璀错。翳青青之长松，荫肃肃之高柞。缘阻岑之绝壁，蹈偏梁之悬阁。石壁立以切天，岌嶒隗其欲落。超阳平而越白水，稍幽蔆以回深。秉重峦之百层，转木末于九岑。浮云起于毂下，零雨集于麓林。上昭晰以清阳，下杳冥而昼阴。闻山鸟之晨鸣，听玄猿之夜吟。虽处者之所乐，嗟寂寞而愁予心。造剑阁之崇关，路盘曲以晻蔼。山峥嵘以峻狭，仰青天其如带。”叙行如同记游。难得的是选材较严，并不是走一路记一路。而记游又不专记所见，还说到身经其地的种种联想和感受。写景善于形容，句式大体整齐而富于变化，表明作者描叙能力很强。

《剑阁铭》也是张载随父入蜀以后的作品。史载“益州刺史张敏见而奇之，乃表上其文，世祖（晋武帝）遣使镌石记焉”（臧荣绪《晋书》）。铭文云：

岩岩梁山，积石峨峨。
远属荆衡，近缀岷嶓。
南通邛僰，北达褒斜。
狭过彭碣，高逾嵩华。
唯蜀之门，作固作镇。
是曰剑阁，壁立千仞。
穷地之险，极路之峻。
世浊则逆，道清斯顺。
闭由往汉，开自有晋。
秦得百二，并吞诸侯。
齐得十二，田生献筹。
矧兹狭隘，土之外区？

一人荷戟，万夫趑趄。
形胜之地，非亲勿居。
昔在武侯，中流而喜。
河山之固，见屈吴起。
洞庭孟门，二国不祀。
兴实由德，险亦难恃。
自古及今，天命不易。
凭阻作昏，鲜不败绩。
公孙既没，刘氏衔璧。
覆车之轨，无或重迹。
勒铭山阿，敢告梁益。

铭文要义在于对西晋政权正统地位的维护，关键句为“自古及今，天命不易。凭阻作昏，鲜不败绩”。写法则融写景、叙事、议论为一体，实写其险要形势以道“形胜之地，非亲勿居”；借史事以作议论以警告野心家不要重蹈前代割据者的“覆车之轨”。刘勰说“张载《剑阁》，其才清采……勒铭岷、汉，得其宜矣”(《文心雕龙·铭箴》)，实谓《剑阁铭》以文采清雅取胜，其说甚是。

二、张协的诗、文

张协(255？—310？)，字景阳，初辟公府掾，官至中书侍郎，转河间内史。时天下已乱，遂弃绝人事，屏居草泽，以吟咏自娱。永嘉初征为黄门侍郎，不就。

张协今存诗十二首，《杂诗十首》为代表作。诗写诗人晚年的多种人生感受。如云：

秋夜凉风起，清气荡暄浊。
蜻蛚吟阶下，飞蛾拂明烛。
君子从远役，佳人守茕独。
离居几何时，钻燧忽改木。
房栊无行迹，庭草萋以绿。
青苔依空墙，蜘蛛网四屋。
感物多所怀，沈忧结心曲。

——《杂诗十首》其一

大火流坤维，白日驰西陆。
浮阳映翠林，回飙扇绿竹。
飞雨洒朝兰，轻露栖丛菊。
龙蛰暄气凝，天高万物肃。
弱条不重结，芳蕤岂再馥。
人生瀛海内，忽如鸟过目。
川上之叹逝，前修以自勖。

——《杂诗十首》其二

金风扇素节，丹露启阴期。
腾云似涌烟，密雨如散丝。
寒花发黄采，秋草含绿滋。
闲居玩万物，离群恋所思。
案无萧氏牍，庭无贡公綦。
高尚遗王侯，道积自成基。
至人不婴物，余风足染时。

——《杂诗十首》其三

朝霞迎白日，丹气临旸谷。
翳翳结繁云，森森散雨足。
轻风摧劲草，凝霜竦高木。
密叶日夜疏，丛林森如束。
畴昔叹时迟，晚节悲年促。
岁暮怀百忧，将从季主卜。

——《杂诗十首》其四

昔我资章甫，聊以适诸越。
行行入幽荒，欧骆从祝发。
穷年非所用，此货将安设？
瓴甋夸玙璠，鱼目笑明月。
不见郢中歌，能否居然别？
阳春无和者，巴人皆下节。
流俗多昏迷，此理谁能察？

——《杂诗十首》其五

其一写思妇感时感物的怀远之情。其二写诗人的人生感悟，谓人生倏忽而过，当思前修自勖奋进之心。其三写诗人遁世闲居的自得情怀。其四写诗人晚年岁暮百忧萦怀的感受。其五写诗人对“流俗多昏迷”不能明察世间真假、高下、雅俗之别的感慨。张协《杂诗十首》其九说：“重基可拟志，回渊可比心。养真尚无为，道胜贵陆沉。游思竹素园，寄辞翰墨林。”这几句诗实已道出《杂诗》抒怀言志的特点。

一是组诗部分诗篇的艺术精神是以儒学思想为本，同时也有部分诗篇的艺术精神，是以玄学“养真”、“无为”等人生理念为本。

二是抒怀言志多通过议论方式完成，而议论说理，往往紧承所写所见自然景象、所处环境、所经事件而发。就兴感而言，诗人是“感物多思情”（其六）或“游思竹素园”；就写作而言，则将“感物”之“物”或“竹素园”之景转化成诗中之景之事，而将其“思情”或“游思”所及，转化成议论或慨叹。

三是抒怀言志，除寓意（情、理）于景（事）外，常以比喻言之，如“重基可拟志，回渊可比心”云云。

四是由于借景（事）作论以抒怀言志，《杂诗》诗风舒缓。尤为突出的是诗中景句络绎，且出语精妙。这是一种迹象，表明诗到晋代，自然山水景物已逐渐进入诗中，即将成为诗的一个重要内容了。

张协另有《咏史诗》，借写西汉二疏（广、受）荣归故里为“群公”相送事，称美他们“达人知止足，遗荣忽如无”，以表达自己的人生选择。表现手法与《杂诗十首》其五并无大异。钟嵘说张协“文体华净，少病累。又巧构形似之言。雄于潘岳，靡于太冲。风流调达，实旷代之高手。词采葱蒨，音韵铿锵，使人味之亹亹不倦”（《诗品》卷上），主要是就其《杂诗十首》而论。

张协《七命》为《文选》所收，与枚乘《七发》、曹植《七启》同被萧统视为“七体”之代表作。《七命》构思思路及结构形式都从《七发》中来。文中“冲漠公子”“含华隐曜。嘉遁龙盘，玩世高蹈。游心于浩然，玩志乎众妙。绝景乎大荒之遐阻，吞乎幽山之穷奥”，分明是一位受到过玄学人生观影响的隐者。“殉华大夫”说以六事，冲漠公子皆谓“余病未能力”，而末言“有晋之融皇风”，公子却“蹶然而兴”。并谓“向子诱我以聋耳之乐、栖我以蔀家之屋，田游驰荡，利刃骏足，既老氏之攸戒，非吾人之所欲，故靡得应子。至闻皇风载韪，时圣道醇，举实为秋，摛藻为春。下有可封之民，上有大哉之君。余虽不敏，请寻后尘”。可见颂扬“有晋”“皇风”，乃此文立意所在。而从冲漠公子既守“老氏之攸戒”，又欲乘时而为，可以看出西晋部分文士儒、玄双修，相机而行的人生态度。张协本人就是能有为时则有为，不能有为时则隐退。至于《七命》体物、叙事、议论之工，亦有不亚于《杂诗十首》者。

张协有弟亢（生卒年不详），字季阳，东晋时拜散骑常侍，领佐著作郎。当时文名与二兄相侔，惜其诗、文消失殆尽，无以窥其文辞之美。

三、张翰、曹摅的诗歌

张翰（生卒年不详），字季鹰，吴郡吴（今江苏苏州）人。其父张俨为吴大鸿胪，著有《默记》。张翰有清才美望，博学善属文，造次立成，辞义清新。为人纵任不拘而性至孝，时人号为江东步兵。或谓之曰：“卿乃可纵适一时，独不为身后名耶？”答曰：“使我有身后名，不如即时一杯酒！”（《世说新语·任诞》）与人偶然自吴入洛，被齐王司马冏辟为东曹掾。因见世事纷乱，八王之乱在即，诸多名士遇害，便有东归之意。尝谓同郡顾荣曰：“天下纷纷未已，夫有四海之名者，求退良难，吾本山林间人，无望于时久矣。子善以明防前，以智虑后。”荣捉其手，怆然曰：“吾亦与子采南山蕨、饮三江水尔！”（《世说新语·识鉴》刘注引《文士传》）一日见秋风起，因思吴中菰菜羹、鲈鱼脍，曰：“人生贵得适意尔，何能羁官数千里以要名爵！”因作《思吴江歌》，云：“秋风起兮佳景时，吴江水兮鲈鱼肥。三千里兮家未归，恨难得兮仰天悲！”遂命驾便归。大抵张翰归吴实为避祸全身，为人放纵则与沾染玄风有关。

张翰四言诗有《赠张弋阳诗》七章和《周小史诗》。前者其一、其二忆念往日“幽林”“逍遥永日”之乐，就流露出诗人难以应世而以追求玄学人生境界为乐的情趣。诗云：

时道玄旷，阶轨难寻。
散缨放冕，负剑长吟。
昆弟等志，托兹幽林。
玄墨澄气，虚静和心。

——《赠张弋阳诗七章》其一

唯我友爱，缠绵往昔。
易尚去俗，携手林薄。
轻露给朝，遗英饱夕。
逍遥永日，何求何索。

——《赠张弋阳诗七章》其二

其五、其六、其七写离别之苦，又显出张翰一往有深情的一面。诗云：

将逝命驾，陟彼郊圻。
和鸾摇响，载驱载驰。
言告分别，言告言归。
心怨辞苦，张高弦哀。

——《赠张弋阳诗七章》其五

杨柳可卷，去在斯时。
流液可折，岂云旋归。
行役必偕，伤我长离。
借喻孤禽，矜翼翩栖。

——《赠张弋阳诗七章》其六

昔我惟乐，群居多畴。
今我斯怀，缠绵万里。
人亦有分，或通或否。
行矣免致，我诚永已。

——《赠张弋阳诗七章》其七

诗中抒怀，兼写景、叙事、议论而为之，虽以四言为句，却说得顺畅通达，情显意明。另一四言诗《周小史诗》，描写“年十有五”的幼童形象，虽偏于形体之美的描绘，但也显出诗人的体物工力。

张翰的五言诗，今存名篇有《杂诗三首》其一。诗云：

暮春和气应，白日照园林。
青条若总翠，黄华如散金。
嘉卉亮有观，顾此难久耽。
延颈无良途，顿足托幽深。
荣与壮俱去，贱与老相寻。
欢乐不照颜，惨怆发讴吟。
讴吟何嗟及？古人可慰心。

诗写暮春感物之思，流露出诗人老大已至而功名未遂的伤感情绪。从此诗可以看出，张翰处世态度的形成，也有深受儒家传统观念影响的一面。诗中“青条若总翠，黄华如散金”可称写景妙句。钟嵘即谓“季鹰‘黄华’之唱……虽不具美，而文采高丽，并得虬龙片甲，凤凰一毛”(《诗品》卷中)。

曹摅(？—308)，字颜远，谯国谯(今安徽亳县)人。魏大司马曹休曾孙。齐王司马冏执政，为其记室。永嘉二年为征南司马，讨流人王逌，败死。

曹摅有两首五言诗，被萧统收入《文选》“杂诗”类。诗云：

密云翳阳景，霖潦淹庭除。
严霜凋翠草，寒风振纤枯。
凛凛天气清，落落卉木疏。
感时歌“蟋蟀”，思贤咏“白驹”。
情随玄阴滞，心与回飙俱。
思心何所怀？怀我欧阳子。
精义测神奥，清机发妙理。
自我别旬朔，微言绝于耳。
褰裳不足难，清扬未可俟。
延首出阶檐，伫立增想似。

——《思友人》

富贵他人合，贫贱亲戚离。
廉蔺门易轨，田窦相夺移。
晨风集茂林，栖鸟去枯枝。
今我唯困蒙，郡士所背驰。
乡人敦懿义，济济荫光仪。
对宾颂有客，举觞咏“露斯”。
临乐何所叹？素丝与路歧！

——《感旧诗》

《思友人》写诗人感时感物产生的思友之情。除融情于景外，还通过写他情思的流动(“情随玄阴滞，心与回飙俱”)与举止的专注(“延首出阶檐，伫立增想似”)来显露其心。《感旧诗》写诗人“今我唯困蒙，郡士所背驰”的感慨，对故旧相轻、人情逐势有鞭挞意。诗中议论、叙事、抒怀兼而有之，尤其是“晨风集茂林，栖鸟去枯枝”二句，是议论，是叙事，是抒慨，也是写景，语浅意深，可谓佳句。

曹摅今存四言诗，全是赠答诗，而且赠答一人辄吟诗多章，如其《答赵景猷诗》共有二十一章之多。由于常以组诗形式出现，故赠答诗内容比较丰富。有自言其志的，如谓“道有夷险，遇有通否。骥不称力，士贵所履。识归要会，岂嫌途轨。苟非德义，于我糠粃”(《答赵景猷诗十一章》其五)。有述思友之情的，如谓“古人罔极，今我不爽。愿言所钦，唯子靡两。情存口咏，心忆目想。形游神还，身去意往。伫立不见，瞻望佛仿。婉娈西路，遗忧养养”(《答赵景猷诗九章》其七)。有言其志兼道处境艰难的，如谓“道贵无名，德尚寡欲。俗收其华，我执其朴。人取其荣，余守其辱。空巷湫隘，环堵浅局。肩墙弗暨，茅室不刈。潦必陵阶，雨则浸桷。仰惧濡首，俯惟涂足。妻孥之陋，如彼隶仆。布裳不袛，韦带三续。将乘白驹，归于空谷。隐士良苦，乐哉势族”(《赠王弘远诗》其一)。此外，还有颂扬受诗对象家世荣华的，有写对方才智之美的，也有专说自己落寞心境的，而以表达思慕之情居多。

从赠答诗可以看出，曹摅的思想也有儒玄兼具的特点，而作诗好用晤谈语气(与赠答形式有关)，或径遂直陈，或巧用比兴，突出的是议论成分较多。曹诗写思友之情，动人句子甚多。除上引“心与回飙俱”、“情存口咏”、“身去意往”等句外，他如“修夜悠悠，寂寂闲处。情在心想，中宵寤语……愿言与汝，携手同行。情若比目，离如参商。遗梦想象，仿佛晖光。中心郁滞，伊怀永伤”(《答赵景猷诗九章》其二)；“一日之隔，悠若三春。矧乃于别，越兼二旬。薄暮愁予，思亦终晨。耿耿不寐，媚兹良人”(《答赵景猷诗九章》其八)，皆是。

赠答而以自抒情怀为主的，当推《答赵景猷诗》(泛舟洛川)，最为出色。诗云：

泛舟洛川，济彼黄河。
乘流浮荡，倏忽经过。
孤柏亭亭，回山峨峨。
水卉发藻，陵木扬葩。
白芷舒华，绿英垂柯。
游鳞交跃，翔鸟相和。
俯玩旋濑，仰看琼华。
顾想风人，伐檀山阿。
存彼鱼人，沧浪之歌。

邈邈沦漪，滔滔洪波。
大道孔长，人生几何？
俟渎之清，徒婴百罗。
今我不乐，时将蹉跎。
荡心肆志，与物无瑕。
欢以卒岁，孰知其他。

此诗写法与《赠石崇诗》有相同处。《赠石崇诗》云：“涓涓谷中泉，郁郁岩下林。泄泄群翟飞，咬咬春鸟鸣。野次何索寞，薄暮愁人心。三军望衡盖，叹息有余音。临肴忘肉味，对酒不能酣。人言重别离，斯情效于今。”二诗都是通过“感物兴怀”以抒情。只是《赠石崇诗》是借写诗人目睹“野次（野外）”索寞之景的感受，叙写离别之愁，而《答赵景猷诗》是借写诗人泛舟洛川所见景象的联想，写他的“不乐”之感。这种先细写自然景物，再议论说理以抒慨的作法，实已开晋、宋山水诗之先河。

第七章　东晋文学

第一节　郭璞的诗、赋、文

郭璞(276—324)，字景纯，河东闻喜(今属山西)人。他好经术，博学有高才，文藻灿丽。为人不持仪检而讷于言论。好古文奇字，曾为《尔雅》、《山海经》、《楚辞》作注。又懂阴阳、算历、天文。惠、怀之际避乱过江，曾任王导参军。明帝初年，任王敦记室参军。王敦阴谋反叛，郭璞用占卜方式加以阻止，为其所杀。

郭璞今存诗主要有两类：一为赠答诗，一为游仙诗。西晋以还，文士多爱作四言赠答诗，且一写就是几章。这类赠答诗，实是一种倾诉方式独特(多用晤谈形式)而表现力很强的抒情诗。虽重在抒怀言志，但写景、叙事、抒怀、说理，手法灵活而内容广博。郭璞《答贾九州愁诗》三章、《与王使君诗》五章、《答王门子诗》六章、《赠温峤诗》五章等，其艺术特点与西晋以来同类诗作基本相同。

郭璞所作《游仙诗》甚多，今存完篇有十，另有多篇仅存残句。和左思借“咏史”抒怀相似，郭璞是借写游仙题材表达现实人生感受。如其诗云：

京华游侠窟，山林隐遁栖。
朱门何足荣，未若托蓬莱。
临渊挹清波，陵冈掇丹荑。
灵溪可潜盘，安事登云梯？

漆园有傲吏，莱氏有逸妻。
进则保龙见，退为触藩羝。
高蹈风尘外，长揖谢夷齐。

——《游仙诗》其一

青溪千余仞，中有一道士。
云生梁栋间，风出窗户里。
借问此何谁？云是鬼谷子。
翘迹企颍阳，临河思洗耳。
阊阖西南来，潜波涣鳞起。
灵妃顾我笑，粲然启玉齿。
蹇修时不存，要之将谁使？

——《游仙诗》其二

六龙安可顿？运流有代谢。
时变感人思，已秋复愿夏。
淮海变微禽，吾生独不化。
虽欲腾丹溪，云螭非我驾。
愧无鲁阳德，回日向三舍。
临川哀年迈，抚心独悲吒。

——《游仙诗》其四

逸翮思拂霄，迅足羡远游。
清源无增澜，安得运吞舟？
圭璋虽特达，明月难暗投。
潜颖怨清阳，陵苕哀素秋。
悲来恻丹心，零泪缘缨流。

——《游仙诗》其五

采药游名山，将以救年颓。
呼吸玉滋液，妙气盈胸怀。
登仙抚龙驷，迅驾乘奔雷。
鳞裳逐电曜，云盖随风回。
手顿羲和辔，足蹈阊阖开。

东海犹蹄涔，昆仑蝼蚁堆。
遐邈冥茫中，俯视令人哀。

——《游仙诗》其九

其一赞颂隐逸之道，实于所有游仙诗寓意有点示意。中谓“朱门何足荣，未若托蓬莱(当为‘藜’)”，是通过对功名富贵的否定说隐逸之美；而谓“灵溪可潜盘，安事登云梯”，是“明说倘能潜隐，就是游仙”(余冠英语)。其二隐以鬼谷子自比，写诗人隐居避世的怀抱。“蹇修时不存，要之将谁使”，说的是诗人有意学仙而无缘与仙人交接的遗憾。其四写时光流逝、年迈而学仙志愿未偿的悲哀。其五言有才智者知遇难求，有抱负者难以施展，无论穷达皆有其悲，意谓还是隐遁为妙。其九写“采药游名山”感受到的“登仙”之乐，和诗人对世人碌碌求生、年命短暂的可怜。郭璞生当乱世，忧患意识颇强。既谓“感彼时变，悲此物化。独步闲朝，哀叹静夜”。又说：“顾瞻中宇，一朝分崩。天网既紊，浮鲵横腾……虽欲凌翥，矫翮靡登。俯惧潜机，仰虑飞罾。惟其崄哀，艰辛备曾。庶希河清，混焉未澄。”(《答贾九州愁诗》)因而就将隐逸遁世作为处世良策，一再说“高蹈风尘外，长揖谢夷、齐”，“长揖当途人，去来山林客”，“啸傲遗世罗，纵情在独往”，“寻我青云友，永与时人绝”(《游仙诗》)。

由于诗人借游仙题材表达其身处乱世所萌生的隐逸之志，故其诗与两晋之际流行的玄言诗一味谈玄迥然不同，亦与单纯歌咏仙家生活或一味宣扬求仙访道思想的诗作有异。刘勰即谓：“江左篇制，溺乎玄风。嗤笑徇务之志，崇盛亡机之谈。袁、孙已下，虽各有雕采，而辞趣一揆，莫与争雄。所以景纯《仙篇》，挺拔而为俊矣。”(《文心雕龙·明诗》)钟嵘亦谓：“郭璞诗宪章潘岳，文体相辉，彪炳可玩，始变永嘉之体，故称中兴第一，《翰林》以为诗首。但《游仙》之作，辞多慷慨，乖远玄宗，而云‘奈何虎豹姿’，又云‘戢翼栖榛梗’，乃是坎壈咏怀，非列仙之趣也。”(《诗品》卷中)《游仙诗》虽然非写列仙之趣，却是借写游仙以言隐逸情怀，故诗人想像奇特，构思险怪，造语精圆，极富浪漫色彩，而诗境超尘脱俗。除上引其二“灵妃顾我笑，粲然启玉齿”，其九“登仙抚龙驷……遐邈冥茫中，俯视令人哀”以外，再如其三谓：“中有冥寂士，静啸抚清弦。放情凌霄外，嚼蕊挹飞泉。赤松临上游，驾鸿乘紫烟。左挹浮丘袖，右拍洪崖肩。”其六谓：“吞舟涌海底，高浪驾蓬莱。神仙排云出，但见金银台。陵阳挹丹溜，容成挥玉杯。姮娥扬妙音，洪崖颔其颐。升降随长烟，飘摇戏九垓。奇龄迈五龙，千岁方婴孩。”都是将仙界人间化，将神仙人性化，在构思中将“我”与仙人打成一片，使得境奇语奇。故刘勰又谓：“景纯艳逸，足冠中兴……《仙诗》亦飘飘而凌云矣。”(《文心雕龙·才略》)王世贞则因郭璞与左思、刘琨作诗均“是坎壈咏怀”，而与主流诗风有异，故称三人为“晋诗三杰”(《艺苑卮言》卷三)。

郭璞诗中写景多有境界之美，使人读来生想。其《幽思篇》谓“林无静树，川无停流”，阮孚即云：“泓峥萧瑟，实不可言。每读此文，辄觉神超形越。”(《世说新语·文学》)郭璞作赋，也擅长写景状物，但所写景物以征实取胜，论其境界之美则远逊于诗。

史载：“璞著《江赋》，其辞甚伟，为世所称。后复作《南郊赋》，帝见而嘉之，以为著作佐郎。”(《晋书·郭璞传》)其《南郊赋》写晋元帝登基后的郊祀大典，出语庄重，场景宏大，有“穆穆大观”(刘勰语)之美，故为元帝所重。据《文选·江赋》注引《晋中兴书》曰：“璞以中兴，王宅江外，乃著《江赋》述川渎之美。”知郭璞《江赋》亦为颂扬元帝王业而作，不过赋中并未直言其事。作者写大江之美，有“妙不可尽之于言，事不可穷之于笔”之叹。其写法实是力求尽妙穷事以道其美。其中写到大江源流、近江名山、峡谷险滩、盘涡峻湍，以及江中之鱼、水物之怪、水底金矿丹砾，水上禽兽、草木、芦人渔子，江面舳舻相属，江旁湖泊棋布，还有相关的神话和人物故事。可谓应有尽有，面面俱到。设想奇则奇矣，惟好用古字、僻字，且用辄络绎而出，大大影响了语句的顺畅和描叙的生动性。前人说“其辞甚伟”，当指赋中描写大江走势和江水奔腾之势等壮观景象的文字而言。如赋首一段：

> 咨五才之并用，实水德之灵长。唯岷山之导江，初发源乎滥觞。聿经始于洛沫，拢万川乎巴梁。冲巫峡以迅激，跻江津而起涨。极泓量而海运，状滔天以淼茫。总括汉、泗，兼包淮、湘，并吞沅、澧，汲引沮、漳。源二分于崌、崃，流九派乎浔阳。鼓洪涛于赤岸，沦余波乎柴桑。网络群流，商榷涓浍。表神委于江都，混流宗而东会。注五湖以漫漭，灌三江而漰沛。浩汗六州之域，经营炎景之外。所以作限于华裔，壮天地之崄介。呼吸万里，吐纳灵潮。自然往复，或夕或朝。激逸势以前驱，乃鼓怒而作涛。峨嵋为泉阳之揭，玉垒作东别之标。衡霍磊落以连镇，巫庐嵬崫而比峤。协灵通气，渍薄相陶。流风蒸雷，腾虹扬霄。出信阳而长迈，淙大壑与沃焦。

这段文字可谓词伟气盛。和赋中其他段落一样，其缺点是未能展现大江精神力量的美。前人多将《江赋》和木华(字玄虚)的《海赋》同论，林纾即谓“元虚之赋海，景纯之赋江，或以浑沦胜，或以征实胜，要皆不易之才，非等斤斤于草区禽族、庶品杂类中，极雕镂组织之工也”(《春觉斋论文》)。可以说，《海赋》、《江赋》的出现，必将促使东晋山水文学(旁及地记著作)创作的兴起。

郭璞之文，较有学术价值的，是《〈尔雅〉叙》、《〈方言〉叙》和《〈注山海经〉叙》。较有艺术特点的，是《客傲》。史载：“璞既好卜筮，缙绅多笑之。又自以才高位卑，乃著《客傲》。”(《晋书·郭璞传》)《客傲》实仿东方朔《答客难》、扬雄《解嘲》形式而作，惟自慰自解以发牢骚者，总不离以玄学为本的人生态度。所谓“登降纷于九五，沦涌悬乎龙津。蚓蛾以不才陆槁，蟒蛇以腾骛暴鳞。连城之宝，藏于褐里，三秀虽艳，糜于丽采。香恶乎芬，贾恶乎在……玄悟不以应机，洞鉴不以昭旷。不物物我我，不是是非非。忘思非我意，意得非我怀”云云。

第二节 玄言诗和孙绰等人的诗、赋、文

一、玄言诗

玄言诗并非东晋诗坛的独特现象，早在魏、晋之际玄学兴盛之时，玄言便已进入诗歌。东晋玄言诗创作十分繁荣，自与此时玄学勃兴、清谈盛行有关。晋室南渡，中朝名士即将谈玄风气带入江东。《世说新语·文学》说：“王丞相过江，止道声无哀乐、养生、言尽意三理而已。然宛转关生，无所不入。”意谓王导谈玄涉及的传统命题有三，但与“三理”相关的内容也无所不及。其实，王导以外诸名士谈玄，涉及新老命题颇多，大抵江左名士谈玄的内容和中朝名士所谈大不同者，是在玄理之中注进了佛理。如殷浩精通《易》、《老》，晚年又“大读佛经，皆精解”(《世说新语·文学》)，清谈持论即多有胜义。此时不少北来的或本地的名僧如康僧渊、竺道潜、支遁等，熟谙《老》、《庄》，更是以佛释玄、使得玄学新义迭出的好手。如支遁在白马寺与人谈《庄子·逍遥》，即“卓然标新理于二家(向、郭)之表，立异义于众贤之外，皆是诸名贤寻味之所以不得，后遂用支理”(《世说新语·文学》)。

除玄学义理、思辨方法得到佛学的资助外，促使东晋玄学勃兴的，还有诸多名士热衷于将思索玄理和人生体验结合在一起。孙绰说庾亮“雅好所托，常在尘垢之外，虽柔心应世，蠖屈其迹，而方寸湛然，固以玄对山水”(《庾亮碑》)。所谓“以玄对山水”，就是怀抱玄心即“在尘垢之外”的“湛然”之心面对山水。因为“山水以形媚道”(宗炳《画山水序》)，所以，“以玄对

山水”，一方面是览山水以悟其道（玄理），另一方面是借览山水以印证其道（玄理）。其实，“以玄对山水”是东晋诸多名士的共同习好，并非庾亮独有其癖。而且，由于服膺玄学，诸多名士不单以玄对山水，还以玄对人生（包括对自我人生的设计和对他人为人的品评）、以玄对历史（包括对历史人物的品评）、以玄对艺术（包括音乐、美术、书法的创作和评论）。

诸多名士既以玄学构建其人生艺术精神，当他们进行文学创作时，必然会追求以玄学为本的文学艺术精神。追求的结果大体有二：一是顾及文学特性，使玄理（包括吸纳儒、佛学理者）如盐着水一般融入诗、赋、散文之中；二是不大顾及文学的固有特性，使诗、赋、文成为阐说、敷衍玄理的工具。对玄学进入文学的普泛性，刘勰有谓：“自中朝贵玄，江左称盛，因谈余气，流成文体，是以世极迍邅，而辞意夷泰，诗必柱下之旨归，赋乃漆园之义疏。”（《文心雕龙·时序》）专论东晋玄学对诗歌的影响，檀道鸾则谓：“正始中，王弼、何晏好庄、老玄胜之谈，而俗遂贵焉。至过江，佛理尤盛，故郭璞五言，始会合道家之言而韵之，询及太原孙绰转相祖尚，又加以三世之辞（按：释氏说过去、现在、未来为三世），而《诗》、《骚》之体尽矣。询、绰并为一时文宗，自此学者悉体之。”（《续晋阳秋》）嗣后，钟嵘亦谓：“永嘉时，贵黄、老，稍尚虚谈，于时篇什，理过其辞，淡乎寡味，爰及江表，微波尚传。孙绰、许询、桓、庾诸公诗，皆平典似《道德论》，建安风力尽矣。”（《诗品序》）三家所言各有侧重。刘、钟所言，实指不大顾及诗歌固有特性的玄言诗，而说诗旨必以老、庄为宗，似于佛理（为玄学所用）人诗有所忽略。檀氏则说到东晋玄言诗思想和诗风的演变情形，他将郭璞和许、孙等人作为不同发展阶段的代表，实已揭示东晋玄言诗由顾及文学性转变到不大顾及文学性的特点。前后不同，或如黄侃所说：“东晋玄言诗，景纯实为之前导，特其才气奇肆，遭逢险艰，故能假玄语以写中情，非夫钞录文句者所可拟况。若孙、许之诗，但陈要妙，情既离乎比兴，体有近于偈语。”（《〈诗品〉讲疏》）“但陈要妙（指玄学理趣），既离乎比兴，体有近于偈语”，正是不大顾及文学性的玄言诗的基本特点。它们辞趣一揆，尽说玄理，全无抒情、言志特色，也不用比兴手法创造诗的意象、意境，仅用抽象的语言说抽象的道理，把诗变成了没有诗意美的偈语或歌诀。就是这种诗风，却受到谈玄之士的欢迎。不但特别擅长者被视为“一代文宗”，而且“风会所趋，仿效日众”（《〈诗品〉讲疏》）。

前人论东晋玄言诗，多以孙绰、许询、桓温、庾亮、袁宏为代表性诗人，而以《兰亭集》诗为代表作。桓温、庾亮之诗今已不存。许询存诗仅有残句若干，除“亹亹玄思得，濯濯情累除”（《农里诗》）二句与说玄相关外，完整的玄言诗也见不到。袁宏存诗亦少，惟《从征行方头山诗》谓“峩峩太行，凌虚抗势。天岭交气，窈然无际。澄流入神，玄谷应契。四象悟心，幽人来憩”，写作者以玄对山水、从山水中体悟玄理的感受，是一首玄言诗。孙绰存诗较多，其玄言诗多为赠答诗(受赠对象亦为谈玄者，又往往赠一人有诗数章)。如云：

大朴无像，钻之者鲜。
玄风虽存，微言靡演。
邈矣哲人，测深钩缅。
谁谓道辽，得之无远。

——《赠温峤诗五章》其一

浩浩元化，五运迭送，
昏明相错，否泰时用，
数钟大过，乾象摧栋。
惠怀凌搆，神銮不控。

——《与庾冰诗十三章》其一

仰观大造，俯览时物：
机过患生，吉凶相拂；
智以利昏，识由情屈；
野有寒枯，朝有炎郁。
失则震惊，得必充诎。

——《答许询诗九章》其一

遗荣荣在，外身身全。
卓哉先师，修德就闲。
散以玄风，涤以清川。
或步崇基，或恬蒙园。
道足胸怀，神栖浩然。

——《答许询诗九章》其三

缅哉冥古，邈矣上皇。
夷明太素，结纽灵纲。

不有其一，二理曷彰？
幽源散流，玄风吐芳。
芳扇则歇，流引则远。
朴以凋残，实由英剪。
……
天生而静，物诱则躁。
全由抱朴，灾生发窍。
……

——《赠谢安诗》

除《赠谢安诗》有几句借物象说理（如谓“青松负雪，白玉经飙。鲜藻弥映，素质逾昭”）外，全是直陈玄理。当时不少诗人的玄言诗都与孙诗风貌大体相同。或全篇直陈玄理而用语简略，如郗超《答傅郎诗六章》其一谓：“森森群象，妙归玄同。原始无滞，孰云质通。悟之斯朗，执焉则封。器乖吹万，理贯一空。”或直说玄理而用语较繁，如支遁《咏怀诗五首》其一谓：“傲兀乘尸素，日往复月旋。弱丧困风波，流浪逐物迁……踟蹰观象物，未始见牛全。毛鳞有所贵，所贵在忘筌。”或就人事生发议论，如王胡之《赠庾翼诗八章》其七后半即谓：“神齐玄一，形寄为两。苟体理分，动寂忘象。”

至于《兰亭集》中的诗（共41首），本是名士以玄对山水的结果。一部分诗写诗人以玄学审美观念欣赏山水明秀清丽和万物生机勃发的愉悦之感，所谓“藉芳草，鉴清流，览卉物，观鱼鸟，具类同荣，资生咸畅”（孙绰《兰亭集后序》）；一部分写观赏山水领悟的玄理，所谓“聊于暧昧之中，期乎瘰拂之道”（孙绰《兰亭集后序》）。后一部分诗表现手法也分直说玄理和纳写景于说理中两种。像下列诗篇：

三春启群品，寄畅在所因。
仰望碧天际，俯瞰绿水滨。
寥朗无厓观，寓目理自陈。
大矣造化功，万殊莫不均。
群籁虽参差，适我无非亲。

——王羲之《兰亭诗》

相与欣佳节，率尔同褰裳。
薄云罗阳景，微风翼轻航。

醇醪陶元府，兀若游羲唐。
万殊混一象，安复觉彭殇。

——谢安《兰亭诗》

望岩怀逸许，临流想奇庄。
谁云真风绝，千载挹余芳。

——孙嗣《兰亭诗》

纵畅任所适，回波萦游鳞。
千载同一朝，沐浴陶清尘。

——谢绎《兰亭诗》

鲜葩映林薄，游鳞戏清渠。
临川欣投钓，得意岂在鱼。

——王彬之《兰亭诗》

此类诗自以陈说玄理（或以玄学为宗的观念）为主，但叙说中多少有些景物描写。另一类诗虽然所说之理从观赏山水中悟出，但表述时却极少用形象说话。比如：

茫茫大造，万化齐轨。
罔悟玄同，竞标异旨，
平勃运谋，黄绮隐几，
凡我仰希，期山期水。

——孙统《兰亭诗》

驰心域表，寥寥远迈。
理感则一，冥然玄会。

——庾友《兰亭诗》

仰想虚舟说，俯叹世上宾。
朝荣虽云乐，夕弊理自因。

——庾蕴《兰亭诗》

先师有冥藏，安用羁世罗。
未若保冲真，齐契箕山阿。
——王徽之《兰亭诗》

就维护诗的抒情性和诗意美而言，此类玄言诗自在否定之列。而从诗歌发展史的角度看，玄言诗的流行，反映出诗人情志的理性化，原有的诗歌属性和传统表现形式已不能适应其需要。另一方面，诗中内容情理兼具或由情向理适度倾斜，能增强诗的表现能力，故以玄言入诗，也可视为是对改造诗体属性而提高其表现功能的一种尝试。再者，玄言诗的产生，离不开作者的以玄对山水和以玄对人生，因而玄言诗的兴起对山水诗的滋生和哲理诗的发展是有促进作用的。此外，我们还应明白，以玄言入诗是东晋诗坛突出的文学现象，但并非唯一的或最重要的文学现象，即使玄言诗的代表人物也有其他题材和风格的诗作。

二、孙绰等人的诗、赋、文

孙绰(314—371)，字兴公，太原中都(今山西平遥附近)人。年轻时徜徉山水十余年，后被征西将军庾亮聘为参军。曾补章安令，拜为太学博士，迁尚书郎。又相继为扬州刺史建威将军殷浩长史、右军将军王羲之长史，转永嘉太守，迁散骑常侍。

孙绰与许询同为东晋玄言诗“一代文宗”，“世称孙、许，弥善恬淡之词”(钟嵘《诗品》卷下)。孙绰以赠答形式出现、直陈玄理的玄言诗，前已引述，其他的诗则可分为两类。

一是以抒情为主的诗。如《表哀诗》写其失母之哀，既写慈母对自己的教养：“微微冲弱，眇眇偏孤。叩心昊苍，痛贯黄墟。肃我以义，鞠我以仁。严迈商风，恩洽阳春。”又写自己的极度哀痛：“自我酷痛，载离寒暑。寥寥空堂，寂寂响户。尘蒙几筵，风生栋宇。感昔有恃，望晨迟颜。婉娈怀袖，极愿尽欢。奈何慈妣，归体幽埏。酷矣痛深，剖髓摧肝。”叙事不废形容，言悲即景抒怀，字重情真，语语动人。抒情性强而颇具民歌风味的，是《情人碧玉歌》二首：

碧玉小家女，不敢攀贵德。
感郎千金意，惭无倾城色。
碧玉破瓜时，郎为情颠倒。
感郎不羞郎，回身就郎抱。

小诗一记言，一叙事，均用少女口吻道出。言为情话，事为情事，言行真率，用语亦近乎天然。

二是语涉玄理而写景生动的诗。如《三月三日诗》中“嘉卉萋萋，温风暖暖……缥萍荥流，绿柳荫坂。羽从风飘，鳞随浪转”，又如所存诗中残句谓“迢迢云端月，的烁霞间星。清商激西牖，澄景至南櫺”，都表明孙绰善于以景入诗。而其《兰亭诗》其二云：

流风拂枉渚，停云荫九皋。
莺语吟修竹，游鳞戏澜涛。
携笔落云藻，微言剖纤毫。
时珍岂不甘，忘味在闻《韶》。

又《秋日诗》云：

萧瑟仲秋月，飂戾风云高。
山居感时变，远客兴长谣。
疏林积凉风，虚岫结凝霄。
湛露洒庭林，密叶辞荣条。
抚菌悲先落，攀松羡后凋。
垂纶在林野，交情远市朝。
澹然古怀心，濠上岂伊遥。

这两首诗都语涉玄理，值得注意的是说理和写景结合较紧，而且状物准确、生动。尤其是《兰亭诗》其二，写景成分之多、体物声色之美、出语用字之妙，已和刘宋时期的山水诗相近。

孙绰的赋，以《遂初赋》、《游天台山赋》为代表作。前者仅存序文残句，云：“余少慕老、庄之道，仰其风流久矣！却感于陵贤妻之言，怅然悟之。乃经始东山，建五亩之宅，带长阜，倚茂林，孰与坐华幕、击钟鼓者，同年而语其乐哉！”《世说新语·言语》谓“孙绰赋《遂初》，筑室畎川，自言见止足之分”，可见其赋是写他早年服膺老、庄、优游林下的山居之乐，他用贬低“坐华幕、击钟鼓者”的荣华富贵衬写其乐，既写出他得遂隐居初愿的自得情怀，也是在申说他早年的人生理想。后者名为游览之赋，实写作者以玄对天台山的感受，其中有对天台山自然美的欣赏，有目睹山景对玄理的领悟。赋前有序，云：

天台山者，盖山岳之神秀者也。涉海则有方丈、蓬莱，登陆则有四明、天台，皆玄圣之所游化，灵仙之所窟宅。夫其峻极之状，嘉祥之美，穷山海之瑰富，尽人神之壮丽矣！所以不列于五岳、阙载于常典者，岂不以所立冥奥，其路幽迥，或倒景于重溟，或匿峰于千岭，始经魑魅之途，卒践无人之境，举世罕能登陟，王者莫由禋祀；故事绝于常篇，名标于奇纪。然图像之兴，岂虚也哉！非夫遗世玩道、绝粒茹芝者，乌能轻举而宅之？非夫远寄冥搜、笃信通神者，何肯遥想而存之？余所以驰神运思，昼咏宵兴，俯仰之间，若已再升者也。方解缨络，永托兹岭，不任吟想之至，聊奋藻以散怀。

——《游天台山赋并序》

序极言天台山的壮丽，巧说其“不列于五岳、阙载于常典”的原因（也是衬写山的奇丽），再说作赋缘由。赋的正文则先写山的奇挺杰出，有谓“荫牛宿以曜峰，托灵越以正基。结根弥于华岱，直指高于九疑……赤城霞起而建标，瀑布飞流以界道”。接着记述游山活动，而在记游中带出长篇写景文字，诸如“披荒榛之蒙茏，陟峭崿之峥嵘……藉萋萋之纤草，荫落落之长松，觌翔鸾之裔裔，听鸣凤之嗈嗈……双阙云竦以夹路，琼台中天而悬居。朱阙玲珑于林间，玉堂阴映于高隅。彤云斐亹以翼棂，皦日炯晃于绮疏。八桂森挺以凌霜，五芝含秀而晨敷……建木灭景于千寻，琪树璀璨而垂珠。王乔鹤控以冲天，应真飞锡以蹑虚”，景物呈现总与游览活动相关，而纪游往往借相关神话内容加以形容。而说观山思维活动及其所悟之道，则一如其直陈玄理之诗，纯以抽象言词说抽象道理。如云：“肆觐天宗，爰集通仙。挹以玄玉之膏，嗽以华池之泉。散以象外之说，畅以无生之篇。悟遣有之不尽，觉涉无之有间。泯色空以合迹，忽即有而得玄。释二名之同出，消一无于三幡。恣语乐以终日，等寂默于不言。浑万象以冥观，兀同体于自然。”所说之道，实融老、庄、释学为一体，带有东晋玄学的时代特点。故称此赋为表述东晋玄学新义的玄言赋，是可以的。但作者自称其赋为“散怀”之作，并向友人范启夸耀，言“卿试掷地，要作金石声”。范曰：“恐子之金石，非宫商中声。”“但每至佳句，辄云：‘应是我辈语。’”（《世说新语·文学》）大抵孙绰为之自负的，一是赋中所说的他游山所悟（自出胸怀）的玄理，二是赋中写景状物所用语词的高华流丽。范启所肯定的“佳句”，其内容大概也与这两点有关。

孙绰散文可论者，有一疏、一论、三序及多篇诔碑之文。

一疏指《谏移都洛阳疏》。后人对此疏评价极高，张溥即谓“桓大司马欲移都洛阳，众莫敢谏，兴公抗表论列，辞甚伟。斯时进言，固难于娄敬之说汉高也。振袖举笏，郏鄏无恙，一封事足不朽矣”（《汉魏六朝百三家集题辞·孙廷尉集题辞》）。桓温当日势倾朝野，炙手可热，孙绰敢于上疏阻止其迁都之议，委实不易。真所谓“出言之难，实在今日”。虽然如此，他执笔草疏却用了直言抗论、不掩锋芒的态度。疏中一再说桓温迁都之议乃“超世之宏图、千载之盛事”，其实不过是貌似恭维的门面话。而说迁都之弊，却直言尽言，且出语严峻，情感激烈，骨鲠之气不单显现于概言、结语，还充溢于对诸多事实的叙述中。据说：“桓见表心服而忿其为异，令人致意孙云：‘君何不寻《遂初赋》，而强知人家国事！’”桓温见疏气急，而于孙作讥斥语，或即因疏中说理充分而意气太盛所致。

一论指玄理论文《喻道论》。所谓“喻道”，实说佛理，而说佛理，主要是说它与周、孙、老、易之说的关系，显出作者谈玄统合老、庄、儒、释的特点。文章说欲明“至德”、识“微言”，不可舍佛理不顾，所谓“缠束世教之内，肆观周、孔之迹，谓至德穷于尧、舜，微言尽乎老、易，焉复睹夫方外之妙趣、寰中之玄照乎”。言其与老子之学的关系，则谓“夫佛也者，体道者也。道也者，导物者也。应感顺通，无为而无不为者也”。言其周、孔之教的关系，则谓“周、孔即佛，佛即周、孔。盖外内名之耳……应世轨物，盖亦随时，周、孔救极弊，佛教明其本耳。共为首尾，其致不殊”。说理则用论难形式。全文由四个单元组成，除第一单元直陈其理外，后三个单元都用“或难曰”、“答曰”形式结构其文。作者为清谈高手，这一说理方式显然受到过清谈艺术的影响。

三序是《表哀诗序》、《兰亭集后序》和《游天台山赋序》。后二序前已言及。前序与后二序艺术精神不同，渗透其中的是儒家的名教观念和亲亲之情。和诗抒情成分较重有异，序说失父丧母经历和自已的悲哀，详则详矣，行文却较为冷静。

孙绰是东汉以来写作碑诔之文较多、影响较大的作家，原因有三：

一是孙绰生活在碑文复兴的时期（晋武帝在咸宁四年曾禁止立碑，元帝时禁令松弛，立碑风气重起，晋安帝义熙年间又有禁碑之议）。

二是孙绰为文好作人物品评，不但作有多篇人物论（如《难谢万〈八贤论〉》和“以天竺七僧方竹林七贤”的《道贤论》），还写有大量的人物赞（如《至人高士传赞》、《列仙传赞》、《名德沙门传赞》等）。这种写作习好的形成和艺术经验的积累，使他十分热心碑诔之文的写作。以至刘勰说“孙绰为文志在碑诔”（《文心雕龙·诔碑》）。

三是孙绰文名藉藉，所谓“于时文士，绰为其冠”(《晋书·孙绰传》)。许多权要、名流之后都想孙绰为其先人作诔作碑，以至“温、王、郗、庾诸公之薨，必须绰为碑文，然后刊石焉”(《晋书·孙绰传》)。其文则保留了东汉以来同类文体的审美特征而在艺术上有些新的特点。大体诔文在艺术上受潘岳影响大，碑文受蔡邕影响大。而论人标准尚儒、尚玄，兼而有之，与潘、蔡之作有异。

孙绰诔文，今存残句若干。其《刘真长诔》谓死者“居官无官官之事，处事无事事之心”，就很符合刘惔这位清谈高手居官、处世的特点。而其《庾公诔》有谓：“咨予与公，风流同归。拟量托情，视公犹师。君子之交，相与无私。虚中纳是，吐诚诲非。虽实不敏，敬佩弦苇。永戢话言，口诵心悲。”《王长史诔》有谓：“余与夫子，交非势利。心犹澄水，同此玄味。”分明是有意用第一人称的告语形式增强抒情气氛，学的是潘岳诔文常用的手法。不过潘岳这样写多是为了言悲述哀，孙绰似乎以颂扬为主。由于通过叙说作者和死者生前交往来颂扬死者，就有借死者抬高活人的嫌疑。故后人言《庾公诔》“文多托寄之辞”。据说孙绰将诔文给庾亮之子庾羲看，羲即“慨然送还之，曰：‘先君与君自不至于此！’”(《世说新语·方正》)

孙绰碑文(今存多非完篇)亦重在颂扬碑主德行。碑志本以叙事为正体，孙作却以议论为主。不但每篇必有议论碑主德行的文字，即使叙事也参以议论。称美碑主，则既言其功业，又道其玄心。把尚玄、体玄所带来的人生方式和精神向往，也当做一种人生价值、一种美加以肯定。如《太尉庾亮碑》说：“爰及晋代，世号多士。公吸峻极之秀气，诞命世之深量。微言散于秋毫，玄风畅乎德音；窥门者贵其凝峙，入室者议其通玄；摽形者得之廊庙，悟日者期诸濠川，提挈南翔，息肩灵越。”就是从庾亮既是廊庙之士，又是通玄名士的角度，来礼赞其人生之美的。后又说“公雅好所托，常在尘垢之外。虽柔心应世，蠖屈其迹，而方寸湛然，固以玄对山水”云云，更是将以玄对人生、以玄对山水作为碑主生平美好事迹看待。显然，其人物品评标准，和东晋名士的人生取向(合儒、玄而用之)，较之汉末碑志偏于用儒家价值观念评议碑主，自是一大突破。但在表现艺术上，却没有大的进步。受人物品评看重精神、气度的影响，孙绰不但于碑主德行议论甚多，叙事也是概言一二即议论纷纷。如《丞相王导碑》、《太傅褚裒碑》虽然叙事较多，亦无细节描写。叙事不具首尾，不见人物性情，是汉末碑文的通病，孙绰于此，似较汉人尤甚。

许询(生卒年不详)，字玄度，高阳新城(今属河北)人。简文帝咸安(371—372)中征士(不就朝廷征聘之士)。年轻时与孙绰游放山林十余年，与名士王羲之、谢安、支遁等多有往还。其人擅长清谈，好游山水，颇有才情，与孙绰齐名。《世说新语·品藻》云："支道林问孙兴公：'君何如许掾?'孙曰：'高情远致，弟子蚤已服膺；一吟一咏，许将北面。'""孙兴公、许玄度皆一时名流。或重许高情，则鄙孙秽行；或爱孙才藻，而无取于许。"时人欣赏许询的"高情"，主要着眼于他的宅心玄远，"卒不降志"以求功名；鄙视孙绰的"秽行"，主要着眼于他的应是既说仰慕老、庄风流又婴纶世务。若论文才，孙当远胜于许。不过，简文帝司马昱说过："玄度五言诗，可谓妙绝时人。"(《世说新语·文学》)稍后的檀道鸾、刘勰、钟嵘等人，都将许询推为东晋玄言诗诗人中的重要代表，可惜其诗其文今多不存，无法确论其艺术特色。

第三节　王羲之的诗、文和袁宏、谢混等人的诗歌

一、王羲之的诗和文

王羲之(321—379)，字逸少，琅琊临沂(今属山东)人。初为秘书郎，继为庾亮请为征西将军参军。累迁长史，拜宁远将军、江州刺史。后迁右军将军、会稽内史。因与扬州刺史王述有隙，称疾去职。羲之为当时第一流名士，常与孙绰、许询、谢安、支遁、王充等游放于会稽山林者宴集于兰亭。他少自朗拔，为人真率、自然。闻人觅婿，不自矜持，东床坦腹而卧。其人意趣如何，可想而知。他善草隶，好山水，长于清谈，雅好服食养生。但他又系心国事，想在政治上有所作为。故对谢安为相迷恋清言不以为然，尝正色劝道："夏禹勤王，手足胼胝；文王旰食，日不暇给。今四郊多垒，宜人人自效；而虚谈废务，浮文妨要，恐非当今所宜。"(《世说新语·言语》)要之，羲之为人，既有不染尘垢的名士风度，又有志在功业的烈士心肠。而这正是他感应时风，玄、儒双修，合自然、名教为一以成人生理则的结果。

王羲之今存诗仅有《兰亭诗》四言一章、五言五章和《答许询诗》残句若干。永和九年(353)三月三日，羲之(时为会稽内史)邀谢安、谢万、孙绰、支遁等四十一位名士修禊于兰亭，作诗酒之会。《兰亭诗》即作于此时。和《兰亭集》(共收与会者26人所作诗41首)中多数诗作一样，王诗亦为玄言诗。其五言《兰亭诗》第二章("三春启群品")前已引述，第一、三、四章则云：

悠悠大象运，轮转无停际。

陶化非吾因，去来非吾制。
宗统竟安在？即顺理自泰。
有心未能悟，适足缠利害。
未若任所寓，逍遥良辰会。

——《兰亭诗》第一章

猗与二三子，莫匪齐所托。
造真探玄根，涉世若过客。
前识非所期，虚室是我宅。
远想千载外，何必谢曩昔。
相与无相与，形骸自脱落。

——《兰亭诗》第三章

鉴明去尘垢，止则鄙吝生。
体之固未易，三觞解天刑。
方寸无停主，矜伐将自平。
虽无丝与竹，玄泉有清声。
虽无啸与歌，咏言有余馨。
取乐在一朝，寄之齐千龄。

——《兰亭诗》第四章

又有四言《兰亭诗》，云：

代谢鳞次，忽焉以周。
欣此暮春，和气载柔。
咏彼舞雩，异世同流。
乃携齐契，散怀一丘。

上引诗作和《答许询诗》残句谓“取欢仁智乐，寄畅山水阴。清泠涧下濑，历落松竹松”，“争先非吾事，静照在忘求”，表明羲之作诗“散怀”、“寄畅”，都是在写他以玄对山水、以玄对人生的感受。他观览山水所悟之道，并不全是形而上的玄理，还有关涉现实人生的处世之道。如《兰亭诗》第一章就写出了诗人对自然界大道运转不已、且不以人的意志为转移这一客观规律的领悟，以及对人生如何顺应这一规律方可安泰的思考。而他对宇宙万物所显现的道的体认，是和对他个人生命、灵魂的体认联系在一起的。

王羲之为东晋著名散文家，陈衍即谓“六朝间散文之绝无仅有者，不过王右军、陶靖节之作数篇”(《石遗室论文》)。由于儒、玄兼修，羲之散文实有简淡玄远和详明剀切两种艺术风貌。具体特点，则显现于三类作品中。

一为书笺，名篇有《与会稽王笺》、《又遗殷浩书》、《遗谢安书》等。它们针对现实政治问题作论，与东汉后期儒家散文最为接近。其说事论理，直言极言，说得尖锐而又笔带感情。又论自己出，切中肯綮。故张溥说：“逸少早识，善察百年。此数札者，诚东晋群才之良药，非同平原辨亡、晋升论晋，追览既往，奋其纵横也。”(《汉魏六朝百家集题辞·王右军集题辞》)

二为杂帖。羲之今存杂帖五百多则。其杂帖甚多，一与他为文萧散简淡有关，一与他将杂帖作为展现其书法艺术美的载体有关。杂帖内容庞杂，既有吊哀、通讯问者，也有论政事、说民瘼、抒怀抱、谈书艺者。如云：

> 笃不喜见客，笃不堪烦事，此自死不可化，而人理所重如此。都郡，江东所聚，自非弱干所堪，足下未知之耳。给领与卿同，殊为过差。交人士因开门以勉待之，无所复言。
>
> ——《辞郡帖》

> 荷华想已残。处此过四夏，到彼亦屡，而独不见其盛时。是亦可讶。岂亦有缘邪？弊宇今岁植得千叶者数盆，亦便发花，相继不绝。今已开二十余枝矣，颇有可观，恨不与长者同赏。
>
> ——《东书堂帖》

杂帖内容虽杂，但都写得真率、恳切，出语皆取诸怀抱，为作者“写心”之言。故读帖既能看出羲之作为名士的逸兴高致，又能见出他关注现实、忧念民瘼的胸怀。由于说真话、诉真情，所以行文一任情思流动，不事琢磨，少有剪裁，甚至不加剪裁。至有一说再说、一叹再叹而叠用其词者。不过杂帖文字仍以简约著称，一篇长不过二百余字，短到十余字而以百字左右居多。将其称为书帖小品，是可以的。

三为诗序即《兰亭诗序》。此序冠于《兰亭集》首(孙绰之序缀于集尾)。序云：

> 永和九年，岁在癸丑，暮春之初，会于会稽山阴之兰亭，修禊事也。群贤毕至，少长咸集。此地有崇山峻岭，茂林修竹；又有清流激

> 湍，映带左右，引以为流觞曲水。列坐其次，虽无丝竹管弦之盛，一觞一咏，亦足以畅叙幽情。是日也，天朗气清，惠风和畅；仰观宇宙之大，俯察品类之盛，所以游目骋怀，足以极视听之娱，信可乐也。夫人之相与，俯仰一世，或取诸怀抱，悟言一室之内；或因寄所托，放浪形骸之外。虽趋舍万殊，静躁不同，当其欣于所遇，暂得于己，快然自足，曾不知老之将至。及其所之既倦，情随事迁，感慨系之矣！向之所欣，俯仰之间，已为陈迹，犹不能不以之兴怀，况修短随化，终期于尽。古人云："死生亦大矣。"岂不痛哉！每览昔人兴感之由，若合一契，未尝不临文嗟悼，不能喻之于怀。固知一死、生为虚诞，齐彭、殇为妄作，后之视今，亦犹今之视昔。悲夫！故列叙时人，录其所述，虽世殊事异，所以兴怀，其致一也。后之览者，亦将有感于斯文。

诗序和作者所作《兰亭诗》一样，都是他以玄对山水、以玄对人生的产物。诗序除写出了他对万物与人生之讯息、生之欢乐的体认外，还与出了他对人生之乐的爱念和对"一死、生"这种人生哲理的否定。诗序充满玄学意味，苏辙即谓"逸少知清言为害，然《兰亭记》亦不免于清言耳"（《次韵题画·山阴陈迹》自注）。但所说之理都有拔新领异之处。一般名士虽然在行动上无限眷恋人生，但在口头上却不敢蔑弃"一死、生"、"齐彭、殇"的说法。羲之公然说"一死、生为虚诞，齐彭、殇为妄作"，实是言人之所欲言，言人之所未言。而且言之动情，感慨良深，直谓："古人云：'死生亦大矣。'岂不痛哉！"袁宏道说："晋人文字如此者，不可多得。"（《兰亭记》）正是从诗序真实明白地表述作者对生死之事无限感叹的角度以及羲之为文真率、敢于独抒怀抱的角度，来肯定其价值的。

诗序写作者观览暮春景色的感受，大抵前幅写乐，后幅写哀。前幅写流觞、观赏之乐，文笔轻灵。后幅跳出个人立场，写对人生意义的思索，文笔深重。所谓"依徊慨叹，情溢于辞，殊有悱恻缠绵之致"（钱钟书《管锥编》第三册第一〇六则）。前后情感变化，可谓乐极生悲。写乐写悲，都有相互映衬的作用。加上出语自然，故诗序纵有清言意味，却能以情动人。

后人对诗序评价很高，对其不为《文选》所收的原因议论很多。有的说序中有"丝竹管弦"一类语衍而复的毛病，有的说序中所说之理不为萧统所取。较为确切的说法，应是诗序文风不大符合《文选》侧重骈俪、讲究修辞艺术的要求。诗序句式散而不整，言语朴素、自然，几乎不用技巧，而文气奔放、情随词涌。这种文风与石崇（249—300）《金谷诗序》十分相似，据说："王右军得人以《兰亭集序》方《金谷诗序》，又以己敌石崇，甚有欣色。"

(《世说新语·企羡》)说不定，羲之作序，本来就有步武石序之意，故二序写法大同小异。石序着重写金谷祖饯之乐，偶尔流露“感性命之不永，惧凋落之无期”的感慨。行文自以写景、叙事为主。王序既写觞咏、观赏之乐，又说人生哲理，且反复慨叹，申言再三。故行文除写景、叙事外，议论几占大半。两晋受儒家传统文风影响的作家，做描叙、议论文字，总习惯于铺陈、形容，造句好求对偶、排比，用字力求赡丽。石、王不然，径直说来，极少修饰，真率自然，“修辞较洁”(钱钟书《管锥编》第三册第一〇六则)，故二序均未被注重修辞技巧、讲究语词华美、句式整齐的萧统收入《文选》。

二、袁宏、谢混、殷仲文的诗歌

袁宏(328—376)，字彦伯，小字虎，陈郡扶乐(今河南扶沟)人。少孤，家贫以运租为业。建武将军、历阳太守谢尚镇牛渚，秋夜泛江，闻宏自吟其诗《咏史》于江舟，赏爱有加，引为参军。后为大司马桓温记室，再为吏部郎，出为东阳太守。袁宏在东晋中期文名很大，史称“一时文宗”(《续晋阳秋》)。他又善于清谈，与当时名士王羲之、殷浩、谢安、孙绰、许询等多有往还。

袁宏诗、文兼擅。其赋有《东征赋》、《北征赋》等，均以写景取胜。文则有论、序、赞、碑、铭等多种文体之作。其诗有两类：一是玄言诗，前已引述。二是《咏史诗》，仅有三首。前二首云：

周昌梗概臣，辞达不为讷。
汲黯社稷器，栋梁表天骨。
陆贾厌解纷，时与酒梼杌。
婉转将相门，一言和平勃。
趋舍各有之，俱令道不没。

——《咏史诗》三首其一

无名困蝼蚁，有名世所疑。
中庸难为体，狂狷不及时。
杨恽非忌贵，知及有余辞。
躬耕南山下，芜秽不遑治。
赵瑟奏哀音，秦声歌新诗。
吐音非凡唱，负此欲何之?

——《咏史诗》三首其二

其一总结汉代周昌、汲黯、陆贾建立功业的成功之道，而说三人"趋舍各有之，俱令道不没"，是在肯定前贤处世之道中表达诗人的艳羡之意。其二意旨全在"无名困蝼蚁，有名世所疑。中庸难为体，狂狷不及时"四句，慨叹的是为人处世太难。从二诗之中可以看出，袁宏咏史实亦咏怀，表现的是他个人的现实生活(政治生活)感受。对历史人物的议论，实是对自我感受(或称见识)的佐证。袁宏如此作咏史诗，似与他两方面的修养有关：一是玄学修养。他长于清谈，理论思辨能力较强，遇事好作形上之论，而不就事论事。受其玄言诗写作习惯的影响，故咏史亦好说理，说理必发议论。二是人物品评方面的修养。东晋人物品评风气亦盛，袁宏、谢安等人平日就热心此道。《世说新语·文学》说："袁彦伯作《名士传》成，见谢公，公笑曰：'我尝与人道江北事，特作狡狯耳，彦伯遂以作书。'"袁宏不但口论其人，还见诸文字，可见兴趣之浓。事实上，袁宏不单喜欢品评人物，而且很有见解。"以夏侯太初、何平叔、王辅嗣为正始名士，阮嗣宗、嵇叔夜、山巨源、向子期、刘伯伦、阮仲容、王濬仲为竹林名士，裴叔则、乐彦辅、王夷甫、庾子嵩、王安期、阮千里、卫叔宝、谢幼舆为中朝名士"(《世说新语·文学》刘注)，就是袁宏提出来的。而他作《三国名臣序赞》，分别为"魏志九人、蜀志四人、吴志七人"作赞；作《七贤序》分别论述竹林七贤得失(如谓"阮公瑰杰之量，不移于俗，然获免者，岂不以虚中莘节，动无过则乎？中散遣外之情，最为高绝，不免世祸，将举体秀异，直致自高，故伤之者也")，都带有标举前人之美和总结其处世经验的特点。要指出的是，其人物品评，并不以玄学人生观为唯一标准。受这两种修养的影响，故其作《咏史诗》，会借品评历史人物的方法议论说理，以表达他合乎儒学观念的人生感触。

谢混(？—412)，字叔源，小字益寿，陈郡阳夏(今河南太康)人，谢安之孙。尚孝武帝女晋陵公主。历任中书令、中领军、尚书左仆射。后为刘裕所杀。混少有美誉，善属文。**殷仲文**(？—407)，字仲文，陈郡长平(今河南西华)人。其妻为桓玄姊，玄起兵以为谘议参军，领记室，进侍中、领左卫将军。玄败，仲文投义军，为刘裕镇军长史，转尚书。义熙三年以谋反罪为刘裕所杀。仲文有器貌、才思，善属文。

谢、殷同为义熙诗风新变的代表人物。沈约即谓"叔源大变太玄之气"，又谓"仲文始革孙、许之风"(《宋书·谢灵运传论》)，意谓谢、殷的诗歌创作改变了孙、许等人以玄言入诗的诗风。今存谢诗完篇有二，殷诗完篇有一。它们是：

悟彼蟋蟀唱，信此劳者歌。
有来岂不疾，良游常蹉跎。

逍遥越城肆，愿言屡经过。
回阡被陵阙，高台眺飞霞。
惠风荡繁囿，白云屯曾阿。
景昃鸣禽集，水木湛清华。
褰裳顺兰沚，徙倚引芳柯。
美人愆岁月，迟暮独如何？
无为牵所思，南荣戒其多。

——谢混《游西池诗》

康乐诞通度，实有名家韵；
若加绳染功，剖莹乃琼瑾。
宣明体远识，颖达且沉隽；
若能去方执，穆穆三才顺。
阿多独标解，弱冠纂华胤；
质胜诚无文，其尚又能峻。
通远怀清悟，采采标兰讯；
直辔鲜不踬，抑用解偏吝。
微子基微尚，无倦由慕蔺；
勿轻一篑少，进往必千仞。
数子勉之哉，风流由尔振；
如不犯所知，此外无所慎。

——谢混《诫族子诗》

四运虽鳞次，理化各有准。
独有清秋日，能使高兴尽。
景气多明远，风物自凄紧。
爽籁惊幽律，哀壑叩虚牝。
岁寒无早秀，浮荣甘夙陨。
何以标贞脆，薄言寄松菌。
哲匠感萧晨，肃此尘外轸。
广筵散泛爱，逸爵纡胜引。
伊余乐好仁，惑袪吝亦泯。
猥首阿衡朝，将贻匈奴哂。

——殷仲文《南州桓公九井作诗》

谢混另有《送二王在领军府集》残句谓："苦哉远征人，将乖萃余室。明窗通朝晖，丝竹盛萧瑟。乐酒辍今辰，离端起来日。"《秋夜长》残句谓："秋夜长兮虽欣长而悼速，送晨晖于西岭，迎夕景于东谷。夜既分而气高，风入林而伤绿。燕翩翩以辞宇，雁邕邕而南属。"皆以抒情见长而诗多景语。与《游西池》抒怀而即景生情写法相似。而《诫族子诗》分别对族子谢灵运、谢晦、谢曜、谢瞻、谢微作告诫语，虽以说理为主，而持论独以儒学为宗。仲文《九井》写秋日观览山景感受，不乏理趣，除纯作议论外，亦有寓理于景中者。

大抵谢混、殷仲文对玄言诗诗风的改变有二：一是辞趣之变，即变玄言诗的一味谈玄为抒情言志，即使说理，也很少作形上之论；二是表述方式之变，即变抽象议论为融情于景或寓理于景，景语增多成为突出现象。当然，二人之诗并未完全摆脱玄言诗的影响，比较而言，谢混彻底一些(《游西池》末二句亦有玄意)。而两家诗在艺术上都有不足处。如萧子显所说："仲文玄气，犹不尽除；谢混情新，得名未盛。"(《南齐书·文学传论》)钟嵘也说："义熙中，以谢益寿、殷仲文为华绮之冠，殷不竟矣。"(《诗品》卷下)刘勰则指出两家诗作语辞并不圆润、诗义并不深沉的毛病，所谓"殷仲文之孤兴，谢叔源之闲情，并解散辞体，缥缈浮音，虽滔滔风流，而大浇文意"(《文心雕龙·才略》)。

第八章 陶 渊 明

第一节 陶渊明的人生境界和审美趣味

陶渊明(365—427)，字元亮，入宋名潜字渊明，浔阳柴桑(今江西九江)人。曾祖陶侃为东晋开国元勋，官至大司马，封长沙郡公，与王导同列，因出身寒门，而被世族讥为“小人”。祖父陶茂官至武昌太守，父陶逸做过安城太守。陶渊明二十九岁时任江州祭酒，因不堪吏职，不久即辞职归里。三十五岁时做桓玄属官，三十七岁时居家躬耕。四十岁时为刘裕镇军参军，四十一岁时为江州刺史刘敬宣建威将军参军。义熙元年(405)八月为彭泽令，十一月弃官归隐。史载：“郡遣督邮至县，吏白：‘应束带见之。’潜叹曰：‘我不能为五斗米折腰向乡里小人！’即日解印绶去职。”(《宋书·陶潜传》)此后一直生活在庐山脚下农村，再也没有重返仕途。

陶渊明，并不是生来就要做隐士的。

东晋士人儒、玄双修、“随事行藏”、既依顺自然又不违名教的人生取向，对陶渊明也有影响。这种影响反映在他年轻时对人生道路的思考上，反映在他的思想修养、性情、志趣上，也反映在他的仕而复归上。

早年的陶渊明，对不违名教和依顺自然的人生态度都是肯定的。所谓“履信思顺，生人之善行；抱朴守静，君子之笃素”。认为遁世以独善其身或入世以大济天下，只要合于人的本分就好。所谓“或击壤以自欢，或大济于苍生，靡潜跃之非分，常傲然以称情”(《感士不遇赋》)。

基于这种认识，早年的渊明，一方面不断加强儒学修养(《饮酒》其十六谓“少年罕人事，游好在六经。行行向不惑，淹留事无成”)，树立远大的志向(《杂志》其五谓“忆我少壮时，无乐自欣豫。猛志逸四海，骞翮思远翥”)，对功名事业无限向往，以至中年不改此心(《拟古》其八谓“少时壮且厉，抚剑独行游。谁言行游近，张掖至幽州”。“先师遗训，余岂之坠。四十无闻，斯不足畏：脂我名车，策我名骥，千里虽遥，孰敢不至”(《荣木》)。

另一方面，他也遍读包括老、庄著作在内的“千载书”，向往羲皇之世。“常言：五六月中，北窗下卧，遇凉风暂至，自谓是羲皇上人。”(《与子俨等书》)同时，养成了喜爱丘山、厌弃世俗之事的气质(“少无适俗韵，性本爱丘山”)和不以贫贱为念的心态(“弱龄寄事外，委怀在琴书。被褐欣自得，屡空常晏如”)。

渊明早年的思想修养，实可用他的两句诗加以概括，即“讥食首阳薇，渴饮易水流”(《拟古九首》其八)。他主要是用伯夷、叔齐“绝景穷居”、“采薇高歌，慨想黄虞”那样的“贞风”亮节和荆轲志在功名的奋斗精神，来培植、滋养其灵魂。这种孕育着两种人生取向的思想修养，和东晋名士为适应合名教、自然为一的人生方式所作的儒、玄双修，在本质上并无区别。可以说，渊明很早就受到过儒学、玄学人生观的影响。

渊明一生曾三度出仕，尽管他说做官是因为“家贫”、或为归隐攒一点资金(所谓“聊欲弦歌，以为三径之资”)，最大的目的，还是想在建树功业方面有所作为。也就是说，他的再三出仕，正是他早年就有的儒家入世的奋进精神在起作用。如果一切如意，他是会奋斗到底的。

可惜他生活在晋、宋易代的时期，乱、篡相继，他不但难以实现政治理想，而且极易成为当时政治斗争的牺牲品。他的常恐罹谤遇祸、忧心忡忡，绝不亚于当年的阮籍。既然“密网裁而鱼骇，宏罗制而鸣惊”(《感士不遇赋》)，“自量为己。必贻俗患”(《与子俨等疏》)，于是便彻底做了“逃禄而归耕”的“达人”(《感士不遇赋》)。

显然，渊明最后一次逃禄归耕，固然是因为时不可为，是为了全身远祸，但交融其中的还有他的“质性自然”(《归去来辞序》)，或谓“少无适俗韵，性本爱丘山”，即早年就有的依顺自然的人生取向在起作用。其实，这也是促成他前二次仕而复隐的重要原因。不然，他一边做官，一边深切怀念林园、念念欲归，就不好解释。

从人生取向的角度看，渊明的归隐，的确是依顺自然的情绪起了主要作用。但归隐之后，他的入世之心、功名情结并未冰释。不然，他怎么会发出“日月掷人去，有志不获骋。念此怀悲凄，终晓不能静”那样的慨叹之音(《杂诗》其二)？怎会写出“猛志固常在”(《读山海经》其十)那样“金刚怒目”式的诗句？要之，他早年就有的两种人生取向，始终影响到他的人生价值观念、生活方式，只是随着所处形势的不同，占主导地位的人生取向有所变更而已。

彻底归隐之前，渊明的人生境界和审美趣味，较之东晋士人(包括口唱玄音而又热心功业的名士)并无大的区别。彻底归隐之后，才进入一般名士无可企及的人生境界，并形成与其人生取向一致的审美趣味。

其人生境界，简言之就是贴近自然、融进自然，与道合而为一。他能达到这种人生境界，自与他所坚持的人生态度、人生方式有关。

最能反映渊明人生态度的诗歌，莫过于他的《形·影·神》。其中，《形赠影》说人生不如大自然长久，求仙以得长生又做不到，那就饮酒求醉好了。《影答形》不赞成“形”提出的求仙、饮酒说，而以追求功名为人生目标。《神释》则谓人皆有一死，既否定“形”提出的饮酒说，又否定“影”提出的功名说。而说：“甚念伤吾生，正宜委运去。纵浪大化中，不喜亦不惧。应尽便须尽，无复独多虑。”显然，“神释”云云实为作者之言，表明他追求的是依归自然、融进自然、与道合一的人生境界。他讲的“委运”、“纵浪大化中”，既是对人生境界的描述，也是指达到这种人生境界所应采取的人生方式。从理论上讲，其人生取向与道家(特别是庄子)、玄学家的主张并无两样，但从实践的角度看，渊明的人生方式和庄子、玄学家都很不同。

他们的不同，表现在两个方面：一是渊明能坚持做到委运顺化、与自然合一，主要靠的是儒家的传统观念和佛家般若思想，与庄子和玄学家只是一味讲体道而行、逍遥无为，与道合一，是不同的。

由于早年本有两种人生取向，归隐之后，功名之心并未彻底泯灭，加上对时变的感慨，对世无知音的寂寞感、孤独感和“闲居寡欢”的苦闷，对人必一死的无可奈何，以及生活的贫困，都使他无法以宁静之心去委运顺化。他所面临的矛盾、痛苦，仅靠醉饮是不能消除的。于是便用儒家先师的遗训告诫自己，用先贤安贫乐道的人格、高士绝景穷居的遗烈、君子固穷的操守勉励自己，用佛教讲的一切法相皆虚幻不实化解功名情结、排除忧生之念。就这样一次又一次强化归隐之心，一次又一次摆脱干扰，直到进入与自然合一的人生境界。

二是渊明与自然合一的人生境界，是在田园生活中，通过从事诸如饮酒、弹琴、吟哦、耕作、和亲友叙旧、和邻里议论农事等平凡的日常活动创造出来的。

庄子和玄学家主要是通过追求精神上的绝对自由来达到与道合一的人生境界，具体显现为精神活动。渊明与自然合一的人生境界，则不但显现在精神活动中，还显现在日常生活中。而且精神上的与自然合一，仍然是通过在现实生活中融进自然完成的。他是“结庐在人境”，从“五柳先生”做起，在日常生活中，得到做“无怀氏之民”、“葛天氏之民”的乐趣，进入与自然合一的人生境界。从他讲“即事如已高，何必升华嵩”(《五月旦作和戴主簿》)，可以看出他采取这种人生方式，完全是一种自觉行为。

渊明既然是在平凡的田园生活(包括躬耕)中达到与自然合一的人生境界，因而他的审美趣味，便带有崇尚真淳、平淡、朴质、自然的特点。

他的审美，是把自己融进自然，使之成为自然的一部分，用他的心灵、情感、意趣去感应自然、理解自然。于是他便能从极为平凡的景物、极为平常的生活细节中发现自然美和领会隐含其中的“真意(即自然意趣)”。而他的审美，重在会意、辨味、识趣。其审美标准、审美方式即整个审美趣味的形成，受到过儒学、道学、玄学审美观的影响，而以道学、玄学的影响最大。如道家以真淳为美、以自然为美，玄学以简约、平淡为美，以玄远为美和得意忘言的审美方法，都包含在渊明的审美趣味中。

渊明特有的审美趣味，既表现在他对历史人物的品评中，对理想社会的描述中，对人生境界的追求中，还表现在他对“奇文”的“欣赏”中，表现在他的创作理论和诗、文艺术风格中。

渊明的创作理论并不高深，他只是认为，文章是表述作者内心感受的，所谓“导达意气，其为文乎”(《感不遇赋序》)。感受要真实，表述要自然，“寄怀于言”(《九日闲居诗序》)，——从胸中流出。而作诗作文的目的是为了“自娱”，所谓“既醉之后，辄题数句自娱”(《饮酒诗序》)，“常著文章自娱，颇示己志”(《五柳先生传》)。既为自娱，当然容不得矫揉造作，更容不得假言假语，因为那是自欺。刘熙载说他讲的“示己志”“只是称心而言耳”，并不以“己志”“异人为尚”(《艺概·文概》)。刘氏所言，正好道出了渊明创作理论求真淳、尚自然的特点。

此外，渊明的创作理论，还深受玄学言不尽意论的影响。一方面，他主张寄意言外，即在平淡、自然的语句中注入深长、隽永的诗味、文旨，使人“开卷有得”(《与子俨等疏》)、有“意”可“会”，所谓“寄意一言外”(《癸卯岁十二月中作与从弟敬远》)，即如是；另一方面，他又说“言尽意不舒”(《赠羊长史》)，隐含有言不尽意之慨，因而运用语言，赞成玄学家崇尚简约、质朴和不以种种修辞技巧(包括词采华美)力求“尽意”的做法。

正因为渊明胸次浩然，能进入与自然合一的人生境界，具有与其人生取向一致的审美趣味和创作理论，所以才有了与其人风相应的诗义、文风。

第二节 陶渊明的诗歌题材及其艺术特色

陶渊明今存诗一百二十余首，多为抒情诗。按题材分，大致可分为田园诗、咏怀诗和咏史诗三类。

一、田园诗及其艺术特色

陶诗中表现归隐田园生活感受的诗居多。由于诗人对归隐生活向往已久，故得以遂愿，便喜不自禁。《归园田居五首》其一云：

少无适俗韵，性本爱丘山。
误落尘网中，一去三十年。
羁鸟恋旧林，池鱼思故渊。
开荒南野际，守拙归园田。
方宅十余亩，草屋八九间。
榆柳荫后檐，桃李罗堂前。
暧暧远人村，依依墟里烟。
狗吠深巷中，鸡鸣桑树巅。
户庭无尘杂，虚室有余闲。
久在樊笼里，复得返自然。

开头几句写诗人对往事的回顾，说到自己多年来出仕为宦是违背本性，误落尘网，时时都在眷恋故园，如同“羁鸟恋旧林，池鱼思故渊”。这种回顾是为了突出他今日得以归来的欣喜之情。下面，诗人把他极为熟悉的平常景物如数家珍似的一一说出来，便是他这种自慰、自适、自乐之感的自然流露。末句“久在樊笼里，复得返自然”，是诗人对他生活经历的概括，也是在叙述自己自得其乐的原因。中间有慨叹，但更多的是庆幸。诗人庆幸自己终于找到了人生的归宿，他用诗描写自己的归隐生活，记述参加劳动的体会，表现归隐到底的决心。一切都是那样自然、真诚。其三写他参加农业劳动：

种豆南山下，草盛豆苗稀。
晨兴理荒秽，带月荷锄归。
道狭草木长，夕露沾我衣。
衣沾不足惜，但使愿无违。

这是一幅白描般的图画，散发出浓郁的生活气息。在陶渊明那个时代，士大夫们高唱“耕稼岂云乐”（谢灵运《斋中读书》），而陶渊明却以参加劳动为乐，是不简单的。诗中所写的是诗人初次参加农业劳动的体会，一切都是那样新鲜有味。夜晚踏着月色归来，仿佛那月亮在和他作伴，被他带回村里来了。

随着时间的推移，他和农民的交往愈来愈密切，共同语言愈来愈多。“时复墟曲中，披草共来往。相见无杂言，但道桑麻长。”（《归园田居五首》其二）。他和邻里也相处得不错：“邻曲时时来，抗言谈在昔。奇文共欣赏，疑义相与析。”（《移居二首》其一）“春秋多佳日，登高赋新诗。过门更相呼，有酒斟酌之。农务各自归，闲暇辄相思。相思则披衣，言笑无厌时。”（《移居二首》其二）重要的是，他对参加劳动的意义有了更深的体会。《庚戌岁九月中于西田获早稻》云：

人生归有道，衣食固其端。
孰是都不营，而以求自安！
开春理常业，岁功聊可观。
晨出肆微勤，日入负耒还。
山中饶霜露，风气亦先寒。
田家岂不苦？弗获辞此难。
四体诚乃疲，庶无异患干。
盥濯息檐下，斗酒散襟颜。
遥遥沮溺心，千载乃相关。
但愿长如此，躬耕非所叹。

诗人认为，人们谋生有一定的准则，而衣食是第一要紧的事，如果连衣食都不顾，那就无法求得自安。要谋衣食，劳动就不可少，即使艰苦也不能避免。这和他在《劝农》中说的“民生在勤，勤则不匮。宴安自逸，岁暮奚冀？擔石不储，饥寒交至”，是一致的。都充分认识到劳动对于人生的重要性。固然他也说到要把躬耕作为避祸的手段，但他通过实践体验到劳动的艰辛，并表示愿意长期从事艰辛的农业劳动，这是一般士大夫所望尘莫及的。

《饮酒二十首》其五写他归隐田园后，避开了人世的尘嚣，在与大自然的接触中，领悟到了人生的真谛：

结庐在人境，而无车马喧。
问君何能尔？心远地自偏。
采菊东篱下，悠然见南山。
山气日夕佳，飞鸟相与还。
此中有真意，欲辨已忘言。

诗人采菊东篱下，不经意地抬起头来，南山闯入了他的眼帘，黄昏前的山间云气是那样美。空中飞鸟结伴而归，诗人由此想到自己归隐故居的举动，领受到了归朴返真(自然)的意趣。这给他带来了无穷的喜悦和满足，以至达到了得意忘言的地步。诗中写景，实将诗人的感受融会其中，他说“山气日夕佳”，但不说如何佳法，而是把他的主观印象说出来让读者去想像。诗中用字也极为准确、传神。“见南山”的“见”字把诗人那一份悠闲、自适的心情描绘得多么真切，如果改用“望”字便是着意看山，难得表现出那一份自然意趣。正因有上面一些长处，所以此诗虽然具有玄言成分，也仍然能使人看到诗人怡然自得的形象。

陶诗中写归隐生活的乐趣，常常是和表达自己归隐到底的决心联系在一起的。这从前面提到的几首诗就可看出，而《饮酒二十首》其九比较集中地反映了这种情趣：

清晨闻叩门，倒裳往自开。
问子为谁欤？田父有好怀。
壶浆远见候，疑我与时乖。
“褴缕茅檐下，未足为高栖。
一世皆尚同，愿君汩其泥。”
“深感父老言，禀气寡所谐。
纡辔诚可学，违己讵非迷！
且共欢此饮，吾驾不可回！”

此诗写诗人与“田父”的融洽关系，与其十四说“故人赏我趣，挈壶相与至。班荆坐松下，数斟已复醉。父老杂乱言，觞酌失行次。不觉知有我，安知物为贵？悠悠迷所留，酒中有深味”，同一境界。突出的是诗写田父怪他与世相违，劝其出仕与世同流，诗人断然拒绝。大概是当时有人劝他出仕，故有此作。方东树说此诗夹叙夹议托为问答，是学屈原《渔父》手法，又说“幻出人来，较之就物言，更易托怀抱矣”(《昭昧詹言》)，甚是。

陶渊明隐居田园，并不是一味的悠悠然。他也有苦恼，甚至有很深的痛苦。《杂诗十二首》其八写他努力耕作却难得温饱："躬亲未曾替，寒馁常糟糠。岂期过满腹，但愿饱粳粮。御冬足大布，粗絺以应阳。正尔不能得，哀哉一可伤!"《怨诗楚调示庞主簿邓治中》写在旱灾严重的年头饥寒难捱，十分感人："炎火屡焚如，螟蜮恣中田。风雨纵横至，收敛不盈廛。夏日长抱饥，寒夜无被眠。造夕思鸡鸣，及晨愿乌迁。"夜里希望天快些亮，白天希望太阳早些下山，难以度日的苦况可以想见。他还有一首《乞食》诗，说"饥来驱我去，不知竟何之！行行至斯里，叩门拙言辞"，叙事、言情，真切之至。陶诗中屡言"固穷"，诸如"高操非所攀，深得固穷节"（《癸卯岁十二月中作与从弟敬远一首》），"不赖固穷节，百世当谁传"（《饮酒》其二），"竟抱固穷节，饥寒饱所更"（《饮酒》十六）等，不仅是表达他对一种情操的向往，也实在是因为他有穷可"固"。陶渊明毕竟是做过官的，归隐初期尚有一定的产业，他的遭遇尚且如此，那么那些遭受残酷剥削、田地为人所夺的农民生活又将如何呢？他的《还旧居》多少透露出了这方面的消息："畴昔家上京，六载去还归。今日始复来，恻怆多所悲。阡陌不移旧，邑屋或时非。履历周故居，邻老罕复遗。步步寻往迹，有处特依依。"诗人六年未回旧居故地，往日的屋舍毁了，熟悉的邻居也所剩无几了，这种变化自与当日的兵乱、灾疫有关。

苏轼说："渊明作诗不多，然其诗质而实绮，癯而实腴。"（《与苏辙书》）杨时说："陶渊明诗所不可及者，冲淡深粹，出于自然。"（《龟山先生语录》卷一）朱熹亦谓："渊明诗平淡，出于自然。"（《朱子语类》卷一百四十）这些评语虽就整个陶诗而言，实最能概括其田园诗的艺术特点。平淡有味，应是渊明田园诗最突出的审美特征；"寄至味于淡然"（谢榛《四溟诗话》卷四），应是他最重要的表现艺术。故其诗言近意远，用语朴素而含蕴丰美。渊明为人任真（自然）自得，写诗也能以本色相见。前人说"渊明不为诗，写其胸中之妙尔"（陈师道语），"陶渊明直是倾倒所有，借书于手，初不自知为语言文字也"（叶梦得语），这些都说明陶诗是诗人性情的自然流露，是诗人心中要说的真话。他用不着装腔作势地大声疾呼，也不必用华美的言词矫饰感情，因而其诗有真淳之美。这种诗风既有别于陆机、潘岳的繁缛、轻绮，也和玄言诗的"理过其辞，淡乎寡味"不同。

渊明田园诗"寄至味于淡然"的表现艺术，主要体现在两方面。

一是用田园生活中的平常事物表达诗人归隐田园的自得情趣。田园诗所写题材多是日常生活中的事物。诸如采菊饮酒，种豆收稻，庄稼的生长状况，劳动中的辛劳，以及他和邻里的种种来往，他对儿子的教诲和期望等。

这样出现在诗中的形象也是极平常的，诸如田父、鱼鸟、松菊、草屋丘垅、豆苗桑麻、村落炊烟以及鸡鸣狗吠等，但这些都是浸透着诗人情感、足以寄托其隐者情怀的事物。诗人在观察它们时得到过精神上的满足，在写诗时又用它们表达这种满足。如其写景，即融情于景。虽然所写之景为平常景物，入诗却成了诗歌意境的有机成分。由于饱含情意在内，故景象皆为意象，别具一种韵味，而不是仅仅提供一种形拟的美。比如“暧暧远人村，依依墟里烟。狗吠深巷中，鸡鸣桑树巅”，写诗人初归园田居的见闻感受，便是景语即为情语。他立在堂前眺望村野景象，视线由远而近，观感由朦胧而清晰：那隐约可辨的是远处的村落，那历历在目的是农家的炊烟。“依依”二字写炊烟轻柔，缓缓而上，仿佛不愿飘散似的，既显出天空的明净、村野的宁静，也映现出诗人对故园的依恋之情。下写鸡鸣狗吠，既衬托出乡村的静，也表现出诗人心情的静。他是那样入迷地欣赏着田园风光，忽地鸡鸣狗吠把他从静思中唤醒过来，又在他的心湖中激起欣喜的涟漪。如此写景，景出情出人出而又出之自然(苏轼说这四句诗“如大匠运斤，无斧凿痕”)，是很不容易的。至于前面提到的“平畴交远风，良苗亦怀新”，分明是以我观物所见到的物的情态，写的是物亦具我之情。而“众鸟欣有托，吾亦爱吾庐”，则是将物、我打成一片。乍看似我亦具物之情，而写众鸟欣然有托，实是在写诗人的感受。由于诗人写景重在表达感情，因此诗中出现的多是孤松、孤云、孤鸟、池鱼、惊鸟、羁鸟、芳菊、良苗、好风、凉风等形象。在写到它们时，并不对某一具体物象的外貌作客观描摹，而是取人所感知的神态、属性，借以表达诗人情意上的寄托和追求。比如同是写鸟，当诗人要表现在尘世中孤寂、彷徨的苦闷时，笔下出现的是“栖栖失群鸟”，强调的是它的“日暮犹独飞，徘徊无定止，夜夜声转悲”；当诗人得以归隐、深感自得时，笔下出现的是“飞鸟相与还”，突出的是成群的飞鸟结伴归去。总之诗人写景、叙事，所取神态总带有他个人性情的烙印，所以我们读他的诗，虽然接触的是眼前景、身边事，却感到既有图画般的美，又有深长的意味。

二是用平常语言写深切感受。渊明田园诗无论写田园生活的自适之感，还是写在田园生活中体悟到的人生真谛，多用寻常语言道来。不但不求绮丽，不较音律，而且说得朴实，不用大言壮语，以至时人谓之质直。如说“方宅八九亩，草屋八九间”，“种豆南山下，草盛豆苗稀”，“今日天气佳，清吹与鸣弹”(《诸人共游周家墓柏下》)，“欢然酌春酒，摘我园中蔬。微雨从东来，好风与之俱”(《读山海经十三首》其一)，自然天成，全无雕琢痕迹。其他诗，如《拟古九首》其三说：“自从分别来，门庭日荒芜。”其六说：“万一不合意，永为世笑之。”《责子》说：“白发被两鬓，肌肤不复实。虽有五男儿，总不好纸笔。阿舒已二八，懒惰故无匹。阿宣行志学，而不爱文术。雍端年十三，不识六与七。通子垂九龄，但觅梨与栗。天运苟如此，且进杯中物。”这些诗句简直如同口语。陶诗语言质朴、通俗，但它又清简、精炼，传情达意，极富表现力。所谓“文体省净，殆无长语”（钟嵘《诗品》卷中），“靖节诗不为冗语，惟意尽便了”（许学夷《诗源辨体》）。“其语言之妙，往往累言说不出处，数字回翔略尽”（钟惺《古诗归》卷九）。可见，其诗语言的清简、平淡，并不等于粗糙、浅陋和随意编排，而是经过加工、提炼的结果。平淡本自组丽中来，如元好问说的“豪华落尽见真淳”（《论诗绝句》）。故其诗语虽平易却用词精当，显得气韵充足，诗味隽永，耐人咀嚼。《时运》写暮春山空、田野景象：“山涤余霭，宇暖微霄。有风自南，翼彼新苗。”十六个字，就描绘出一幅山野暮春图。“翼彼新苗”写庄稼苗的叶片在南风吹拂时左右摇动，如同鸟儿的翅膀上下扇动一样，多么传神！诗人的欣悦之感亦可想见。又如“平畴交远风，良苗亦怀新”（《癸卯岁始春怀古田舍二首》其二），“众鸟欣有托，吾亦爱吾庐”（《读山海经十三首》其一），都是以极平常的语言写极真切的感受。至于“岁月掷人去”的“掷”字，“悠然见南山”的“见”字，“中夏贮清阴”的“贮”字，论其准确、生动和感情色彩的浓厚，几无他字可换。正因写得简净、真淳，故其诗看似平易却并不易解。如苏轼所言：“观陶彭泽诗，初若散缓不收，反复不已，乃识其奇趣。”（《书唐氏六家书后》）

还要指出的是，渊明作田园诗，不论用日常生活中的平常事物表达自得情趣，还是用寻常语言表达深切感受，都有出于自然的特点。所谓“渊明诗所以为高，正在不待安排，胸中自然流出”（朱熹语）。本来，渊明为人，悲欢忧喜就出于自然，发而为诗，自以“胸中自然流出”为美。故唐顺之说：“陶彭泽未尝较声律，雕文句，但信手写出，但是宇宙间第一等好诗。何则？其本色高。”（《答茅鹿门知县》）

二、咏怀诗及其艺术特色

从抒情言志的角度看，陶诗中的田园诗、咏史诗，都属于咏怀诗。但这里说的咏怀诗，主要是田园诗、咏史诗以外的咏怀诗，代表作为《述酒》和《饮酒二十首》、《拟古九首》、《杂诗十二首》、《咏贫士七首》、《拟挽歌辞三首》等组诗中的大部分作品。

陶诗言饮酒者甚多，此类诗作的意义，当如萧统、韩愈所言：“有疑陶渊明诗篇篇有酒，吾观其意不在酒，亦寄酒为迹者也。”（萧统《陶渊明集序》）“吾少时读《醉乡记》，私怪隐居者无所累于世，而有是言……及读阮籍、陶潜诗，乃知彼虽偃蹇不欲与世接，然犹未能平其心，或为事物是非相感发，于是有托而逃焉者也。”（韩愈《送王秀才序》）《饮酒》组诗即仿阮籍《咏怀》而作，用“寄酒为迹”的方式，写他“为事物是非感发”的难平之心。如云：

衰荣无定在，彼此更共之。
邵生瓜田中，宁似东陵时。
寒暑有代谢，人道每如兹。
达人解其会，逝将不复疑。
忽与一觞酒，日夕欢相持。

——《饮酒二十首》其一

道丧向千载，人人惜其情。
有酒不肯饮，但顾世间名。
所以贵我身，岂不在一生。
一生复能几，倏如流电惊。
鼎鼎百年内，持此欲何成！

——《饮酒二十首》其三

栖栖失群鸟，日暮犹独飞。
徘徊无定止，夜夜声转悲。
厉响思清晨，远去何所依。
因值孤生松，敛翮遥来归。
劲风无荣木，此荫独不衰。
托身已得所，千载不相违。

——《饮酒二十首》其四

行止千万端，谁知是与非？
是非苟相形，雷同共誉毁！
三季多此事，达士似不尔。
咄咄俗中愚，且当从黄绮。

——《饮酒二十首》其六

少年罕人事，游好在六经。

行行向不惑，淹留遂无成。
竟抱固穷节，饥寒饱所更。
弊庐交悲风，荒草没前庭。
披褐守长夜，晨鸡不肯鸣。
孟公不在兹，终以翳吾情。
——《饮酒二十首》其十六

羲农去我久，举世少复真！
汲汲鲁中叟，弥缝使其淳。
凤鸟虽不至，礼乐暂得新。
洙泗辍微响，漂流逮狂秦。
诗书复何罪，一朝成灰尘。
区区诸老翁，为事诚殷勤。
如何绝世下，六籍无一亲！
终日驰车走，不见所问津。
若复不快饮，空负头上巾。
但恨多谬误，君当恕醉人。
——《饮酒二十首》其二十

其一说“人道”变化犹如寒暑代谢，荣而会衰，人所难免，既识其理，当日夕饮酒以对。其三说在大道久丧、情欲日滋的今天，顾名、贵身均不可取，可取者为饮酒耳。其四写诗人在险恶时代得以归隐的满足感和归隐到底的决心。其六说人生出处方式多种多样，不可以是非论之，自己要步黄公、绮里季夏(二人均为因避秦而遁入商山的“四皓”中人)后尘，意谓不仕桓玄篡晋所建之楚。其十六回顾平生服膺儒学的人生经历，流露出对功名事业无所成就的遗憾和在穷困境遇中没有知音的苦闷。其二十实说世无“真”、“淳”可言，惟醉酒能复“真”得“淳”。诗谓“若复不快饮，空负头上巾。但恨多谬误，君当恕醉人”，是说“不快饮”便不能复真得淳，便对不住头上的儒冠。而复真得淳往往被人视为酒后失言，故请君“恕醉人”。后二句实为反语。此诗和其十三谓“有客常同止，趣舍邈异境。一士长独醉，一夫终年醒。醒醉还相笑，发言各不领。规规一何愚，兀傲差若颖。寄言酣中客，日没烛当炳”，都是讲醉饮可贵。说醉者才是醒者、颖(聪颖)者，其“兀傲”于世，正是复真得淳以对抗俗风衰颓的表现。

如果说《饮酒》组诗多写诗人身世怀抱和愤世之慨，《述酒》则有直斥时政之意。作者注谓“仪狄造，杜康润色之”，含义极深。仪狄、杜康是古代擅长酿酒的人。注言酒由仪狄造出，再由杜康润色。实是比喻桓玄篡位于前，刘裕自代于后，东晋终于灭亡。为了篡位，桓玄酖杀司马道子，刘裕酖杀晋安帝，两人都以毒酒杀人篡权，故渊明以《述酒》为题，自为作注以申其慨。诗中“豫章抗高门，重华固灵坟”，写刘裕（封豫章郡公）得势，肆行篡夺，晋恭帝为其所杀。而“泪流抱中叹，倾耳听司晨”，则表达了他因晋亡所引起的无尽悲哀。

《拟古九首》，多悼国伤时之语，亦有自叹不遇者。“大抵遭逢易代，感世事之多变，叹交情之不终，抚时度势，实所难言，追昔伤今，惟发诸慨”（温汝能《陶诗汇评》卷四）。“不欲显斥，故以拟古等目名其题云”（许学夷《诗源辩体》卷六）。如其八写他怀抱利器，到处寻找施展本领的机会，结果失意而归，使得壮志难酬：

少时壮且厉，抚剑独行游。
谁言行游近，张掖至幽州。
饥食首阳薇，渴饮易水流。
不见相知人，惟见古时丘。
路边两高坟，伯牙与庄周。
此士难再得，吾行欲何求！

此诗纯用象喻手法言志抒怀。东晋时期，北中国为少数民族政权所控制，诗人何以到达幽州寻找报国机会？他不过是借张掖、幽州这些施展本领、建立功业的典型地名说明他为求一用世机会，所到之地甚远甚广，使人产生一种奋发壮烈的感受。“饥食”、“渴饮”二句也是借伯夷、叔齐、荆轲的典故来表现诗人精神上的寄托，说明他早年就向往清士的操守和侠士的见义勇为。而“伯牙与庄周”自是指代知音。他有壮志，有本领，有渴望用世的愿望，却在现实中找不到志同道合的人，当然他感到失望和苦闷。

《杂诗十二首》可谓愁绪万端，悲愤难禁，为《拟古》余绪。如其二云：

白日沦西阿，素月出东岭。
遥遥万里辉，荡荡空中景。
风来入房户，夜中枕席冷。
气变悟时易，不眠知夕永。
欲言无予和，挥杯劝孤影。

日月掷人去，有志不获骋。
念此怀悲凄，终晓不能静。

此诗可与阮籍《咏怀》其一并读，它们都写出了一种时代的孤寂感。陶诗“气变悟时易，不眠知夕永”以及前二句写风入房户，枕席寒冷，明言节候变化，实含易代之慨。在漫漫长夜，他找不到一个和自己有共同语言的人，只好自酌自饮，借酒浇愁。但愁哪能止息，一想到“日月掷人去，有志不获骋”的现实，他便不胜悲凄。

《咏贫士七首》实借咏贫士而抒己怀。前二首即直写诗人隐者情怀，后五首则通过歌咏古代贫士的安贫固穷，表达诗人困于饥寒时所追求的精神力量。其一云：

万族各有托，孤云独无依。
暧暧空中灭，何时见余辉。
朝霞开宿雾，众鸟相与飞。
迟迟出林翮，未夕复来归。
量力守故辙，岂不寒与饥？
知音苟不存，已矣何所悲！

诗的前四句写云，中四句写鸟，后四句写人，写出诗人思想活动的几个层次，在结构上是空中转身式的跳接，在文字上没有明显的承接迹象。诗中说万物皆有依托之所，草木长在地上，鱼儿游在水中，惟独孤云上不着天，下不着地。这孤云实是诗人自喻，写他的孤独无依。下面写“众鸟相与飞”，却有一只鸟与众不同，它出林迟而归林早。这是写景，亦有寓意。暗指晋宋易代之际，士人竞相依附新政权追逐权利，却也有人不为功名所动。下面托出诗人本意：自己宁愿忍受饥寒，也要坚守“故辙”。这“故辙”除指归隐之道和“固穷”之节外，还应包含诗人对晋室的一片忠心。

陶渊明的咏怀诗，在艺术上受到阮籍《咏怀》诗多方面的影响，突出的有两点。

一是学阮诗抒情寄慨，说人生体验，说现实感受，即使深忧、激愤，也不详言引发这种情绪的具体事件。如陶诗写诗人的忧世之情、愤世之慨，本来涉及晋、宋易代之际种种篡、乱之事和士人节操沦丧的行为，而诗人却用“寒暑有代谢，人道每如兹”、“羲农去我久，举世少复真”一类抽象的话概括言之。就是写他隐居中的精神苦闷，也是极写其苦闷之深而不在实写其事上下功夫；偶尔言及人生蹭蹬经历，也是用慨叹语气笼统道来(如谓“淹留遂无成”)。

二是学阮诗用比兴手法抒情寄慨，托物、托人、托事以咏怀。如其《饮酒》即“寄酒为迹”以达其意，《咏贫士》及《拟古》中就有托咏古人而抒慨者。像《述酒》注似说酒史而实斥桓玄、刘裕篡位，《拟古》其九写桑树“枝条始欲茂，忽值山河改。柯叶自摧折，根株浮沧海”，实是以桑指代东晋，写刘裕篡晋自立事，亦有言在此而意在彼的特点。又像《拟古》其八用象喻手法，借用古代含有独特文化意蕴的人物、地名、山水作意象，叙事以抒怀，像《饮酒》其四、《咏贫士》其一以鸟为喻以言志，《杂诗》其二寓“悲凄”之感于景物描写之中，都有抒情寄慨曲折道来的特点。和阮诗不同，渊明的咏怀诗多数意旨显明，并无“难以情测”之作。抒怀既多用比兴，亦不乏议论，但都出语平易，显得朴淡、自然。

三、咏史诗及其艺术特色

陶渊明好读史、论史，好借咏史以抒怀。自谓其作《读史述九章》，即“余读史记有所感而述之”。又曾作《扇上画像赞》、《尚长禽庆赞》，赞颂历史上的几位隐士。咏史诗则有《饮酒二十首》中的其十一、十二(颜生称为仁)(长公曾一仕)、十八(子云性嗜酒)，《拟古九首》其二(辞家夙严驾)，《咏贫士七首》中的后五首，以及《咏二疏》、《咏三良》、《咏荆轲》等。此外，《读〈山海经〉十三首》，也具有咏史性质。

陶渊明咏史抒怀，多用人物品评方式进行。其品评标准基本上出自儒家人生价值观念。抒怀寄慨的取向则有二：一是借对古代贫士、高士节概、心性、境遇的歌咏，以表达自己隐而不仕和抱固穷之节以对饥寒的志趣以及在“古贤”中找到知音所得到的精神上的满足感。所谓“何以慰吾怀，赖古多此贤”(《咏贫士七首》其二)。如《咏二疏》，称颂的是汉代疏广(官太子太傅)、疏受(官太子少傅)叔侄俩“高啸返旧居，长揖储君傅”的高尚行为，中谓“放意乐余年，遑恤身后虑”是说二疏，也是在说自家体会。“谁云其人亡，久而道弥著”二句，是对二疏不仕而归的认可、赞许，言语中也带出诗人挂冠而归的自得情怀。又如《咏贫士七首》其七云：

昔在黄子廉，弹冠佐名州。
一朝辞吏归，清贫略难俦。
年饥感仁妻，泣涕向我流。
丈夫虽有志，固为儿女忧。

惠孙一晤叹，腆赠竟莫酬。
谁云固穷难？邈哉此前修！

此诗实用“前修”黄子廉的固穷慰勉自己，中谓“惠孙一晤叹，腆赠竟莫酬”，与诗人拒收江州刺史檀道济所馈粱肉何其相似。事实上，诗人咏史、论人，多将自己的人生经验、感受融合于内，颇有些借歌咏历史人物写心言志的意味。这类诗作的风格亦以平淡为主，语气平和，语词平易，很少有情绪激昂、语词激切或深隐其意、故作典雅者。

二是借对历史人物（旁及神话人物）的歌咏，表现诗人的愤世之慨。如《咏荆轲》极写易水之别的悲壮气氛，以突出荆轲的“壮士”情怀，而说荆轲“心知去不归，且有后世名。登车何时顾，飞盖入秦庭。凌厉越万里，逶迤过千城……惜哉剑术浅，奇功遂不成！其人虽已没，千载有余情”。不但用健语壮词写出荆轲入秦的一往无前，还用无限惋惜的语气为他的失败而慨叹。又如《读山海经十三首》其九、其十：

夸父诞宏志，乃与日竞走。
俱至虞渊下，似若无胜负。
神力既殊妙，倾河焉足有？
余迹寄邓林，功竟在身后。

——《读〈山海经〉十三首》其九

精卫衔微木，将以填沧海。
刑天舞干戚，猛志固常在！
同物既无虑，化去不复悔。
徒设在昔心，良晨讵可待？

——《读〈山海经〉十三首》其十

这两首诗和《咏荆轲》都是歌颂失败了的英雄，赞扬他们“千载有余情”、“功竟在身后”、“化去不复悔”所留下的一种奋斗精神。《读山海经》写于义熙初年，诗的主旨是揭露和抨击桓玄以禅代之名行篡夺之实的罪行，其十首四句实寓复仇之意，出语“悲痛之深，可为流涕”（王应麟《困学纪闻》卷一八翁元圻案语）。其十一、十三则将桓玄比做共工、崇鲧，警告他“肆威暴”、“违帝旨”、“为恶”是没有好下场的。可见诗人对其愤恨至极。这类诗可谓言及八荒之表，而情在方寸之间，虽托言往古，“语时事则指而可想”（萧统《陶渊明集序》)。它们爱憎分明，反映出诗人“金刚怒目”的一面。其实，陶渊明作为隐士，他是“遥遥沮溺心，千哉乃相关”；而作为勇士，他的抗争之心乃是和千载以前的猛士、英雄相通的。故此类诗作，风格近于豪放。如朱熹所说：“陶渊明诗，人皆说是平淡，据某看他自豪放，但豪放得来不觉耳。其露出本相者，是《咏荆轲》一篇，平淡底人如何说得这样言语出来。”(《朱子语类》卷一百四十)亦如陈祚明所言：“朱子仅谓《咏荆轲》一篇露本旨。自今观之，《饮酒》、《拟古》、《贫士》、《读山海经》何非此旨，但稍隐耳。”(《采菽堂古诗选》卷十三)朱、陈所说，实已道出陶渊明所有意在刺世寄愤的咏史诗的艺术特点。

第三节 陶渊明的辞赋和散文

一、陶渊明的辞赋

陶渊明今存辞赋有三，即《感士不遇赋》、《闲情赋》和《归去来兮辞》。三文皆以抒情为主，铺陈形容，激情奔涌，文词美妙。行文则篇篇有序，且三序都说到辞赋之作的由来、意趣所在，而语词简明、朴质。

《感士不遇赋》，在继承董仲舒《士不遇赋》、司马迁《悲士不遇赋》艺术传统的基础上自有创造。它是作者三次出仕之后，冷静思量现实境遇，将对人生方式作出新的抉择时的产物。除写到当今之士不遇于世的种种情状外，还提出用归隐不仕作为解决这一人生难题的良策，因而赋中固然说士不遇者多，却多是泛论古人古事；虽然出语感慨嘘唏，伤感气氛很浓，但并不乏理性判断。既谓“密网裁而鱼骇，宏罗制而鸟惊。彼达人之善觉，乃逃禄而归耕”，又说“宁固穷以济意，不委曲而累己。既轩冕之之非荣，岂缊袍之为耻。诚谬会以取拙，且欣然而归止。拥孤襟以毕岁，谢良价于朝市”。可见，此赋实际上写的是作者对士人不遇于世当如何处世问题的思考，而不是仅仅借写“士不遇”发发牢骚。既是抒怀言志，故赋中有叙有议，多用慨叹语气为之。

前人对陶赋看法最不一致的，是《闲情赋》。萧统说：“白璧微瑕，惟在《闲情》一赋，扬雄所谓‘劝百而讽一’者乎？卒无讽谏，何足摇其笔端？惜哉，无是可也。”(《陶渊明集序》)苏轼则说：“幽美《闲情赋》，正所谓国风好色而不淫，正使不及《周南》，与屈、宋之陈何异？而统乃讥之，此乃小儿强作解事者。”(《东坡题跋》卷二)大抵陶氏作赋的动机及其构思特点，如《闲情赋序》所云，乃“检逸辞而宗淡泊，始则荡以思虑，而终归闲正。将以抑流宕之邪心，谅有助于讽谏”。“闲情”之“闲”当训为“正”，赋名含义与张衡《定情赋》、蔡邕《静情赋》、应玚《正情赋》题义相近。作者写作动机是要使爱恋女子之情复归于正，但艺术效果却反于是。所谓“旨欲讽而效反劝耳。流宕之词，穷志极妍；淡泊之宗，形绌气短，诤谏不敌摇惑。以此检逸归正，如朽索之驭六马，弥年疾疢而销以一丸也”（钱钟书《管锥编》第四册第一四五则）。之所以如此，是因为赋中“荡以思虑”所写爱恋女子的情思和思而不得的痛苦极为充分，而且语语含情，说得真切动人。末四句虽有“终归闲正”之意，但谓“坦万虑以存诚，憩遥情于八遐”，对自己大胆、充分的爱情表白并无自谴之意。终使此赋成了“情爱之自赞，文士之恋歌”（徐公持《魏晋文学史》第三编第七章第三节）。

《闲情赋》抒情味浓，不亚于诗，但赋的语言风格却与陶诗用语的平淡、自然、不事雕饰大为不同。如赋中写爱恋女子的情思活动：

> 愿在衣而为领，承华首之余芳；悲罗襟之宵离，怨秋夜之未央。愿在裳而为带，束窈窕之纤身；嗟温凉之异气；或脱故而服新。愿在发而为泽，刷玄鬓于颓肩；悲佳人之屡沐，从白水以枯煎。愿在眉而为黛，随瞻视以闲扬；悲脂粉之尚鲜，或取毁于华妆。愿在莞而为席，安弱体于三秋；悲文茵之代御，方经年而见求。愿在丝而为履，附素足以周旋；悲行止之有节，空委弃于床前。愿在昼而为影，常依形而西东；悲高树之多荫，慨有时而不同。愿在夜而为烛，照玉容于两楹；悲扶桑之舒光，奄灭景而藏明。愿在竹而为扇，含凄飙于柔握；悲白露之晨零，顾襟袖以缅邈。愿在木而为桐，作膝上之鸣琴；悲乐极以哀来，终推我而辍音。

这十“愿”十“悲”把作者内心爱恋女子的情意写得淋漓尽致，言“悲（包括‘嗟’）”自是为了强化“愿”的真诚、迫切。赋中反复用与女子生活相关的日常事物作比，以道难以明言之恋情，可谓巧譬妙喻，情溢于词。不但不同于其诗“文体省净，殆无长语”，也与其诗“质直”、“无文”有异。其赋文风如此，实与所写内容有关。而作者如此细言其爱，也许是他真有那么一段刻骨铭心的感情经历在起作用。

《归去来兮辞并序》，是作者（时年41岁）决心归隐、即将归隐时的作品。欧阳修认为“晋无文章，惟陶渊明《归去来》一篇而已”（苏轼《东坡题跋》卷一）。前人激赏此文，大抵着眼于三点。一是立意高远。《辞》写作者志在归隐的人生意趣，处处流露出大悟人生的快感（如谓“实迷途其未远，觉今是而昨非”等)。其胸怀之淡远、境界之高尚，实非时人所能及。

二是诗化隐逸生活。由于作者将归隐作为人生最佳选择，故《辞》中写到隐居生活便极富诗意美。如云：

> 引壶觞以自酌，眄庭柯以怡颜。倚南窗以寄傲，审容膝之易安。园日涉以成趣，门虽设而常关。策扶老以流憩，时矫首而遐观。云无心以出岫，鸟倦飞而知还。景翳翳以将入，抚孤松而盘桓。……悦亲戚之情话，乐琴书以消忧。农人告余以春及，将有事于西畴。或命巾车，或棹孤舟。既窈窕以寻壑，亦崎岖而经丘。木欣欣以向荣，泉涓涓而始流。善万物之得时，感吾生之行休。

作者以想像之词写隐居之乐，虽也带出一些“世与我而相违，复驾言兮何求”一类的感慨，终以叙写田园生活之类为主。故黄本骥说“《归去来辞》直是曾点沂水、春风一段注脚”(《痴学》卷五)。

三是风格的轻快、自然，用语的真率、生动。《辞》中用语，不单“沛然如肺腑中流出，殊不见有斧凿痕”(李公焕《笺注陶渊明集》引李格非语)，而且笔调轻快，说得真切有味。如“舟遥遥以轻飏，风飘飘而吹衣。问征夫以前路，恨晨光之熹微。乃瞻衡宇，载欣载奔”数句，把作者挣脱羁绊获得自由的喜悦神态写得何等生动、形象，真像出笼的鸟儿在奔向故林。总之，《归去来兮辞》美在立意、美在境界、美在风格、美在语言，四美兼具，自被前人视为佳作。

二、陶渊明的散文

陶渊明的散文可分为说明文、记叙文和抒情文三类，其艺术精神则有以儒学为本者与以道家思想或玄学为本者两种。说明文主要是诗序、赋序、辞序一类文字，其特点前已论及，此处仅言其记叙文、抒情文之特点。

先说记叙散文。渊明的记叙文，只有《桃花源记》和两篇传记。《桃花源记》，附诗一首。诗说桃源社会制度较详，记说桃源发现经过和桃源社会现象较多。两者思想一致，各自可以独立。

《桃花源记》为寓意之文，亦为纪实之文。

文中描绘出一个没有君主、没有剥削，真风浩荡、不用智巧的世界。在这个世界中，人与人之间和睦相处，过着自给自足、安宁、祥和、怡然自乐的生活。桃源世界，实是作者对他崇尚自然的社会政治理想的形象描绘。渊明的社会政治理想，显然与老子的小国寡民思想、阮籍和鲍敬言的无君论，以及嵇康君王无为而治的思想，是相通的。他笔下的桃源世界，与鲍氏在《无君论》中对“曩古之世”的描绘最为相像。就其具有“越名教而任自然”的人生取向而言，亦与阮籍、嵇康美化、向往“无君”、“无臣”、“无为而治”的社会，意义相同。

至于《桃花源记》的写实性，一则表现在文章概括了汉末以迄东晋广大人民迫于兵祸逃入深山谋生和有能力者纠合宗族乡党，屯聚堡坞，据险自守，而成为独立社会群落的事实。二则表现在它所描绘的世外桃源，是以作者的田园生活为原型的。作者写出世外桃源的安宁、美好，对现实社会的混乱、昏暗，自是一种否定。

此外，就取材、风格和表现形式而言，《桃花源记》似乎还受到过当时兴起的“洞穴小说”的影响。故后人干脆视其为浪漫小说，并由此而将六朝一批志怪小说，都说成是渊明的作品。

作为优秀的记叙散文，《桃花源记》的艺术特色十分突出。

一是叙事有序，不枝不蔓。平中有奇，说得有味。之所以有味，与所记渔人经历富有传奇色彩有关，也与叙事能不断写出新奇境界有关。渔人缘溪行忽逢一片桃林，即已为奇。而林尽水源，便得一山，山有小口，仿佛有光，又一奇。渔人入洞所见、所遇、所闻，更是大奇、特奇。渔人归来，再寻洞口不得，亦为一奇。就是文末写现实中人刘子骥“欣然规往，未果”，虽属以真证幻，也内含奇趣。能使人对世外桃源的存在和桃源境界的新异，更添一分遥想、回味的情致。纵然奇境迭出，但作者却说得平淡，不动声色。不夸张，不渲染，平实得很。正因平中有奇，故作者说得有味，能引人入胜。

二是描叙简明生动，似不经意而为，却带出无限诗情画意。如前写溪上桃林、桃源田畴，即显出亮丽、明媚的自然美，中言桃源世风及桃源中人来历，便写出了桃源世代相传的人情美、风俗美，给人以历史的厚重感。《记》中无论写景、叙事，都作写意性的描叙。即以形象语词概言景物之美（经过作者审美体验的美），而不作一枝一叶的精雕细刻；以陈述句略道其事（能寄意于其中之事），而不作过多的细节描写。这种重在突出作者生活感受的描叙方法，和渊明在诗中抒怀，惯于以意象写景、纳事于慨叹中的做法，是相通的。

三是用语清净，句式疏散。《桃花源记》的语言浅平、简练，一如陶诗用语的平淡、省净。记中叙事，用语避深、避难，不求高华，不用藻饰，只是对口语略加提炼而已。但其用语又异常简练，而有浅净之美。其浅净，不是潘岳之文那样以“清绮”为特色的“浅而净”，而是主要表现在用语多为平淡语、朴质语、率直语、不动声色语。这种语言艺术表现力极强，不仅“切于事情”，还能传出事外远致。如记中“夹岸数百步中无杂树、芳草鲜美，落英缤纷”数句，就“写出异境”。“此中人语云：不足为外人道也”，即“叮咛一句，逸韵悠然”（二吴《古文观止》评语）。

由于出语平淡、自然，故其句式疏散。不但记中无一偶句，而且句子长短变化很大。有以二言为句者，有以二十余言为句者。其中二言为句者四，三言为句者十二，穿插于长句（四言以上为句者）之间。句子参差错落，无疑会促成文气的疏荡。

《桃花源记》是一记叙散文，但又像一首诗。所记世外桃源，就像诗中一大意象。作者只是用淡泊心情、平常语气、质朴言词，说出它的发现经过，却能寄愤世嫉俗之怀于笔墨之外。和诗一样，风格平淡、自然，又有质而为绮、疏而能隽和貌似平淡而内实丰腴的特点。

渊明另两篇记叙文，虽同为传记，风格却大不同。前者为死者（作者的外公孟嘉）立传，以备他日入史之用，故记事多，叙事详，篇幅较长。后者自为小传，为抒怀之作，重在表达意趣，故叙事简略，篇幅很短。

两篇传记文风的不同，说明渊明受到过两种散文艺术传统的影响。

《孟府君传》，学的是汉代以来史传文的写法，继承的是儒家散文的艺术传统。叙事详赡，意尽于辞；和雅从容，出语朴淡。传中虽详记孟嘉的仕宦履历和后人赞其“本是三司中人”，但作者主要是把他作为“温、雅、平、旷”的名士来写的。故传中所记之事，颇能再现孟嘉的名士风度和尚玄的意趣。另一方面，渊明赞颂孟嘉，也以其“振缨公朝”、“德音允集”及为人“孝友”为美，见得他品评人物的审美观念，也是儒、玄兼取。文风亦复如是。不少段落简淡、隽永如同《世说新语》，但总的风貌却是叙议过多，详赡而近于繁杂。而这不能不算是他在继承儒家传记散文艺术传统时，所出现的毛病。

完全用道家或玄学家的审美标准品评人生、在艺术上无所依傍而独具一格的传记，是《五柳先生传》。此为托传，用的是第三人称的写法。传云：

> 先生不知何许人也，亦不详其姓字。宅边有五柳树，因以为号焉。闲静少言，不慕荣利。好读书，不求甚解；每有会意，便欣然忘食。性嗜酒，家贫不能常得。亲旧知其如此，或置酒而招之。造饮辄尽，期在必醉，既醉而退，曾不吝情去留。环堵萧然，不蔽风日，短褐穿结，箪瓢屡空。晏如也。常著文章自娱，颇示己志。忘怀得失，以此自终。
>
> 赞曰：黔娄之妻有言：“不戚戚于贫贱，不汲汲于富贵。”其言兹若

人之俦乎？酣觞赋诗，以乐其志，无怀氏之民欤？葛天氏之民欤？

此传亦为渊明"颇示己志"之作。他是借为五柳先生立传，表述自己的人生志趣。所谓"颖脱不群，任真自得，尝著《五柳先生传》以自况，时人谓之实录"（萧统《陶渊明传》）。他赞美五柳先生的"忘怀得失，以此自终"，正是对自己越名教而任自然的人生取向的肯定；他称颂五柳先生为"无怀氏之民"、"葛天氏之民"，正反映出他对自己能达到与自然合一的人生境界而产生的自得心情。总之，他是用他现实的人生取向作为审美标准，创造了一个用以"自况"的"五柳先生"。既是托传主以"示己志"，当然就可称心而言，用种种手法写出传主的人生意趣、境界，写得和作者的为人越像越好。

传的结构形式一如史传，既用正文传写其事，又用赞词评议其人。但叙事方法与一般史传不同。一般史传，正文往往记述传主生前重要事迹，且言之较详，极少议论。此传却仅记其平凡琐事（称号来历及其读书、饮酒、居所、穿着、饮食、作文事），且是概叙其事与概论其人相结合。叙一事，必点出传主经历其事的心态、情趣、精神境界等。而用语精省，一百多字就描画出一位不慕荣利、任真自得的高士形象。又小传行文流畅，虽以简约语叙议众事，却语气连贯，无承接痕迹。词淡句散，多用"不"字造句以叙事达意。传中用"不"字九处之多，钱钟书先生从分析思想含义入手，认为"'不'字为一篇眼目"。"重言积字，即亦狷者之'有所不为'"（《管锥编》第四册第一四六则）。大体是对的。从艺术效果看，"不"字的反复出现，则使得行文节奏轻快。挥洒自如，既说得有趣、有味，又有一种飘逸美。

再说抒情散文。渊明的抒情散文，有疏作一篇、祭文三篇。

祭文中，《祭程氏妹文》、《祭从弟敬远文》，皆为祭奠亲人之辞。辞用韵语，而行文流畅。两文皆用忆念往事、叙说死者遗属凄惨的方法，表达哀哀之情。其中不乏对死者美德的称道，和对其早逝的惋惜。作者在哀叹中叙事，又由叙事引出哀叹。叙事时偶尔描叙当时景色，见得往事历历，无比真切；更衬托出作者哀痛隐隐，无比深切。

祭文中，写法有些特别的，是《自祭文》。此文作于刘宋元嘉四年（公元427年）九月，十一月，渊明去世，故此文可以说是渊明的绝命辞。

作者在祭文中回顾人生经历，对安贫乐道、委运顺化的人生方式表示无怨无悔。他面对死亡所表现出的冷静、达观态度，正是对他早年说的"纵浪大化中，不喜亦不惧。应尽便须尽，无复独多虑"这一人生理则的回应。

文中除说到作者一生人生取向异于常人，"余今斯化，可以无恨"外，还用较多文字叙说"自余为人，逢运之贫"、"乐天委分，以至百年"的人生历程，而在最后发出“人生实难，死如之何”的长叹。可见渊明对他人生的艰难，还是感慨良深的。

至于祭文写法，则如钱钟书所说：“《归去来兮辞》写生归田园，《自祭文》写死归黄土陌，机杼仿佛。‘永归于本宅’与‘田园将芜胡不归’，均先事而预拟届时耳。”具体说来，文中以设想之词，写渊明亡故后亲友祭奠、送葬情形，与其《拟挽歌辞》三首构思、描述手法一样。只是诗中达观语多，祭文中隐含悲慨。至于用语浅近、朴质（虽以四言为句，尽为韵语，但语意明白，语气转折自如，不亚于散句），较之前两篇祭文，还要突出。要之，前两篇祭妹、祭弟，囿于名教，笔调沉重；此篇自祭，依顺自然，出语更为随意。

《与子俨等疏》，是渊明痁疾加剧，“自恐大分将有限”时写的。作者时年五十一岁（依逯钦立说）。故此疏既为诫子书，又像遗嘱。

此疏写得既庄重，又亲切，语语皆从胸中流出，而文法严密。纵然渊明在疏中说到自己委运顺化的人生态度，说到自己依顺自然而自得其乐的人生体验，但疏作却具有不违名教的艺术精神。无论是他对俨等幼受饥寒所表现出的愧疚心情，还是对他们往后难免“柴水之劳”的挂念，还是要求他们兄弟和睦，都合乎儒家讲的父子、兄弟之道。此疏不但具有儒家艺术精神，而且继承了东汉新儒家散文中同类作品的艺术传统。其写法，明显受到过郑玄《戒子益恩书》、张奂《诫兄子书》、马援《诫兄子书》等文的影响。

从上面的介绍可以看出，陶渊明在六朝能做到“文章不群”、“独超众类”（萧统语），首先是因为他有异乎时人、高于时人的人生取向、人格追求、审美理想，并能将其见诸生活实践。其次，是他能在散文中真实、自然、生动、有味地表现出他性情的真淳、志趣的高迈、胸次的旷达。不但文如其人，而且文中有其人。

渊明散文的艺术风格，总的特点是朴淡、浅净、自然、爽朗、隽永。受他两种人生取向、两种审美趣味的影响，渊明的散文可以分为两类。一类具有以儒家思想为本的艺术精神和叙事、说理详赡、细致、平实、和缓的艺术风貌。一类具有以道家思想、玄学理论为本的艺术精神和简约、平淡、萧散、闲远的艺术风貌。而以后一类散文在艺术上最具独创性。

它们以写意为主，重在表达一种感受、一种意趣，追求的是一种境界美。叙事并不细道情节，说理并不细加辨析，抒怀并不大动声色，若未经意，信口而言，却意味无穷。造句虽好以四言为句，但长短搭配得好，能做到句随意变，故句式疏散，句法灵活。用语则朴质、平淡、忌深、忌难、力戒繁缛，不用藻饰，惟“取指达”（颜延之《陶征士诔》）。其朴质、平淡正自组丽中来，故用以叙事达意，使人感到质而实绮，淡而有味。渊明此类散文的平淡、自然和句式的疏散，较之羲之同类散文还要略胜一筹。南朝散文能得其仿佛者，惟《世说新语》一书而已。

陶渊明是中古时期伟大的诗人和特色显著的散文家。由于其诗文风格和当时的华靡文风大相径庭，故不为时人所重。刘勰论晋、宋诗、文，就绝不言陶诗、陶文。钟嵘品诗，虽称其为“古今隐逸诗人之宗”(《诗品》卷中)，却将他仅列为中品，萧统编《文选》也只选了他八首诗和一篇《归去来辞》。盛唐以后，推崇陶潜为人及其诗、文的作家就日渐多起来了。唐代的田园诗人大多是学陶的。沈德潜说：“陶诗胸次浩然，其有一段渊深朴茂不可到处。唐人祖述者，王右丞(维)有其清腴，孟山人(浩然)有其闲远，储太祝(光羲)有其朴实，韦左司(应物)有其冲和，柳仪曹(宗元)有其峻洁，皆学焉而得其性之所近。”(《说诗晬语》)古代学陶诗者，以江淹、白居易、苏轼最为著名。借陶诗寄托自己的闲适感情或愤然之慨的几乎历代都有，著名的像苏轼、辛弃疾、陆游，以及清末的龚自珍、谭嗣同等。陶渊明在诗歌史上的地位和影响，只有李白、杜甫等几位诗人可以和他比肩。至于陶文的传播、接受，也是入唐以后才逐渐形成高潮。大抵唐以后乐于接受陶文艺术精神、艺术风格者，多为思想活跃、为文少有格套的作者，如初唐王绩、中唐白居易、北宋苏轼以及明代袁宏道等。

第九章　南朝诗歌

第一节　山水诗的兴起和谢灵运的诗歌

从西晋末年直到整个东晋时期，在诗坛占统治地位的是玄言诗。玄言诗讥言世务，侈谈玄理，“嗤笑徇务之志，崇盛亡机之谈”(《文心雕龙·明诗》)，而言词质木无文，缺乏形象，没有意境，“平典似《道德论》”(《诗品序》)。到了宋初，这种情形有了改变，玄言诗逐渐为山水诗所取代，如刘勰所说：“宋初文咏，体有因革，庄老告退，而山水方滋。”(《文心雕龙·明诗》)山水诗在这个时期出现并非偶然。

首先，魏、晋以来，隐逸成风，名士们对自然山水的审美价值的认识逐渐加深，这种认识也影响到当时并非隐士的诗人们的创作，于是山水景物成了诗人们歌咏的对象。嵇康的《赠兄秀才入军诗》，张华的《答何劭》、《拟古》、《荷诗》，张协的《杂诗》，陆机的《赴洛道中作》，左思的《招隐诗》，其中都有清美的山光水色。可以说，宋代山水诗的出现也是前期诗人描写自然景物的文学现象的继续和发展。

其次，它的出现与玄言诗的蜕变有关。崇尚自然，是玄学的重要内容。早期的玄言诗近乎偈语，后来，随着玄学家们和大自然的接触增多，他们便在诗中借助山水来鼓吹玄理。这样玄言诗中便逐渐出现了山水形象。比如孙绰，他是东晋著名的玄言诗人。其《秋日》虽有玄言，却有描写山间秋景的句子：

疏林积凉风，虚岫结凝霄。

湛露洒庭林，密叶辞荣条。

随着山水成分增多，玄言诗逐渐发生质的变化，与山水诗的距离越来越近。东晋末年谢混的诗就是一个标志。其《游西池》以记游形式写出西池一片明丽景色，色泽虽淡，而形象鲜明，境界清雅，和玄言诗迥然有别。故前人称他“大变太元(376—396)之气”(《宋书·谢灵运传论》)。

第三，东晋偏安江南，士大夫们物质生活优裕，有条件游览名山胜水，领略大自然的美，这也是促进山水诗发展的一个因素。此外，五言诗创作经验的积累，同时期散文、辞赋、绘画对自然山水的描摹，都对山水诗的发展产生了积极影响。在刘宋初年，山水诗写得最多、成就最为突出的，是谢混的侄子谢灵运。

谢灵运(385—433)，小名客儿，陈郡阳夏(今河南太康)人，他是东晋车骑将军谢玄的孙子，十八岁袭封康乐公。刘裕建宋，抑制前朝世家大族，谢灵运被降为康乐侯。灵运通史学，熟谙佛理，穷览群籍，自负有才，宜参权要，却没有得到朝廷重用，因而胸怀郁愤。他在做永嘉太守、秘书监、侍中、临川内史时，经常遨游山水，“寻山陟岭，必造幽峻，岩嶂千重，莫不备尽登蹑”(《宋书·谢灵运传》)，以至旬日不归，不以职守为念。有一次，他为了观赏山景，率众数百人从始宁南山伐木开路直达临海，以致临海太守惊骇不已，以为来了山贼。在会稽游山观水，也是徒众甚多，惊动县邑。谢灵运肆意游览山水实是借此抒发他心中的郁愤，发泄他对当局的不满。他曾吟诗云：“韩亡子房奋，秦帝鲁连耻。”(《宋书·谢灵运传》引)可见他对刘宋代晋怨恨很深。元嘉十年获罪，被杀于广州。谢灵运恣游山水虽别有寄托，但这种生活经历却使他对山水的自然美有了充分的认识。因而他的山水诗使人耳目一新，“每有一诗至，都邑贵贱莫不竞写，宿昔之间，士庶皆遍，远近钦慕，名动京师”(《宋书·谢灵运传》)。

谢灵运的诗能再现山水的自然美，像下面一些诗句：

近涧涓密石，远山映疏木。
空翠难强名，渔钓易为曲。

——《过白岸亭》

时竟夕澄霁，云归日西驰。
密林含余清，远峰隐半规。

——《游南亭》

乱流趋正绝，孤屿媚中川。
云日相辉映，空水共澄鲜。

——《登江中孤屿》

石浅水潺湲，日落山照曜。
荒林纷沃若，哀禽相叫啸。

——《七里濑》

猿鸣诚知曙，谷幽光未显。
岩下云方合，花上露犹泫。
……
蘋萍泛沉深，菰蒲冒清浅。

——《从斤竹涧越岭溪行》

诗人对自然景象观察细致，所写景物使人有清新之感。故鲍照称“谢五言如初发芙蓉，自然可爱”(《南史·颜延之传》)。但谢诗也有它的毛病，诗人往往能抓住自然山水景物的外部特征，并作出精到描绘，以求形似之美，却不能像陶渊明那样融情于景，创造出完美的艺术境界，因此他的诗多佳句而少佳篇。谢诗中固然有“野旷沙岸净，天高秋月明”(《初去郡》)这样平淡的句子，但有许多诗句(包括一些名句)显现出雕琢痕迹。如“春晚绿野秀，岩高白云屯”(《入彭蠡湖口》)，写水乡野外的明媚春光，色彩谐调，画面宁静而内含生机。“白云抱幽石，绿筿媚清涟”(《过始宁墅》)，写云拥石头、竹生水边，也是极生动的一幅图画。但这些句子遣字用词刻意求对、求新、求巧的痕迹却是明显的。刘勰说“俪采百字之偶，争价一句之奇；情必极貌以写物，辞必穷力而追新”(《文心雕龙·明诗》)，虽指一代诗风而言，在宋初，谢灵运却是这种诗风的代表人物。

其诗文词富艳，精工典丽，讲究对偶，惯于用典，长于形容，虽然体物技巧高超，却缺少理想的光辉。如其代表作《登池上楼》云：

潜虬媚幽姿，飞鸿响远音。
薄霄愧云浮，栖川怍渊沉。
进德智所拙，退耕力不任。
徇禄反穷海，卧痾对空林。

衾枕昧节候，褰开暂窥临。
倾耳聆波澜，举目眺岖嵚。
初景革绪风，新阳改故阴。
池塘生春草，园柳变鸣禽。
祁祁伤豳歌，萋萋感楚吟。
索居易永久，离群难处心。
持操岂独古，无闷徵在今。

宋少帝时，谢灵运因为非毁朝政，被排挤出京，担任永嘉太守，这是他在永嘉病后所写的感物抒怀之作。诗写他进退两难的矛盾心情，也描绘了大好春光，正如白居易所说，此诗“岂惟玩景物，亦欲摅心素”(《读谢灵运诗》)。其中“池塘生春草”向称名句，元好问说是“池塘春草谢家春，万古千秋五字新”(《论诗绝句》)。前人评说“此语之工，正在无所用意，猝然与景相遇，借以成章，故非常情所能到”(叶少蕴《石林诗话》)。诗中虽有如此自然平淡的佳句，但仍具备用典、谈玄的特点。他的《石壁精舍还湖中作》云：“昏旦变气候，山水含清晖。清晖能娱人，游子憺忘归。出谷日尚早，入舟阳已微。林壑敛暝色，云霞收夕霏。芰荷迭映蔚，蒲稗相因依。披拂趋南径，愉悦偃东扉。虑淡物自轻，意惬理无违。寄言摄生客，试用此道推。”诗写湖光山色，借自己的行动感受表现出来，虽十分自然，但诗末拖上一条谈玄的尾巴却令人生厌。又如《于南山往北山经湖中瞻眺诗》云：

朝旦发阳崖，景落憩阴峰。
舍舟眺回渚，停策倚茂松。
侧径既窈窕，环洲亦玲珑。
俯视乔木杪，仰聆大壑淙。
石横水分流，林密蹊绝踪。
解作竟何感，升长皆丰容。
初篁苞绿箨，新蒲含紫茸。
海鸥戏春岸，天鸡弄和风。
抚化心无厌，览物眷弥重。
不惜去人远，但恨莫与同。
孤游非情叹，赏废理谁通。

诗记游踪，山水景象随游行踪迹次第出现，而即物之感亦不时涌出。不单

“模写行役，历历如画”(安磐《颐山诗话》)，而且托情于景，令人生想。应该承认，谢灵运的山水诗，多数都是托写山水以抒写怀抱，不是为写山水而写山水，也不是概言山水以推阐玄理。如黄子云所说：“康乐于汉、魏外，别开蹊径，舒情缀景，畅达理旨。三者兼长，洵堪睥睨一世。”(《野鸿诗的》)当然，谢诗写景也有公式化的毛病，上写山，下写水；先写所闻，后写所见，这都是诗意不丰而苦求形似的结果。谢灵运也有情景交融的好诗。其《岁暮》云：“殷忧不能寐，苦此夜难颓。明月照积雪，朔风劲且哀。运往无淹物，年逝觉已催。”雪、月冷光交融，呈现一片异彩，北风凛烈使人生哀，都和诗中所表达的忧戚之感一致。

除山水诗外，谢灵运还写有不少乐府诗与赠答诗(四言诗)。又有《拟魏太子邺中集诗》八首，实借拟古作论，带有咏史性质。所作诗序，如说王粲“家本秦川，贵公子孙，遭乱流寓，自伤情多”，说陈琳“袁本初书记之士，故述丧乱事多”，说刘桢“卓荦偏人，而文最有气，所得颇经奇”，说曹植“公子不及世事，但美遨游，然颇有忧生之嗟”等，俱联系人生经历、特性论其诗作特点。所作诗亦与小序意同。此种写法，在晋宋拟古诗中也独具一格。当然，谢灵运对古代诗歌发展的突出贡献仍在于把山水景物大量引进诗中，扩大了诗歌的表现领域，加速了玄言诗的消退。同时使得五言诗体格一变，声色大开。

和谢灵运同时而且诗风与之相近的有颜延之(384—456)。宋时“议者以延之、灵运自潘岳、陆机之后，文士莫及，江右称‘潘、陆’，江左称‘颜、谢’”(《南史·颜延之传》)。又与谢灵运、鲍照合称“元嘉三大家”。延之字延年，少孤贫，好学。为人不拘小节，尤爱饮酒。议论政事往往慷慨激昂，曾说：“天下之务当与天下共之，岂一人之智所能独了！”后因触犯权贵出为永嘉太守，作《五君咏》以寄怨愤。延之今存诗无咏山水者，而多应诏之作。所作诗好雕琢词句，爱用古事，其诗华藻繁缛而乏新意，鲍照称其“若铺锦列绣，亦雕绘满眼”(《南史·颜延之传》)。

第二节 鲍照的乐府诗及其他诗作

鲍照(414？—466)，字明远，祖籍东海(今山东郯城)。鲍照出身于寒门庶族，自称“孤门贱生”(《解褐谢侍郎表》)，“田茅下第，质非谢(王、谢、袁、萧为晋、宋时期的四大士族)品”(《谢永安令解禁止启》)，“负锸下农”(《谢秣陵令表》)，“废耕学文”(《侍郎满辞阁》)。他少有文思，史载：“照始尝谒(临川王)义庆，未见知。欲贡诗言志，人止之曰：‘郎位尚卑，不可轻忤大王。'照勃然曰：'千载上有英才异士，沈没而不闻者，安可数哉！大丈夫岂可遂蕴智能，使兰艾不辨，终日碌碌与燕雀相随乎?'于是奏诗。义庆奇之，赐帛二十匹。寻擢为国侍郎。"(《南史·鲍照传》)后又任始兴王刘睿的国侍郎。时宋文帝刘义隆好文章，自谓人莫能及，鲍照便故意作些鄙言累句的文章来全身避祸。孝建元年(454)任海虞令，次年一度担任太学博士兼中书舍人，旋即转永嘉令。大明六年(462)，临海王刘子顼为荆州刺史，鲍照为其前军参军，掌书记之任。泰始二年(466)，江州刺史晋安王刘子勋称帝，刘子顼响应，事败，宋明帝处死刘子顼，鲍照亦为荆州乱兵所杀。

鲍照是刘宋时代的杰出诗人，今存诗二百余首。其中乐府诗成就最高，史称鲍照"文甚遒丽"，即指其古乐府而言。所作乐府多用拟代形式，实际上是用乐府形式抒发他的现实人生感受。拟、代的乐府多为《相和歌辞》、《杂曲歌辞》、《杂谣歌辞》以及《清商曲辞》中的《吴声歌》、《西曲歌》等抒情性强的歌辞。其中写得最多、情感最为激越的，是那些表现怀才不遇的愤懑情绪的诗。鲍照"才秀人微"(钟嵘语)，他生活在门阀世族把持仕途的时代，虽然其"家世贫贱"不能与一般农民、甚至不能与一般中小地主相比，但和江东百家大族(晋室南渡由中原迁往江东的)相比，他是"穷贱"的。他有才可以取得功名，却遭到门阀世族的压抑，才略不得施展，因而胸中积满了愤怒的火焰。《拟行路难十八首》其六云：

对案不能食，拔剑击柱长叹息。
丈夫生世会几时，安能蹀躞垂羽翼！
弃置罢官去，还家自休息。
朝出与亲辞，暮还在亲侧。
弄儿床前戏，看妇机中织。
自古圣贤尽贫贱，何况我辈孤且直！

首二句通过几个动作描画出一个愤怒不可阻遏却又无可奈何的人物形象，次二句点出引起诗人痛苦的原因。下六句极写弃官归家的天伦之乐，衬托出他的处境令人窒息和心中悲愤深沉。末二句看似自我宽解，实是直言对现实的不满，正因"我辈孤且直"，才落得如此"贫贱"。诗虽然是写鲍照个人的不平，却有很强的典型性，它是寒门知识分子对门阀制度的一种抗议。

鲍照有些表现怀才不遇的诗，情调显得凄恻悲凉，如《拟行路难十八首》其四：

泻水置平地，各自东西南北流。
人生亦有命，安能行叹复坐愁！
酌酒以自宽，举杯断绝歌路难。
心非木石岂无感，吞声踯躅不敢言。

诗以“泻水置平地”为比，说人的出身贵贱和他一生的命运全由天定，“行叹”、“坐愁”亦无济于事。但他毕竟有愁，于是借饮酒唱歌来“消愁”，诗中说当他举杯唱罢《行路难》的歌曲后，心中哪能没有感慨呢，只不过不敢明说罢了。这番自白，深婉曲折地道出了诗人的失意之苦。门阀制度对人才的摧折压抑太厉害了，他无法改变现实，只好怨命，但一想到自己的实际处境，又禁不住五内俱热。诗写作者欲忍不能的压抑之感，和直抒其愤具有同样的感人力量。

抒写怀才不遇的苦闷，表现对门阀制度的不满，在这方面，鲍照很像晋代的左思。不过在对世族的蔑视和与他们决裂方面，鲍照不如左思显得气概豪迈。他也说过当时“才之多少不如势之多少远矣”(《瓜步山揭文》)的话，但他对待这种现实的办法多是悲叹，归于天命，借饮酒来消闷，所谓“诸君莫叹贫，富贵不由人……对酒叙长篇，穷途运命委皇天，但愿樽中九酝满，莫惜床头百个钱”(《拟行路难十八首》其十八)。有时他也希望见用于权门，如孤桐一样“幸愿见雕斫，为君堂上琴”(《山行见孤桐》)，可现实处境却往往事与愿违。

鲍照的拟、代之作有不少以边塞生活为题材的诗，表现了他的报国热情和雄心壮志。这类诗产生的原因有三个：一是诗人一生饱受门阀制度压抑之苦，他希望通过建立军功来改变寒门庶族的地位；二是北中国沦为异族统治多年，他作为南渡的寒门庶族，有要求北伐、收复中原的愿望；三是文帝屡次对北魏用兵不利以及拓跋焘南侵刘宋直抵长江北岸的现实给他提供了写作素材。

《代出自蓟北门行》写壮士报国壮志、忠良精神，衬之以形势的紧迫、边地气候的险恶，更显得慷慨激昂。篇末四句是对壮士的颂扬，也是诗人内心世界的自白，表达了他为国建功的强烈愿望。诗云：

羽檄起边亭，烽火入咸阳。
征骑屯广武，分兵救朔方。
严秋筋竿劲，虏阵精且强。

天子按剑怒，使者遥相望。
雁行缘石径，鱼贯度飞梁。
箫鼓流汉思，旌甲被胡霜。
疾风冲塞起，沙砾自飘扬。
马毛缩如蝟，角弓不可张。
时危见臣节，世乱识忠良。
投躯报明主，身死为国殇。

诗中“雁行缘石径，鱼贯度飞梁。箫鼓流汉思，旌甲被胡霜”，写大军行军之状、将士心中情思，十分凝练、形象。而“疾风冲塞起”四句，说边塞景况如在眼前，而语词峻健，情又豪壮。

鲍照的边塞诗也写到了连年征战给士兵和他们的家属带来的痛苦。《拟行路难十八首》十四说：

君不见少壮从军去，白首流离不得还。
故乡窅窅日夜隔，音尘断绝阻河关。
朔风萧条白云飞，胡笳哀极边气寒，
听此愁人兮奈何，登山远望得留颜。
将死胡马迹，能见妻子难。
男儿生世轗轲欲何道？绵忧摧抑起长叹。

诗从军士入手，写他对家乡亲人的思念，气氛愁惨。又如《代苦热行》前十六句极写将士征战之苦，再入议论，为将士们尽节征伐却得不到朝廷公正的赏赐而鸣不平。而《代东武吟》写一老兵早年备受塞外征役之苦，暮年又受尽穷老还乡之苦，心中还有恋主之情，希望对方不要遗弃自己，言词极为沉痛。诗云：

主人且勿喧，贱子歌一言：
仆本寒乡士，出身蒙汉恩。
始随张校尉，召募到河源；
后逐李轻车，追虏出塞垣。
密途亘万里，宁岁犹七奔。
肌力尽鞍甲，心思历凉湿。
将军既下世，部曲亦罕存。

时事一朝异，孤绩谁复论？
少壮辞家去，穷老还入门。
腰镰刈葵藿，倚杖牧鸡豘。
昔如韝上鹰，今似槛中猿。
徒结千载恨，空负百年怨。
弃席思君幄，疲马恋君轩。
愿垂晋主惠，不愧田子魂。

诗以老兵自诉的形式，从始至终叙述他的身世经历和现实处境，将无限感慨寄寓叙事之中。诗中老兵以“弃席”、“疲马”自比，尚言“思君”、“恋君”，意绪悲凉。作者写朝廷对老兵的刻薄寡恩，显然和他自己怀才不遇的感慨有关。

除用五、七言乐府写边塞诗外，鲍照的《拟古》诗也写到边塞题材。如《拟古诗八首》其三（“幽并重骑射”），写幽、并少年骑射之工和他们随时准备为国所用的豪迈气概，《拟古诗八首》其七（“河畔草未黄”），写思妇之苦，纡徐曲折，皆为佳作。鲍照的边塞诗在南朝诗坛独树一帜，它所选用的题材，所表现的思想感情以及所使用的表现方法，都对唐代边塞诗产生过较大的影响。鲍照的边塞诗，反映的是当时的现实，但他并未在诗中直接描写现实，而是采用拟古、写古事的方式曲折表现出来的，因而在感染力的强度方面受到一定的限制。这一点也影响到后来的边塞诗。

除拟、代乐府外，鲍照还有《代陈思王白马篇》、《代陆平原君子有所思行》、《学刘公幹体诗五首》、《拟阮公夜中不能寐诗》、《学陶彭泽体诗》，以及《拟青青陵上柏诗》、《学古诗》、《拟古诗八首》、《绍古辞七首》等。此类诗作，多用类似原作的风格、艺术技巧和语言形式表现与原作相似的意绪，而情感、意绪完全出自诗人人生体验，绝非字比句拟、徒求形似而已。如《拟古诗八首》其六，本写自己的不遇之慨，却反映出农民的痛苦，即非单从字面“拟古”，抒发的是诗人的现实感受。诗云：

束薪幽篁里，刈黍寒涧阴。
朔风伤我肌，号鸟惊思心。
岁暮井赋讫，程课相追寻。
田租送函谷，兽藁输上林。
河渭冰未开，关陇雪正深。
笞击官有罚，呵辱吏见侵。

不谓乘轩意，伏枥还至今。

篇末二句为立意所在，写有志之士困于草野的痛苦，所谓“极贱隶之卑辱，以寄慨不得展志大用于世也”（方东树《昭昧詹言》卷六）。但前十二句写农民在寒冷的季节收获、交租、服役，还时常遭到官吏的呵责凌辱，却是极生动的。这类诗多少反映出诗人对农民生活的了解和同情。

鲍照抒怀表现方式很多，也有托写景物以传情者，故诗中有不少描写山水的妙句。如《过铜山掘黄精》中的“松色随野深，月露依草白”，《从登香炉峰》中的“青冥摇烟树，穹跨负天石”，《冬至诗》中的“长河结瓓玕，层冰如玉岸”，《望孤石诗》中的“江南多暖谷，杂树茂寒峰。朱华抱白雪，阳条熙朔风”等，皆是。这些景句多取对偶形式，也很注意字词的琢炼。较之谢灵运的藻丽精工，终逊一筹。

鲍诗壮丽、豪放，杜甫称为“俊逸”。前人常用“险俗”概括鲍诗特点，所谓“险俗”，当如曹道衡、沈玉成所说：“所谓‘险’，从积极的意义上说，应当是指能用新奇的想象和独特的语汇创造别开生面的意境。”“所谓‘俗’，从内容方面看，就是指他大量地写作了征夫、思妇以及像他自己那样在仕途上极不得志的下层士人的思想感情和生活。”（《南北朝文学史》第五章第二节）

鲍照是南朝的诗体革新者。他写过二十多首七言乐府，使七言古诗的创作臻于成熟。他用作五言古诗的方法写七言乐府，且变句句用韵为隔句协韵，因而七言乐府“别有奇响异趣”（钟惺《古诗归》卷十二）。同时他还写有许多杂言诗，还有纯粹的三言诗（《代春日行》）、五言古诗，这些都说明他在学习民歌和对诗体的改革方面作过多种探索。但总的来看，鲍照写得最好、最有特色的是七言乐府，可以《拟行路难十八首》为代表。它们从多方面反映了人生的艰难，真是抗音吐怀，淋漓慷慨。他的五言乐府叙事、写景、抒怀亦卓绝不凡，《拟古八首》和诸代乐府诗可为其代表作。它们对李白、杜甫、韩愈、白居易的诗风都有或多或少的影响。

第三节　江淹的拟古诗和其他诗作

江淹（444—505），字文通，祖籍济阳考城（今河南兰考）。少孤贫，年二十，为宋孝武帝子始安王刘子真讲五经，并为幕僚。子真被赐死，江淹即入建平王刘景素幕。因受郭彦文案入狱，出狱后曾任襄阳巴陵王刘休岩的右常侍，后复为刘景素幕僚。因多方劝阻刘景素谋反，被贬为建安吴兴令。宋顺帝开明元年（477），骠骑大将军萧道成召江淹入建康。萧道成称帝后，江淹为豫章王萧嶷的记室，兼任史职，迁中书侍郎。齐武帝永明年间，官至骁骑将军兼尚书左丞，又兼御史中丞。齐明帝时，担任宣城太守、秘书监、卫尉卿等职。萧衍称帝后，江淹官至金紫光禄大夫，封醴陵伯。江淹身仕三朝，官越做越大，诗、文创作高潮却在政治上不得意的刘宋末期。后来位高权重，满足于享受现实人生，至谓“人生当适性为乐，安能精意苦力，求身后之名哉”(《自序传》)。故齐、梁之时，江淹文学创作成就远不如前，时人谓之“才尽”。

江淹创作诗歌的一大特点，是爱作拟古诗。今存其拟古诗，尚有组诗《杂体诗三十首》、《效阮公诗十五首》，以及《学魏文帝诗》一首。其《杂体诗三十首》有序，云：

> 夫楚谣汉风，既非一骨；魏制晋造，固亦二体。譬犹蓝朱成彩，杂错之变无穷。宫角为音，靡曼之态不极。故蛾眉讵同貌而俱动于魄，芳草宁共气而皆悦于魂，不其然欤！至于世之诸贤，各滞所迷，莫不论甘而忌辛，好丹而非素，岂所谓通方广恕，好远兼爱者哉？乃及公幹、仲宣之论，家有曲直；安仁、士衡之评，人立矫抗，况复疏于此者乎？又贵远贱近，人之常情；重耳轻目，俗之恒蔽。是以邯郸托曲于李奇，士季假论于嗣宗，此其效也。然五言之兴，谅非夐古，但关西、邺下，既已罕同，河外、江南，颇为异法。故玄黄经纬之辨，金碧浮沉之殊，仆以为亦各具美兼善而已。今作三十首诗，敩其文体，虽不足品藻渊流，庶亦无乖商摧云尔。

此序交代《杂体诗三十首》由来，可看做江淹的一篇五言诗史论。他认为自汉至宋，在五言诗发展史上出现了众多风格不同的诗人，其诗风格有异却“具美兼善”，都有很高的审美价值。而他用心挑选古今名家名作“敩其文体”，一则借以展现自汉至宋五言诗诗风流变的概况，学习不同风格作品的创作艺术；一则用以抵制世人在接受古今五言诗过程中，出现的“论甘而忌辛，好丹而非素”的风格取向和在选择接受对象时出现的“贵远贱近”、“重耳轻目”的倾向。从诗作可见，江淹对自汉至宋五言诗优秀作家的选择和对其诗风的把握，是极具诗史论者和诗美鉴赏者的眼光的。所选诗人多为各个时代的代表性人物，如建安时期有曹丕、曹植、王粲、刘桢，正始时期有嵇康、阮籍，东晋时期有郭璞、孙绰、许询、谢混等，晋宋以下有陶潜、谢灵运、颜延之、谢庄、鲍照、休上人等。所选作品亦为最能反映其诗题材、风格特征者，如选曹丕《游宴》、阮籍《咏怀》、潘岳《述哀》、左思《咏史》、郭璞《游仙》、谢灵运《游山》、鲍照《戎行》，皆是。江淹拟古能做到神肖形似以至乱真，有两点值得注意。一是拟作之前对所拟作家其人其诗的艺术精神、情感世界，有过以生命印证生命一般的体验，对其风格成因知之甚深。二是学得各家诗作特有的情调，运用其诗常用的意象、词藻和表现手法做诗。如《陶征君潜田居》云：

种苗在东皋，苗生满阡陌。
虽有荷鉏倦，浊酒聊自适。
日暮巾柴车，路暗光已夕。
归人望烟火，稚子候檐隙。
问君亦何为，百年会有役。
但愿桑麻成，蚕月得纺绩。
素心正如此，开径望三益。

此诗意绪、境界即从陶潜《归园田居》、《移居》等表现田园生活感受的诗中来。又《归去来辞》中有“童仆欢迎，稚子候门”和“或命巾车，或棹孤舟”等句。江淹拟陶，不但领会其意绪，学得其神气、韵味，还用他诗、文中常用的词汇、句式和表现手法做诗，故能再现其诗美而得其诗风。像此诗，就连苏轼也以为就是陶诗，很认真地写了和诗。严羽说：“拟古惟江文通最长，拟渊明似渊明，拟康乐似康乐，拟左思似左思，拟郭璞似郭璞，独李都尉一首，不似西汉耳。”(《沧浪诗话》)其实，江淹拟古也是一种创造。拟作表达的意绪，固然出自前人原作，但也融入了他自己的人生体验。至于诸多体现原作诗风的佳句(如《休上人怨别》中的“日暮碧云合，佳人殊未来”)，更是江淹精心构思的结果。

和《杂体诗三十首》着意显现诸家诗风不同，《效阮公诗十五首》，主要是学《咏怀》诗风发作者感时之叹。江淹《自序传》云：“宋末多阻，宗室有忧生之难。王初欲羽檄征天下兵，以求一旦之幸。淹尝从容晓谏，言人事之成败。每曰：‘殿下不求宗庙之安，如信左右之计，则复见麋鹿霜栖露宿于姑苏之台矣。’终不以纳，而更疑焉。及王移镇朱方也，又为镇军参事，领东海郡丞。于是王与不逞之徒日夜构议，淹知祸机之将发，又赋诗十五首，略明性命之理，因以为讽。”其《效阮公诗》有云：

岁暮怀感伤，中文弄清琴。
戾戾曙风急，团团明月阴。

孤云出北山，宿鸟惊东林。
谁谓人道广，忧慨自相寻。
宁知霜雪后，独见松竹心。

——《效阮公诗十五首》其一

白露淹庭树，秋风吹罗衣。
忠信主不合，辞意将诉谁？
独坐东轩下，鸡鸣夜已晞。
总驾命宾仆，遵路起旋归。
无命谁能见，人踪信可疑。

——《效阮公诗十五首》其三

假乘试行游，北望高山岑。
翩翩征鸟翼，萧萧松柏阴。
感时多辛酸，览物更伤心。
性命有定理，祸福不可禁。
唯见云际鹄，江海自追寻。

——《效阮公诗十五首》其十三

至人贵无为，裁魂守寂寥。
唯有驰骛士，风尘在一朝。
舆马相跨躍，宾从共矜骄。
天道好盈缺，春华故秋凋。
不知北山民，商歌弄场苗。

——《效阮公诗十五首》其十五

《效阮公诗十五首》实有两种旨趣：一写诗人劝谏建平王刘景素不果的忧虑、慨叹，如上引其一、其三所言；二乃“略明性命之理，因以为讽”，如上引其十三、其十五所言。两类诗都不明言其事，前者仅言深切感受，后者仅“略明”其理，因而诗风含蓄而近于阮诗的“深于寄托”、“旨趣遥深”。弱点则如陈祚明所说：“(其)规古力笃，尤爱嗣宗，偶得苍秀之句，颇亦邃诣。但意乏圆融，调非宏亮。”(《采菽堂古诗选》卷二十四)

比较而言，颇能显出江淹本色的，是他仕途失意时的抒情诗和伤逝之作。其诗有云：

奉义至江汉，始知楚塞长。
南关绕桐柏，西岳出鲁阳。
寒郊无留影，秋日悬清光。
悲风挠重林，云霞肃川涨。
岁晏君如何？零泪染衣裳。
玉柱空掩露，金樽坐含霜。
一闻苦寒奏，再使艳歌伤。

——《望荆山》

岑崟蔽日月，左右信艰哉！
万壑共驰骛，百谷争往来。
鹰隼既厉翼，蛟鱼亦曝鳃。
崩壁迭枕卧，崭石屡盘回。
伏波未能凿，楼船不敢开。
百年积流水，千岁生青苔。
行行讵半景，余马以长怀。
南方天炎火，魂兮可归来！

——《渡泉峤出诸山之顶》

佳人永暮矣，隐忧遂历兹。
宝烛夜无华，金镜昼恒微。
桐叶生绿水，雾天流碧滋。
蕙弱芳未空，兰深鸟思时。
湘醽徒有酌，意塞不能持。

——《悼室人十首》其一

颢颢气转暮，蔌蔌清衾单。
阶前水光裂，树上雪花团。
庭鹤哀以立，云鸡肃且寒。
方冬有苦泪，承夜非膏兰。
从此永黯削，萱叶焉能宽？

——《悼室人十首》其七

《望荆山》写于诗人出狱之后、前往襄阳就任巴陵王右常侍途中，《渡泉峤》写于诗人前往建安吴兴的贬谪途中，二诗均借望中山景写心中愁怨之情。同抒愁怀、发忧生之嗟且借景言之的，尚有《迁阳亭》、《赤亭渚》等。其《悼室人十首》悼念刘氏夫人，情真意切，也多兼用景语、情语以言之。

除擅长写景、以景传情外，江诗造句追求偶对倾向较为突出。除上引诗篇外，他如《赤亭渚》中"水夕潮波黑，日暮精气红。路长寒光尽，鸟鸣秋草穷。瑶水虽未合，珠霜窃过中"，《渡西塞望江上诸山》中"潺湲夕涧急，嘈嘈晨鲲鸣。石林上参错，流沫下纵横。松气鉴青蔼，霞光铄丹芙"，《游黄檗山》中的"残屼十代木，廧崒万古姻。鸡鸣丹壁上，猿啸青崖间"，都是工对之句。和鲍照相比，江淹抒发牢骚虽归于愁怨，不像鲍照言词愤激，终不掩本色，句求偶对则二人相同，故前人有"江、鲍"之称。就句求偶对、偏重声色而言，称江、鲍为元嘉体和永明体之间的过渡性诗人，是适宜的。

钟嵘说"文通诗体总杂，善于摹拟"(《诗品》卷中)，陈绎曾也说："(其)善观古作，曲尽心手之妙，其自作乃不能尔。"(《诗谱》)两家均只肯定江淹拟古近真的本事，并不认为他将拟古所得前人艺术经验用到自己的创作中而取得很高成就。刘熙载更是明言"(其)虽长于杂拟，于古人苍壮之作亦能肖吻，究非其本色耳"(《艺概·诗概》)。其看法大体正确。要之，江淹"自作"本色，多显现在那些抒怨写悲而诗风前绍元嘉体、后启永明体的作品中。

第四节 "永明体"和沈约、谢朓等人的诗

齐武帝永明(483—493)年间，诗歌形式产生了新的变化，出现了新体诗(亦称新变体诗)。新体诗出现在永明年间，故称永明体。《南齐书·陆厥传》说：

> 永明末，盛为文章。吴兴沈约、陈郡谢朓、琅邪王融以气类相推毂。汝南周颙，善识声韵。约等文皆用宫商，以平、上、去、入为四声，以此制韵，不可增减，世呼为永明体。

永明体是在总结前代诗歌创作经验和汉语音韵学的基础上产生的。魏、晋以来，随着佛经的大量翻译，人们通过对古印度梵语和汉语的比较，对汉语音韵规律有了更深的认识。到了齐代，沈约、周颙等人便以平、上、去、入来概括汉语字音的四种声调。永明年间，沈约作《四声谱》，周颙著《四声切

韵》，沈约又依据四声和双声叠韵的特点，提出作五言诗的一些法则，形成新的诗歌体式。这种诗体既具备建安以来就已大量存在于诗中的对偶形式，而在诗句声、韵、调的搭配上又要避免平头、上尾、蜂腰、鹤膝、大韵、小韵、旁纽、正纽八种毛病。要求“宫羽相变，低昂互节。若前有浮声，则后须切响。一简之内，音韵尽殊；两句之中，轻重悉异”（《宋书·谢灵运传》）或“五字之中，音韵悉异，二句之内，角徵不同”（《南史·陆厥传》）。永明体规矩流于烦琐，即如沈约本人作诗也往往犯忌。但新诗体是古体诗过渡到近体诗的桥梁，它的出现，标志南朝诗人对诗中声韵美的价值有了更深的认识和更自觉的追求，对如何借助字词的声韵美来创造诗歌的情韵美有了更深切的体会，为律、绝的产生和发展准备了条件，是非常重要的文学现象。从齐到陈一百多年中，许多诗人写作新体诗，为古体诗向近体诗的转变做出了努力。代表作家有沈约、谢朓、王融、何逊、吴均、阴铿、徐陵、庾信等人。

沈约(441—513)，字休文，吴兴武康(今浙江武康)人。他一生经历宋、齐、梁三朝，后因劝萧衍篡夺齐政权，成为梁朝开国元勋。封建昌县侯，卒谥隐。梁代许多重要公文都出自他的手笔，他的诗在当时也很有名。《南史·沈约传》说：“谢玄晖善为诗，任彦升工于笔，约兼而有之。”《梁书·庾肩吾传》亦云：“谢朓、沈约之诗，任昉、陆倕之笔。”沈约为诗既讲究声律，也推崇自然之美，颜之推《颜氏家训·文章》有云：“沈隐侯曰：‘文章当从三易：易见事，一也；易识字，二也；易读诵，三也。’邢子才常曰：‘沈侯文章，用事不使人觉，若胸臆语也。’深以此服之。祖孝徵亦尝谓吾曰：‘沈诗云崖倾护石髓，此岂似用事邪?’”

沈约长于五言，其诗有拘于声病、生气索然者，但也有不假雕琢、出语生动、情趣盎然者。后者如《早发定山》中景句“标峰彩云外，置岭白云间”，“野棠开未落，山樱发欲然”，《石塘濑听猿》谓“噭噭夜猿鸣，溶溶晨雾合。不知声远近，惟见山重沓。既观东岭唱，复伫西岩答”，即是。有些新体诗叙写朋友间的离别之情、夫妇间的思恋之心以及描写山水，尤多“清怨”之美。比如：

生平少年日，分手易前期。
及尔同衰暮，非复别离时。
勿言一樽酒，明日难重持。
梦中不识路，何以慰相思。

——《别范安成》

河汉纵且横，北斗横复直。
星汉空如此，宁知心有忆？
孤灯暖不明，寒机晓犹织。
零泪向谁道，鸡鸣徒叹息。

——《夜夜曲》

此外还有《伤谢朓》，也是沈诗中较好的作品。沈约的最大贡献是首创“四声”、“八病”之说，并用自己的作品推出一种新的文学形式，为五言诗的发展开辟了新的天地。

谢朓(464—499)，字玄晖，陈郡阳夏人。他和谢灵运同族(其高祖谢拔为灵运曾祖谢奕之弟)，世称“小谢”。曾在南齐豫章王、随王、新安王、竟陵王府中任幕僚。萧鸾辅政，以朓为骠骑谘议，领记室，转中书郎，出为宣城太守。建武四年(497)迁尚书吏部郎。未几，因反对江祏等人谋废南齐东昏侯、立始安王萧遥光为帝，为遥光所害。

谢朓的诗对现实矛盾有所揭露，但不如鲍照大胆。他写怀乡之感、思友之情，言词自然朴实而又情真意切。他最擅长的是描写山水，其山水诗清新秀美，既能像谢灵运那样逼真地描绘自然景象，又不像他那样雕琢、堆砌词句，摆脱了玄言诗的影响。其《暂使下都，夜发新林至京邑，赠西府同僚》云：

大江流日夜，客心悲未央。
徒念关山近，终知返路长。
秋河曙耿耿，寒渚夜苍苍。
引领见京室，宫雉正相望。
金波丽鳷鹊，玉绳低建章。
驱车鼎门外，思见昭丘阳。
驰晖不可接，何况隔两乡？
风云有鸟路，江汉限无梁。
常恐鹰隼击，时菊委严霜。
寄言罻罗者，寥廓已高翔。

随王萧子隆在荆州，好辞赋，谢朓以文才备受其赏爱，却遭到长史王秀之的忌恨，被召回京城。此诗即写于离开荆州以后。诗一则表达作者对西府的怀念，一则对自己离开容易遭人暗算的环境感到庆幸。这种矛盾心情和所写景物融合起来，使诗显得沉郁顿挫。

谢朓的《晚登三山还望京邑》，写诗人目睹京城大好春光所引发的思乡之愁，情景交融，亦为其代表作之一。诗云：

灞涘望长安，河阳视京县。
白日丽飞甍，参差皆可见。
余霞散成绮，澄江静如练。
喧鸟覆春洲，杂英满芳甸。
去矣方滞淫，怀哉罢欢宴。
佳期怅何许，泪下如流霰。
有情知望乡，谁能鬒不变？

诗中写景如画。“余霞”二句，上写仰望天幕：晚霞铺展如同色彩绚烂的锦缎；下写俯看江水：水面清澈平静如同一匹白绢。晚霞的“散”和江水的“静”相互衬托，绚烂的锦和素色的绢上下辉映，画面生动、和谐，使人赏心悦目。李白深爱此句，说“解道澄江静如练，令人长忆谢玄晖”（《金陵城西楼月下吟》）。

谢朓曾对沈约说“好诗圆美流转如弹丸”（《南史·王筠传》），其诗堪称浑然精美的艺术品。出语圆熟，不乏活鲜、灵动之句。如诗中“远树暧阡阡，生烟粉漠漠。鱼戏新荷动，鸟散余花落”（《游东田》），“余雪映青山，寒雾开白日。暧暧江村见，离离海树出”（《高斋视事》），“窗中列远岫，庭际俯乔林。日出众鸟散，山暝孤猿吟”（《郡内高斋闲望答吕法曹》）。“日华川上动，风光草际浮”（《和徐都曹出新亭渚》），“红药当阶翻，苍苔依砌上”（《直中书省》）都是写景的名句。往往两笔三笔，勾勒成一幅幅气韵生动的水墨画，色泽淡雅、自然，有清丽之美。不像大谢精工、绮丽，琢炼痕迹明显。他的“天际识归舟，云间辨江树”（《之宣城出新林浦向板桥》），实是景外有人，故王夫之谓“隐然一含情凝眺之人，呼之欲出。从此写景，乃为活景”（《古诗评选》卷五）。和大谢不同，小谢写景是融情于景，用景语作情语，并非专注于景物的形似之美。写景佳句虽多，终是景出情出，罕有情（理）景剥离之弊。

谢朓写诗，还工于发端，往往诗一开篇，就能以不凡的形象、气氛、感情抓住读者的心。像“大江流日夜，客心悲未央”，“江路西南永，归流东北骛”（《之宣城出新林浦向板桥》），“朔风吹飞雨，萧条江上来”（《观朝雨》)，都是颇有气势的起句。一般说，谢诗能一气贯注全篇，但有些诗亦如钟嵘所谓“善自发诗端，而末篇多踬，此意锐而才弱也”(《诗品》卷中)。

谢朓写有四十多首新体诗，这些诗在声律方面和五言律诗已很接近。比如他的《奉和隋王殿下诗十六首》其十五：

年华豫已涤，夜艾赏方融。
新萍时合水，弱草未胜风。
闺幽瑟易响，台迥月难中。
春物广余照，兰萱佩未穷。

除颔联外，其他各句声律均与五律相合。他还学习南朝乐府民歌写有许多风格清新、词采清绮、俊美的小诗。比如：

夕殿下珠帘，流萤飞复息。
长夜缝罗衣，思君此何极。

——《玉阶怨》

佳期期未归，望望下鸣机。
徘徊东陌上，月出行人稀。

——《同王主簿有所思》

绿草蔓如丝，杂树红英发。
无论君不归，君归芳已歇。

——《王孙游》

真是“句多清丽，韵亦悠扬”(黄子云《野鸿诗的》)。这类诗已开唐人五绝先河。

谢朓是齐、梁时期成就最高的诗人。李白很推重谢朓，赞扬“蓬莱文章建安骨，中间小谢又清发”(《宣州谢朓楼饯别校书叔云》)。杜甫也说“谢朓每篇堪讽诵”(《寄岑嘉州》)。由此可见小谢在后代诗人心目中的地位如何。

王融(467—493)，字元长，祖籍琅琊临沂(今属山东)。幼孤，有文才。曾上书齐武帝求自试，任丹阳丞、中书郎。永明后期，深受武帝重用。武帝病重，欲立萧子良为帝，未果，不久下狱死。王融通音律，对“永明体”的创立有贡献，钟嵘甚至说是“王元长创其首，谢朓、沈约扬其波”(《诗品》卷下）。其诗，名篇有《古意二首》。诗云：

游禽暮知反，行人独未归。
坐销芳草气，空度明月辉。
嚬容入朝镜，思泪点春衣。
巫山彩云没，淇上绿条稀。
待君竟不至，秋雁双双飞。

——《古意二首》其一

霜气下孟津，秋风度函谷。
念君凄已寒，当轩卷罗縠，
纤手废裁缝。曲鬓罢膏沐，
千里不相闻。寸心郁纷蕴。
况复飞萤夜，木叶乱纷纷。

——《古意二首》其二

诗写思妇之愁，以景渲染气氛，出语平易而情意深深。王融尝作乐府多篇，如《青青河畔草》云：“容容寒烟起，翘翘望行子。行子殊未归，寐寤君容辉。夜中心爱促，觉后阻河曲。河曲万里余，情交襟袖疏。珠露春华返，璿霜秋照晚。入室怨蛾眉，情归为谁婉。”《同沈右率诸公赋鼓吹曲·芳树》云：“相望早春日，烟华杂如雾。复此佳丽人，含情结芳树。绮罗已自怜，萱风多有趣。去来徘徊者，佳人不可遇。”其诗风格多与所作乐府同，借景写情手法也大体相似，写景之工亦差相仿佛。王融小诗写景、言情，亦多佳作。如：

林断山更续，洲尽江复开。
云峰帝乡起，水源桐柏来。

——《江皋曲》

春尽风飒飒，兰凋木修修。
王孙久为客，思君徒自忧。

——《思公子》

置酒登广殿，开襟望所思。

春草行已歇，何事久佳期？

——《王孙游》

冰容惭远鉴，水质谢明晖。
是照相思夕，早望行人归。

——《离合诗》

小诗风味、体制以及语言的清丽，都可与谢朓同类诗作并论。难怪王士祯说“齐有玄晖，独步一代，元长辅之。自兹以外，未见其人”(《〈古诗选〉凡例》)。

何逊(472？—519？)，字仲言，东海郯(今山东郯城)人。曾任建安王萧伟水曹参军，兼记室，后与吴均同被萧伟推荐给梁武帝。二人初为武帝宠信，后稍失意，为武帝所恶，至谓“吴均不均，何逊不逊，未若吾有朱异，信则异矣”(《南史·何逊传》)。后为尚书水部郎，卒于庐陵王记室任上。何逊作诗善于叙写朋友间的思念和游子对故乡的怀恋，而在表达这种感情时，常常有很生动的景物描写。比如：

历稔共追随，一旦辞群匹。
复如东注水，未有西归日。
夜雨滴空阶，晓灯暗离室。
相悲各罢酒，何时同促膝？

——《临行与故游夜别》

居人行转轼，客子暂维舟。
念此一筵笑，分为两地愁。
露湿寒塘草，月映清淮流。
方抱新离恨，独守故园秋。

——《与胡兴安夜别》

暮烟起遥岸，斜日照安流。
一同心赏夕，暂解去乡忧。
野岸平沙合，连山远雾浮。
客悲不自已。江上望归舟。

——《慈姥矶》

其写景之细腻可以上追二谢，而出语自然、景中含情，似乎大谢尚犹不及。际时雍说“何逊诗语语实际，了无滞色。其探景每入幽微，语气悠柔，读之殊不尽缠绵之致”(《诗镜·总论》)，是很对的。杜甫说过“颇学阴、何苦用心”(《解闷》之七)，何逊的诗对杜甫确实深有影响，如黄伯思所说：“(杜)集中若‘团团月隐洲’，‘轻燕逐飞花’，‘绕岸平沙合，连山远雾浮’，‘岸花临水发，江燕绕樯飞’，‘游鱼上急濑’，‘薄云岩际宿’等语，子美皆采为己句，但小异耳。故曰：‘能诗何水曹(部)’，信非虚赏。”(《苕溪渔隐丛话》后集卷二引《东观余论》)

吴均(469—520)，字叔庠，吴兴故鄣(今浙江安吉县西北)人。出身寒门，年轻时任侠仗气，但功业之心未泯。初为柳恽吴兴郡主簿，后为建安王萧伟的记室，补国侍郎。天监十二年官授奉朝请，因私撰《齐春秋》“称帝(指梁武帝)为齐明帝佐命”，为萧衍所恶，以至焚书免职。后又奉武帝之诏参与编撰通史，书未竟而卒。其诗“清拔有古气，好事者或效之，谓为吴均体”(《梁书·吴均传》)。他在诗中说自己“小来重意气，学剑不学文”(《战城南》)。“仆本报恩人，走马救东秦。”(《咏怀二首》其一)“仆本幽并儿，抱剑事边陲。”“气为故交绝，心为新知开。但令寸心是，何须铜雀台。”(《赠别新林诗》)事实上，他的边塞诗和一些言志抒怀(包括表述用世之心)之作，都映现出他知恩图报、然诺重义、“直心如箭”的游侠心态。如其《赠王桂阳》向桂阳太守王嵘表示心志：

松生数寸时，遂为草所没。
未见笼云心，谁知负霜骨！
弱干可摧残，纤茎易凌忽。
何当数千尺，为君覆明月。

他在《咏宝剑》里也以剑自喻，渴望能为人所用：“我有一宝剑，出自昆吾溪……寄语张公子，何当来见携。”而他以边塞生活为题材的乐府诗《胡无人行》亦云：

剑头利如芒，恒持照眼光。
铁骑追骁虏，金羁讨黠羌。
高秋八九月，胡地早风霜。
男儿不惜死，破胆与君尝。

这些和他在《古意》中说"杂虏寇铜鞮，征役去三齐"。"何当见天子，画地取关西。"在《战城南》中说"为君意气重，无功终不归"，都与其游侠诗说"摩顶至足买片言，开胸沥胆取一顾"(《行路难五首》其二)一样，出语豪壮，充满侠士义气。而诗风的奇矫、豪迈，足以和鲍照《代出自蓟北门行》一类诗媲美，在梁、陈时期是很少见的。

吴均还擅长以景入诗，有时借景言情，有时写一些单纯的景物。前者如《发湘州赠亲故别》：

君留朱门里，我至广江濆。
城高望犹见，风多听不闻。
流蘋方绕绕，落叶尚纷纷。
无由得共赏，山川间白云。

后者如《山中杂诗三首》其一：

山际见来烟，竹中窥落日。
鸟向檐上飞，云从窗里出。

阴铿(生卒年不详)，字子坚，梁、陈间武威人。善五言，与何逊齐名。其诗善于写景，工于琢句，风格清丽，缺点是情致不丰。如其《开善寺》：

鹫岭春光遍，王城野望通。
登临情不极，萧散趣无穷。
莺随入户树，花逐下山风。
栋里归云白，窗外落晖红。
古石何年卧，枯树几春空。
淹留惜未及，幽桂在芳丛。

景句络绎而情意淡然。其《江津送刘光禄不及》云：

依然临江渚，长望倚河津。
鼓声随听绝，帆势与云邻。
泊处空余鸟，离亭已散人。

林寒正下叶，钓晚欲收纶。
如何相背远，江汉与城闉。

读这首诗，令人联想到唐代王维的《送沈子福之江东》和李白的《送孟浩然之广陵》。不过阴铿的诗是写他到江边为朋友送别，不意船已开发，他只能独自在江边依然长望；王、李的诗是写他们送别朋友后，仍然伫立江边，目送远帆。阴诗以写景胜，王、李以凝练胜。阴铿体物细，也善于琢炼字句，因而诗中写景佳句颇多，诸如“大江静犹浪，扁舟独且征。棠枯绛叶尽，芦冻白华轻”(《和傅郎岁暮还湘州》)，“夹篆澂深渌，含风结细漪”(《经丰城剑池》)等。阴铿对不少盛唐诗人有影响。杜甫对阴铿炼句的工夫就很佩服，不但自己学，还把他作为琢炼佳句的楷模，曾说“李侯有佳句，往往似阴铿”(《与李十二白同寻范十隐居》)。

值得注意的是，在阴铿所写的新体诗中，已有初具五律风格的作品了。比如他的《晚出新亭》：

大江一浩荡，离悲足几重。
潮落犹如盖，云昏不作峰。
远戍唯闻鼓，寒山但见松。
九十方称半，归途讵有踪。

梁、陈诗歌，除宫体诗外，写得最多的是山水景物、旅愁和友情，而在形式上，由于新体诗的提倡和江南民歌的影响，已逐步接近近体诗的体制规模，这在王籍诗中也有反映。

王籍(生卒年不详)，字文海，琅琊临沂(今属山东省)人，在梁代官至中散大夫。他在会稽做官，游云门天柱山有时累月不返，写诗亦学谢灵运。今存诗二首，其《入若耶溪》写若耶风景之美和由此引动的归隐之思，声律、对仗以及韵味都很像后来的唐人律诗。颈联为写景名句，当时就有“文外独绝”(颜之推《颜氏家训·文章》)之称。全诗为：

艅艎何泛泛，空水共悠悠。
阴霞生远岫，阳景逐回流。
蝉噪林逾静，鸟鸣山更幽。
此地动归念，长年悲倦游。

第五节 宫体诗和萧衍、萧纲等人的诗

宫体是南朝继永明体之后出现的“新变”诗体。它兴起于梁武帝普通年间，而流行于梁、陈二代。姚察作《梁书》，其《徐摛传》云：“(摛)属文好为新变，不拘旧体……摛文体既别，春坊尽学之，宫体之号，自斯而起。”又《庾肩吾传》云：“齐永明中，文士王融、谢朓、沈约始用四声，以为新变，至是(指萧纲为太子时)转拘声韵，弥尚丽靡，复逾于往时。”《简文帝纪》云：“(纲)雅好题诗……然伤于轻靡，当时号曰宫体。”魏徵等人修《隋书》，其《经籍志》四有云：“简文之在东宫，亦好篇什。清辞巧制，止乎衽席之间；雕琢蔓藻，思极闺房之内。后生好事，递相放习，朝野纷纷，号为宫体。”杜确则谓“梁简文帝及庾肩吾之属始为轻浮、绮靡之词，名曰宫体”(《岑嘉州诗集序》)。可见，宫体，既是一种诗体，也可称为一种诗风。宫体诗可以说是一种讲究声律、对偶，语言艳丽，风格轻靡的诗歌。其创立者实为徐摛、庾肩吾，而大力倡导、使之流行于诗坛的，是萧纲(萧绎为其羽翼)。宫体诗自有其特定的题材、体制和风格。题材主要是女子“衽席之间”、“闺房之内”的生活内容，写得最多的是她们的形貌、体态，生活环境、所用器物，而极少展现其情感世界。也有少量的诗，是以山水景物和嬉游、宴饮为歌咏对象的。体制建构则受到永明体和南朝民歌的影响，用字造句讲究声律，较永明体更为严格、精细。所谓“转拘声韵……复逾于往时”。风格自以轻靡为主，而用语设色艳丽，所谓“雕琢蔓藻”，“弥尚丽靡”，“为轻浮、绮靡之词”。

宫体诗的出现和流行，原因有三。

一是五言诗发展的必然结果。五言诗发展到南朝，随着诗人们新变意识的不断增强，诗的题材、表现艺术、风格特征以及体制要求，都处于变化中。由元嘉体而永明体，由永明体而宫体，古声渐亡，律化日深；性情渐隐，声色大开。其变，或如许学夷所说：“元嘉五言，再流而为永明，然元嘉体虽尽入排偶，语虽尽入雕刻，其声韵犹古。至玄晖、休文则风气始衰，其习渐卑，故其声渐入律，语渐绮靡，而古声渐亡矣。此五言之四变也。”(《诗源辨体》卷八)“永明五言，再流而为梁简文及庾肩吾诸子。然永明声虽渐入于律，语虽渐入绮靡，其古声犹有存者。至梁简文及庾肩吾之属，则风气益衰，其习益卑，故其声尽入律，语尽绮靡而古声亡矣。此五言之五变也。”(《诗源辨体》卷九)

二是南朝乐府民歌影响文人诗歌创作的结果。南朝民歌，特别是吴声、

西曲，几乎全是歌咏男女情爱的作品，其中不乏详写女子容态、举止和男女欢会细节者，而且歌短曲艳，语言浅显，易懂易记。南朝有些君王、臣工本来出自草野，早就有喜爱艳歌的艺术趣味，加上南朝设有乐府机构搜集此类民歌，所以民间艳歌得以大量进入宫廷并广泛受到欢迎。于是文士热心拟作南朝民间艳歌成为可能，终于形成体制建构、题材选材、风格取向、情调特征、语言色彩与南朝民歌相近的宫体。

三是居高位者热心提倡、带头创作以扇扬其风的结果。实际上，自宋至梁，用诗写艳情者代有其人，只是未成为主流诗风。徐、庾首创宫体，如果没有萧纲兄弟的提倡，没有后主陈叔宝的赓扬，宫体诗未必能成为梁、陈时期最流行的诗体。萧纲等人的提倡表现在两方面，一是创作示范。由于他们身居高位，所作诗歌、所取诗风便对臣下有示范作用，上行下效，势在必然。更何况亲自出面（如陈后主）组织诗酒之会，鼓励文士竞作宫体。二是理论引导。徐、庾写作宫体诗，本有扭转永明诗风、求新求变的用意。萧纲兄弟则从理论上加以归纳，提出诸多利于宫体生存、发展的命题。如萧纲就批评“京师文体（包括京师流行的永明诗风）”，谓其“懦钝殊常，竟学浮疏，争为阐缓”。“未闻吟咏情性，反拟《内则》之篇”。说“若昔贤可称，则今体宜弃”（《答湘东王和受试诗》）。还提出“立身先须谨重，文章且须放荡”（《诫当阳公大心书》）。萧译还细分文、笔，称“吟咏风谣，流连哀思”为文，“至如文者，惟须绮縠纷披，宫徵靡曼，唇吻遒会，情灵摇荡”（《金楼子·立言篇》）。这些对宫体诗存在的合理性、必要性以及诗体属性和声韵、格律等方面的体制要求，都作了理论上的说明，对宫体诗的创作和传播，无疑有推动作用。

总的来说，宫体诗内容比较单薄，选材范围比较狭窄。纵然用诗具体描写女性姿色、体态、举止，表明人类对自身形体美的价值有了新的认识，是在开拓诗歌题材范围、丰富艺术技巧方面所作的尝试，但诗中所写的女性美，多是男性欣赏者眼中的女性美。诗人歌咏妇女，实际上是在写对象独特的咏物诗，总爱用自己的主观意识诠释其美。不少宫体诗写女性的娇媚，“往往带着一种挑逗的意味，把女子的姿色往性方面联系，给人一种性的暗示”（罗宗强《魏晋南北朝文学思想史》第九章第四节），有的甚至有露骨的性爱描写。“这事实上是男人心中的妇女心态”，“是出于把妇女仅仅看做性伴侣，或者说得更直接些，把妇女看做行乐的对象”（罗宗强《魏晋南北朝文学思想史》第九章第四节）。这类诗作的价值自不可高估。要指出的是，内容淫鄙只是极少数宫体诗的特点，绝不能将宫体诗等同于色情诗。

事实上，宫体诗中不少表现闺怨、宫怨、离别之恨、相思之愁的作品，就显得情真语真，在在动人。其次，多数宫体诗为五言诗（另有七言诗和乐府诗），其体制建构，一方面受到南朝民歌篇幅短小、声韵宛转天然的影响，另一方面，又保留和强化永明体在声韵、格律上的要求，使得五、七言的短诗大量出现，其中五言四句或八句、七言四句的诗，和唐代的五绝或五律、七绝体制已很接近。诗中对偶、平仄的运用，已为近体诗体制的定型积累了成熟的经验。可以说，宫体诗的出现，加速了永明体向近体诗的过渡，对唐诗发展也作过贡献。

萧衍父子在梁代政治地位最高，对梁代文学发展的影响也最大，其诗歌创作则各有特点。

萧衍(464—549)，字叔达，南兰陵（今江苏常州）人。其父顺成为齐高帝萧道成族弟。萧衍乘齐皇室内乱之机，率雍州兵攻入建康，以“禅让”形式夺取政权，在位四十八年，庙号武帝。萧衍终身爱好文学，在齐为萧子良“竟陵八友”之一，在梁年过八旬尚有诗作。其“下笔成章，千赋百诗，直疏便就”（《梁书·武帝纪》），著述之多，或居历代帝王之首。其为诗，既不理睬四声八病之说，又反对徐摛提倡宫体，但对南朝乐府吴声、西曲歌辞情有独钟，时时加以效仿。其他诗作，在注重对偶、讲求声律方面，仍受到永明诗风的影响。乐府有云：

兰叶始满地，梅花已落枝。
持此可怜意，摘以寄心知。
——《子夜四时歌·春歌四首》其二

江南莲花开，红光覆碧水。
色同心复同，藕异心无异。
——《子夜四时歌·夏歌四首》其一

绣带合欢结，锦衣连理文。
怀情入夜月，含笑出朝云。
——《子夜四时歌·秋歌四首》其一

别时鸟啼户，今晨雪满墀。
过此君不返，但恐绿鬓衰。
——《子夜四时歌·冬歌四首》其二

又《襄阳蹋蹄歌三首》云：

陌头征人去，闺中女下机。
含情不能言，送别沾罗衣。
——《襄阳蹋蹄歌三首》其一

草树非一香，花叶百种色。
寄语故情人，知我心相忆。
——《襄阳蹋蹄歌三首》其二

龙马紫金鞍，翠毦白玉羁。
照耀双阙下，知是襄阳儿。
——《襄阳蹋蹄歌三首》其三

《子夜四时歌》自是南朝乐府旧题，《襄阳蹋蹄歌》曲辞则为萧衍自造，两者都学得南朝民歌的体制、情调、韵味和语言风格。用语有求对偶、合声律者，但不十分严格。其他诗作如《代苏属国妇诗》、《古意诗二首》、《捣衣诗》、《织妇诗》、《戏作诗》，所写内容、所用语言、所有风格，亦与所作乐府相似，惟篇幅略长一些。萧衍另有一些纪述登临、游宴活动的诗，有一些阐述佛理的诗，用语则无轻艳之词，而句作对偶者多。

萧纲(503—551)，字世缵，萧衍第三子。天监五年(506)封晋安王，后为荆州刺史、江州刺史、丹阳尹、南徐州刺史、雍州刺史、扬州刺史。中大通三年(531)，昭明太子萧统卒，萧纲被立为太子。太清三年(549)，萧衍卒，侯景立萧纲为帝，两年后为侯景所害，庙号简文帝。

萧纲"七岁而有诗癖"(《梁书·简文帝纪》)，为诗即受到徐摛、庾肩吾两位诗人(为其文学侍从兼启蒙老师)的指导，在雍州就已形成后来称为"宫体"的诗风。入主东宫后，更是热心倡导宫体，视其为结束"陈腐"诗风的革新活动，不但自己从理论建设和诗歌创作两方面为宫体诗壮大声势，还着令徐陵编撰《玉台新咏》"以大其体"。

萧纲的宫体诗，一为表现妇女生活者，一为咏物(旁及纪游)者。表现妇女生活者，多写艳情，也有并非专写艳情者。前者代表作为《咏内人昼眠》。诗云：

北窗聊就枕，南檐日未斜。

攀钩落绮障，插捩举琵琶。
梦笑开娇靥，眠鬟压落花。
簟文生玉腕，香汗浸红纱。
夫婿恒相伴，莫误是倡家。

诗写“内人”夏日弹奏琵琶后的午睡之状，描摹细腻。诗的格调不高，但并非色情诗，诗人欣赏“内人”睡态的美，没有什么可非议的。萧纲其他描写女性生活的诗，也常用此诗“展现式”的艺术手法。如《美女篇》、《戏赠丽人诗》、《咏舞诗二首》、《咏美人看画诗》、《咏人弃妾诗》、《美人晨妆诗》、《夜听妓诗》等，皆是。此类诗歌虽着眼于女性体态、动作，词艳藻丽，也不能视为淫鄙之作。惟《娈童诗》详写男宠幼童之“美”，出语不避恶俗，色情成分很重。萧纲不少宫体诗颇得南朝情歌风味，语言清新，耐人体味。如《采莲曲》云：

晚日照空矶，采莲承晚晖。
风起湖难度，莲多摘未稀。
棹动芙蓉落，船移白鹭飞。
荷丝傍绕腕，菱角远牵衣。

诗写女子恋情，而用其采莲活动加以表现，又用双关语妙传其意，显然都是学的南朝民歌。小诗如云：

北斗阑干去，夜夜心独伤。
月辉横射枕，灯光半隐床。
——《夜夜曲》

客行只念路，相争度京口。
谁知堤上人，拭泪空摇手。
——《春江曲》

游子久不返，妾身当何依？
日移孤影动，羞睹双燕飞。
——《金闺思二首》其一

自君之别矣，不复染膏脂。
南风送归雁，聊以寄相思。
——《金闺思二首》其二

天霜河白夜星稀，一夜声嘶何处归？
早知半路应相失，不如从来本独飞。
——《夜望单飞雁诗》

此类诗作，有的就是用乐府题，不用乐府题者和民歌也十分相像，当然也带有文人拟作的痕迹。而篇幅短小、韵味深永，和唐人绝句已很接近。

萧纲的宫体诗，有许多是咏物、纪游的。咏物者如《咏烟诗》、《咏初桃诗》、《咏橘诗》、《咏蜂诗》、《咏新燕诗》、《咏蛱蝶诗》、《咏萤诗》、《咏笔格诗》、《咏镜诗》、《咏柳》、《咏芙蓉》、《咏栀子花》等；纪游者如《行幸甘泉宫》、《临高台》、《登烽火楼诗》、《玩汉水诗》、《登城诗》、《经琵琶峡诗》、《游光宅寺诗》、《登琴台诗》、《夜游北园诗》等，两者都数量很大。此类诗大多篇幅不长，写法均以体物为主。诗中写景妙句较多，如“悠悠归棹入，渺渺去帆惊。水烟浮岸起，遥禽逐雾征”(《登烽火楼诗》)，“离离细碛净，蔼蔼树阴疏。石衣随溜卷，水芝扶浪舒”(《玩汉水诗》)，“遥山半吐云，严飙时响谷。靡靡见虚烟，森森视寒木”(《登城诗》)，皆是。大抵其诗写景状物，描写细腻而善于形容，用字特别讲究。如《赋得入阶雨诗》云：“细雨阶前入，洒砌复沾帷。渍花枝觉重，湿鸟羽飞迟。傥令斜日照，并欲似游丝。”其中“渍花”二句，体物之细，用字之准确、生动，较之杜甫同类诗句，亦不逊色。

萧纲的宫体诗，多为“吟咏情性”、“寓目写心”(《答张缵谢示集书》)之作。其体制、风格以及表现艺术，都曾受到南朝民歌、永明体、元嘉体的影响，但又自有特点。大致以妇女生活为题材者，受南朝民歌影响最深。咏物、纪游者，受元嘉体、永明体影响较深，而永明体的重声律、讲对偶，对两者都有影响。就综合取用多种诗体、诗风长处而自具一格而言，萧纲宫体诗无疑是永明体出现之后，诗风“新变”的产物。

除宫体诗外，萧纲还有不少古题乐府诗、赠答诗和其他题材的诗。其诗风和宫体完全不同(如《陇西行》写边塞生活就显得雄浑、古朴)，但对诗歌发展史的影响，却远远不及宫体。

萧绎(508—554)，字世诚。梁武帝第七子。天监十三年(514)封湘东王。长年任荆州刺史、江州刺史。承圣元年(552)，侯景被杀，萧绎称帝于江陵。两年后，江陵为西魏所破，萧绎被杀，庙号元帝。萧绎六岁能诗，曾奉敕为诗，云："池平生已合，林花发稍稠。风入花枝动，日照水光浮。"(《金楼子自序引》)"风入"句，体物细而用语简明、形象。他成年后所作诗亦以体物取胜，写景不乏妙句。如"滩声下溅石，猿鸣上逐风。树杂山如画，林暗涧疑空"(《巫山高》)，"桂影侵檐进，藤枝绕槛长。苔衣随溜转，梅气入风香"(《和鲍常侍龙川馆诗》)，"游鱼游浪上，雊雉向林飞。远村云里出，遥船天际归"(《出江陵县还诗二首》其一)，"波横山渡影，雨罢叶生光。日移花色异，风散水纹长"(《晚景游后园诗》)。除《咏细雨诗》、《咏梅诗》、《宜男草诗》等咏物诗外，萧绎今存物名诗(如《宫殿名诗》、《将军名诗》、《屋名诗》、《船名诗》、《针穴名诗》等)，实亦为咏物之作。其中(如《县名诗》、《车名诗》)有写到艳情的，但他的宫体代表作，还是那些直接表现女性生活的诗，如下面两首：

碧玉小家女，来嫁汝南王。
莲花乱脸色，荷叶杂衣香。
因持荐君子，愿袭芙蓉裳。

——《采莲曲》

入堂值小妇，出门逢故夫。
含辞未及吐，绞袖且踟蹰。
摇兹扇似月，掩此泪如珠。
今怀固无已，故情今有余。

——《戏作艳诗》

二诗格调并不低下。萧绎写女性生活的诗，多数都写妇女怨苦情绪。专一展现女性体态者少，如《半路溪》、《燕歌行》、《代旧姬有怨诗》、《闺怨诗》等，皆是。真所谓"吟咏风谣，流连哀思"(《金楼子·立言篇》)。在其言情诗中，有几首用七言四句形式写的离别诗，颇有民歌风味。如云："昆明夜月光如练，上林朝花色如霰。花朝月夜动春心，谁忍相思不相见。"(《春别应令诗四首》其一)"日暮徙倚渭桥西，正见凉月与云齐。若使月光无近远，应照离人今夜啼。"(《春别应令诗四首》其四)"别罢花枝不共攀，别后书信不相关。欲觅行人寄消息，衣常潮水暝应还。"(《别诗二首》其一)其韵味、用语以及规模体制，和唐人七绝已相仿佛。可见，萧绎为诗力求新变，在注重对偶、声律的同时，还从南朝民歌中汲取过营养。

徐摛(474—551)，字士秀，一字士缋，东海郯县(今山东郯城北)人。初为太学博士，后为晋安王萧纲侍读，转太子家令，累迁太子左卫率。侯景陷台城，简文帝被囚，徐摛忧愤成疾而亡。**庾肩吾**(487—551?)，字子慎，一字慎之，原籍新野(今属河南)。初为晋安王萧纲常侍，后在雍州与刘孝威、徐摛等十人受萧纲之命抄撰书籍，号称“高斋学士”。萧纲为太子，肩吾任东宫通事舍人；萧纲即帝位，任其为度支尚书。侯景陷台城，派肩吾到江州招降萧大心，肩吾乘机逃至江陵，不久病死。徐、庾同为宫体诗的创立者。徐摛今存诗仅有五首，一为旧体乐府，四为咏物之作。五首诗均为五言短篇，且篇篇遣词造句注重对偶和声律。庾肩吾存诗较多，不过多为应令、应教、奉和、侍宴、赋得之作。其中可称为宫体者，有：

佳期竟不归，春日坐芳菲。
拂匣看离扇，开箱见别衣。
井梧生未合，宫槐卷复稀。
不及衔泥燕，从来相逐飞。

——《赋得有所思》

欲知画能巧，唤取真来映。
并出似分身，相看如照镜。
安钗等疏密，著领俱周正。
不解平城围，谁与丹青竞。

——《咏美人看画应令诗》

征人别未久，年芳复临牖。
烛下夜缝衣，春寒偏着手。
愿及归飞雁，因书寄高柳。

——《奉和湘东王应令诗·春宵》

邻鸡声已传，愁人竟不眠。
月光侵曙后，霜明落晓前。
萦鬟起照镜，谁忍插花钿。

——《奉和湘东王应令诗·冬晓》

故年齐总角，今春半上头。

那知夫婿好，能降使君留。
——《咏主人少姬应教诗》

此类诗和诗人的《咏美人看画诗》、《南苑看人还诗》、《石崇金谷妓诗》以及《咏花雪诗》等咏物诗均属宫体范畴。从诗中可见，庾肩吾的宫体诗并不以展现女性体态和用语艳丽为特色，但在造句好偶对、遣字重声律方面却要求甚严。后者实际上体现在庾氏所有的诗作中，故其诗中偶对名句甚多，如“草合前迷路，云浓后暗城”(《陇西行》)，“荷低芝盖出，浪涌燕舟轻。逆湍流棹唱，带谷聚笳声。水逐云峰暗，寒随殿影生”(《山池应令诗》)，“篱下黄花菊，丘中白雪琴”(《赠周处士诗》)，“前山黄叶起，对岸白沙惊”(《应令诗》)，“新枝渐接树，故冻欲含流”(《侍宴饯东阳太守范子云诗》)等，皆是。有的诗声韵、格律正与唐人律、绝相合。像《岁尽应令诗》谓“岁序已云殚，春心不自安。聊开柏叶酒，试奠五辛盘。金薄图神燕，朱泥却鬼丸。梅花应可折，倩为雪中看”，其格律便与唐人五律相合。故陈祚明说：“庾子慎诗，当其兴会符合，音节顿谐唐人，构思百出，差能津逮。”(《采菽堂古诗选》卷二十五)

梁、陈宫体诗人，尚有刘孝绰兄弟、徐陵、庾信，以及陈叔宝、江总等人。**徐陵**(507—583)，字孝穆，为徐摛之子。在梁曾受萧纲之命编撰《玉台新咏》，以扩大宫体诗风的影响，后又将宫体带入陈朝。但他也有另一种艺术风貌的诗。如《出自蓟北门行》写征人建功的愿望，《关山月》写征人对家室的思念，就格调不凡。《关山月》云：

关山三五月，客子忆秦川。
思妇高楼上，当窗应未眠。
星旗映疏勒，云阵上祁连。
战气今如此，从军复几年？

又如《秋日别庾正员》，写朋友间的离别：

征途转愁旆，连骑惨停镳。
朔气凌疏木，江风送上潮。
青雀离帆远，朱鸢别路遥。
唯有当秋月，夜夜上河桥。

两首诗都有借景抒情的特点，而所写之景皆为“本地风光”，因而言之真切、自然，而所用格律和唐人五律已相差无几。

陈叔宝(553—604)，字元秀，吴兴长城(今浙江长兴)人。南朝陈代最后一位君主，庙号后主。《南史·张贵妃传》载：“后主每引宾客对贵妃等，游宴则使诸贵人及女学士与狎客共赋新诗，互相赠答，采其尤艳丽者以为曲调，被以新声，选宫女有容色者以千百数，令习而歌之，分部迭进，持以相乐，其曲有《玉树后庭花》、《临春乐》等。”当时与陈后主游宴后庭，竞作宫体诗的有执政大臣江总和陈暄、孔范等十余人，时称狎客。陈叔宝《玉树后庭花》云：“丽宇芳林对高阁，新妆艳质本倾城。映户凝娇乍不进，出帷含态笑相迎。妖姬脸似花含露，玉树流光照后庭。”诗风可谓轻艳淫靡，自唐人称其为亡国之音，它便成了宫体诗中最坏的典型，陈叔宝也成了最不可取的宫体诗人。其实，陈叔宝诗才不弱，他的一些表现边塞生活的乐府诗，和一些学习南朝民歌的抒情小诗，不单内容健康，而且用字精警，在讲究对偶、声律方面有独到处。

第十章 北朝诗歌

第一节 北朝诗风和“三才”的诗歌

历史上把北中国自西晋灭亡(316)到北魏建立(386)这一时段称为“五胡十六国”(有少数民族当政，也有汉人称帝)时期，把自北魏建立到隋文帝杨坚平陈(589)这一时段称为北朝。

今存十六国文学资料不多。这一时期比较重要的文学作品，有前秦王嘉著的志怪小说《拾遗记》，前秦秦州刺史窦滔之妻苏蕙创作的《织锦回文诗》，前秦氐族作家苻朗著的《苻子》，诗人则有后凉的张骏、李暠等，散文家则可列出僧肇(俗姓张，著有《物不迁论》、《不真空论》等哲学论文)。其中对南朝文学影响较大的，是王嘉的《拾遗记》。

北魏立国约一个半世纪后，分裂为东魏和西魏。东魏建都于邺，历时十六年，为北齐(550—577)所取代；西魏建都长安，历时二十一年，为北周(557—581)所取代。北魏的最高统治者，来自鲜卑族拓跋氏。拓跋氏立国前，鲜卑族还是个游牧民族，拓跋部落尚未完全走出氏族社会，其文化比十六国掌权者落后得多。北魏文化的发展，经历了草原游牧文化和中原汉人传统文化融合的过程。途径则有二：一是鲜卑族的汉化，二是汉人(包括北方本土汉人和由南朝北上的文士)直接参与文化建设。大抵北朝文化、文学的发展，经历了三个阶段。魏孝文帝元宏即位以前为第一阶段，这是北魏上层统治者和北方汉族高门士族既融合又有剧烈冲突的时期。北魏分裂为东、西魏以前为第二阶段，这是北魏统治者加剧汉化的时期，也是北朝文学创作的繁荣期。隋文帝杨坚即位以前为第三阶段。北魏灭亡，先是东、西魏并存，不久二魏先后为北齐、北周所替代。东魏、北齐占据北魏时文化较为发达的黄河中下游，西魏、北周占据文化较为落后的关陇一带。前者诗风、文风受南朝影响颇深，后者则对南朝诗风、文风不满意，用复古手段加以抵制。

考察北朝文化、文学，不能不注意其学风。北朝承袭的主要是汉代儒生治经的学风，做学问重实证、重阐释、重推论。解经重章句训诂，而杂以谶纬占候之学。南方流行的玄学和玄学家擅长的义理思辨，并未被北方士人接受。所谓“北学深芜，穷其枝叶”(《隋书·儒林传序》)。北朝统治者重视儒学，本来出自实用政治的需要。故北人治《周官》(即《周礼》)、《周易》者多。因为前者可为北朝官制建设提供帮助，后者可为士人议政、陈言提供口实，也有利于巩固北朝统治。由于重实用，北人学术视野较为狭窄，所谓“俗间儒士，不涉群书，经纬之外，义疏而已”(颜之推《颜氏家训·勉学》)。又北朝佛教流行，但人们看重的，也只是它作为宗教所特有的疗治心灵的功能，多致力于禅诵苦行，以得正果。而不像南朝僧俗爱讲经说法、辨析佛理，故北朝经学、佛学研究少有理论上的突破。受这种学风的影响，北朝诗、文写作自易接受汉代儒家所倡导的关注社会现实、富于实用的艺术精神。加上北方少数民族所处生活环境(包括地理、气候等)、所具有的民族特性(如与尚武习性相关的粗犷、强悍、爽直等)，都与南人有异，故北朝文学风格的固有特色与南朝文学不同。其不同，当如魏徵《隋书·文学传序》所言：

> 江左宫商发越，贵于清绮；河朔辞义贞刚，重乎气质。气质则理胜其辞，清绮则文过其意。理胜者便于时用，文华者宜于咏歌。此其南北词人得失之大较也。

“辞义贞刚，重乎气质”应是北朝文学风格的总体特征，当然也是北朝诗风的固有特征。如下列诗篇：

人贵河间邢，不胜广平游。
人自弃伯度，我自敬黄头。

——游雅《诗》

问松林，松林经几冬？
山川何如昔，风云与古同。

——元勰《应制赋铜鞮山松诗》

周孔重儒教，庄老贵无为。
二途虽如异，一是买声儿。
生乎意不惬，死各用何施。
可心聊自乐，终不为人移。
脱寻余志者，陶然正若斯。
——李谧《神士赋歌》

权去生道促，忧来死路长。
怀恨出国门，含悲入鬼乡。
隧门一时闭，幽庭岂复光。
思鸟吟青松，哀风吹白杨。
昔来闻死苦，何言身自当。
——北魏孝庄帝元子攸《临终诗》

怜君忆君停欲死，天上人间无可比。
走马海边射游鹿，偏坐石上弹鸣雉。
昔时方伯愿三公，今日司徒羡刺史。
——高昂《赠弟季式诗》

游雅，字伯度，小名黄头，广平人。其《诗》因“（高）允将婚于邢氏，雅劝允婚于其族，允不从”而作（《北史·游雅传》）。《应制赋山松诗》为元勰应孝文帝元宏之制所作之“十步诗（行十步而就）”。《神士赋歌》为李谧言志之作。元子攸年二十四为尔朱兆所弑，作《临终诗》。此诗与年二十为高欢所杀的节闵帝元恭所作《诗》（《诗》云：“朱门久可患，紫极非情玩。颠覆立可待，一年三易换。时运正如此，惟有修真观。”）都言及弱势帝王的人生体验。高昂为北齐侍中司徒，弟季式为济州刺史。其诗写念弟之情。上引诸诗艺术水准一般，虽谈不上出言刚劲，但在袒露心志，不掩个性和用语朴质、简直方面，是与“词义贞刚、重乎气质”相近的。

北朝诗风固有特征显著，但随着北魏汉化加剧，南朝诗风的特质也渐渐进入北朝诗风之中。最能见出这一特点的，是北地“三才”即温子昇、邢邵、魏收的诗歌创作。

温子昇（495—547），字鹏举，出生于济阴冤句（今山东菏泽西南）。以文才显贵于北魏，官至金紫光禄大夫、散骑常侍、中军大将军。北魏济阴王元晖业说："江左文人，宋有颜延之、谢灵运，梁有沈约、任昉，温子昇足以陵颜、轹谢，含任、吐沈。"(《魏书·温子昇传》)其诗颇有南朝诗风特点者，如：

长安城中秋夜长，佳人锦石捣流黄。
香杵纹砧知近远，传声递响何凄凉。
七夕长河烂，中秋明月光。
蠮螉塞边绝候雁，鸳鸯楼上望天狼。
——《捣衣诗》

素蝶向林飞，红花逐风散。
花蝶俱不息，红素还相乱。
芬芬共袭予，葳蕤徒可玩。
不慰行客心，遽动离居叹。 ——《咏花蝶诗》

前诗写思妇之愁，后诗写别离之愁，都有寓情于景、借景抒怀的特点。其诗颇能显现北朝诗风本色者，如：

少年多好事，揽辔向西都。
相逢狭斜路，驻马诣当垆。
——《白鼻騧》

远游武威郡，遥望姑臧城。
车马相交错，歌吹日纵横。
——《凉州乐歌二首》其一

路出玉门关，城接龙城坂。
但事弦歌乐，谁道山川远。
——《凉州乐歌二首》其二

此类诗作实与北朝民歌相近。只是在造句时有语句对偶(并不严格)的倾向。

邢卲(496—?)，字子才，河间鄚(今河北雄县鄚州镇)人。他曾任北齐国子祭酒，加特进。**魏收**(505—572)，字伯起，一字佛助，巨鹿下曲阳(今河北晋县)人。在北齐官至尚书右仆射，位特进。与温子昇、邢卲号称"三才”(《北齐书·魏收传》)。颜之推《颜氏家训·文章》云:“邢子才、魏收俱有重名,时俗准的,以为师匠。邢尝服沈约而轻任昉,魏爱慕任昉而毁沈约,每于谈讌,辞色以之。邺下纷纭,各有朋党。祖孝徵尝谓吾曰:‘任、沈之是非,乃邢、魏之优劣也。’”北齐文士学南朝诗风、文风,各有所尚,以至各有朋党,相争不让。《北齐书·魏收传》亦云:“收每议鄙邢文。邢又云:‘江南任昉,文体本疏,魏收非直模拟,亦大偷窃。’收闻,乃曰:‘伊常于沈约集中作贼,何意道我偷任!’”邢邵今存诗八首。其乐府《思公子》与谢朓小诗风格相似,《七夕》则略近于梁、陈宫体。二诗云:

绮罗日减带,桃李无颜色。
思君君未归,归来岂相识。

——《思公子》

盈盈河水侧,朝朝长叹息。
不怪渐衰苦,波流讵可测。
秋期忽云至,停梭理容色。
束衿未解带,回銮已沾轼。
不见眼中人,谁堪机上织。
愿逐青鸟去,暂因希羽翼。

——《七夕诗》

邢邵作诗讲究对偶、声律。如《冬夜酬魏少傅直史馆诗》、《冬日伤志篇》均为五言长篇,而对句络绎,比比皆是。可见他学沈约之诗,除学其“用事不使人觉,若胸臆语”以外,在对偶、声律上也下过工夫。魏收作诗亦重对偶、声律,所作有如宫体者,如:

绮窗斜影入,上客酒须添。
翠羽方开美,铅华汗不沾。
关门今可下,落珥不相嫌。

——《永世乐》

春风宛转入曲房,兼送小苑百花香。
白马金鞍去未返,红妆玉筯下成行。

——《挟琴歌》

另有咏物、纪游诗偶有写景妙句，如“树静归烟合，帘疏返照通”(《后园宴乐》)，“神山千叶照，仙草百花荣”(《喜雨诗》)，“凌寒翠不夺，迎暄绿更浓”(《庭柏诗》)，皆是。大抵魏收学任在于文，其诗则受梁、陈主流诗风影响最深。

除北地“三才”外，北朝诗人效法南朝诗风而有佳作者，尚有裴让之、刘逖、祖珽、阳休之等人。而北魏胡太后(宣武帝之妃、孝明帝之母)也曾学习南朝民歌写过一首恋情诗《杨白花》。诗云：

阳春二三月，杨柳齐作花，
春风一夜入闺闼，杨花飘荡落南家。
含情出户脚无力，拾得杨花泪沾臆，
秋去春来双燕子，愿衔杨花入窠里！

《梁书·杨华传》说胡太后逼通杨华(本名白花)，杨华惧及祸，率部曲降梁。胡太后追思不已，乃作此《杨白花》歌，令宫人昼夜踏足唱之。如果撇开此诗本事不论，就它用象征手法写一失恋女子对所恋之人的思恋而言，是很成功地表现了女子凄惋哀怨的感情的。

第二节　南北诗风的交汇和庾信、王褒的诗歌

前已言及决定北朝诗歌发展走向的因素有二：一是北朝诗风的自然延续，二是南朝诗风的深度影响。后者主要表现为北朝本土诗人对南朝诗风的效仿和南朝诗人(如萧悫等)寄寓北方将其诗风带入北朝。虽然北朝有识之士有融合两种诗风以独具特色的愿望，个别诗人也有兼取南北之长的成功经验，但总的来说，在北朝诗坛，只有南北诗风的交汇，真正的融合并未完成。南北诗风融合而产生新变，直到盛唐才实现。南朝诗人寄寓北方而为北朝诗坛大添光彩的，是庾信。

庾信(513—581)，字子山，庾肩吾之子。幼年聪敏，博览群书，尤精《左传》。早年与其父及徐氏父子(摛、陵)在萧纲门下任职，竞相作宫体诗，文并绮艳，时称“徐、庾体”。曾以东宫学士领建康令。侯景作乱，梁元帝都于江陵，庾信出使西魏。不久西魏攻陷江陵，梁亡，庾信遂留长安。此后相继在西魏、北周做官，官至骠骑大将军，开府仪同三司。

庾信身经侯景之乱，又目睹梁朝倾覆，羁留北方多年，纵然官高位显，

但亡国之痛、乡关之思以及自己屈节仕魏、仕周的悲苦，却时时咬噬着他的心。因而诗风、赋风为之一变，既保留了早年清新流丽的特色，又显露出苍凉沉雄的气概。杜甫说“庾信文章老更成，凌云健笔意纵横”（《戏为六绝句》），“庾信平生最萧瑟，暮年诗赋动江关”（《咏怀古迹》），都讲到了庾信诗风转变的特点。要指明的是，这种转变主要是诗人经历剧变引发的，而非有意追求北朝诗风固有特色所致。

庾信早年诗作有伤于轻艳，入魏以后诗风有变，前人多用绮艳、清新、老成加以概括。三者合一，其含义当如杨慎所言：“史评其诗曰绮艳，杜子美称之曰清新，又曰老成……余尝合而衍之曰：绮多伤质，艳多无骨，清易近薄，新易近尖。子山之诗，绮而有质，艳而有骨，清而不薄，新而不尖，所以为老成也。若元人之诗，非不绮艳，非不清新，而乏老成。宋人诗则强作老成，而绮艳、清新概未之见。若子山者，可谓兼之矣。”（《升庵诗话》卷九）最能代表庾信晚年诗风的作品，是《拟咏怀二十七首》。其二十七写他对梁亡的哀思：

被甲阳云台，重云久未开。
《鸡鸣》楚地尽，鹤唳秦军来。
罗梁犹下礌，杨排久飞灰。
出门车轴折，吾王不复回。

其三写他被迫仕魏仕周的羞辱和痛苦：

俎豆非所习，帷幄复无谋。
不言班定远，应为万里侯。
燕客思辽水，秦人望陇头。
倡家遭强聘，质子值仍留。
自怜才智尽，空伤年鬓秋。

诗人把自己比做本不欲嫁的娼妓，比做本不愿留的质子，说明自己出仕北朝实为魏、周所逼。其七写他在北地的无尽悲哀：

榆关断音信，汉使绝经过。
胡笳落泪曲，羌备断肠歌。
纤腰减束素，别泪损横波。

恨心终不歇，红颜无复多。
枯木期填海，青山望断河。

有时，一首诗表达多种感受，其二十六：

萧条亭障远，凄惨风尘多。
关门临白狄，城影入黄河。
秋风别苏武，寒水送荆轲。
谁言气盖世，晨起帐中歌。

此诗后四句"言己人长安之后，即景伤怀，若李陵之长绝，荆卿之不还。又伤江陵之亡，同于垓下也"（倪璠《庾子山集注》）。

庾信《拟咏怀》写他的亡国之痛、乡关之思、身世之慨，情调悲凉，骨力苍劲，而又显得宛转含蓄，这与他好用典、会用典的特点是分不开的。比如其四：

楚材称晋用，秦臣即赵冠。
离宫延子产，羁旅接陈完。
寓卫非所寓，安齐独未安。
雪泣悲去鲁，凄然忆相韩。
惟彼穷途恸，知余行路难。

诗写作者在北地的悲苦心情，几乎一句一典，但都用得十分贴切。其所以如此，一是诗人心中忧绪无端，纠缠盘结，使他不得不说，而身在北朝的地位又使他不得明说，只好借用典故曲折言之；二是诗人博学多闻，因而"使事则古今奔赴，述感则万比抽新"（陈祚明《采菽堂古诗选》三十三），能得心应手地用古人古事写己之性情。由于用典精密，其诗语词精约，包孕丰富，耐人体味。

庾信诗属对工整、自然，这一点在他的新体诗中表现得尤为突出。比如：

玉关道路远，金陵信使疏。
独下千行泪，开君万里书。

——《寄王琳》

舟子夜离家，开舲望月华。
山明疑有雪，岸白不关沙。
天汉看珠蚌，星桥视桂花。
灰飞重晕阙，蓂落独轮斜。

——《舟中望月》

促柱繁弦非《子夜》，歌声舞态异《前溪》。
御史府中何处宿？洛阳城头那得栖？
弹琴蜀郡卓家女，织锦秦川窦氏妻。
讵不自惊长泪落，到头啼乌恒夜啼。

——《乌夜啼》

这些诗从对仗、韵律、章法以及所表现的意境来看，已具备唐人律绝的面目。庾信也是加速新体诗向近体诗转化的重要诗人。

除新体诗外，庾信的古体诗也对唐人产生过重大影响，如刘熙载所说："庾子山《燕歌行》开唐初七古，《乌夜啼》开唐七律。其他体为唐五绝、五律、五排所本者，尤不可胜举。"(《艺概·诗概》)

王褒(513—576)，字子渊，琅琊临沂人。原为梁臣，梁元帝降西魏，王褒被迫北入长安，与庾信同受重用。在北周官至太子少保，迁少司空。到北方后，诗风由纤弱变得质朴。由于他"荷思眄"而"忘其羁旅"(《周书·王褒传》)，诗、文成就不及庾信。但他的许多反映边塞生活的诗歌，如《关山篇》、《从军行》、《出塞》等，雄健、悲壮，实开唐人边塞诗之先声。另有一些诗表现故国之思，也很感人，《渡河北》即为其代表作：

秋风吹木叶，还似洞庭波。
常山临代郡，亭障绕黄河。
心悲异方乐，肠断陇头歌。
薄暮临征马，失道北山阿。

诗写作者身在异地的感受，写景叙事皆能道其思乡之愁，显现出他意绪的怅惘无依。王褒作诗，亦重对偶、声律，故"王褒五言，声尽入律，而绮靡者……《渡河》诸作，皆有似初唐。以全集观，不能如庾之工也。乐府、七言亦近初唐"(许学夷《诗源辨体》卷十)。

第十一章　南北朝乐府民歌

第一节　南朝乐府民歌

南朝乐府民歌今存四百多首，大都保存在《乐府诗集》清商曲辞中。计有吴歌三百二十六首，神弦歌十八首，西曲一百四十二首。南朝民歌几乎全部是表现青年男女的爱情生活，或写彼此间的爱慕，或写会面时的愉悦，或写离别时的依恋，或写别后的相思，或写被迫中断爱情的痛苦，或写对负心人的诅咒。南朝民歌反映了青年男女冲破礼教束缚，追求恋爱、婚姻自由的愿望，有明显的进步意义。但将它和汉乐府相比，它所反映的社会生活就显得过于狭隘。

南朝民歌几乎全是情歌，有两个原因：一在于民间，一在于统治阶层。晋、宋以来，长江流域得到进一步的开发，成为富庶之区，中下游形成了不少繁荣的城镇。这一带山川明媚，风物幽美，随着物质生活的优裕，"民间竞造新声杂曲"(《南齐书·王僧虔传》)以抒性情。《南史·循吏列传》形容当时的社会风气说："凡百户之乡，有市之邑，歌谣舞蹈，触处成群。""都邑之盛，士女昌逸，歌声舞节，袨服华妆，桃花绿水之间，秋月春风之下，无往非适。"在这样的社交活动中，恋歌艳曲自会大量涌现出来。

其次，南朝统治者大多骄奢淫逸。"扰杂子女，荡悦淫志，充庭广奏，则以鱼龙靡漫为瑰玮，会同享覲，则以吴趋楚舞为妖妍。纤罗雾縠侈其衣，疏金镂玉砥其器。在上班赐宠臣，群下亦从风而靡。王侯将相，歌伎填室；鸿商富贾，舞女成群。竞相夸大，互有争夺，如恐不及。"(《太平御览》引裴子野《宋略》)适应这种“社会需要”，那些“荡悦淫志”的歌词自会大量产生。上层统治者的喜爱，尤其是带头创作，使得这类歌词数量增加，并得以广为流行。东晋末年，南渡的士族就对吴声的艳冶颇为喜爱，当桓玄问羊孚“何以共重吴声”时，羊孚即答：“以其妖而浮。”(《世说新语·言语》)南朝上层统治者周围(包括宫廷)聚集了许多寒人(地主和商人)，寒人，特别是其中的商人十分喜爱吴声、西曲(其中许多反映了商人、贾客的情爱生活)。受寒人(主要指商人)的影响，自宋至陈，许多皇帝、亲王都喜欢这类民歌的情调，因而不断拟作。最早拟作此类民歌的皇帝是宋少帝，他的侄儿宋孝武帝不但拟作，还把包括吴舞，西曲在内的“杂舞”、“淫声”作为宫廷正式音乐。宋代尚有“隋王诞在襄阳造《襄阳乐》，南平穆王为豫州造《寿阳乐》，荆州刺史沈攸之又造《西乌飞》，哥(歌)曲并列于乐官，歌词多淫哇不典正”(《宋书·乐志》)。而南齐东昏侯直到被杀之夜尚“在含德殿，吹笙歌作女儿子(西曲之一)”(《南齐书·东昏侯纪》)。这样，南朝民歌中的情歌艳语理所当然地会成为乐府机关的收采对象，有些还会被乐府机关根据上层统治者的艺术趣味加以改造。

吴声歌实为江南民歌，产生在南朝历代都城建业一带，今存作品以东晋、刘宋时期为多。吴声歌和所有南朝乐府一样，都是先有歌词存在，然后才配上乐曲。吴声歌曲名甚多，而以《子夜歌》最为著名，如云：

始欲识郎时，两心望如一。
理丝入残机，何悟不成匹。
——《子夜歌四十二首》其七

今夕已欢别，合会在何时？
明灯照空局，悠然未有棋。
——《子夜歌四十二首》其九

夜长不得眠，明月何灼灼。
想闻散唤声，虚应空中诺。
——《子夜歌四十二首》其三十三

侬作北辰星，千年无转移。
欢行白日心，朝东暮还西。
——《子夜歌四十二首》其三十六

《子夜歌》四十二首，《唐书·乐志》言“晋有女子名子夜，造此声”。此说虽未必符合实际，但歌词的口气和它所显现的意态却酷肖女子。“其三”写女子相思至于精神恍惚，想像所爱之人在月下呼唤自家名字，忙不迭地答应一声。其痴情可以想见。

又有《子夜四时歌》，也多为人所称道：

自从别欢后，叹音不绝响。
黄蘖向春生，苦心随日长。
——《子夜四时歌·春歌二十首》其二十

青荷盖渌水，芙蓉葩红鲜。
郎见欲采我，我心欲怀莲。
——《子夜四时歌·夏歌二十首》其十四

秋风入窗里，罗帐起飘飏。
仰头看明月，寄情千里光。
——《子夜四时歌·秋歌十八首》其十六

寒鸟依高树，枯林鸣悲风。
为欢憔悴尽，那得好颜容。
——《子夜四时歌·冬歌十七首》其三

《子夜四时歌》共七十五首，分别借四季景物写男女恋情。洪迈说“自齐梁以来诗人作乐府《子夜四时歌》之类，每以前句比兴引喻，而后句实言以证之”(《容斋随笔》)，是看出了它的艺术特点的。

又如《华山畿》云：

华山畿，君既为侬死，独活为谁施？欢若见怜时，棺木为侬开！
——《华山畿二十五首》其一

未敢便相许，夜闻侬家论，不持侬与汝！
——《华山畿二十五首》其五

懊恼不堪止，上床解要绳，自经屏风里。
——《华山畿二十五首》其六

啼相忆，泪如漏刻水，昼夜流不息。
——《华山畿二十五首》其十二

一坐复一起，黄错人定后，许是不来已。
——《华山畿二十五首》其十五

相送劳劳渚，长江不应满，是侬泪成许！
——《华山畿二十五首》其十九

《华山畿》共二十五首。《古今乐录》说："宋少帝时，南徐一士子，从华山畿往云阳，见客舍有女子年十八九，悦之无因，遂感心疾。母问其故，具以启母。母为至华山寻访，见女具说，女闻感之。因脱蔽膝，令母密置其席下，卧之当已。少日果差。忽举席见蔽膝而抱持，遂吞食而死。气欲绝，谓母曰：'葬时车载，从华山度。'母从其意。比至女门，牛不肯前，打拍不动。女曰：'且待须臾。'妆点沐浴，既而出。歌曰（见"其一"）。棺应声开，女遂入棺，家人叩打，无如之何。乃合葬，呼曰神女冢。"这是个优美的爱情故事，但《华山畿》是否由此而来，不能尽信。不过《华山畿》的歌词大都充满悲剧色彩。"其一"、"其三"显然是写青年男女舍生殉情，"其五"、"其六"则以夸张手法写痴情女子和情郎离别时、离别后的极度悲哀。

《读曲歌》共八十九首，也有一定的艺术价值，如云：

花钗芙蓉髻，双鬓如浮云。
春风不知著，好来动罗裙。

千叶红芙蓉，照灼绿水边。
余花任郎摘，慎莫罢侬莲。

怜欢敢唤名，念欢不呼字。
连唤欢复欢，两誓不相弃。

芳萱初生时，知是无忧草。

双眉画未成，那能就郎抱。

打杀长鸣鸡，弹去乌臼鸟。
愿得连冥不复曙，一年都一晓。

暂出白门前，杨柳可藏乌。
欢作沈水香，侬作博山炉。

歌词全为女子口吻，想的新奇，说的天真，字字显露出她们情感的纯朴和炽热。

再如《懊侬歌》：

江陵去扬州，三千三百里。
已行一千三，所有二千在。

《懊侬歌》共十四首，此其一，写旅人途中思归的急切心情，妙在以口语言之，自然而然，故王士祯说此诗“愈俚愈妙”（《分甘余话》）。

神弦歌是民间祀神时由女巫演唱的乐章，性质与《楚辞》中的《九歌》相同。孙吴时已有此歌，产生地点也在建业一带。南方风俗，崇尚淫祀。祀神祀鬼，必以女巫之歌舞以娱鬼神，而人们也把祀神作为一种娱乐活动。祀神的女巫能歌善舞，而且长得很美，她们演唱的神弦曲也极富生活情趣。如《圣郎曲》：

左亦不佯佯，右亦不翼翼。
仙人在郎旁，玉女在郎侧。
酒无沙糖味，为他通颜色。

“仙人”、“玉女”指女巫。歌用沙糖味比酒味，纯是地方俗语。又《白石郎曲》写男神：“白石郎，临江居，前导江伯后从鱼。”“积石如玉，列松如翠，郎艳独绝，世无其二。”《清溪小姑曲》写女神：“开门白水，侧近桥梁。小姑所居，独处无郎。”均以现实中青年男女的形象、生活情趣来写所祀之神，因而这些“神”姿态美丽，情意深笃。这也是后人能以这些歌词为引子编造出许多神人恋爱故事的原因。

西曲歌产生在江、汉流域的荆（江陵）、郢（钟祥）、樊（襄樊）、邓（邓县）之间，“而其声节送和，与《吴歌》亦异，故因其方俗而谓之《西曲》”（郭茂倩《乐府诗集》)。西曲多出现在齐、梁时期，内容多是表现旅人、船夫、思妇的思想感情，也有写到劳动生活的，如《采桑度》:“蚕生春三月，春桑正含绿。女儿采春桑，歌咏当春曲。”较之吴歌，西曲歌境界略为开阔一些，但仍以表现爱情生活为主。格调轻松活泼，富有浪漫色彩，也是西曲的特点。比如：

布帆百余幅，环环在江津。
执手双泪落，何时见欢还。
闻欢远行去，相送方山亭。
风吹黄蘖藩，恶闻苦离声。

——《石城乐》

莫愁在何处，莫愁石城西。
艇子打两桨，催送莫愁来。
闻欢下扬州，相送楚山头。
探手抱腰看，江水断不流。

——《莫愁乐》

阳春二三月，草与水同色。
道逢游冶郎，恨不早相识。
望欢四五年，实情将懊恼。
愿得无人处，回身与郎抱。

——《孟珠》

春蚕不应老，昼夜常怀丝。
何惜微躯捐，缠绵自有时。

——《作蚕丝》

朝发桂兰渚，昼息桑榆下。
与君同拔蒲，竟日不成把！

——《拔蒲》

我去只如还，终不在道边。
我若在道边，良信寄书还。

闻欢下扬州，相送江津湾。
愿得篙橹折，交郎到头还！
篙折当更觅，橹折当更安。
各自是官人，那得到头还？

——《那呵滩》

这些民歌想像巧妙，语词新鲜，表情大胆，真切地表现出旅客、船夫、思妇的心理状态。《拔蒲》结合劳动写恋人相聚之乐，可与《诗经·卷耳》“采采卷耳，不盈顷筐。嗟我怀人，置彼周行”写相思之苦媲美。《那呵滩》其一中的“信”指信使，即送信的人。歌写女子与恋人分别时的一席话，寻思曲折，生动地映现出她当时特有的心境。“其二”、“其三”为男女唱答之词，二人均以船夫的生产工具为喻表达感情。女子热烈、浪漫，男子则从现实出发，显得沉着冷静。但两人对离别感到无可奈何的心情，却是一样的。

《西洲曲》是一首经过文人加工的南朝民歌，《乐府诗集》将它列入《杂曲歌辞》中。这首歌写一女子对情郎的思念，分别用与少女服饰、举止、心情相适应的四季景色来映衬她的思恋心情。诗四句一转韵，语语相承，段段相绾，应心而出，触绪而歌，缠绵宛转，俱成哀怨。诗以回忆开头，由桥而树，由树及门，由门而南塘，自然过渡。景自近而远，情由浅而深，无可奈何而托于梦，又借南风吹梦到西洲传达思恋之情，真是触物生愁，痴情难剪。歌云：

忆梅下西洲，折梅寄江北。
单衫杏子红，双鬓鸦雏色。
西洲在何处？两桨桥头渡。
日暮伯劳飞，风吹乌臼树。
树下即门前，门前露翠钿。
开门郎不至，出门采红莲。
采莲南塘秋，莲花过人头。
低头弄莲子，莲子青如水。
置莲怀袖中，莲心彻底红。
忆郎郎不至，仰首望飞鸿。
鸿飞满西洲，望郎上青楼。
楼高望不见，尽日栏杆头。
栏杆十二曲，垂手明如玉。

卷帘天自高，海水摇空绿。
海水梦悠悠，君愁我亦愁。
南风知我意，吹梦到西洲。

歌以“单衫杏子红，双鬓鸦雏色”写少女的妩媚秀气，以“门中露翠钿”写女子开门见郎，用“栏杆十二曲，垂手明如玉”写她的失望，无不形象鲜明，宛如图画。

南朝乐府民歌虽说来自民间，但主要产生于长江、汉水流域的大小城市，它们表现爱情生活(多与商业活动相关)，大都缠绵悱恻，一往情深。最突出的特点是语言清新、明丽、自然，所谓“慷慨吐清音，明转出天然”，“不知歌谣妙，声势出口心”(《大子夜歌》)。虽是不加修饰的俗言俚语，却感情纯朴、真切，所用比喻新鲜生动。它不同于汉乐府以叙事见长，而以抒情为主。它篇幅短小，多以五言四句为主，对唐人绝句形成有一定的影响。

在句法上，南朝民歌最爱用双关语。这有两种情况，一是利用谐音表达情思。比如“春蚕不应老，昼夜常怀丝”(《作蚕丝》)中的“丝”与“思”双关；“低头弄莲子，莲子青如水”(《西洲曲》)中的“莲子”与“怜(爱)子”双关；“雾露隐芙蓉，见莲不分明”(《读曲歌》)中的“芙蓉”与“夫容”双关；“别后常相思，顿书千丈阙，题碑无罢时”(《华山畿》)中的“题碑”与“啼悲”双关。此外，以“藕”为配偶之“偶”，以“梧子”为“吾子”，以“箭”为“见”皆是。

二是用同声同字以表示他意。比如“理丝入残机，何悟不成匹”(《子夜歌》)中的“匹”与“匹配”的“匹”相关，“黄蘗向春生，苦心随日长”(《子夜四时歌》)中的“苦心”，既指黄蘗的苦心，又与相思的“苦心”双关，“遥见千幅帆，知是逐风流”(《三洲歌》)中的“风流”，既指风波流水，又与男女冶游的“风流”双关。此外以“星”为“心”，以“篱”为“离”，以“琴”为“情”皆是。用双关语是一种曲折表达感情的方式，能增强歌词的生动性，使之表情达意显得宛转，比起直说感染力更强。

第二节　北朝乐府民歌

北朝乐府民歌主要保存在《乐府诗集》“梁鼓角横吹曲”中，共六十多首。郭茂倩说：“横吹曲，其始亦谓之鼓吹，马上奏之，盖军中之乐也。北狄诸国，皆马上作乐，故自汉已来，北狄乐总归鼓吹署。其后分为二部，有箫笳者为鼓吹……有鼓角者为横吹，用之军中，马上所奏者是也……又《古今乐录》有《梁鼓角横吹曲》，多叙慕容垂及姚泓时战阵之事，其曲有《企喻》等歌三十六曲，乐府胡吹旧曲又有《隔谷》等歌三十曲，总六十六曲。”(《乐府诗集》)由此可知，北朝乐府民歌多为军乐歌词，大抵它们自北朝传入南方，为梁乐府机关所收，就成为“梁鼓角横吹曲”了。

西晋末年以来，北中国战乱不断，人民饱受饥困流离之苦，这些在北朝民歌中都有反映。北朝民歌从多方面反映了北方各族(包括汉族)的社会生活，思想内容比南朝民歌丰富得多。如：

兄在城中弟在外，弓无弦，箭无括。
食粮乏尽若为活？救我来！救我来！
兄为俘虏受困辱，骨露力疲食不足。
弟为官吏马食粟，何惜钱刀来相赎。

——《隔谷歌》

雨雪霏霏雀劳利，长嘴饱满短嘴饥。

——《雀劳利歌辞》

快马常苦瘦，剿儿常苦贫。
黄禾起羸马，有钱始作人。

——《幽州马客吟歌辞》

东山看西水，水流盘石间。
公死姥更嫁，孤儿甚可怜。

——《琅琊王歌辞》

男儿可怜虫，出门怀死忧。
尸丧狭谷中，白骨无人收。

——《企喻歌辞》

十五从军征，八十始得归。
道逢乡里人，家中有阿谁？
遥看是君家，松柏冢累累。
兔从狗窦入，雉从梁上飞。

——《紫骝马歌辞》

《隔谷歌》和《紫骝马歌辞》从一个侧面表现了战乱给人民带来的痛苦。《雀劳利歌辞》以长嘴雀和短嘴雀为喻，说明在充满争夺的社会里，有手腕的人就可饱食，一般的人就要挨饿，《企喻歌辞》则再现了人民因战乱、灾害流离失所、转死沟壑的惨象。此外，《陇头歌辞》写游子飘泊在外的痛苦，当与《企喻歌词》有相同的社会背景。歌辞借景抒慨，声韵低沉，节奏短促，至为感人。辞云：

陇头流水，流离山下。
念吾一身，飘然旷野。

朝发欣城，暮宿陇头。
寒不能语，舌卷入喉。

陇头流水，鸣声幽咽。
遥望秦川，心肝断绝。

北朝民歌还写出了北方草原的壮美风光和游牧民族尚武尚勇的生活特性。这些歌大都具有豪放的格调、壮阔的气势，比如：

男儿欲作健，结伴不须多。
鹞子经天飞，群雀两向波。
——《企喻歌辞》

新买五尺刀，悬著中梁柱。
一日三摩娑，剧于十五女。
——《琅琊王歌辞》

健儿须快马，快马须健儿。
跸跋黄尘下，然后别雄雌。
——《折杨柳歌辞》

可怜白鼻䯄，相将入酒家。
无钱但共饮，画地作交赊。
——《高阳乐人歌》

北方男子雄健、武勇、豪爽，女子亦身手不凡，《李波小妹歌》说：

李波小妹字雍容，褰裙逐马似卷蓬。
左射右射必叠双，妇女尚如此，男子安可逢！

民歌在表现北方人民的生活环境时，更具有地方特色和民族特色。如著名的《敕勒歌》：

敕勒川，阴山下。天似穹庐，笼盖四野。天苍苍，野茫茫，风吹草低见牛羊。

《敕勒歌》见于《杂曲歌辞》。《乐府广题》说："北齐神武（高欢）攻周玉壁，士卒死者十四五。神武圭愤，疾发。周王下令曰：'高欢鼠子，亲犯玉壁，剑弩一发，元凶自毙。'神武闻之，勉坐以安士众。悉引诸贵，使斛律金唱《敕勒》，神武自和之。"郭茂倩言"其歌本鲜卑语，易为齐言，故其句长短不齐。"歌的气势苍莽，用游牧民族的住室"穹庐（蒙古包）"形容天笼盖四野，又借风吹草低来显现掩隐在草中的牛羊，全是本地风光。

北朝民歌也歌吟爱情，但风格却与南朝民歌迥然不同。比如下列各篇写男女青年对爱情的表白：

谁家女子能行步，反著裌禅后裙露。
天生男女共一处，愿得两个成翁妪。

——《捉搦歌》

腹中愁不乐，愿作郎马鞭。
出入擐郎臂，蹀坐郎膝边。

——《折杨柳歌辞》

心中不能言，腹作车轮旋。
与郎相知时，但恐旁人闻。

——《黄淡思歌辞》

肃肃河中育，育熟须含黄。

独坐空房中，思我百媚郎。
百媚在城中，千媚在中央。
但使心相念，高城何所妨。

——《淳于王歌》

大胆的追求、直率的表白，绝无吴侬语软之风。《折杨柳歌辞》写女子希望和所爱之人形影不离的愿望，比喻巧妙而切合人物生活习性，尤具特色。《地驱乐歌辞》说“月明光光星欲堕，欲来不来早语我”，男子失约，害得女子苦苦久等，末了她只是埋怨对方没有把今夜来还是不来的准确消息告诉自己。南朝民歌《华山畿》“一坐复一起，黄昏人定后，许是不来已”，也是写一女子在男子失约时的心理活动。她也等得很久，坐立不安，反复寻思，从她的行动和猜度，正可见出吴女的缠绵悱恻，而不同于北方女子的爽朗。在写到男女得以聚合的喜悦时，北朝民歌也表现出北方女子的率真性格。如：

南山自言高，只与北山齐。
女儿自言好，故入郎君怀。

——《幽州马客吟歌辞》

侧侧力力，念君无极。
枕郎左臂，随郎转侧。
摩捋郎须，看郎颜色。
郎不念女，不可与力。

——《地驱歌乐辞》

北朝民歌有许多写到女子渴望出嫁的内容。如：

黄桑柘屐蒲子履，中央有丝两头系。
小时怜母大怜婿，何不早嫁论家计。

——《捉搦歌》

门前一株枣，岁岁不知老。
阿婆不嫁女，那得孙儿抱。
敕敕何力力，女子临窗织。
不闻机杼声，只闻女叹息。

问女何所思，问女何所忆。
阿婆许嫁女，今年无消息。
——《折杨柳枝歌》

驱羊入谷，自羊在前。
老女不嫁，蹋地唤天。
——《地驱歌乐辞》

这类民歌写大姑娘、老姑娘的苦楚，情感激切而近乎怨。她们何以不能及时而嫁，当有深刻的社会原因。北方征战不断，男丁减少，女子成了从事放牧和农业生产的劳动力，家长迫于生计，自然会年复一年地把她们留在家里。因此，这类民歌的思想意义是很强的，而它的风格也和整个北朝民歌一样，粗犷刚健，和南朝民歌的清丽宛转大相径庭。此外，北朝民歌以五言为主，但出现了七言四句的体式，还有杂言体，这对唐诗的发展起到了促进作用。

《木兰诗》是北朝最优秀的叙事民歌。前人说此诗为唐人作品，是不妥的。它产生在北朝，可能经过唐人的加工，如歌中“策勋十二转”为唐代官制，“明驼千里足”为唐代驿制，而“万里赴戎机”以下四句唐诗韵味很足。

诗写一位叫做木兰的女子女扮男装替父从军，经过十年征战，成了英雄，但她功成不受赏，仍然回到家中。诗打破了封建社会女子不能成为英雄豪杰的观念，创造出一个光彩照人的女英雄的典型，思想意义很强。诗从木兰的沉思、叹息写起，写出生活矛盾带给她的苦恼。她决定代父出征，显示出她是生活中的强者，有着过人的勇敢精神和智慧。接着以极精省的笔墨写她十年战斗、胜利而归。最后借家人的满心欢喜、伙伴的惊惶烘托出木兰形象的伟大。末四句以双兔为喻，抒写木兰自豪、喜悦心情，她说自己的成功仅仅在于乔装得令人雌雄难辨，把不平凡的事说得如此平淡，真是天真、纯朴。诗句令人回味，使这位女英雄的形象显得更加可敬可爱。

《木兰诗》叙事繁简得当，抒情性强。它是叙事诗，但抒情色彩浓。在便于抒情的地方，作者尽力叙写，不便于抒情的地方就惜墨如金。如诗中不写木兰如何女扮男装，却大写她在市场上精心选购军马的情况：“东市买骏马，西市买鞍鞯。南市买辔头，北市买长鞭。”这里渲染出一种忙碌气氛，显示出木兰出征前心情的激动。又如诗中仅用六句话就交代了木兰戍边的经历，至于战争如何进行，她如何出生入死杀敌立功，则一笔带过。但写到她凯旋时，却把爷娘姊弟的举动一一描写出来。在这之中，又省去了家人和她如何见面、问长问短的细节，只是抓住最能表现他们喜悦心情而又符合人物身份、性格的典型行为来写。《木兰诗》叙事的繁简全是根据抒情的需要安排的。诗中多用排比、复沓句式营造气氛，以增强艺术效果。诗中对木兰备马备鞍的描写，对家人迎接木兰归来的描写以及木兰回家后，对她恢复女妆的描写，都是这类句法。如“爷娘闻女来，出郭相扶将；阿姊闻妹来，当户理红妆；小弟闻姊来，磨刀霍霍向猪羊”，合家欣喜，举动各异。而句子的连贯而下，相同方式的描叙，使读者也受到喜庆气氛的感染。

全诗围绕着“木兰是女郎”的特点来创造人物形象。叙事诗是故事的歌唱，它必须塑造出鲜明的人物形象。《木兰诗》歌唱的是一位传奇式的女英雄，她具有勇敢、机智的特点和敢于奋斗的精神，但又不失女孩儿家的本色。诗开篇写她所从事的纺织工作，见到军帖后缜密地思虑以及毅然决定代父出征，都极符合女子的身份和心理，显出她的善良和聪明。中间写行军时，木兰“不闻爷娘唤女声，但闻黄河流水鸣溅溅”；写到边地后，木兰“不闻爷娘唤女声，但闻燕山胡骑声啾啾”，这里一方面是用家庭生活的宁静、温暖衬托军旅生活的艰辛、险恶，同时也是写木兰对父母的思念。这种思念是一个远离故乡、来到陌生环境的女孩子所不可免的。下写她功成不受赏，“愿借明驼千里足，送儿回故乡”，也是为了突出木兰作为劳动妇女的纯朴性格。至于篇末细写木兰恢复女装后，伙伴们的惊惶：“不知木兰是女郎”，就不是一般地写木兰的女性特点，而是饱含着作者对她的崇敬之意。

第十二章 南北朝的辞赋、骈文和散文

第一节 南北朝的辞赋

南北朝辞赋之作甚多，它们和同时的诗、文(包括骈文、散文)相互影响，一起造成此时文学的繁荣。南朝谢灵运有《撰征赋》、《山居赋》等，颜延之有《赭白马赋》等，谢惠连有《雪赋》等，谢庄有《月赋》等，沈约有《郊居赋》等，谢朓有《临楚江赋》等，萧绎有《荡妇秋思赋》等。由北齐进入梁朝的萧子晖作有《冬草赋》。至于鲍照、江淹，赋作名篇更多。北朝高允作过《代都赋》、《鹿苑赋》，袁翻有《思归赋》，元顺有《蝇赋》，卢之明有《剧鼠赋》，邢邵作过《新宫赋》，魏收作过《南狩赋》、《怀离赋》，颜之推有《观我生赋》。至于庾信，更是六朝辞赋大家。一般来讲，北朝本土赋家受汉赋艺术传统影响较多，南朝赋家和庾信等人作赋受建安以来抒情赋和南朝诗歌影响较深。

在南北朝众多赋家中，艺术成就很高、影响很大的作者，是鲍照、江淹和庾信。

鲍照最著名的赋是《芜城赋》。此赋虽然写的是西汉吴王刘濞割据广陵的事，却有很强的现实针对性。宋大明三年(459)，孝武帝发兵消灭镇守扬州的竟陵王刘诞，并命令屠杀全城的人。赋以汉写今，言武力和地势不足恃，言历史盛衰无常，“万祀而一君”为不可能，客观上揭露了统治者之间的内乱给人民带来的巨大灾难。

赋用对比手法表现作者的现实感受。如写昔日繁华：

当昔全盛之时，车挂轊，人驾肩，廛闬扑地，歌吹沸天。孳货盐田，铲利铜山，才力雄富，士兵精妍。

写今日荒凉：

泽葵依井，荒葛罥途。坛罗虺蜮，阶斗麏鼯。木魅山鬼，野鼠城狐，风嗥雨啸，昏见晨趋。饥鹰厉吻，寒鸱吓雏。伏暴藏虎，乳血飧肤。崩榛塞路，峥嵘古馗。白杨早落，塞草前衰。棱棱霜气，蔌蔌风威。孤蓬自振，惊沙坐飞。灌莽杳而无际，丛薄纷其相依。通池既已夷，峻隅又已颓。直视千里外，唯见起黄埃。凝思寂听，心伤已摧。

形象鲜明，言语奇警动人。体物之工，用语新异，一如其诗，真是“善制形状写物之词……贵尚巧似，不避危仄”（钟嵘《诗品》卷中）。而赋末抒怀，以歌作结，苍凉无限，感慨尤为深沉。文云：

天道如何？吞恨者多。抽琴命操，为芜城之歌。歌曰：边风急兮城上寒，井径灭兮丘陇残。千龄兮万代，共尽兮何言！

鲍照作《芜城赋》，实是发千古之叹以刺时，故体物叙事均被置于慨叹之中，赋中含有诗性质素。

鲍照作赋善于体物，这一特点在其咏物赋中表现尤为突出。其咏物赋有以动物习性为题材的，如《舞鹤赋》、《野鹅赋》和《尺蠖赋》、《飞蛾赋》等，其“指事造形，穷情写物”（钟嵘语）自不待言，难得的是咏物而有寄托。或咏物以抒愤（如前二赋），或咏物以明出处之道（如《尺蠖赋》），或咏物以刺“轻死邀得”之辈（如《飞蛾赋》），与西晋有些咏物赋徒求形似迥然不同。这一点实与其诗以意气胜相通。

江淹今存赋近三十篇。艺术成就最高的是一些意绪悲凉以至内含怨愤的抒情小赋，另有一些咏物赋隐寓讽谏之意，或托物以抒怀，或以描写奇景异物为主，在艺术上也很有特点。江淹为赋，大体经过了学骚体赋以抒怀、学鲍（照）体赋以状物，到融二者为一、自成其体的过程。赋中名篇，多是写在失意时期的言悲言愁言恨之作。如《别赋》、《恨赋》、《去故乡赋》、《青苔赋》、《泣赋》、《待罪江南思北归赋》、《倡妇自悲赋》等。其中，《青苔赋》借写青苔特性委婉表达被贬的牢骚，在艺术上明显留有学骚、学鲍的痕迹。开篇云：“嗟青苔之依依兮，无色类而可方。必居闲而就寂，以幽意之深伤。”即用楚言楚调咏物以言悲。末段则云：

> 若乃崩隍十仞，毁冢万年。当其志力雄俊，才图骄坚；锦衣被地，鞍马耀天。淇上相送，江南采莲。妖童出郑，美女生燕。而顿死艳气于一旦，埋玉玦于穷泉。寂兮如何？苔积网罗。视青蘼之杳杳，痛百代兮恨多。故其所诣必感，所感必哀。哀以情起，感以怨来。魂虑断绝，情念徘徊者也。彼木兰与豫章，既中绳而获夭；乃薜荔与蘼芜，又怀芬而见表。至哉青苔之无用，吾孰知其多少！

“痛百代兮恨多”以上诸句，其写法即与《芜城赋》有关段落相似。

最能显现江淹赋风特色的，是《恨赋》、《别赋》。《恨赋》的中心内容是写作者“直念古者伏恨而死”，点题的话是“仆本恨人”。赋的主旨，自是借写古人莫不饮恨吞声而死，来写作者的生有遗恨。作者“直念古者”的思维方式，则是先“念”及古代“伏恨而死”的若干典型人物，再想到有这种人生遭遇的各类人物，最后得一结论：“自古皆有死，莫不饮恨而吞声！”而赋的写作就按这一思路展开。写到的典型人物，有秦帝、赵王、李陵、明妃、冯衍、嵇康。叙写其人，多是就其人生最为失意之事言之，写到人物动作、自然景象，但特别突出的是饮恨之人精神上的巨大痛苦。如下面一段：

> 至如李君降北，名辱身冤。拔剑击柱，吊影惭魂。情往上郡，心留雁门。裂帛系书，誓还汉恩。朝露溘至，握手何言？
>
> 若夫明妃去时，仰天太息。紫台稍远，关山无极。摇风忽起，白日西匿。陇雁少飞，代云寡色。望君王兮何期？终芜绝兮异域。
>
> 至乃敬通见抵，罢归田里。闭关却扫，塞门不仕。左对孺人，右顾稚子。脱略公卿，跌宕文史。赍志没地，长怀无已。
>
> 及夫中散下狱，神气激扬。浊醪夕引，素琴晨张。秋日萧索，浮云无光。郁青霞之奇意，入修夜之不旸。

显然，赋中详写、极言李陵、王嫱(明妃)、冯衍、嵇康饮恨之痛，带有作者生有遗恨的感受。甚至可以说，赋写“古者”之痛，正是在写作者的抱“恨”之愁。而在泛言各类人物之“恨”以后，慨叹：“自古皆有死，莫不饮恨而吞声！”也流露出作者对自己生有遗恨的无奈。

《别赋》和《恨赋》一样，辞义哀怨，同为抒情小赋。作者写此赋，也是通过写他人的离别之愁，来表达自己的人生感受。赋中叙事抒情，以“黯然消魂者，唯别而已矣”起，以“谁能摹暂离之状、写永诀之情者乎”结，始终充满愁惨气氛。较之《恨赋》，《别赋》更注重情感的抒发、场景的再现、气氛的渲染，而格调柔婉，写景状物，缕缕人情，有渊涵不尽之致。赋的中心内容就是“摹暂离之状、写永诀之情”。具体写到达官贵人的离别、感恩侠士和故乡亲人的离别、从军的士兵和母亲的离别、夫妻离别、恋人的离别，突出的是人世间的离愁别恨。种种离别，都用相关典故和《诗》、《骚》、古诗及乐府民歌相关诗句熔铸而成的新词新语加以表述。如下面两段分别写母子离别和恋人之别的两段文字，就情随词涌，语语如诗：

> 或乃边郡未和，负羽从军；辽水无极，雁山参云。闺中风暖，陌上草薰；日出天而曜景，露下地而腾文；镜朱尘之照烂，袭青气之烟煴。攀桃李兮不忍别，送爱子兮沾罗裙。

> 下有芍药之诗，佳人之歌，桑中卫女，上宫陈娥；春草碧色，春水绿波，送君南浦，伤如之何！至乃秋露如珠，秋月如珪，明月白露，光阴往来。与子之别，思心徘徊。

事实上，《别赋》和《恨赋》都是江淹以诗为赋的代表作。难得的是，作者吸纳前人诗、文辞义而自铸新语，手法如此圆熟、自然，而所得词句如此雅洁、明丽，究其原因，当与他作拟古诗的艺术经验有些关系。

庾信是南北朝成就最高的辞赋家。今存赋十五篇，其中《春赋》、《七夕赋》、《灯赋》、《对烛赋》、《镜赋》、《鸳鸯赋》、《荡子赋》作于南朝，《马射赋》、《小园赋》、《竹杖赋》、《邛竹杖赋》、《枯树赋》、《伤心赋》、《象戏赋》、《哀江南赋》作于北朝。庾信的赋，大多抒情性强，属于骈赋范围。其在南朝之作，写人、咏物，情词轻艳，被称为宫体赋。在北朝之作，多写家国破亡之悲，意绪苍凉，风格沉郁、悲怆，艺术价值很高。

《哀江南赋》长达四千字，是庾信“暮年诗赋”中的代表作，有“赋史”之称。赋以作者身世遭遇为线索，追述梁朝灭亡经过，反映山河破碎、民生凋敝的现实，也写到自己屈节仕魏、仕周的内疚心情。作者在序言中概括赋的内容及其特点，说：“信年始二毛，即逢丧乱，藐是流离，至于暮齿。《燕歌》远别，悲不自胜；楚老相逢，泣将何及！畏南山之雨，忽践秦庭；让东海之滨，遂餐周粟。下亭漂泊，高桥羁旅；楚歌非取乐之方，鲁酒无忘忧之用。追为此赋，聊以记言。不无危苦之辞，惟以悲哀为主。”从《序》可知，作者作赋是既记史，又述哀，融哀愤于叙事中，故出语动人。如作者对梁亡十分痛惜，以极沉痛的语言揭露君臣的昏庸荒唐：“天子方删诗书……谈劫烬之灰飞，辨常星之夜落……宰衡以干戈为儿戏，缙绅以清谈为庙略。”“苦江陵之中否，乃金陵之祸始，虽借人之外力，实萧墙之内起。”实是寓愤寓恨于叙事中。又如说梁亡实肇于梁武帝的佞佛和臣子们的文恬武嬉，而元帝死后宗室内争更加速了梁的灭亡，使得数万臣民为北魏所掠，饱受迁徙流离之苦，也是情随事生，词随情出。赋云：

> 冤霜夏零，愤泉秋沸。城崩杞妇之哭，竹染湘妃之泪。水毒秦泾，山高赵陉。十里五里，长亭短亭。饥随蛰燕，暗逐流萤。秦中水黑，关上泥青。于时瓦解冰泮，风飞电散。浑然千里，淄渑一乱。雪暗如沙，冰横似岸。逢赴洛之陆机，见离家之王粲。莫不闻陇水而掩泣，向关山而长叹。况复君在交河，妾在青波。石望夫而逾远，山望子而逾多。才人之忆代郡，公主之去清河。栩阳亭有离别之赋，临江王有愁思之歌。别有飘飖武威，羁旅金微；班超生而望返，温序死而思归。李陵之双凫永去，苏武之一雁空飞。

末四句以班超、温序、李陵、苏武作比，写作者国亡无所归而又“生而望返”、“死而思归”的痛切心情。赋的内容广博，几乎全用典故表现出来。作者用典来概括事实，用典来抒发感情，都用得十分精当灵活，虽是曲折道来，读者却能悟出他所指的时事，感触到他情绪的极度悲哀。作为骈赋，此赋表情达意充分利用了骈文的长处，同时又吸收了散体文为文疏放（表现在文意的闳放、文势的疏荡和文词的疏散上）的特点，故行文不板不滞，能做到意尽于词，词应于心。有时，为了求得对仗工整，在用典造句时显得生硬，如说“申包胥之顿地，碎之以首”即是。还有些句子用典晦涩，难以索解，而这些缺陷暴露的正是骈文本身的短处。

庾信的小赋和《哀江南赋》同一感慨，多写其亡国之痛与乡关之思。《小园赋》写他对隐居生活的向往，流露的仍然是对梁亡的哀伤和自己不得已仕魏、仕周的痛苦。其中“一寸二寸之鱼，三竿两竿之竹”，“落叶半床，狂花满屋。名为野人之家，是谓愚公之谷”，“草无忘忧之意，花无长乐之心”，此类骈句接近口语，它们的出现，正反映出他晚年赋作在风格上的转变。《枯树赋》借殷仲文目睹庭槐的感慨：以“此树婆娑，生意尽矣”起篇，又借桓温的感叹“树犹如此，人何以堪”作结，写自己暮年衰颓的思乡之感。《伤心赋》由对“相守亡没”的孩子的悼念，写到“在昔金陵，天下丧乱，王室板荡，生民涂炭。兄弟则五郡分张，父子则三州离散”。同样也是写亡国之痛。衔悲寓愤是庾信大小赋作的共同特色，这种特点的形成自然是由他的身世经历所决定的。

第二节　南北朝的骈文

骈文是一种以双句(偶句)为主、讲究对仗、声律、词藻、用典，着重铺陈描绘的文体。骈文常用的句式是四字句和六字句。一联中上句下句的词汇不仅词义相对，平仄也要相对。行文时尚须注意字音的和谐和句法的节奏感。

骈文的形成和发展经历了一个过程。在先秦古籍中，已经存在一些长短不齐的偶句，它们的词义也相互对称。如《尚书·大禹谟》中的“满招损，谦受益”即是。这是作者自然顺应汉语文字规律写出的偶句。在一篇文章中，偶尔出现这样的偶句，能起到警动人的效果。文章的骈化趋向大约始于东汉中叶，那时作家已开始把文中语句由参差不齐引上整齐的道路。比如《汉书》句式就比《史记》整齐。汉末文章句式即多是整齐的偶句，间或出现词义的属对和讲究词藻的丰美。建安时期，骈化现象更加明显，曹丕的《典论·论文》、曹植的《与杨德祖书》已近于骈文。但这时的文章，尚有自由通脱的特点，句式或偶或奇，骈散相间，随文义而变。偶句也多是在奇句推动下运行。词义属对少，字数匀称居多。西晋时文章骈化进入新的阶段。这时的作者多有意在文章形式上争奇斗胜，文章句子中不但排偶成分增多，且十分讲究词义的属对，并由此发展到从典籍中汲取材料来构成对句，借典故来完成词义的对称。建安、魏末文章的疏散之气消失了，文章趋于骈整。但这时的用典尚能切合事理，适可而止。刘宋时期，骈文中用典达到了繁密程度，以致“句无虚语，语无虚字”，“大明、泰始中，文章殆同书抄”(钟嵘《诗品序》)。齐、梁之际，声律说兴起，在诗坛上出现了新体诗，在散文领域中则加强了骈文对声律的要求。作家们遣词造句，有意识地调节声韵，在句式上力求匀称之美，四六句成了常用句式。这时骈文形式上的完美几乎达到了无以复加的地步，骈文的写作也达到了高潮。梁元帝萧绎把章表书记等应用文称为笔，把有韵文字称为文。时人重文轻笔，更造成几乎所有文字(部分说理文、叙事文除外)使用骈文形式的趋势。一方面，作家们“刊陈落腐，惟恐一语未新；搜奇摘艳，惟恐一字未巧；抽黄对白，惟恐一联未偶；回声揣病，惟恐一韵未协。辞之所为，罄矣而愈求，妍矣而愈饰。彼其于情，直外焉而已矣”(吴讷《文章辨体》引祝氏语)。另一方面，南北朝也出现了不少情文并茂的骈文(包括骈赋)。

大抵南朝诏敕之作，基本上是骈、散兼用。凡涉及军国大事或事关个人而意义深远，且告语范围广、宜出语庄重、典雅者，一般用骈体。凡告语范围小，且受诏者或为亲属、亲信、老友、某一特殊群体而必须实话实说者一般用骈体。笺表之作多为骈体，《文选》所收傅亮、任昉、沈约、谢朓之作，以及沈炯、徐陵所作劝进表，即为其代表作。论述文也是骈、散兼用。用骈体者，如何承天《安边论》、刘峻《辨命论》、《广绝交论》、裴子野《雕虫论》等皆是。各种书、诗、文序，骈、散都有。骈体序文，如颜延之、王微各人所作《三月三日曲水诗序》，任昉《王文宪集序》，钟嵘《诗品序》，萧统《文选序》、《陶渊明集序》，刘孝绰、萧纲各人所作《昭明太子集序》，徐陵《玉台新咏序》等，皆为名篇。南朝骈体书作，名篇甚多。如鲍照《登大雷岸与妹书》、吴均《与宋元思书》、丘迟《与陈伯之书》、王僧孺《与何炯书》、陶宏景《答谢中书书》、萧纲《与湘东王书》、周弘让《答王褒书》、徐陵《与齐尚书仆射杨遵彦书》等，皆是。北朝骈文今存不多，名篇有温子昇的《韩陵山寺碑》、庾信的《为梁上黄侯世子与妇书》、王褒的《与周弘让书》等。

鲍照的《登大雷岸与妹书》，写于元嘉十六年(339)秋，当时作者正在从建康到江州赴临川国侍郎之任的途中(大雷岸今属安徽望江县)。鲍照之妹令晖，有文才，能诗，故作者作书选用骈体。书中几乎全是对作者登上大雷岸四顾所见景色的描写，景象新异而辞采赡丽，与其诗、赋同有“善制形状写物之词”(钟嵘《诗品》卷中)、“善能写难写之景”(黄子云《野鸿诗的》)的特点。事实上，此书写景就用到赋的铺陈手法，不但依次从南、东、北、西四个方位入手详写其景，还在写山景、水流时对其形态、物产细加描叙。如下面数句：

> 西南望庐山，又特惊异。基压江潮，峰与辰汉相接。上常积云霞，雕锦缛。若华夕曜，岩泽气通，传明散彩，赫似绛天。左右青霭，表里紫霄。从岭而上，气尽金光。半山以下，纯为黛色。信可以神居帝郊，镇控湘、汉者也。

山景奇突壮伟，文亦奇丽峭拔。此书虽属骈文，但句式的整齐、对偶的工整、声律的契合，较齐、梁之作要宽松得多。

齐代**孔稚圭**(447—501)用移檄形式写的《北山移文》，假借钟山山神口吻对“缨情好爵”的假隐士周颙极尽揭露、嘲讽之能事。虽然历史上的周颙并无隐而复仕之事，此文对社会上所有“情投于魏阙，或假步于山扃”的假隐士的讽刺意义，却是应该肯定的。也有人认为这不过是作者以拟人手法写的游戏文章，与袁淑（408—453）《鸡九锡文》《驴山公九锡文》和沈约《修竹弹甘蕉文》等俳谐文字同类，但其客观价值也无可否定。文分四段，末段写北山愤怒，拒绝周子从山前经过，是本文的高潮所在。文云：

> 于是南岳献嘲，北陇腾笑，列壑争讥，攒峰竦诮。慨游子之我欺，悲无人以赴吊。故其林惭无尽，涧愧不歇，秋桂遣风，春萝罢月。骋西山之逸议，驰东皋之素谒。今又促装下邑，浪拽上京，虽情投于魏阙，或假步于山扃。岂可使芳杜厚颜，薜荔蒙耻，碧岭再辱，丹崖重滓，尘游躅于蕙路，污渌池以洗耳。宜扃岫幌，掩云关，敛轻雾，藏鸣湍，截来辕于谷口，杜妄辔于郊端。于是丛条瞋胆，叠颖怒魄，或飞柯以折轮，乍低枝而扫迹。请回俗士驾，为君谢逋客。

此文所用拟人手法，古已有之，妙在语语切合周子，语语切合北山，无比生动、形象。从骈文发展史角度看，《移文》实可作为骈文体制高度成熟的标志。如明末孙月峰所说："六朝虽尚雕刻，然属对尚未尽工，下字尚未尽险。至此篇，则无不入髓，句必净，字必巧，真可谓精绝之甚，此唐文所祖。""铸辞最工，极藻绘，极精切，若精神唤应，全在虚字旋转上。"（于光华《文选集评》）清人孙梅材亦云："以韵语写责让之意，风致绝佳，至其段落转折，词谐调叶，已近徐、庾一派矣。"（《评注昭明文选》）

南朝作者与友人作书，常用骈体写到山水之美。如下面两段文字：

> 山川之美，古来共谈。高峰入云，清流见底。两岸石壁，五色交辉；青林翠竹，四时俱备。晓雾将歇，猿鸟乱鸣；夕日欲颓，沈鳞竞跃。实是欲界之仙都。自康乐以来，未复有能与其奇者。
>
> ——陶宏景《答谢中书书》

> 风烟俱净，天山共色，从流飘荡，任意东西。自富阳至桐庐，一百许里，奇山异水，天下独绝。水皆缥碧，千丈见底；游鱼细石，直视无碍。急湍甚箭，猛浪若奔。夹岸高山，皆生寒树，负势竞上，互相轩邈，争高直指，千百成峰。泉水激石，泠泠作响；好鸟相鸣，嘤嘤成韵。蝉则千转不穷，猿则百叫无绝。鸢飞戾天者，望峰息心；经纶世务者，窥谷忘反。横柯上蔽，在昼犹昏；疏条交映，有时见日。
>
> ——吴均《与宋元思书》

无论是陶宏景(456—536)和谢微谈论江南山水，还是吴均向宋元思介绍富春江下游的风光，所写山水都显出一种清丽、灵动的美。言词清美、明净直如“清流见底”，“直视无碍”。文中既记山水之美，又自然而然地流露出人在其中的感受，这一写作手法对后来的山水游记有很大影响。就陶、吴言，其书爱就山水之美极尽铺陈、形容之能事，则与二人善于以山水入赋有关。陶氏《云上之仙风赋》、《水仙赋》、《水仙赋》就有不少笔墨写到山水。吴均《八公山赋》、《吴城赋》，前者自是以山为赋，后者写吴城，也是借写山水景物言之，不乏写景妙句。二人以赋为书，谈山说水，必然兴味极浓，娓娓道来，佳句络绎。

南朝骈体书作以抒怀为主的长篇，当数**王僧孺**(463—521)的《与何炯书》。僧孺免官，久而不调，特作此书向何炯倾诉心曲。中写受谤免官之事和免官后的潦倒境况，带出无限怨苦。如云：

> 士无贤不肖，在朝见嫉；女无美恶，入宫见妒。家贫，无苞苴可以事朋类。恶其乡原，耻彼戚施，何以从人，何以徇物。外无奔走之友，内乏强近之亲。是以构市之徒，随相媒蘖，及一朝捐弃，以快怨者之心。吁，可悲矣。盖先贵后贱，古富今贫，季伦所以发此哀音，雍门所以和其悲曲，又迫以严秋杀气，万物多悲，长夜辗转，百忧俱至。况复霜销草色，风摇树影，寒虫夕叫，合轻重而同悲；秋叶晚伤，杂黄紫而俱坠。蜘蛛络幕，熠耀争飞。故无车辙马声，何闻鸣鸡吠犬？俯眉事妻子，举手谢宾游。方与飞走为邻，永用蓬蒿自没。忾其长息，忽不觉生之为重。

书中骈句多出现在长句中，又作偶对并不刻意琢炼，所用语词显得朴质，用典贴切，且展开来说，显出作者和对方倾心而谈、语语真切的特点。

丘迟(464—508)的《与陈伯之书》，是南朝有名的劝降书。天监四年(505)，梁将萧宏北征北魏，北魏派自梁投魏的陈伯之迎战，丘迟作书与他，他便率兵八千来归。陈氏复归梁朝自有其难以抗拒的原因，前人将其来降归功于丘迟之书(动以故国之思、恋乡之情)实有可议论处。不过此书说降，既晓之以理、明之以事，又动之以情，其辞其义诚然可观。书中不但说理多举对方熟悉之人之事言之，用语易道易晓，故一字不识的陈伯之听人读书即明其意。书先斥责对方“对穹庐以屈膝”的“劣”行，继而说“圣朝赦罪责功，弃瑕录用，推赤心于天下，安反侧于万物”，劝其“迷途知返”。接着分析双方形势，说明梁朝强大，“而将军鱼游于沸鼎之中，燕巢于飞幕之上”。

望其明察局势。下面便以江南春景、故国之思来打动对方：

> 暮春三月，江南草长，杂花生树，群莺乱飞。见故国之旗鼓，感生平于畴日，抚弦登陴，岂不怆恨！所以廉公之思赵将，吴子之泣西河，人之情也，将军独无情哉？想早励良规，自求多福。

“暮春三月”四句语词清新，全不用典，纯以白描手法把江南春景写得有声有色，形象动人，极富美感。

南朝单篇骈体论文，名作有**刘峻**(462—521)的《辩命论》和《广绝交论》。《辩命论》乃刘峻“自喻”之作，如李善云：“孝标植根淄右，流寓魏庭，冒履艰危，仅至江左。负材矜地，自谓坐致云霄，岂图逡巡十稔，而荣惭一命，因兹著论，故辞多愤激。”(《文选注》)《辩命论》以孔子“死生有命，富贵在天”为立论之纲，尽道“言而非命”之“蔽”，表达的是作者久久沉沦不遇的牢骚，和东方朔《答客难》、扬雄《解嘲》用意相同。只是《辩命论》全是正面说理，借对管辂“天才英伟，珪璋特秀”，“而官止少府丞，年终四十八”的议论说开去，并不触及自己，而将作者的不平融入说理中。写法则与汉儒说理文相同，博引古人古事和“近世”之人作论，且正说反说，仅说“言而非命”之“蔽”就达六条之多。如此铺陈其事、条陈其蔽，自易构成骈句。不过《论》中骈句多与散句交错，众多骈句多存在于长句中，或在散句推动下运行。而所谓骈偶，多为字数相当、句式大体相似者，符合声律的极少。如说：“夫圣人之言，显而晦，微而婉；幽远而难闻，河汉而不测；或立教以进庸怠，或言命以穷性灵。积善余庆，立教也；凤鸟不至，言命也。今以其片言，辩其要趣，何异乎夕死之类。而论春秋之变哉！且荆昭德音，丹云不卷；周宣祈雨，珪璧斯罄；于奂种德，不逮勋华之高；延年殊犷，未甚东陵之酷。为善一，为恶均，而祸福异其流，废兴殊其迹，荡荡上帝，岂如是乎？”诸多大体相对的骈句被统合在长句中，显出散中有骈的特点，加上语助词的应用，使得文章很有气势。

《广绝交论》则因任昉死后，子侄贫困潦倒，其旧交无一施以援手而发，谴责的是到溉、到洽兄弟的不义(《文选》注引刘璠《梁典》谓“到溉见其论，抵几于地，终身恨之”)，也是对士林恶俗的批评。是论乃增广东汉朱穆《绝交论》之义而为之，而怒随词涌，笔锋更为犀利。《辩命论》用主客问答形式结构其文，“主人”答词即为文章主体。“主人”所言，先是揭出天下“素交尽，利交兴”的现实状况，再细说天下士人“利交”之术有五(即势交、贿交、谈交、穷交、量交)，且一一道来(实是揭露士人恶行)。除点明“五交义同贾鬻”外，还谓其“是生三衅”（即“败德殄义，禽兽相若”、“难固易携，雠讼所聚”，“名陷饕餮，贞介所羞”）对“利交”之恶严加抨击。然后引出任昉其人其事，再次慨叹：“世路险巇，一至于此！”既补足“主人”所言之理，又托出作者作《论》用意。文中语词锻造、骈句特征、纳骈于散等，与《辩命论》同。如下面一段文字：

> 近世有乐安任昉，海内髦杰；早绾银黄，夙昭民誉。遒文丽藻，方驾曹、王；英跱俊迈，联横许、郭。类田文之爱客，同郑庄之好贤。见一善则盱衡扼腕，遇一才则扬眉抵掌。雌黄出其唇吻，朱紫由其月旦。于是冠盖辐凑，衣裳云合；辎軿击辖，坐客恒满。蹈其阃阈，若升阙里之堂；入其隩隅，谓登龙门之阪。至于顾盼增其倍价，剪拂使其长鸣；彯组云台者摩肩，趋走丹墀者叠迹。莫不缔恩狎，结绸缪；想惠、庄之清尘，庶羊、左之徽烈。及瞑目东粤，归骸洛浦，繐帐犹悬，门罕渍酒之彦；坟未宿草，野绝动轮之宾。藐尔诸孤，朝不谋夕；流离大海之南，寄命嶂疠之地。自昔把臂之英，金兰之友，曾无羊舌下泣之仁，宁慕郈成分宅之德！呜呼！世路险巇，一至于此！

文用对比手法，说明任昉昔日“把臂之英、金兰之友”绝情无义，实为“利交”之徒，鞭挞之义显然。又行文以叙为议，或纳叙于议，而叙则铺陈、形容，故文中容易出现大体整齐的骈句。诸多骈句长短不一，或集合于长句中，或在发语词、接续词的带动下运行，都有利于疏荡文气和抒发义愤。

南朝骈体序文，名篇很多，**徐陵**的《玉台新咏序》尤为前人所重。序文本说编纂《玉台新咏》用意，却以描写宫女生活见长。如云：

> 夫凌云概日，由余之所未窥；千门万户，张衡之所曾赋。周王璧台之上，汉帝金屋之中，玉树以珊瑚作枝，珠帘以玳瑁为押，其中有丽人焉。其人也，五陵豪族，竞选掖庭；四姓良家，驰名永巷。亦有颍川、新市，河间、观津，本号娇娥，曾名巧笑。楚王宫里，无不推其细腰；卫国佳人，俱言讶其纤手。阅诗敦礼，岂东邻之自媒；婉约风流，异西施之被教。弟兄协律，生小学歌；少长河阳，由来能舞。琵琶新曲，无待石崇；箜篌杂引，非关曹植。传鼓瑟于杨家，得吹箫于秦女。至若宠闻长乐，陈后知而不平；画出天仙，阏氏览而遥妒。且如东邻巧笑，来侍寝于更衣；西子微颦，得横陈于甲帐。陪游馺娑，骋纤腰于结风；长乐鸳鸯，奏新声于度曲。妆鸣蝉之薄鬓，照堕马之垂鬟；反插金钿，横

陈宝树。南都石黛，最发双蛾；北地燕脂，偏开两靥……惊鸾冶袖，时飘韩掾之香；飞燕长裾，宜结陈王之佩。虽非图画，入甘泉而不分；言异神仙，戏阳台而无别。真可谓倾国倾城，无对无双者也。

《序》写宫女形态、服饰之美，铺张排比，形容尽致，而句句用典、对仗工整、语词艳丽，几如宫体诗作。故有学者说："他所编的《玉台新咏》基本上是专收以妇女生活为题材的诗歌，而更多的是齐、梁新变之作，所以他写的《玉台新咏序》也就以新变的诗体风格施之于不押韵的骈文，而成为宫体文学的最完美的代表。""诗歌是艳体，是宫体之类，序也是同样的宫体骈文中最整齐、最规范、最艳丽、最讲声律的名作。"（《姜书阁《骈文史论·梁陈骈文第十二》）

温子昇《韩陵山寺碑》是北朝骈文的代表作。传言庾信评论北方文章，曾说："惟韩陵山一片石，堪共语。"（《朝野佥载》卷六）温氏今存碑文六通，均为骈体，可见其撰写骈体碑文，经验丰富。《韩陵山寺碑》纪高欢（496—547）起兵平尔朱氏之功，文中有云：

昔晋文尊周，绩宣于践土；齐桓霸世，威著于邵陵。并道冠诸侯，勋高天下。衣裳会同之所，兵车交合之处，寂寞消沉，荒凉磨灭。言谈者空知其名，遥遇者不识其地。然则树桐表迹，刊不纪功，有道存焉，可不尚欤？

永安之季，数锺百六，天灾流行，人伦交丧，尔朱氏既绝彼天纲，断兹地纽，禄去王室，政出私门，铜马竞驰，金虎乱噬，九婴暴起，十日并出。破璧毁珪，人物既尽；头会箕敛，杼轴其空。大丞相渤海王命世作宰，惟机成务，标格千仞，崖岸万里，运鼎阿于襟抱，纳山岳于胸怀。拥玄云以上腾，负青天而高引。钟鼓嘈囋，上闻于天；旌旗缤纷，下盘于地。壮士懔以争先，义夫愤而竞起。兵接刃于斯场，车错毂于此地。轰轰隐隐，若转石之坠高崖；硠硠礚礚，如激水之投深谷。俄而雾卷云除，冰离叶散。靡旗蔽日，乱辙满野。楚师之败于柏举，新兵之退自昆阳，以此方之，未可同日。

既考兹沃壤，建此精庐，砥石砺金，莹珠琢玉，经始等于佛功，制作同于造化。息心是归，净行攸处，神异毕臻，灵仙总萃。鸣玉鸾以来游，带霓裳而至止。翔凤纷以相嚾，飞龙蜿而俱跃。虽复高天销于猛炭，大地沦于积水，固以传之不朽，终亦记此无忘。

碑文前说有大功于世当立碑以纪，中说高欢之功，后说立碑事，层次清楚。最难得者，一是用典叙事贴切，且易读易懂；二是语多形容之词，却说得流利、自然、无滞塞之弊。

第三节　南朝散文和范晔的史论

一、南朝散文

南朝是骈文艺术发展的黄金期。随着骈文兴盛，散文应用范围大大缩小。在散文史上，南朝散文发展步伐无疑是迟缓的、沉重的，其创作呈现出骈体大盛时特有的艺术特点。骈文的母体是散文，当它脱离母体独立后，当然就不是散文了。但是，当散文还在孕育骈体时，即散文中含有骈文某些质素时，此类散文是不能算作骈文的。我们讲的南朝散文，有一部分就属于这种类型。另一类是彻头彻尾的散体，而且出语质朴、自然，说得清楚，带有感情。从文风传承来看，这两类散文继承的是汉、魏以来儒家散文的艺术传统，不但具有儒家艺术精神，而且具有传统儒家散文的艺术风貌。第三类散文，其艺术精神则出自玄学，艺术风貌的形成，也受到玄学审美观的影响，文风虽与东晋同类散文相近，在文章体制上却有大的突破。下面即按文体类别略言其作。

南朝四代皆有散体诏敕。如宋文帝刘义隆《答范泰诏》、《报衡阳王义季诏》，齐高帝《与褚渊手诏》、《敕陈显达》，梁武帝萧衍《敕责贺琛》、《与何点手诏》，陈后主陈叔宝《手敕姚察》、《敕施文庆》，皆为散体。此类散文，多词质句散，直言尽言，以至随意道来，叙事琐碎，语无择言，几如短函、便笺。如萧衍《敕太子进食》，即谓："我此更无余痛，正为汝如此，胸中亦圮塞成疾，故应强加馇粥，不使我恒尔悬心。"

南朝散体笺表，亦代有其作。宋代谢灵运《诣阙自理表》为自己无罪辩护，至谓"不知微臣罪为何事……今虚声为罪，何酷如之"，怨愤迸发，溢乎言表。表中虽多四言为句，且有骈对工整者，实为散体。与此相似的，有**颜延之**的《上表自陈》，亦喜四言为句，实散非骈。又谢庄《与江夏王义恭笺》称病引退，谓"家世无年，亡高祖四十，曾祖三十二，亡祖四十七，下官新岁便三十五，加以疾患如此，当服几时见圣世"，全似口语。齐竟陵王**萧子良**(460—494)三篇《陈时政密启》，都是散体文字，文中罗列事实，有分析，有建议，就像今天的调查报告。梁代**任昉**(460—508)"尤长为笔，颇慕傅亮，才思无穷。当时王公表奏无不请焉。昉起草就成，不加点窜。沈约一代文宗，深所推挹”(《南史·任昉传》)。任氏之笔(包括笺、表、启及奏弹文字)多为骈体，其《奏弹刘整》则以散体为主。钱钟书即言：“昉弹文中刘寅妻范氏上状，陈述夫弟抢物打人，琐屑觋缕，全除典雅、对仗之习。”“刘妻述打骂处，颇具小说笔意，粗足上配《汉书·外戚传》上司隶解光奏、《晋书·愍怀太子传》太子遗妃书。”(《管锥编》第四册第二一〇则)陈代章表高手，当推**沈炯**(502？—560?)，不过沈表名作多为骈体，散体唯《请归养表》一篇。此表句多整齐，终为散文。其叙身世一段，则仿佛李密所言，只是惨酷过之而形容不及。如说：“臣婴生不幸，弱冠而孤，母子零丁，兄弟相长，谨身为养，仕不择官……妻息诛夷，昆季冥灭。余臣母子，得逢兴运。臣母妾刘，今年八十有一，臣叔母妾丘，七十有五。臣门弟侄，故自无人；妾丘儿孙，又久亡泯。两家侍养，余臣一人。”行文质直如此！倒也辞色相称，能以本色动人。

南朝散体论文，影响最大、艺术特色显著者，当推**范缜**(450？—510?)的《神灭论》。其论之作，起于对释氏因果说的辩论。齐武帝永明五年(487)，竟陵王萧子良盛宴宾客，席间“子良问曰：‘君不信因果，何得富贵、贫贱?’缜答曰：‘人生如树花同发，随风而堕，自有拂帘幌坠于茵席之上，自有关篱墙落于粪溷之中。坠茵席者，殿下是也；落粪溷者，下官是也。贵贱虽复殊途，因果竟在何处？子良不能屈，然深怪之’”。于是“退论其理，著《神灭论》(今存《神灭论》之初稿)”(《南史·范缜传》)。萧衍佞佛，自然容不得神灭说，故作《敕答臣下神灭论》，一方面用儒家典籍中语反驳神灭论，同时借对范文说理方式的指责，贬低其说。萧衍主张用清谈设宾主往反论难的形式说理，对梁、陈说理文艺术特色的形成，自有积极意义。但其本意，似乎是要为难范缜。不料范氏接受挑战，正式公布了用“自设宾主”反复论难的形式写就的《神灭论》。于是萧衍又让庄严寺大僧正法云组织王公朝贵和僧正六十二人，写了七十五篇文章和范缜论争，结果“无一折其锋锐”(曹思义《又上武帝启》)。诸多论难文字，受清谈艺术影响，共同特点有二：一是用自设宾主相互论难的形式结构其文。如《神灭论》系正面立论，即以三十一问答连缀成篇。将基本观点、论据分解成许多小问题，用问答形式逐一阐述。二是句为散句，语近口语，或言约旨达，或语繁意明，总以简约、明晰为主，出语有清谈风格。范论高于众论，关键是见识新颖、深刻。他能摆脱儒、释常见和思维方式的束缚，认识透彻，故能以约言道破至理。加上“解难如斧破竹，析义如锯攻木”(钱钟书语)，词无枝叶，语非婉曲，更为众论所不能敌。

南朝散体书作，名篇较多。宋代**王微**(415—453)为书喜作长篇，其《与江湛书》说拒绝江湛荐举自己为吏部侍郎的理由，虽不能与嵇康《与山巨源绝交书》并论，但也说得意气洋洋，语势不弱。《与从弟僧绰》就像一篇谈话记录，《报何偃书》向对方诉说自家志趣，于何氏有讥讽意。《以书告弟僧谦灵》，实是以书信形式写的祭文。

时忆往事，时作哀号。酷痛烦冤，心肝摧裂。凄恻之情，溢乎言表。此书将死者作为告语对象，用书信形式，通过追忆往事抒发对死者的悼念之情，实为韩愈《祭十二郎文》写法之先导。同样能以真情动人的书作，还有陈后主的《与江总书悼陆瑜》。此书末言“以卿同志，聊复叙怀，涕之无从，言不写意”，故可视为朋友间抒怀之作。书中不但言陆瑜才学卓尔出众，还以动情的语气、生动的文字叙写作者和他生前欢乐相处的往事，为其遽逝发出悲不自胜的悲叹。作者以赏心乐事衬写伤心悲肠之情，自是益增其悲。

南朝书作既受到骈风影响，又追步汉、魏文风而显出独特散文艺术风貌的，是**江淹**的三篇文章，即《诣建平王上书》、《报袁叔明书》、《与交友论隐书》。《上书》雪冤，《论隐书》泄愤，《报袁叔明书》述怀，皆有逞性任气，一吐为快的特点。三书皆有所依傍，《上书》出入邹阳《上梁王书》、司马迁《报任安书》两篇间，《论隐书》取法嵇康《与山巨源绝交书》，《报袁叔明书》学杨恽《报孙会宗书》，文风亦与汉、魏之作相似。三书行文虽有纵横家言风格，但铺陈有节；虽泛引古人古事，却展开来说，与骈文用典有别；作者临文虽郁伊填胸，出语却井然有序；虽然造句时有偶对，但多寓骈于散。各书多用长句，而文气疏荡、畅达；又文字简练，言词朴质，达意而已。比较而言，《上书》引事最多，句式整齐者多。作者上书的目的是为了雪冤，但书中并不细辩罪状有无，只是借用他事反复诉说蒙冤的悲愤感受。另二书则立意显明，皆直言尽言，不掩情性。而句法更灵活，用语更通脱。

从上述书作可以看出，南朝朋友间袒露心迹的散体书作，即使称心而言，行文句式也受到骈体影响，而且愈到后来，影响愈大。影响很小以至不受影响的，是诫子弟书或遗令一类作品。宋代**雷次宗**(386—448)《与子侄书》，自道平生喜好、经历，言其五十以后，“远想尚子五岳之举，近谢居室琐琐之勤”，交代子侄：“汝等年各成长，冠娶已毕，修惜衡泌，吾复何忧？但愿守全所志，以保令终耳。自今以往，家事大小，一勿见关。子平之言，可以为法。”可谓语无修饰，随口而言。齐代**张融**(444—497)《遗令》有云：“吾生平所喜，自当凌云一笑。三千买棺，无制新裘。左手执《孝经》、《老子》，右手执小品《法华经》。妾二人哀事毕，各遣还家。”“以吾平生之风调，何至使妇人行哭失声，不须暂停闺阁。”其人爽朗，运词少有束缚，自与其为人相称。

南朝散体书、文序亦多有名篇。张融《门律》属家诫一类文字，其《自序》有云：

吾文章之体，多为世人所惊，汝可师耳以心，不可使耳为心师也。夫文岂有常体？但以有体为常，政当使常有其体。丈夫当删诗、书，制礼乐，何至因循寄人篱下……吾之文章，体亦何异？何尝颠温凉而错寒暑、综哀乐而横歌哭哉？政以属辞多出、比事不羁、不阡不陌、非途非路耳。然其传音振逸，鸣节竦韵，或当未极，亦已极其所矣。汝若复别得体者，吾不拘也。吾义亦如文，造次乘我，颠沛非物。吾无师无友，不文不句，颇有孤神独逸耳。义之为用，将使性入情波，尘洗犹沐，无得钓声同利，举价如高，俾是道场，险成军路。

"夫文岂有常体"数句，自为其立论依据。由于立论超卓，称心而言，故行文洒脱。说一理、道一事，皆求尽意，而句意多转折、语气多变化，故文势不弱。萧衍《净业赋序》则以明志为主。张溥说："梁武帝《净业赋序》，即曹孟德《述志令》也。孟德奸雄善文，自许西伯；梁武帝亦谬比汤武，大言不怍。"其谓"据帝自序，绝鱼肉、断房室，欲天下知其不贪"（《汉魏六朝百三家集题辞·梁武帝集题辞》），不为无见。此序所明之志，实在"不贪天下"四字。虽然序中不乏"大言不怍"语、有自我标榜语，但也有实话实说者。如谓"若其逊让，必复鱼溃。非直身死名辱，亦负累显幽"，即是。此与孟德直言不可交出"所典兵众"语，颇为相似。全序虽有叙事成分，终以说明为主。刘峻《自序》总结生平遭遇，悲愤兼具，只是说得冷静，不像他的《广绝交论》锋芒毕露，极富感情色彩。但在分类条陈方面，却有一致处。

南朝各种类型的传记，皆为散体。**袁淑**（408—453）《真隐传》实为寓言体，似借鬼谷责备苏、张之书，提倡一种全身远祸之术。行文简约、语词浅易。**袁粲**（420—478）《妙德先生传》，写法与陶潜《五柳先生传》同，用语不如陶传平淡、自然。全写真人真事的传记，有江淹的《自序传》、《袁友人传》和萧统的《陶渊明传》。《自序传》除记江淹生平修养、习好、志趣和人生理想外，主要记述为建平王所贬事和为齐高帝所赏爱事，其文词繁事详。《袁友人传》为已故友人立传，却以论为传，纯以气胜、以情胜。《陶渊明传》引有《五柳先生传》。全篇行文事事相接，或引对话，或写举止，或概叙中作细节描写，总以叙事为主。文字简练，用语朴质，无一对句。如此遣词，既是为了传如其人、语事相称，同时也是要求得和所引《五柳先生传》文风一致。

二、范晔的史论

范晔(398—445)的《后汉书》，与《史记》、《汉书》、《三国志》合称前四史。体例一如《史记》、《汉书》，而新增《党锢》、《独行》、《文苑》、《宦者》、《逸民》、《列女》等传类。《文苑列传》的增设，和宋文帝刘义隆在建康鸡笼山分设儒学、玄学、文学、史学四馆一样，反映出宋人已有较为明确的文学观念，对文学独具的审美价值已有较深的体认。

《后汉书》在四史中独具艺术特色、且高出《汉书》一筹的，是它的序和论。序位于一类列传之前，论位于列传之后，两者都属于史论散文。范晔于其序、论，亦颇为自负，谓“吾杂传论，皆有精意深旨，既有裁味，故约其词句。至于《循吏》以下，及《六夷》诸序、论，笔势纵放，实天下之奇作。其中合者，往往不减《过秦》篇。尝共比方班氏所作，非但不愧之而已”(《狱中与诸甥侄书》)。《后汉书》序、论，立意精深而笔势纵放、文采斐然，也受到南朝文士的重视。如萧统选史传序、赞、论入《文选》，以“综辑辞采”、“错比文华”、“事出于沉思，义归乎翰藻”为准，共得序、论九篇，范晔即占四篇。

范晔传序多以叙述史事为主，而辅以议论。说一事，多言其由来，道其原委。近则从东汉开国说起，远则从尧时道来。作者目光四射，纵观上下，于同类史事无不洞察，然后加以提炼，以其见识为纲统率其事，次第叙议，以成完篇。故此类传序往往就一事叙议其沿革得失，直如其事之史纲。而叙议条理分明，“整理”得好，数百年间事，能使人一目了然。

序中议论，不外两种手法，一是引用儒家经典以作论，二是以议论笔调叙事。前者主要引用经文以作立论主脑，或引用典籍中的记载作为论据。后者实是以议论为骨架铺叙其事。

序中行文，虽是叙、议结合，终以叙事文字居多。传序叙事的突出特点，是既出语概括，又说得详细而言之切至。如《党锢传序》中言：

> 霸德既衰，狙诈萌起。强者以决胜为雄，弱者以诈劣受屈，至有画半策而绾万金，开一说而锡琛瑞；或起徒步而仕执珪，解草衣以升卿相，士之饰巧驰辩、以要能钓利者，不期而景从矣。自是爱尚相夺、与时回变，其风不可留，其蔽不能反。及汉祖杖剑，武夫勃兴，宪令宽赊，文礼简阔；绪余四豪之烈，人怀陵上之心；轻死重气，怨惠必雠；令行私庭，权移匹庶；任侠之方，成其俗矣。自武帝以后，崇尚儒学，怀经协术，所在雾会，至有石渠分争之论、党同伐异之说，守文之徒，

> 盛于时矣。至王莽专伪，终于篡国，忠义之流，耻见缨绋，遂乃荣华丘壑，甘足枯槁。虽中兴在运，汉德重开，而保身怀方，弥相慕袭，去就之节，重于时矣。逮桓、灵之间，主荒政谬，国命委于阉寺，士子羞与为伍，故匹夫抗愤，处士横议，遂乃激扬名声，互相题拂，品核公卿，裁量执政，婞直之风于斯行矣。夫上好则下必甚，矫枉故直必过，其理然矣。

此段文字，从帝王所为对风俗影响的角度说党锢问题的由来，纳叙事于议论中，语助词“矣”字的几次出现，显出作者感慨的深沉。如王鸣盛所言：“(其)说两汉风俗之变，上下四百年间，了如指掌。下之风俗，成于上之好尚，此可为百世之龟镜。蔚宗言之切至如此，读之能激发人。”(《十七史商榷》“党锢传总叙”条)

虽是以议带叙，由于所言事多，内容丰富，加上作者言之切至，故序中叙事，即使概括，亦有辅陈尽致者，其行文句式也自有特点。如《宦者传序》，前半多为散句，后半看似句式整齐者居多，实多纳于长句之中。其铺陈描绘，多用容量很大的长句。长句之内，则嵌入相当数量的整齐句子(有对偶者)，有时长句与长句的句式也大体相似(并非对偶)。用此类句式叙事，除能酣畅淋漓地写出某类现象外，还使得文势奔涌，带出作者的思想倾向。

范晔传论，多就一篇传记所记传主事迹作论。因为传中已详记其事，故传论一般纯作议论者多，即使涉及史事，也只是点到而已。所有传论，除《二十八将传论》、《左雄传论》和《窦融传论》较长外，篇幅都短。在艺术上则既受到《史记》、《汉书》论、赞的影响，又有其创造性。比如，《左雄传论》的笔势纵放、意尽于词，论者即以其依仿《汉书·公孙弘传赞》而来。其说东汉朝廷取士科目，一一列举，又分类点名，以道“东京之士，于兹盛焉”，从谋篇到笔法都与班氏传赞相像。其他如《冯衍传论》、《窦宪传论》、《耿恭传论》、《臧洪传论》、《蔡邕传论》、《孔融传论》等，都对传主的人生际遇感慨不已。作者抽心作论，“于屈伸荣辱之际，未尝不致意焉”(《南史·范晔传》)其咏叹有声、抒情味浓、言外有意，直至借论古人吐胸中之气，都与《史记》中《屈原、贾生列传》等篇中的“太史公曰”，相去不远。如《孔融传论》云：

> 昔谏大夫郑昌有言：“山有猛兽者，藜藿为之不采。”是以孔父正色，不容弑虐之谋；平仲立朝，有纾盗齐之望。若夫文举之高志直情，

其足以动义概而忤雄心。故使移鼎之迹，事隔于人存；代终之规，启机于身后也。夫严气正性，覆折而已。岂有员园委曲，可以每其生哉？懔懔焉，皓皓焉，其与琨玉秋霜比质可也！

或拿前人作陪，以为传主遭遇鸣不平；或将传主与历史英雄并论，既赞美其“义重于生”，又为其遭受的不公正待遇而叹息；或借前人名言以作论，颂扬传主“高志直情”之“足以动义概而忤雄心”，皆为不掩情性、纵横驰骋、感慨飞扬之作。

从引文可以看出，范晔传论行文有几个特点：一是散、骈句式兼用，而所谓骈句，也不是严格意义上的对偶句。二是大体对偶的句子，虽有独立成句的，但多数都存在于长句之内。三是长句多，且容量大。四是语助词用得多。五是和传序一样，句中字词搭配注意到音声的抑扬、轻浊，语句读来有一种和谐的声韵美。范晔自谓“性别宫商，识清浊，斯自然也”（《狱中与诸甥侄书》）。刘师培称“其文之音节尤可研究。例如《后汉书》《六夷传序》、《党锢传序》、《逸民传序》、《宦者传序》，几无一句音节不谐”（《汉魏六朝专家文研究》第六节），其传论音节和谐也与传序相同。要指明的是，无论序，还是论，音节的和谐，都只是自然相合，并不像齐、梁骈文遣词造句那样严格合于声律。

总之，《后汉书》的序、论，句兼骈散，笔势纵放；叙事简净，感慨飞扬，词词明洁，意味深长；文气疏朗，音节遒亮。作者自谓“其中合者，往往不减《过秦》篇”、“比方班氏所作，非但不愧之而已”，意即其文可与《过秦论》媲美而超过班氏所作。范氏所言，有三点值得注意：一是他不拿《史记》“太史公曰”来作比较，要么自叹弗如，要么自觉两者艺术精神和文风本有差异。二是他的话说出了其序、传，所承袭的艺术传统与《汉书》有异。三是他推崇《过秦论》，正是两晋以来史论散文艺术发展趋向所致。陆机入洛前即学《过秦论》，作《辩亡论》上、下篇，东晋干宝作《晋纪总论》，也是学《过秦论》写法。两晋史论之作，舍《汉书》和雅从容、不大声色、辞赡裁密、朴质平淡，而追求《过秦论》那样文气奔涌、情感激越、抑扬爽朗、词采灿烂的文风，已成为艺术发展的趋向，是明显的。它反映出两晋以来，随着儒学的渐渐复兴和散文中整齐句子的不断增多，人们渴望用一种新奇的语言艺术形式来总结历史经验的愿望。

范晔序、论，能与《过秦论》相比者，大体有五：一是以意为主。尽管行文恣肆，却主意突出。二是以赋为论。只是范文叙议铺陈较有节制，叙事尤为简净。三是句式或单或复，奇、偶兼用。两者都好用长句，善于以众多整齐短句构成长句。四是笔势纵放。《过秦论》纵横开阖，言事详尽，范晔序、论则概叙、概议。两者都文气疏荡，篇体散逸。五是文采斐然。两者(范文主要是序)文字色彩缤纷，绚烂亮丽，都是多半得益于修辞手法的运用。比较而言，《过秦论》用语，词浅意明而近于繁；范晔之文(尤其是论)用语，词雅意深而偏于洁。

范晔之后，南朝史书论赞几乎全为骈体。而以“华多于实，理少于文，鼓其雄辞，夸其俪事”为其特点(刘知几《史通·论赞》)。当然，其中佳作(如沈约《谢灵运传论》、《恩幸传论》等)亦多。

第四节　北朝散文和“北朝三书”

一、北朝散文

北朝文学发展有三大特点：一是以儒学为本，二是强调实用，三是崇尚朴质、简直的文风。北朝散文的发展，在这三方面显得尤为突出。事实上，北朝文士对散文写作的重视远胜于诗、赋创作。北朝散文创作成就不但高于北朝诗、赋成就，而且散文创作的繁荣远非南朝所能及。其标志性成果，除著述散文“北朝三书(即《水经注》、《洛阳伽蓝记》和《颜氏家训》)”外，尚有数量可观的单篇散文。

(一)北魏的单篇散文

北魏散文的发展，太和(477—499)以前和太和(含太和)以后的情形不同，以前文风质朴，以后文风典丽。

太和以前的单篇散文，多出自帮助拓跋氏吸纳汉文化的汉族知识分子。他们的文风，带有适应鲜卑民族游牧文化心态的特点，带有适应鲜卑民族粗犷、豪放、质朴、热情特性的特点。因而他们所继承的，主要是两汉、魏、晋以平实、实用为重要特征的儒家散文的艺术传统。鲜卑族作家文风的形成，自然也受到这种艺术传统的影响。

孝文帝以前，北魏几代帝王的诏令，多数当出自汉族文士。此类散文用语质朴、简直，句散意明，偶有整齐句子，颇有西汉诏令风味。如道武帝《天命诏》、明元帝《诏赐王洛儿诏》、文成帝《惩牧守贪秽诏》、献文帝《报于阗国王诏》等，皆能语事相称。告语对象不同，行文语气亦有变化。

太武帝拓跋焘在位 29 年，所发诏令，有些可能出自己之手，因而较有个性。少数字挟风霜，语气凌厉，如著名的《灭佛法诏》，即是。但多数出语通脱，用字浅易。有的如同与人对语，行文如书，但言语中颇能显出其帝王身份、至尊威势。短诏如《报公卿议答吐谷浑慕璝制》、《诛赏诏》、《报刁雍诏》等，皆为其例。这种文风也反映在他的书作中。如《又与宋主书》，云：

彼此和好，居民连接，为日已久。而彼无厌，诱我边民。其有往者，复之七年。去春南巡，因省我民，即使驱还。

自天地启辟已来，争天下者，非唯我二人而已。今闻彼自来，设能至中山及桑乾川，随意而行，来亦不迎，去亦不送。若厌其区宇者，可来平城居。我往扬州住，且可博其土地，伧人谓换易为博。

彼年已五十，未尝出户，虽自力而来，如三岁婴儿，复何知我鲜卑常马背中领上生活？更无余物以相与，今送猎白鹿马十二匹，并毡药等物。彼来马力不足，可乘之。道里来远，或不服水土，药自可疗。

书中“彼”，指宋文帝刘义隆。拓跋焘于太平真君十一年(450)打到长江北岸，次年，刘义隆动员大江南北民众准备北伐。书即作于此时。书以寻常语说两国交战事，轻侮宋帝之意，溢乎言表。又以粗豪之气运浅俗之词，语不择言，正合北朝强主口吻。

太和以前，知名汉族文士有许谦、崔宏、崔浩、高允、高闾、游雅等。他们都是各代魏主倚仗的谋略大臣，其文多为其政治活动的产物，自具实用性质。影响最大者，为“二高”。其中，**高允**(390—487)历事北魏五帝，出入三省五十余年，对鲜卑族的汉化起过很大的作用。允通经学，为臣耿直，敢说实话，临死不移。其为文与为人一致，故张溥言其“集中文字如《上书东宫》、《谏起居室》、《矫颓俗五异》及《乐平王箴论》，皆耿介有声，余皆整而不污”。又称他为北魏文风转变的前驱人物，谓其“虽逊步崔公(浩)，而开疆刑(劭)、魏(收)，固当日之先正也”(《汉魏六朝百三家集题辞·高令公集题辞》)。**高闾**(？—502)本为车奴，崔浩荐其为官。后与高允同主政事，深为允所称赏。“闾好为文章，军国书檄诏令碑颂铭赞百有余篇，集为三十卷。其文亦高允之流，后称二高，为当时所服。”(《魏书·高闾传》)其文与高允有异者，一是论事说理，善于提挈，行文条理清楚。二是句尚整齐，喜用对句、排比句。

观察太和以后文风，不能不注意元宏、韩显宗、李冲、李彪、常景、祖莹等人之文。

元宏即孝文帝拓跋宏，一生热心提倡汉族文化。“雅好读书，手不释卷。五经之义，览之便讲。”“史传百家，无不该涉。善谈庄、老，尤精释义。才藻富赡，好为文章。诗赋铭颂，在兴而作。有大文笔，马上口授，及其成也，不改一字。自太和十年已后，诏册皆帝文也。自余文章，百有余篇。”(《北史·魏本纪·高祖孝文帝》)

元宏尝诏令官民“直言极谏，勿有所隐，务令辞无烦华，理从简实”(《令官民各上便宜诏》)。他自己起草的诏令，大都能做到“辞无烦华，理从简实”。常是直言其事，用语亦浅显，质朴。只是言及重大问题时，说理时喜作一、二对句。从元宏为文既尚朴质、又喜典雅，可以看出，他的文风既保留了北魏散文简实、朴质的特点，又采用了魏、晋散文注重形式美的一些艺术技巧(如四言为句，以至构成骈对)。但无论其文如何“典雅”，总以用字浅易、辞无烦华、句式疏散、出语自然为主要特征。

韩显宗(？—499)的《上书陈时务》和《上言时务》，都是分条言事，前言三事，后言六事，条理分明，说得深刻、集中。而每说一事，观点鲜明，对时政之弊敢于揭露、批评。出语尖锐，文风泼辣。

李冲(450—498)曾两次上表弹劾李彪。第二表说李彪罪状，从其初识李彪说起，尽言彪之“长处”和自己对他的钦佩之意。对其才干、梗概、为官刚直都极力形容。然后引一事说自己对李彪“心疑有滥”，“知其威虐，犹未体其采访之由、讯检之状”。最后说因与其“日夕共事，及知其言与行舛，是己非人，专恣无忌，尊身忽物。安以身作之过，深劾他人。己方事人，好人佞己。听其言，同振古忠恕之贤；校其行，是天下佞暴之贼”。行文貌似以作者对李彪的认识过程为序，实则用了先扬后抑的艺术手法。而前言李彪“长处”充分，后言罪状自然令人可信。此文气盛语激，直从东汉末年骨鲠之臣弹文中来。

李彪(生卒年不详)的散文，颇有东汉中期儒家散文的气象，和雅茂密，意度宏远，条畅明达。其《表上封事七条》，分条陈述。说理言事，或引经据典，或称说史事，或概言时事，或罗列数字，言之甚详。其《求复修国史表》，也是遍引经传文字(还引了张衡赋中语)和叙说汉以上史事以作论。文字繁复，至有深芜之弊。说理叙事，也好铺陈，作排比。

和高允一样，李彪行文好用助词，尤其是“矣”、“也”用得多。而用“矣”、“也”，常取“……则……矣”和“……者，……也”句式。如《表上封事七条》第一条就连用十三个“则……矣”句，《求复修国史表》说孝文帝“有大功二十”，即连用二十个“者……也”句。选用“矣”、“也”妙传决断语气，自使文势不弱。而多用包括“矣”、“也”在内的各种语助词，也反映出李彪散文句散语缓、意尽于词的特点。

大概宣武帝在位时，北魏文风仍以质朴、简实为主，孝明帝即位，文风便有了大的变化。此时南方骈文大盛，北方文士为文也受到南方文风的影响。如常景(《图古像赞述》)、袁翻(《选边戍事议》)，不但行文铺彩摛文，句式整齐，用典隶事，还注意到声韵的美。

后出的温子昇，已是很成熟的骈文家，文笔传于江南，以至梁武帝称之曰：“曹植、陆机复生于北土。恨我辞人，数穷百六。”(《北史·文苑传》)子昇之外，一般人作文都比较注意句式的美。疏表之作，尽管语词浅易，却句尚整齐。或径直骈对，或纳对句于长句中。即如拓跋熙狱中所作《与故知书》，直抒胸臆，亦有语必择词、不废文采的特点。

(二)东魏、北齐和西魏、北周的单篇散文

东魏、北齐，是北朝散文加剧骈化的时期。之所以如此，外在原因是高氏政权排斥以至仇视汉人和汉文化，造成“鲜卑共轻中华朝士”的局面，使得北朝士族对南朝礼乐文化更为向往。所谓“江东有一萧衍老翁者，专事衣冠礼乐，中原士大夫望之，以为正朔所在”(《北齐书·杜弼传》)。正是这种文化上的认同感、归属感，促使他们接受、仿效南方的文风。内在原因则是经历过长时期的南北文化交融之后，北方文士的文学修养不断提高，散文创作必然会在经过一个崇尚朴质、简实文风的阶段后，向追求语言形式美的方向发展。在这种背景下，纳骈于散便成为此时散文写作的突出特点。像杨衒之的《上东主启》和祖鸿休的《与阳休之书》，即为显例。前者细说佛门贪积无厌事以言佞佛之弊，说理皆依事实，切中要害。行文时作偶句，而用语质朴、言之简实，与太和之前疏表无异。后者云：

> 阳生大弟：吾比以家贫亲老，时还故郡。在本县之西界，有雕山焉。其处闲远，水石清丽，高岩四匝，良田数顷。家先有野舍于斯，而遭乱荒废，今复经始，即石成基，凭林起栋。萝生映宇，泉流绕阶。月松风草，缘庭绮合。日华云实，傍沼星罗。檐下流烟，共霄气而舒卷；园中桃李，杂椿柏而葱蒨。时一褰裳涉涧，负杖登峰，心悠悠以孤上，身飘飘而将逝，杳然不复自知在天地间矣。若此者久之，乃还所住。孤坐危石，抚琴对水；独咏山阿，举酒望月；听风声以兴思，闻鹤唳以动怀。企庄生之逍遥，慕尚子之清旷。首戴萌蒲，身衣缊袯，出艺粱稻，归奉慈亲。缓步当车，无事为贵，斯已适矣！岂必抚尘哉！

《与阳休之书》写对山水田园的喜好，描叙充分；作者山居之乐，溢乎言外。但他的喜好和快乐，在很大程度上，是因为隐居可以全身避祸。因而从这段山水文字可以看出两点：在东魏、北齐时期，高氏政权压制汉人、排斥汉文化，北朝士人深感仕途险恶，忧患意识极重，因而用老子的无为、止足思想（所谓“昆峰积玉，光泽者前毁；瑶山丛桂，芳茂者先折”。“象由齿毙，膏用明煎”）来改变人生方式，以求得“保其七尺，终其百年”。此其一。其二，祖氏劝休之隐于山水以避不时之祸，实与东汉末年仲长统“使居有广田良宅，背山临流”，以换得“不受时责”同一思路。行文亦如统文，“尚是田园安稳之意多，景物流连之韵少”（钱钟书《管锥编》第三册第六六则）。即未能像晋、宋地记山水散文那样，从“玩物赏美”的角度，充分写出作者观览山水的“游目赏心之致”。但其写景句式的整齐，却较晋、宋地记山水文字有过之而无不及。对其文风有直接影响的，当为北魏的《水经注》和南方的山水骈文。

此时也有完全不受骈体影响的散文，如被钱基博称为“一味情真，字字滴泪而精神恺恻，为北朝第一篇文字，足与李密《陈情表》并垂千古”（《中国文学史》第三编第四节）的《为阎姬与子宇文护书》，即是。宇文护母阎姬及其四姑早年没于北齐，护为北周宰相，着人寻而不得。后齐与周和好，先送皇姑归周。齐王以护权重，乃留其母，以为后图。特令人为阎姬作书与护。书中有云：

> 吾年十九入汝家，今以八十矣。凡生汝辈三男二女，今日目下，不睹一人，兴言及此，悲缠肌骨。赖皇齐恩恤，差安衰暮。又得与汝杨氏姑及汝叔母纥干、汝嫂刘及汝新妇等同居，颇以自适。但为微有耳疾，大语方闻，行动饮食，幸无多损。汝与吾别之时，年尚幼小，以前家事，或不委屈。昔在武川镇，共汝兄弟，大者属鼠，第二属兔，汝身属蛇……
>
> 后吾共汝在寿阳住。时元宝、菩提及汝姑儿贺兰盛洛，并汝身四人同学。博士姓成，为人严恶，汝等四人谋欲加害。吾共汝叔母闻知，各捉其儿打之。唯盛洛无母，独不被打。后尔天柱亡岁，贺拔阿斗泥在关西，遣人迎家累。汝叔亦遣奴来富迎汝及盛洛等。汝时着绯绫袍、银装带，盛洛着紫织成缬通身袍，黄绫里，并乘骡同去。盛洛小于汝，三人并唤吾作阿摩敦。如此之事，当分明记之。今又寄汝小时所着锦袍表一领，至宜检看，知吾含悲抱戚，多历年祀。
>
> 禽兽草木，母子相依。吾有何罪，与汝分隔？今复何福，还望见汝！世间所有，求皆可得，母子异国，何处可求！假汝贵极公王，富过山海；有一老母，八十之年，飘然千里，死亡旦夕，不得一朝暂见，不得一日同处，寒不得汝衣，饥不得汝食，汝虽穷荣极盛，光耀世间，汝

何用为？于吾何益？吾今日之前，汝既不得申其供养，事往何论。今日以后，吾之残命，唯系于汝。戴天履地，中有鬼神，勿云冥昧，而可欺负……

此书代笔者揣摩透了阎氏心理，十分熟悉阎氏母子早年的生活经历。行文全用老母声口语气，先絮絮于对往事的回忆，特细写宇文护等四同学因欲谋害博士而挨打事（“唯盛洛无母，独不被打”）。再用铺叙手法诉说老母恋子之情、渴望母子相见之心。用语极为朴质、平易，时有口语。因是文士代笔，亦偶有雅词一二。书终以情真意切、直言不文取胜，“自是感荡心灵之文”。以至钱钟书先生说：“欧阳修尝言：‘晋无文章，惟《归去来辞》，窃欲言北齐无文章，惟《阎姬与宇文护书》，可乎？’”（《管锥编》第四册第二五六则）

史载，宇文护“得书悲不自胜，左右莫能仰视”，作书以报。护答书亦言母子离别之苦，尽道思母、念母、欲见其母之心。情真意切并不亚于来书，只是说思母之情而不得不顾及周、齐关系，使得抒情难以尽怀而意有旁溢。而用语雅练、句式整齐者多，不如来书质直、简易。

和东魏高氏政权恢复鲜卑文化，压制、排斥汉人和汉文化不同，西魏宇文氏政权坚持的是孝文帝积极吸纳汉文化、推进政治改革的方针。而宇文泰和他的一班重臣、多是北镇武人，文化修养很差。这样便带来西魏乃至北周文学发展中一个突出的矛盾现象，即一方面宇文氏十分尊重南来的文士，同时又通过复兴上古文风来扫荡南朝文风。

这种矛盾现象的出现，自与宇文泰这样做的政治动机和个性特点分不开。宇文泰“崇尚儒术”，“性好朴素，不尚虚饰，恒以反风俗、复古始为心”（《北史·周本纪》）。他对南朝文风和北魏因学南而出现的渐尚华靡的文风，是不喜欢的（这也是他那一班文化水准不高的大臣们的态度）。他对南来世族文士恩礼有加，只是用来装点门面，并没有利用他们传播、弘扬南朝文风的意思。而他赞成复兴上古文风，是因为这符合他以仿效商、周古制为特点的政治改革思路。宇文泰、苏绰复兴上古文风，虽然用了行政手段，但并未能使骈体消失，也未能扭转骈体盛行所带来的华靡文风。许多人（包括宇文泰诸子）仍然热心于骈文写作。如赵翼所说：“周时虽暂用古体，而世之为文者，骈俪自如，风会所开，聪明日启，争新斗巧，遂成世运，固非功令所能禁也。”（《廿二史札记》）虽然如此，宇文泰、苏绰倡导散文复古，对推动散文艺术发展是有意义的。至少，在如何继承古代散文艺术传统以改革文风方面，为后人积累了经验。

另外，和宇文泰、苏绰托古改制取得成效一样，文风复古在一个时期内确实产生了一定影响。史载："自有晋之季，文章竞为浮华，遂以成俗。周文（宇文泰）欲革其弊，因魏帝（西魏文帝元宝炬）祭庙，群臣毕至，乃命绰为《大诰》，奏行之……自是之后，文笔皆依此体。"（《北史·苏绰传》）刘知几说当时不但朝廷公文、军国词书皆准《尚书》，就连史臣修史也受到影响。今日可见的"大诰体"公文，尚有《隋书·百官志》所录后周禄秩之文。此次复古不但产生了一批大诰体的散文，而且在一定范围内使北魏崇尚朴质、简实、实用的散文艺术传统得以恢复，出现了不少文风简朴的作品。

由于政府的提倡，当时最受人注意的散文自是**苏绰**的《大诰》。苏绰是宇文泰的政治谋士，其人既重儒学，又通申、韩之术。故为文尚质、尚用，对北魏后期文渐华靡甚为不满，早有改革之意。大统十年（544），北雍州献白鹿，群臣欲贺，绰即命其记室柳庆作表。谓"近代已来，文章华靡，逮于江左，洛阳后进，祖述未已。相公（宇文泰）柄人轨物，君职典文房，宜制此表，以革前弊。"（《北史·柳庆传》）其为《大诰》，亦有矫弊之意。

《大诰》行文方式和用语的古奥、简约，皆仿《尚书》。

文章主体部分均用"皇帝若曰"引出皇帝对百官的诰命之词，八段言词除首、尾二段作泛论及致命官、叮嘱之意外，六番言词都是各有一种告语对象（不同阶级的官员）。文章最后记述的是柱国宇文泰及百僚表示恭承圣命的话。此文的好处是直接用"皇帝若曰"引出皇帝诰词，一类官员一段嘱词，层次分明，省却许多过渡文字。又每段命词，内容集中，且能显出皇帝切望之意，行文不乏温润之美。虽然其中不少文字简奥、艰涩，但也有出语浅近、明畅者。如云：

> 皇帝若曰：庶邦列辟，汝惟守土，作人父母。人惟不胜其饥，故先王重农；不胜其寒，故先王贵女工。人之不率于孝慈，则骨肉之恩薄；弗惇于礼让，则争夺之萌生。惟兹六物，实为教本。呜呼！为上在宽，宽则人怠，齐之以礼，不刚不柔，稽极于道。

苏绰散文，与此段文字风格相近的，还有他的名作《奏行六条诏书》。文中所说六事（即先修心、敦教化、尽地利、擢贤良、恤狱讼、均赋役），实为宇文泰改革时政的纲要，以至其"常置诸左右，又令百司习诵之，其牧守、令长非通六条及计帐者，不得居官"（《北史·苏绰传》）。其文说理平实、严密、简明、质直，似受先秦儒、法散文艺术影响最深。

从严可均所辑《全后周文》来看，北周体若苏绰《大诰》之文极少，多是言事明白、有条理、用语朴质的散文。宇文泰《与长沙俭书》、《与唐永书》、

《诏公卿等议苏绰赠谥》等，行文如与臣下面谈，不但用语朴素，而且径遂直言。其《大统十三年春三月令》，实是对在朝之士提出要求，谓其“当念职事之艰难、负阙之招累，夙夜竞竞，如临深履薄”云云。令中说理文字较多，其语直义明、遣词造句亦与苏绰《奏行六条诏书》相似。臣下所草公文，也都有直言无隐、条理分明、用语浅近的特点。至于臣下向上陈情言己志者（如李远《白宇文大冢宰》言辞受尚书左仆射职事），更是实话实说，不求语词赡丽。

二、《水经注》

《水经注》等“北朝三书”皆为学术性著作，写法都“以叙事为宗”（钱钟书《管锥编》第四册第二五三则）。

《水经》，是一部记述古代水道的地理书，约成于三国时期。郦道元（472？—527）生当孝文帝“经营天下，有志混一”的时代，受孝文帝“王者以四海为家，或南或北，何常之有”的影响，故其作《水经注》，能将中国南北水道集于一书。将水道由原书所记137条，扩大到一千多条。

郦氏年轻时曾随孝文帝北巡，到过阴山一带；后为地方官，到过黄河以南。一生留意访渎搜渠，故其注《水经》，除部分材料来自实地考察的体会外，大半材料来自文献。书中引用前人著作达436种之多。记述长江流域及江南水道的资料多取自有关这些地域的地记著作，如袁山松《宜都山川记》、孔晔《会稽记》等。记述北方水道的资料，也有从文献中来的，如《河水注》，即将法显《佛国记》中“于此顺岭西南行”38字，一字不漏，移入文中。可以说，《水经注》既吸收了前人地学研究的成果，也吸纳了前人散文（特别是地记山水散文）创作中的精华。

《水经注》的写法，是以江、河、湖、泊即水道为纲，先对《水经》提到的名、物加以解释，然后对水道由来、走向、沿革、地貌特征加以介绍。说某一水道，常是先说干流，再说支流，而说干流或支流，又多是围绕水道的某一特殊部位（如峡、滩、谷、洲、岛等）和流域内某一地区、某一山岭，来组织文字。

而在叙说水道由来、走向、沿革和地貌特征等内容时，总爱引用相关的文献资料、历史故事、民间传说、渔歌、民谚，有时还将自己实地考察的见闻写进文中。因而《水经注》不但生动地描绘出诸多水道的自然风貌，还展现出诸多山水积淀深厚的人文精神。正因如此，《水经注》散文的艺术特色，便表现在三类文字中。三类文字分别为以考证见长的学术性散文、以传写故事见长的叙事散文、以写景见长的山水散文。

其学术性散文，多引文献以作论述，或作辨析，以纠前人之谬。此类散文，贵在有见。有时，文中即引文献原文以代论述，对不实之言，略作辨析，行文自然简略。如《河水注·孟门山》，即是。有时则引文献展开来说。如《河水注·砥柱山》考证可谓细密。但作者有时以传说为史实，辨则辨矣，结论未必可信。又考证行文殆同书抄，引录文献太多，也影响到文气的流畅。

趣味性浓，写得生动、活泼的，是叙说人文故事的叙事散文。这类叙事散文的内容十分丰富。有帝王传说、名人轶事、神鬼故事，事关德政、战争、侠义孝悌之行、灵验感应之迹，或为真人真事，或为佛、道传说。如《沔水注》，述汉时佷子葬父事：

> (佷子)家资万金，而自少小不从父语。父临亡，意欲葬山上，恐儿不从，故倒言葬我著渚下石碛上。佷子曰："我由来不奉教，今从语。"遂尽散家财作石冢，积土绕之成一洲，长数百步。

文中叙事简略、有味，几可与《世说新语》中记事小品媲美。又《洹水注》述小夫人退贼事，情节离奇，而叙事生动、故事完整，直如东晋志怪小说。两者都通过描叙细节叙事，用语虽有雅与俗、简与繁的差异，却都是尽为散句、不作雕饰、形如直言。

《水经注》最具艺术特色，对后世散文影响最大的，是书中的山水散文。山水散文之妙，一是能写出山水的静态美、动态美。不但能以生动的笔墨再现山水的形貌美，还能创造出引人入胜的优美境界、令人心动神移的壮美境界。如前引《江水注·山峡》，写三峡不同时令的不同景象，就能把人带进不同氛围的境界。刘熙载即谓"郦道元叙山水，峻洁层深，奄有楚辞《山鬼》、《招隐士》胜境"(《艺概·文概》)。像《河水注·孟门》，写水石相搏、水流奔腾之势，谓"中小流交冲，素气云浮，往来遥观者，常若雾露沾人，窥深悸魄。其水尚崩浪万寻，悬流千丈，浑洪赑怒，鼓若山腾。浚波颓叠，迄于下口。方知《慎子》'下龙口，流浮竹，非驷马之追也'"。便写出了黄河流经孟门时那种震天动地的气势。而像写华不注山"孤峰特拔以刺天，青崖翠发，望同点黛"，写衡山"山上有飞泉下注，下映青林，望之若匹练在山矣"，写潭水谓"平潭清洁澄深，俯视游鱼，类若乘空矣，所谓渊无潜鳞矣"。虽为白描、浅喻，却触笔生境，读来令人生想。

二是能写出观赏山水者的"游目赏心之致"。如《江水注》谓"及余来践斯境，既至欣然，始信耳闻不如亲见矣……仰瞩俯映，弥习弥佳，流连信宿，不觉忘返。目所履历，未尝有也。即自欣得此奇观，山水有灵，亦当惊知己于千古矣”。文中游览者因发现山水之美、领略山水之美油然而生的欣喜之情、得意之感，溢乎言词之外。有时，作者还将自己在山水中的活动一并写出，以见出山水的极可人意。显然，写出这种“游目赏心之致”，对山水之美，自会起到衬托作用。

要指明的是，写景生动、能写出审美者的“游目赏心之致”，是晋、宋地记山水散文已经达到了的艺术境界，《水经注》主要是通过移植前人山水文字而保持了上述艺术特色，在这方面的独创性是不多的。因而张岱说“古人记山水手，太上郦道元”(《跋寓山注》)，实是将郦氏以前众多记山水手的艺术贡献，都记到了郦氏名下。不过，郦氏能集前贤之美于其书，对山水散文艺术的发展，也是一大贡献。

三是语句结构形式独特。和考证文字、叙事文字全用散句不同，山水散文语句虽以散句为主，但整齐句子较多。其中写景，用四言营造短句或词组尤其多。有些已是骈句，但多数只是字数相当，句式相似。它们句短意密，且意象生动，有雅隽之美。此类短句或词组大量出现，便使得用语精粹、凝练。其造句方式、文字技巧，除综合吸收辞赋、骈文尤其是山水诗的创作经验，从散文句式演变历程来看，主要是受到晋、宋地记山水散文句式的影响，而晋、宋地记山水散文常见的四言句或词组结构形式，主要吸收的是潘、陆散文四言为句的艺术经验。

《水经注》本为注疏之作，一篇注疏文字，往往考证、叙事、写景兼具，由若干不同内容的片断组成。即使一些片断写得精彩，极富文学意味，也只能作为散文小品存在于注疏中。再者，注疏中许多精彩的叙事小品、写景小品多是直接取自文献，郦氏加工不多。许多模山范水的精妙语词，也是前人创言在先，到郦道元手中已成熟语。因为总是记水，加上幅广地多，疲于应接，故写景角度相同、行文方式相似，以至语词自相蹈袭者多。虽然如此，因为它包容了前代山水散文的精华，形成了比较统一的语言风格，特别是在造句、造境方面，通过作品为记山水提供了艺术技巧和创作经验，因而《水经注》对古代山水散文艺术的发展影响极大。

三、《洛阳伽蓝记》

杨衒之(生卒年不详)尝于北魏孝庄帝永安年间(528—530)为奉朝请，于东魏武定五年(547)因行役重览洛阳，见城郭崩毁、宫室倾覆、寺观灰烬、庙塔丘墟，而有《麦秀》之感，故撰《洛阳伽蓝记》。书当成于北齐时期。

洛阳寺庙大兴，是在孝文帝迁都洛阳以后。北魏都洛约四十年(495—

534)，自孝文帝以下，各代帝王都笃好佛教。宣武帝元恪诏臣下在龙门为高祖文昭皇太后营石窟二所(后中尹刘腾又奏为宣武帝复造一窟，共得三所)。孝明帝母后胡氏专权，在城内造永宁寺，费用不可胜记。当时官私寺塔，其数甚众，神龟元年(518)，已达五百所。最多时有1367所。孝静帝天平元年(534)，迁都邺城，洛阳残破，犹存寺421所。

北魏帝王佞佛，官私竞造佛寺，遭到不少有识之士的反对，除阳固、崔浩外，像裴延俊、李玚、李崇、崔光、张普惠、任城王澄，都曾上书指斥佛教、揭露侈靡作寺的弊病，表达反佛、禁佛的愿望。

杨衒之记述洛阳寺庙兴衰，实是以历史证人的身份，用他的见闻印证北魏反佛之士见解的正解。特别是他联系北魏政治、经济、文化的兴替，来记述寺庙的盛衰，更能见出其反对佞佛的用意。正因其用意不在专记寺庙盛衰变化，欲借此对北魏兴亡得失一吐感慨，故书中内容涉及面广。所谓"魏自显祖好浮屠之学，至胡太后而滥觞焉。此《伽蓝记》之所由作也。铺扬佛宇，而因及人文。著撰园林、歌舞、鬼神、奇怪、兴亡之异，以寓其褒讥，又非徒以记伽蓝已也。"(毛晋绿君亭本《跋》)其书自为叙事散文集。作为叙事散文，《洛阳伽蓝记》在艺术上有以下几个特点。

一是结构严密，布置有序。《伽蓝记》写到的佛寺有八十来所，而以寺分章的寺庙只有四十余所。作者从一千三百多所寺庙中挑出四十来所作记，而在记四十多所重要寺庙中又带出四十来所中小寺庙，可见其叙事选材精严、主次分明。为了说得有条理，作者特以寺庙所在方位为序，依次分记诸寺。如《四库全书总目提要》所说："(衒之)感念废兴，因捃拾旧闻，追叙古迹，以成是书。以城内及四门之外，分叙五篇。叙次之后先，以东面三门、南面三门、北面三门，各署其新旧之名，以提纲领，体例绝为明晰。"

就一篇而言，即以寺庙为纲，提挈一章文字，将几章文字集合成篇。一章记一寺庙，一般要写到庙为何人建，建庙缘由、建庙所费、寺庙所处方位，周遭有何建筑(包括官府、寺庙、街道等)，寺庙形貌，以及发生在寺庙和寺庙所在区域的政治、经济、文化、军事等方面的活动和各类人物的各种趣事、带有神话性质的佛教故事、传说等。各章篇幅长短不一，但布置有序，总以内容分段落。所记内容少者，其文即成一小品(如永宁寺条"中有九层浮图一所"一节，即为一小品)，所记内容多者，其文即成一大单元(如永宁寺条记尔朱荣驻军寺中作乱事、记尔朱兆囚杀庄帝于寺事，即为一大单元)。各则小品、各个单元，或记述简约，或委曲详尽，都可独立成文。

二是描叙生动、有趣、有味。作为记叙散文，《洛阳伽蓝记》写景生动、叙事有趣、写人有味，显得十分突出。因为书以记寺庙为主，故书中写景文字，多用在对寺庙建筑美及其内外环境的描摹上。由于作者写景能抓住描写对象的特点，善于转换视角、变更方法运笔，故所记寺庙虽多，却都写得清楚、生动，形象逼真。如写永宁寺佛塔：

> 中有九层浮图一所，架木为之，举高九十丈。有刹，复高十丈，合去地一千尺。去京师百里，已遥见之……刹上有金宝瓶，容二十五石。宝瓶下有承露盘三十重，周匝皆垂金铎，复有铁锁四道，引刹向浮图。四角锁上亦有金铎，铎大小如一石瓮子。浮图有九级，角角皆悬金铎，合上下有一百二十铎……绣柱金铺，骇人心目。至于高风永夜，宝铎和鸣，铿锵之声，闻及十余里。

再如写景林寺环境的幽雅：

> 讲殿叠起，房庑连属，丹楹炫日，绣桷迎风，实为胜地。寺西有园，多饶奇果，春鸟秋蝉，鸣声相续。中有禅房一所，内置祇洹精舍，形制虽小，巧构难比。加以禅阁虚静，隐室凝邃，嘉树夹牖，芳杜匝阶，虽云朝市，想同岩谷。

衒之写景，以"实录"为主。种种物象，尽收笔底，而行文依次道来，物象特征，清清楚楚。其写景生动，既得益于他的善于"实录"所带来的穷形尽相，更得益于他的善于虚拟所带来的令人生想。如引文中"高风永夜，宝铎和鸣"数句、"虽云朝市，想同岩谷"二句，就都能化实为虚、以动写静，把人带入想像境地。

除一些重大、严肃的"时事"外，《洛阳伽蓝记》所叙之事往往带有传奇色彩和怪异性质，作者记述它们，自有其用意。而能写得生动有趣，却显出他擅长叙说故事的能力。如法云寺条记孙妻截发事，大统寺条记洛水之神饮人血事，菩提寺条记崔涵死十二年而复活事，崇真寺条记比丘惠凝死七日还活事，皆"张皇鬼神、称道灵异"之作，与东晋以来志怪小说题材性质同。书中所记异事，多数并无深意，只是读来有趣而已。这说明作者本有好奇的审美趣味，遇有异闻，即行阑入。

作者好奇，还表现在叙事概括介绍之后，常常引出一则颇有奇趣的小故事。如法云寺条说刘白堕"擒奸酒"名的由来，说元琛歌女朝云吹篪行乞以退寇，说田僧超吹笛以助战，虽然用语不多，却情节生动、有趣，使人过目难忘。

书中叙事既多，必然会写出一些生动的人物形象。所谓写人有味，并不是说某篇文字，写出了人物的完整性格，相反，它只是选择某一细节，将人物在某一空间、某一时间的活动展现出来，以显示其性格的一面。由于取材典型，描述生动，故读来有味。如法云寺条写河间王元琛聚富、显富，纯用铺叙手法，将其远至波斯求取名马之事、家中宝物名称、数量和向人炫耀华侈、豪富的自得之语，一一写出。虽然画出了一个贪鄙、浅薄的形象，却够不上"有味"。而下面写道：

> 琛忽谓章武王融曰"不恨我不见石崇，恨石崇不见我！"融立性贪暴，志欲无限，见之惋叹，不觉生疾，还家卧三日不起。江阳王继来省疾，谓曰："卿之财产，应得抗衡，何为叹羡，以至于此？"融曰："常谓高阳一人宝货多于融，谁知河间，瞻之在前！"继笑曰："卿欲作袁术之在淮南，不知世间复有刘备也？"融乃蹶起，置酒作乐。
>
> 于时国家殷富，库藏盈溢，钱绢露积于廊者，不可较数。及太后赐百官负绢，任意自取，朝臣莫不称力而去。唯融与陈留侯李崇负绢过任，蹶倒伤踝。太后即不与之，令其空出，时人笑焉。侍中崔光止取两匹。太后问："侍中何少？"对曰："臣有两手，唯堪两匹，所获多矣。"朝贵服其清廉。

文中写元融为人之贪，真是入木三分！其间写他嫉妒元琛豪富而病卧三日，写他"负绢过任，蹶倒伤踝"，看似轻描淡写，却深含讥刺之意。作者能巧妙地用细节描写来寄托他的思想倾向，故写人有可回味处。就此则文字言，其写人记言、记行，用语简洁有味，似可与《世说新语》媲美。

正因其书写景生动、叙事有趣、记人有味，于史地著作特征之外，别有一种文学美，故有学者称其为"历史文学"，认为"无妨把它作为游记、小说来读，作为特写或报告文学读"（范祥雍《洛阳伽蓝记校注序》）。

三是具有"雍容自在，举体朗润"的艺术风貌和"秾丽秀逸，烦而不厌"的语言特色。钱钟书先生说："《伽蓝记》雍容自在，举体朗润，非若《水经注》之可惋在碎也。"（《管锥编》第四册第二五三则）说的是《洛阳伽蓝记》具有雍容、安闲、朗畅、润泽的艺术风貌。这种艺术风貌的形成，与书以叙事为宗有关，与作者采摭繁富、编排有序有关，与叙事详尽、既概言又作细节描写有关，与所用语言秾丽秀逸、烦而不厌有关。

秾丽秀逸、烦而不厌，是《洛阳伽蓝记》语言的总体特征。相比较而言，写景语言秾丽秀逸较为突出，句式整齐者多，且爱四言为句，时作骈对，语雅词秀，穷尽形相。如正始寺条谓："伦造景阳山，有若自然。其中重岩复岭，嵚崟相属；深溪洞壑，逦递连接。高林巨树，足使日月蔽亏；悬葛垂萝，能令风烟出入。崎岖石路，似壅而通；峥嵘涧道，盘纡复直。是以山情野兴之士，游以忘归。"文中句法以及语句的秀逸、明丽和笔调的轻灵，都与南朝山水骈文有相似处。

《洛阳伽蓝记》叙事写人，自以散句为主，且语词平实者多。叙写大事（如尔朱荣变乱、宋云和惠生西域取经等）委曲详尽，而涉及描叙对象极多，故显得文辞华缛。但在具体叙事写人时，却能做到言简事明。即使偶有铺陈，也恰到好处，使人感到烦而不厌。而在写景、叙事、写人文字中，常常出现一些精彩片断。其文之美，就像毛晋说的："妙笔葩芬，奇思清峙。虽卫叔宝（玠）之风神、王夷甫（衍）之姿态，未足以方之矣。"（绿君亭本《跋》）此类"美文"能引人入胜，在很大程度上，即得益于用语精约、圆润、清隽、闲远而有味外味、韵外韵。但是，由于所记尽以寺庙为纲，写景形容往往套路相似，用语也使人有屡见不鲜之感。

四、《颜氏家训》

颜之推（531—591?），自幼受到家传儒学（颜氏世善《周官》、《左传》之学）影响，喜作文，不好清谈。入梁后，曾奉元帝命校勘典籍。梁亡入魏，又入齐，任通直散骑常侍、黄门侍郎等职。齐亡入周，周亡入隋，太子召为学士，甚见礼重。寻以疾终。《颜氏家训》写作时间较长，盖成于隋文帝平陈以后、隋炀帝即位之前。

颜之推一生历仕四朝，三为亡国之人，记述他人生经历和感受的文学作品，有他自作注释的《观我生赋》。其文质实，与庾信《哀江南赋》命意大同，而文情远逊。"修辞洁适鲜疵，是其所长"（钱钟书语）。至于总结其人生经验、表现颜其人生价值观，记述其如何实现人生价值的方法，则有著述散文集《颜氏家训》。

颜之推作《颜氏家训》，是为了"整齐门内，提撕子孙"（《序致》）。书中所言，多是出自作者对自己和他人人生经验的理性思考，因而说它总结了作者的人生经验，表现了他的人生价值观，是可以的。

在《颜氏家训》中，作者一方面用儒家人生价值观规范子孙们的行为，同时也以实用态度对待人生。既谓"行诚孝而见贼，履仁义而得罪，丧身以全家，泯躯而济国，君子不咎也"（《养生》），又谓"自春秋以来，家有奔亡，国有吞灭，君臣固无常分矣"（《文章》）。归根结底，"生不可不惜"（《养生》）。无论立身扬名，还是养身惜生，都得靠自己。所谓"父兄不可常依，乡国不可常保，一旦流离，无人庇荫，当自求诸身耳”(《勉学》)。既是这样的人生态度，故书中所言，有合于儒道者，也有不合于儒道者，而主导倾向是尚儒的。所谓“皆本之孝弟，推以事君上，处朋友乡党之间，其归要不悖六经，而旁贯百氏”(沈揆语)。

自刘邦以后，诫子弟书、遗命、庭诰、门律等家训之作就不断出现。《颜氏家训》不但继承了此类散文的艺术精神，而且集中了它们的告诫内容，并有新的扩充；借鉴了它们的表现艺术，而有新的创造。

在《颜氏家训》出现以前，家诫散文多为书信，内容较为单纯，常是针对子弟某一毛病施教。有的正面教诲，说到几方面的问题，涉及范围终归有限。颜延之《庭诰》，已不用书体形式，长篇训言，所说注意事项较多，由说为人处世而论及诗歌艺术发展问题。

《颜氏家训》二十篇，除首篇《序致》为作者自序、道其写作缘由外，余十九篇一篇一题，实是在十九个问题上告诫子孙如何修身、进学、治家、做人。议论所及，几乎包容前此所有家诫散文所说的问题，而接触到时人社会文化生活的各个层面，真可谓集大成而有扩充。又由于分题设篇，文章容量大，故较之单篇书作，内容丰富，而且叙说详尽得多。

其表现艺术，大致在三个方面对告诫散文艺术有所借鉴和发展。

一是语气的平和、亲切。家诫散文不乏语气优柔之作，但也有语含愤怒之气，而连声斥责的。《家训》不是针对某一子弟某一恶行而发，是为颜氏子孙先作一全方位的人生设计，故行文便用平和、亲切的语气缓缓而谈。如文中说：“家之常弊，可不诫哉！”“可不慎欤？”“此不可不畏！”“不可不留心也。”“慎之哉！慎之哉！”“诫之哉！诫之哉！”“但惧汝曹犹未牢固，略重劝诱尔。”“虽然，要轻禽、截狡兽，不愿汝辈为之。”告诫、叮嘱，尽作劝诱语。

二是语言质朴，平而不诡，近而不俚。《颜氏家训》和单篇家诫散文一样，告语对象既为子孙，用语便不可太求文雅，而以出语质朴为好。

因为出语质朴，一则易使子孙明白其意，二则使子孙读来有亲近感。《颜氏家训》无论说理，还是叙事，都有辞质义直的特点。其辞质，但质而明，能把意思说得清清楚楚。造句亦如口语，句之长短、音之高下，自然而然。不用僻词奥句，不用典故，不有意追求骈对。其行文真能做到“三易”：“易见事，一也；易识字，二也；易读诵，三也。”(颜星《三刻黄门家训小引》)

三是告诫子孙当如何做，不当如何做，必用故事启迪后人。《颜氏家训》并不是以说理为主的著述文，它只是说出作者对一些问题的看法，说出作者对子孙的要求。在说看法、提要求中，带出说理的语句。但那说理，多半只说结论，即使有引经据典以作语者，也是即引即断，并不细作辨析。这本是家诫散文中常见的行文方式。由于《颜氏家训》一篇一题，故在同一问题上，说子孙当如何做，较单篇家诫散文，涉及的面就更广一些，直说道理的话就多一些，有的实际上是在陈述作者的一种主张。又家诫散文作者往往举例评议其事其人，明示褒贬，为子弟标举模范和指出反面典型。《颜氏家训》也沿袭了这一做法。如文中云：

> 齐朝有一士大夫，尝谓吾曰："我有一儿，年已十七，颇晓书疏，教其鲜卑语及弹琵琶，稍欲通解，以此伏事公卿，无不宠爱，亦要事也。"吾时俯而不答。异哉！此人之教子也！若由此业，自致卿相，亦不愿汝曹为之！

有时列举故事，作者全然不示褒贬，但故事本身却能显出他的思想倾向。如《文章》中云：

> 齐世有席毗者，清干之士，官至行台尚书，嗤鄙文学，嘲刘逖云："君辈辞藻，譬若荣华，须臾之玩，非宏才也。岂比吾徒千丈松树，常有风霜，不可凋悴矣！"刘应之曰："既有寒木，又发春华，何如也?"席笑曰："可哉！"

席、刘所论，已说出作者主张，自不必再作评议。

和单篇家诫散文容量有限、举例很少不同，《颜氏家训》以专题分篇，除少数地方仅"举此一隅"外(《文章》)，多是说一事，列举好几个故事，如同故事集锦(《风操》、《勉学》、《文章》、《杂艺》等篇所用故事甚多，《归心》说"好杀之人，临死报验"，即连说七则故事)。论者以为，颜之推此书非作于一时，成文之后，得一事例，即行插入文中。故文中故事络绎，排列有如《韩非子·说林》者。如此行文，带来《颜氏家训》两大特点：

一是内容广博。《颜氏家训》所引故事，除采自古史外，几乎涉及南北朝社会生活的各个方面，可补南北朝史书之不足。不少篇章实是关于某一专题的时事汇编，集中反映了作者对当时风气和一些人、事的看法。岂只镜贤烛愚，更多抑扬之意。

二是集中了许多叙事小品。《颜氏家训》文字，就篇章言，结构并不严密。不少篇除部分说明文字外，基本上就是由叙事小品缀合而成。行文除与说明文字连筋带骨外，多有写得生动、简约而能独立成文者。如：

南阳有人，为生奥博，性殊俭吝。冬至后女婿谒之，乃设一铜瓯酒，数脔獐肉，婿恨其单率，一举尽之。主人愕然，俯仰命益，如此者再。退而责其女曰："某郎好酒，故汝常贫。"

——《治家》

魏收之在议曹，与诸博士议宗庙事，引据《汉书》。博士笑曰："未闻《汉书》得证经术。"收便忿怒，都不复言。取《韦玄成传》，掷之而起。博士一夜共披寻之，达明，乃来谢曰："不谓玄成如此学也。"

——《勉学》

《治家》一则小品，即以细节写人，所写"性殊俭吝"之人，形象逼真，如在目前，读来有趣有味。《勉学》一则小品，不但妙用细节叙事，还用对比手法写人。人物性格突出，叙事自然生动，故事含义亦易为人所知。

概而言之，《颜氏家训》的艺术特色，是在继承、发展汉代以来单篇家诫散文艺术传统的基础上形成的。其编排方式受到过《水经注》、《洛阳伽蓝记》集众文以记一水、集众事以记一寺的影响，故文中多小品。不同的是，其叙事小品多记人事而极少志怪，行文以简约胜，语言质朴，不如前二书峭拔、秾丽。叙事纯作散句，说明文字偶有对句。语句的整饬、凝练，亦在二书之下，但其朗畅、浅析、明达，似又在二书之上。

第十三章　魏晋南北朝小说

第一节　小说的由来和魏晋南北朝小说的勃兴

"小说"一词始见于《庄子·外物》，所谓"饰小说以干县令，其于大达亦远矣"。庄子或庄子后学讲的"小说"，实指琐屑浅薄的言论。虽然，"饰小说"可能产生接近于后来小说的作品，但《庄子》所言"小说"的本义，与作为文体概念的小说毕竟不同。从东汉文士对"小说家"的界定，可知此时论"小说"，已由注意其言论价值扩大到"小说"的表现形式和规模体制（初级状态）。桓谭即谓"若其小说家，合丛残小语，近取譬论，以作短书，治身理家，有可观之辞"（《新论》）。班固则谓"小说家者流，盖出于稗官。街谈巷语，道听途说者之所造也。孔子曰：'虽小道，必有可观者焉。致远恐泥，是以君子弗为也。'然亦弗灭也。闾里小知者之所及，亦使缀而不忘。如或一言可采，此亦刍荛狂夫之议也"（《汉书·艺文志·诸子略》）。桓谭所说"近取譬论，以作短书"，似指类乎小说的寓言的表现艺术而言；班固所说"街谈巷语，道听途说者之所造"，实已说明小说的浅薄见解和表现形式都起于民间。这种观念，在魏、晋、南北朝并无大的变化。曹植说"街谈巷议，必有可采；击辕之歌，有应风雅。匹夫之思，未易轻弃也"（《与杨德祖书》），即就出自民间的小说、歌谣的思想价值作论。刘勰说"文辞之有谐隐，譬九流之有小说，盖稗官所采，以广视听"（《文心雕龙·谐隐》），于小说有轻视之意，而道其由来、功用，却未离汉人之说。

中国古代小说最早的源头，应是神话、传说，鲁迅即谓"探其本根，则亦犹他民族然，在于神话与传说"（《中国小说史略》）。说神话、传说是小说源头，须注意三点。一是神话、传说是小说的源头，但它们并不是成熟的小说，只是具备小说的某些文学质素；二是神话、传说作为源头，主要表现在为后世小说创作提供创作母题、典型形象、故事情节和虚构、想像以及细节描写等艺术经验上。比如《穆天子传》写周天子巡行天下事，涉及的人物、故事即有出自《山海经》所载神话、传说者。三是中国神话、传说并不发达，有一些神话、传说出现，却遭到理性思维的戕害，很快陷入灭绝境地。孔子“不语乱、力、怪、神”(《论语·述而》)，而儒家思想长期是中国占统治地位的思想，故神话、传说产生难、流传亦难。因而中国小说的发展，显得步履维艰。

小说源头只有一个，但影响它发展的因素却很多。魏、晋、南北朝小说至少受到过三种文体创作经验的影响。

一是先秦寓言的影响。先秦散文深于比兴，深于取象，普遍使用譬喻、寓言说理。《论语》、《老子》还只是用譬喻说理，《墨子》、《孟子》就用寓言说理了。《庄子》所用寓言多达二百则，《吕氏春秋》有寓言二百多则，《韩非子》有寓言三百四十多则。寓言的拟人手法、塑造形象和叙述故事的艺术经验，都对小说创作有借鉴作用。

二是史传文学的影响。史传文学，尤其是史书如《史记》、《汉书》、《后汉书》、《三国志》中的人物传记，以写人为主，不但记述了众多历史人物的生动故事，还积累了丰富的叙事写人经验，故能在创作素材和创作方法两方面给小说创作以帮助。此外，历史散文中《左传》、《战国策》叙事、记言的艺术经验，也曾在小说创作中发挥过作用。

三是古代散文中叙事文字的影响。古代散文说理，常有精彩的叙事文字出现。这种情况不单见诸于先秦诸子散文，也见于汉、魏散文。其叙事写人之生动，并不亚于史传。它们对小说创作的影响，则主要表现在艺术经验的承传上。

《汉书·艺文志》曾著录“小说十五家，千三百八十篇”，但到梁时已只存《青史子》一篇。现存汉代小说有杂传野史《燕丹子》，袁康《越绝书》、赵晔《吴越春秋》中的有些篇章也可称为小说家言。而托名东方朔的《神异记》、《十洲记》，托名班固的《汉武帝故事》、《汉武帝内传》，实际上都是魏、晋人所作。

魏、晋、南北朝的小说可分为两类：一为志怪小说，一为轶事小说。这两类小说的出现，是由当时的社会风气、思想特点和文学发展本身的原因所决定的。魏、晋、南北朝时期，战事频仍，社会动荡，人们想在精神上得到慰藉，于是就发展旧的传说，创造新的鬼怪故事，曲折地反映自己对理想的追求。腐朽阶层不敢面对现实，也对神仙鬼怪津津乐道，这就给志怪小说的产生和传播提供了社会基础。而佛、道的流行、宗教迷信的泛滥又给志怪小说提供了思想基础。鲁迅说："中国本信巫，秦汉以来，神仙之说盛行，汉末又大畅巫风，而鬼道愈炽；会小乘佛教亦入中土，渐见流传。凡此，皆张皇鬼神，称道灵异，故自晋讫隋，特多鬼神志怪之书。其书有出于文人者，有出于教徒者。文人之作，虽非如释、道二家，意在自神其教，然亦非有意为小说，盖当时以为幽明虽殊途，而人鬼乃皆实有，故其叙述异事，与记载人间常事，自视固无诚妄之别也。"(《中国小说史略》)除从思想文化角度论述志怪小说兴盛的原因外，鲁迅还透辟地说到魏、晋以来社会上品评人物、侈谈玄理的清谈风气对轶事小说的影响。他说："汉末士流，已重品目，声名成毁，决于片言，魏、晋以来，乃弥以标格语言相尚，惟吐属则流于玄虚，举止则故为疏放，与汉之惟俊伟坚卓为重者，甚不侔矣。盖其时释教广被，颇扬脱俗之风，而老、庄之说亦大盛，其因佛而崇老为反动，而厌离于世间则一致，相拒而实相扇，终乃汗漫而为清谈。渡江以后，此风弥甚，有违言者，惟一二枭雄而已。世之所尚，因有撰集，或者掇拾旧闻，或者记述近事，虽不过丛残小语，而俱为人间言动，遂脱志怪之牢笼也。"(《中国小说史略》)

就文学发展本身而言，这时期的小说乃是对古代神话、传说、寓言的继承和发展。比如先秦有《山海经》，这时便有《神异经》、《十洲记》；先秦有《穆天子传》，这时便有《汉武帝故事》。比如西王母这个形象在《山海经》中还是"人面虎身，有文有尾，皆白处之"，"西王母其状如人，豹尾虎齿而善啸"，可在《汉武内传》等书中已成了仙姑美女。另外，如前所言，先秦史书子书以及汉、魏散文中的有关叙事写人的艺术经验，也对这个时期志怪小说，轶事小说的创作产生过直接影响。

志怪小说的内容很杂，其中有记述关于地理、博物的琐闻的，如托名东方朔的《神异经》、《十洲记》和张华的《博物志》即是。严格地说，这类书并不具备小说的情节和人物形象，只是一些见闻记录。比如《博物志》卷二有这样两条：

《周书》曰：西域献火浣布，昆吾氏献切玉刀。火浣布汙则烧之则洁，刀切玉如腊。布，汉世有献者，刀则未闻。

临邛火井一所，从广五尺，深二三丈。井在县南百里。昔时人以竹木投以取火，诸葛丞相往视之，后火转盛热，盆盖井上，煮盐得盐。入以家火即灭，讫今不复燃也。酒泉延寿县南山名火泉，火出如炬。

还有的是记述历史人物的传闻，托名班固的《汉武内传》、《汉武帝故事》就是专记汉武帝生前死后的轶事的。二书神怪色彩浓厚，在很大程度上暴露了汉代宫廷生活荒淫腐朽的内幕。

志怪小说写得最多而又写得最好的是记述有关神鬼怪异的故事。曹丕《列异传》中的《谈生》，写一穷书生和大族王姓女的鬼魂结合，最后被王家召为"主婿(郡主之婿)"；《宋定伯》写少年宋定伯捉鬼卖鬼的故事，都有一定的社会意义和思想意义。《望夫石》更以简洁的笔墨记述了一个古老而又优美的传说：

武昌新县北山上有望夫石，状若人立者。昔有贞妇，其夫从役，远赴国难，妇携幼子，饯送此山，立望而形化为石。

其他如王嘉《拾遗记》、王浮《神异记》、王琰《冥祥记》、刘义庆《幽明录》、《宣验记》、刘敬叔《异苑》、吴均《续齐谐记》、颜之推《冤魂志》以及托名陶潜的《搜神后记》和干宝的《搜神记》都是记述神仙、方术、佛法灵异、鬼怪异闻(兼及人事)的集子。它们的记述已初具小说的规模，有的文字流丽，诗、文结合，充满浪漫色彩。众书中影响最大的，是干宝的《搜神记》。

最早出现的轶事小说当推东晋葛洪(284—364)的《西京杂记》。此书杂载人间琐事，文笔隽洁。书中写王昭君、卓文君等历史人物的轶事，形象鲜明，取材典型，语言华美。如卷二司马相如条：

司马相如初与卓文君还成都，居贫忧懑，以所着鹔鹴裘就市人阳昌贳酒，与文君为欢。既而文君抱颈而泣曰："我平生富足，今乃以衣裘贳酒！"遂相与谋，于成都卖酒。相如亲著犊鼻裈涤器，以耻王孙。王孙果以为病，乃厚给文君，文君遂为富人。文君姣好，眉色如望远山，脸际常若芙蓉，肌肤柔滑如脂。十七而寡，为人放诞风流，故悦长卿之才而越礼焉。

葛洪又有《汉武帝故事》，记汉武帝刘彻生平事，不少故事生动有味，如云：

上尝辇至郎署，见一老翁，须鬓皓白，衣服不整。上问曰："公何时为郎？何其老也！"对曰："臣姓颜名驷，江都人也，以文帝时为郎。"

上问曰："何其老而不遇也?"驷曰："文帝好文而臣好武，景帝好老而臣尚少，陛下好少而臣已老，是以三世不遇。"上感其言，擢拜会稽都尉。

专门记述人物轶事的著作有东晋裴启的《语林》、郭澄之的《郭子》以及宋时虞通之的《妒记》、梁时沈约的《俗说》，四书今已不存，类书中有些遗文。保存完整的，有梁时殷芸的《小说》(十卷)。在众多轶事小说中，思想艺术价值最高、影响最大的，是刘义庆的《世说新语》。

第二节 《搜神记》

干宝(？—336)，字令升，新蔡(今属河南)人。他是东晋初年的历史学家，著有《晋纪》二十卷，时称"良史"。干宝性好阴阳术数。传说其父干莹死时，其母将干莹爱妾推入墓中，十余年后，妾犹未死，言其父常取饮食与之，恩情如生。又其兄常病，气绝数日不冷，醒后说他见到天地间的鬼神如何如何。干宝有感于此，"遂撰集古今神祇灵异人物变化，名为《搜神记》"(《晋书·干宝传》)。《搜神记》今存二十卷，收故事460余则。所收故事绝大多数出自前代文献和东晋著述，作者自创者甚少。其《序》即谓"虽考志于载籍，收遗逸于当时，盖非一耳一目之所亲闻睹也"。言其既"有承于前载者"，又有"采访近世之事"者。《序》中还说到撰集此书的目的，所谓"及其著述，亦足以发明神道之不诬也……今粗取足以演八略之旨，成其微说而已。幸将来好事之士录其根本，有以游心寓目而无尤焉"。通观全书，所记故事实可分为"发明神道之不诬"和"游心寓目而无尤"两大类。从"发明神道之不诬"，可见干宝言神言鬼，是确信鬼神存在。如前引鲁迅所说"以为幽明虽殊途，而人鬼乃皆实有，故其叙述异事，与记载人间常事，自视固无诚妄之别矣"。如《阮瞻》条：

阮瞻字千里，素执无鬼论，物莫能难，每自谓此理足以辨正幽明。忽有客通名诣瞻，寒温毕，聊谈名理，客甚有才辨。瞻与之言良久，及鬼神之事，反复甚苦。客遂屈，乃作色曰："鬼神古今圣贤所共传，君何得独言无？即仆便是鬼！"于是变为异形，须臾消灭。瞻默然，意色太恶，岁余而卒。

这是用实例讲鬼神的存在，典型的"发明神道之不诬"。但他叙写的许多神异故事具有较强的社会意义。如《太平寰宇记》卷一二六中所引焦湖庙条：

> 焦湖庙有一玉枕，枕有小坼。时单父县人杨林为贾客，至庙祈求，庙巫谓曰："君欲好婚否？"林曰："幸甚。"巫即遣林近枕边，因入坼中，遂见朱楼琼室。有赵太尉在其中，即嫁女与林，生六子，皆为秘书郎。历数十年，并无思归之志，忽如梦觉，犹在枕旁，林怆然久之。

故事写人间荣华富贵如同大梦一场，实为唐传奇《枕中记》、《南柯太守传》的先声。

《搜神记》中思想意义最高的是那些民间故事。《干将莫邪》，写莫邪之子为其父报仇的故事。莫邪为楚王所杀，其子立志要报父仇。当山间客要他交出头和剑时，"儿曰幸甚，即自刎，两手捧头及剑奉之，立僵。客曰不负子也，于是尸乃仆"。山间客果然用计斫楚王头，客亦自割己头，三头在汤镬中煮得稀烂，不可识别。后以汤肉分而葬之，称三王墓。故事歌颂了被压迫者和恶势力的斗争精神。莫邪之子复仇意志的坚定，山间客为人打抱不平的精神以及勇敢机智，都反映了人民的意愿。《李寄斩蛇》，写一个十二三岁的小姑娘李寄勇斩大蛇，显示出她的无比勇敢。故事不仅比较细致地写出了她和蛇斗争的经过，还用九女为蛇所食来加以衬托，使得人物形象更为突出。末言"寄人视穴，得其九女髑髅，悉举出，咤言曰：'汝曹怯弱，为蛇所食，甚可哀愍！'于是寄女缓步而归"，这里写李寄斩蛇后的神态、心理，显得情韵悠然。《韩凭妻》，写韩凭夫妇忠贞不渝的爱情，特别是歌颂了韩凭妻何氏不为富贵所动、不为残暴势利所屈而以生命来殉爱情的可贵精神。故事末尾极富浪漫色彩，表现了人们的美好愿望。文云：

> 王怒，弗听（指何氏求与其夫合葬事），使里人埋之，冢相望也。王曰："尔夫妇相爱不已，若能使冢合，则吾弗阻也。"宿昔之间，便有大梓木生于二冢之端，旬日而大盈抱。屈体相就，根交于下，枝错于上。又有鸳鸯雌雄各一，恒栖树上，晨夕不去，交颈悲鸣，音声感人。宋人哀之，遂号其木曰相思树。

又《紫玉》篇写吴王夫差女紫玉和童子韩重恋爱的悲剧。紫玉因为父亲反对她和韩重结合，因而"结气"而死。当韩重到墓前吊唁时，紫玉魂从墓出，"乃左顾宛颈而歌曰：'南山有乌，北山张罗。乌既高飞，罗将奈何！意欲从君，谗言孔多。悲结生疾，没命黄垆。命之不造，冤如之何！羽族之长，名为凤凰。一日失雄，三年感伤。虽有众鸟，不为匹双。故见鄙姿，逢君辉光。身远心近，何当暂忘’”！歌毕，邀重入家，尽夫妇之礼。紫玉的歌哀婉凄绝，委婉地表达了她和韩重生死相恋的感情。在小说中用诗刻画人物是个创造，对唐传奇的写作有明显的影响。

书中所载异象甚多，如“人产龙”、“马生人”、“女子化男”、“五足牛”、“人生角”、“牛足出背”、“雌鸡化雄”、“僵树自立”、“儿啼腹中”、“牛生鸡”、“树出血”、“两足虎”、“狗作人言”等，皆是。多数可视为以广见闻的博物知识。

至于“游心寓目而无尤”的故事更多。此类故事本自怪异，而所写细节生动、有趣，读来有味，有很强的娱乐性。由于强调“无尤”，此类故事虽然娱乐性强，但在思想(旁及伦理道德)的自由度方面，仍是有一道底线的。如“贾文合”条，写女子拒人求欢，即言女子谓“闻之诸姑，女子以贞专为德，洁白为称”。当然多数故事的“无尤”，并不是通过直接表白道德观念完成的，只是在大的方面谨遵规范而已。故书中不少故事使人读后有一种轻松的愉悦感，比如：

> 豫章新喻县男子，见田中有六七女，皆衣毛衣，不知是鸟。匍匐往，得其一女所解毛衣，取藏之。即往就诸鸟，诸鸟各飞去，一鸟独不得去，男子取以为妇，生三女。其母后使女问父，知衣在积稻下，得之，衣而飞去。后复以迎三女，女亦得飞去。
>
> ——《毛衣女》

> 魏黄初中，清河宋士宗母，夏天于浴室里浴，遣家中大小悉出，独在室中良久。家人不解其意，于壁穿中窥之，不见人体，见盆水中有一大鳖。遂开户，大小悉入，了不与人相承。尝先著银钗，犹在头上。相与守之啼泣，无可奈何。意欲求去，永不可留。视之积日，转懈，自捉出户外，其去甚驶，逐之不及，遂便入水。后数日，复还。巡行宅舍，如平生，了无所言而去。时人谓士宗应行丧治服，士宗以母形虽变，而生理尚存，竟不治丧。此与江复黄母相似。
>
> ——《人化鳖》

> 狄希，中山人也。能造千日酒，饮之千日醉。时有州人姓刘，名玄石，好饮酒，往求之。希曰：“我酒发来未定，不敢饮君。”石曰：“纵未熟，且与一杯，得否？”希闻此语，不免饮之。复索曰：“美哉！可更

与之。”希曰：“且归，别日当来，只此一杯，可眠千日也。”石别，似有怍色。至家，醉死。家人不之疑，哭而葬之。经三年，希曰：“玄石必应酒醒，宜往问之。”既往石家，语曰：“石在家否?”家人皆怪之，曰：“玄石亡来，服以阕矣。”希惊曰：“酒之美矣，而致醉眠千日，今合醒矣。”乃命其家人凿冢破棺看之，冢上汗气彻天，遂命发冢。方见开目张口，引声而言曰：“快哉，醉我也。”因问希曰：“尔作何物也，令我一杯大醉，今日方醒？日高几许?”墓上人皆笑之，被石酒气冲入鼻中，亦各醉卧三月。

——《千日醉》

此类故事并无十分严肃的主题，纯以事异语奇取胜，细节描写尤为生动有趣。在艺术上，都有想像奇特、超越现实、匪夷所思而细节描写真实、生动的特点。像《毛衣女》优美如童话，《人化鳖》被学者称做中国古代的《变形记》，《千日醉》篇末数句于不经意时作渲染语，令人忍俊不禁，都有很强的艺术魅力。

《搜神记》总的编撰方针，是“撰记古今怪异、非常之事，会聚散逸，使同一贯”(干宝《进搜神记表》)，各篇叙事手法则受到史传文的影响。不少故事已有比较完整的结构，语言简朴，叙事生动，情节比较丰富，能引人入胜。其搜神志怪的写法，对蒲松龄创作《聊斋志异》很有启发。

第三节　《世说新语》

《世说新语》记述汉、魏、两晋及刘宋初年士族人物(以魏、晋人士居多)的轶事琐言，系宋临川王**刘义庆**(403—444)组织门人编撰而成。刘义庆乃刘裕仲弟道怜之子，出嗣给临川烈王道规，袭封临川王。《宋书》本传言其“性简素，寡嗜欲，爱好文义，才词虽不多，然足为宗室之表。撰《徐州先贤传》十卷奏上之，又拟班固《典引》为《典叙》，以叙皇代之美”。《世说新语》初名《世说》，因刘向有《世说》，后人遂加字以示区别，唐初已有《世说新书》、《世说新语》二名。此书分为德行、言语、政事、文学……惑溺、仇隙等三十六门，书中文字，“乃纂辑旧文，非由自造”(鲁迅《中国小说史略》)。所取素材，主要来自两类典籍。一是与《世说》性质相同，同为“纂辑旧文”之作的著作。诸如西晋郭颁的《魏、晋世语》、东晋裴启的《语林》和郭澄之的《郭子》等。二是事关汉、魏、晋、宋人物的史书(包括正史、别史、杂史、传记等类)。其中杂传(包括各种《名士传》、《高士传》、《逸士传》、《列女传》、《先贤传》、《高僧传》、《家传》、人物《别传》及《列仙传》、《灵鬼传》等)即有120多种。《世说新语》所记名士佳事清言，虽取自众书，由于编者在纂辑时对原文作过艺术加工，故其书具有统一的艺术风格。

古今学者，多将《世说》归入班固所讲的“街谈巷语、道听途说者之所造”的小说家言，称之为南朝志人小说。梁代刘峻则视其为史料类编，认真地引用其他史书为之作注(引书400余种)。刘义庆将裴启作《语林》、袁宏作《名士传》列入该书《文学》门，而《世说》与二书性质相近，可见在他心中，是把《世说新语》作为文学作品看待的。事实上，《世说新语》正是一部文学意味很浓、分门记述历史人物言行的著作，属于杂史一类。从文章体式看，则可称为散文小品集。

《世说新语》历来受到人们的喜爱。其文风(通称“世说体”)，对中国散文艺术发展影响极大。刘熙载即谓“文章蹊径好尚，自《庄》、《列》出而一变，佛书入中国又一变。《世说新语》成书又一变。此诸书，人鲜不读，读鲜不嗜，往往与之俱化”(《艺概·文概》)。

《世说新语》“志人”的主要内容，是人物品藻、清谈和名士风流。或者说，它是通过记述人物品藻、清谈和名士风流的具体内容来表现人之特性的。这三者正是当时的社会风尚，而它们能成为风尚，根本动因是玄学的流行。

先说人物品藻。人物品评，源于汉代的用人制度。汉代取士不外地方察举(魏因之而以九品官人)、公府征辟，两者都重视士人名声。于是便有了论人重道德情操的乡闾清议(作为制度保留到南朝)。随着朝政腐败、经学衰微，士人激扬名声、互相题拂，既论道德情操，又论才性、容止。清议转入名士手中，以至出现了像郭泰、许劭那样“善人伦”的权威，和《士操》(曹丕著)、《人物志》(刘劭著)、《九州人士论》(卢毓著)等论述品评人物原则和方法的专著。魏、晋人物品藻成为风气，只是随着玄学兴起，士人人生价值观和审美心态发生变化，人物品藻的内容、标准也随之变化。

人物品藻风气的流行，带动了对自然山水美的品评，对诗、赋、文的品评，对音乐、绘画的品评，乃至对马、鹤之美和城楼之美的品评，使得魏、晋，真可称为品藻的时代、审美的时代。而所有带审美性质的品评，其审美观念和审美方式，无不受到人物品藻的影响。而这些在《世说》中都有反映。

从《世说》众多门类的众多条目可以看出，汉、魏人物品藻，还比较多的采用儒家人生价值观和道德理念作标准。因而赞赏名士澄清天下的志向、宁为兰摧玉折的气节、处乱不惊的风度，解除危难的智慧、礼贤下士的作风、忠勇廉洁的行为、孝亲友友的品性、追求道德完美的精神，鄙薄“汰侈”、“谗险”、“忿狷”等恶行陋习，带有很强的功利性、实用性。

魏、晋玄学兴起后的人物品藻，一反重功利、重实用的倾向，而偏于对人物形貌美、人格美、精神美的品评。人物品藻审美观念的转变，与一些玄学家提倡“越名教而任自然”的处世方式有关，与象外求意这一玄学审美方式的广为人用有关。当然，最重要的原因是人的自觉，即对个体存在价值的充分体认。

从《世说新语》中《识鉴》、《赏誉》、《品藻》等门所记可以看出，当时人物品藻既有品评他人者，也有自作品评者。大体多以人有个性为美(如桓温问殷浩“卿何如我”，殷浩答谓“我与我周旋久，宁作我”)，以一往情深为美(如桓伊每闻清歌，辄唤奈何，谢安闻之曰：“子野可谓一往有深情”。又王戎谓“圣人忘情，最下不及情。情之所钟，正在我辈”)，以面容姣好、姿仪俊秀为美(如书中记何晏、夏侯玄、潘岳、卫玠、杜弘治、王蒙仪容之美)，以风神散朗为美(如“济尼”称谢道韫“神情散朗，故有林下风气”)，以生气勃勃为美(如庾道季谓“廉颇、蔺相如虽千载上死人，懔懔恒如有生气；曹蜍、李志虽见在，厌厌如九泉下人”)，以才貌兼具为美(如王敬豫有美形，王公扶其肩曰：“阿奴，恨才不称”)，以鉴识卓异为美(如王蒙评阮武谓“清伦有鉴识，汉元以来未有此人”)，以清雅绝俗为美(如王蒙说王衍“神资高彻，如瑶林琼树，自然是风尘外物”)，以言语机警、巧妙、有味为美(如《言语》门所记事，又殷浩称韩康伯“发言遣辞，往往有情致”)。归结到一点，就是美在神韵，美在心灵，美在风度，美在人格独立，美在精神自由。

人物品藻常用的表述方式有二：一是直接说出对一个或几个品评对象的看法。二是用比较法说出品评对象特点，或对其略示褒贬。就用语而言，无论直说，还是借助比喻，都有以清简、玄远为美的倾向(时间愈后，这种倾向愈明显)。不但语词简约，而且语义朦胧。最常用的是清、真、朗、畅、通、达、旷、逸一类抽象字眼。即使用一些形象的比喻，也只是提供助人想象的意象，使人会其大意，得其仿佛。

再说清谈。清谈是士人探讨有关人生、社会、自然哲理的一种方式，又是带有社交性质的精妙的智力活动。同时也是玄学研究、传播的重要途径。突出特点是士人“共谈析理”、“求理中之谈”。谈者风度优雅，应对机敏，用简约、剀切或“辞条丰蔚”、“才藻新奇”、音声明亮而有节奏美的语言，谈说论辩，以阐述玄远、抽象之理。和互相题拂一样，清谈亦为魏、晋士人习好，风气所及，一直延续到南朝。

《世说新语》中《言语》、《政事》、《文学》、《赏誉》、《品藻》、《容止》、《企羡》、《伤逝》等门，都记有清谈之事，仅《文学》门就记有六十余条。但它只从人物品藻的审美角度，来记谈士言词辩给、善于应对的故事。幸而它描叙生动，使人对魏、晋清谈的方式及其审美特征都能有所了解。从《文学》、《赏誉》、《品藻》诸门所记材料可以看出，魏、晋清谈，立论以拔新领异为美，说理以“理中”为美，驳难以往辄破的为美。讲论以辞约旨达为美，以叙致精丽、才锋秀逸为美，以辞气清畅、音声清越而妙有节奏为美，以意气拟托、一往奔诣为美，以风度优雅，萧然、自得为美。用语既以简切为美，也以辞条丰蔚、花烂映发、足以动心骇听为美。总之，清谈之美，美在识见、言词、风度，三者缺一不可。清谈审美特征的形成，离不开人（谈士）的主导作用。清谈的最高审美境界，是能将人（谈士）的内在美（主要指理致美、才器美）和外在美（主要指言词美、声韵美、风度美）完美地表现出来。

最后说名士风流。魏、晋名士，多以风流著称。所谓风流，实是对名士处世态度、为人方式、审美心态、精神向往所表现出来的人格、精神、气质、风度的概括。突出特征是宅心事外，逞性纵欲，高迈不羁，举止脱俗，精神自由，既充分地享受人生，又追求高远、玄虚、与自然合一的人生境界。《世说新语》的许多条目，记述的都是名士风流的事迹。揣摩刘义庆的用心，《世说新语》本是他在诸家为名士立传之后，据摭众书、掇拾传闻，欲为魏、晋名士风流作一集中的展示。故冯友兰称其书为“中国的风流宝鉴”（《论风流》）。

《世说新语》除通过大量记述人物品藻和清谈来展现名士风流外，还写到其他方面的表现。大体吃药行散、风资特秀、醉饮、裸裎、登山监水、栖逸遁隐、真率自然、乘兴自得、不拘礼法、一往情深，以及《简傲》、《排调》、《轻诋》、《假谲》、《俭啬》、《汰侈》、《忿狷》、《尤悔》、《纰漏》、《惑溺》等门类所记的一些似为名士毛病的行为，都是魏、晋名士风流的生动写照。冯友兰先生将魏、晋名士风流的特征，归纳为“有玄思”、“有洞见”、“有妙赏”、“有深情”四点（《论风流》），似乎还不能完全概括《世说新语》所记述的名士风流的内容。

《世说新语》叙事、记言，文学意味极浓。各门所记，皆以人为主，全书共有1130则，一则即为一小品，或叙事，或记言，或两者兼有。由于每则小品，只是截取一个或几个人物人生经历的一个极小的片断，来显现他或他们在为人某一方面一个小小的特点。故其叙事并不承担创造人物形象或讲述完整故事的任务，因而把有关人物的一桩情节单一的真事说得清楚、生动、简约、有味，便成了它的审美要求。所以书中叙事常用细节，多能传神写照，使人物栩栩如生。记言则有两种情形：一是出于叙事需要而记有人物言论，一是为突出人物言语之美而记言。虽然两者都以人物为中心，但前者记言是为了记事，通过所述轶事展现人物的名士风流，后者主要是通过所记言语展现人物的名士风流。但两者用语都清约、隽永，能显出名士言论玄远、冷隽的特点。试读下面几则：

石勒不知书，使人读《汉书》，闻郦食其劝立六国后，刻印将授之。大惊曰："此法当失，云何得遂有天下！"至留侯谏，乃曰："赖有此耳！"

——《识鉴》

周仲智饮酒醉，瞋目还面谓伯仁曰："君才不如弟，而横得重名！"须臾，举蜡烛火掷伯仁，伯仁笑曰："阿奴火攻，固出下策耳！"

——《雅量》

王蓝田性急。尝食鸡子，以箸刺之。不得，便大怒，举以掷地。鸡子于地圆转未止。仍下地以屐碾之，又不得。瞋甚，复于地取内口中，啮破即吐之。

——《忿狷》

嵇康身长七尺八寸，风姿特秀。见者叹曰："萧萧肃肃，爽朗清举。"或云："肃肃如松下风，高而徐引。"山公曰："嵇叔夜之为人也，岩岩若孤松之独立，其醉也，傀俄若玉山之将崩。"

——《容止》

王子敬云："从山阴道上行，山川自相映发，使人应接不暇。若秋冬之际，尤难为怀。"

——《言语》

文中写人物卓识、雅量、人格、精神以及山水之美，无不情趣盎然，令人过目难忘，会心有得。大抵径直叙写，不作议论；鲜有铺陈，绝少夸张；语词简约、玄澹，运笔散朗、洒脱；寓无限意味于有限文字之中，为其表现艺术的主要特点。

由于《世说新语》"以虚玄标准，以简远为宗"（何良俊《何氏语林言语篇小序》），故其语言"清微简远，居然玄胜"（刘应登《世说新语序》）。这一特色，数门所记人物言论都表现得突出，故古今学者探讨《世说新语》语言艺术，多以书中所记“清论”佳言为研究对象。明代吴瑞征即从揣摩书中所记佳言隽语之妙入手将其分为“雅言”（言词优美、富有文采而且造境高雅的语言）、“捷言”（不掩锋芒之快言快语）、“形言”（使用映衬、比较方法以褒贬人物的语言）、“反言”、（反话正说之言）、“偏言”（达意即止、不必繁称文辞的语言）、“超言”（言词简约、生动，意趣玄远、令人生想的语言）六种言语。《世说新语》的语言艺术特色，除吴氏“六言”之说涉及的以外，还有两点很突出，即大量使用语助词和口语（包括方言）。《世说新语》所记言论（特别是对话），除频繁使用常见的虚字外，还使用了晋、宋时期流行的俗语。像引文中的“馨”（形容词或副词之语尾，犹今语“这般”、“一样”）、“得无”（与“将无”同，犹今语“莫非”）、“阿堵”（犹今语“这”、“这个”）等。其他如“溪狗”、“伧父”、“鬼子”、“作恶”、“作贼”、“暗当”、“兰阇”（胡语）等，都是当时流行的方言俗语。《世说新语》中类似的用语，有一百多条。所用各类虚词（包括副词、助词、语气词等），计有三百多个。这样记言，自易贴近口语，写出活的语言。

和爱用助词和方言俗语一致，《世说新语》无论记言、叙事，都以散句为主。虽然用语有雅俗之分，但都简练、明朗、生动、有味。书中记人物品评语，爱用比喻手法，且惯于用重叠词概括特性。如说李元礼“谡谡如松下风”，说和峤“森森如千丈松”，说叔向“朗朗如百间屋”，说王恭“濯濯如春月柳”，皆是。不但形容得好，且读来声韵美妙，能以形、声之美唤起读者对人物特性的想像。又书中不乏句式相同、词义大体相近的偶句（有的对偶十分工整），它们多数以一对偶句的形式出现在散句中，因而并不影响文气的流走，相反却能起到警策动人的作用。这类偶句约有近百对，《言语》、《文学》、《赏誉》三门即占六成以上。像“夜光之珠，不必出于孟津之河；盈握之璧，不必采于昆仑之山”；“宁为兰摧玉折，不作萧敷艾荣”；“北人看书，如显处现月；南人学问，如牖中窥日”；“潘文浅而净，陆文深而芜”；“学之所益者浅，体之所安者深”；“清露晨流，新桐初引”，或论人、论学、论文，或写景，皆以句整义深或词新景美，令人过目难忘。

由于《世说新语》用语从魏、晋话语中来，加上语词简约、生动、玄远、有味，因而大大丰富了古代汉语的宝库。其中许多语词和由一些语句构成的成语，以及糅合轶事、佳言而成的典故，频繁地出现在后世诗、文中，至今还具有很强的艺术表现力。

《世说新语》中的小品文，具有清新、俊逸、简淡、玄远的艺术风貌，既与它所取“旧文”的原本状态有关，也与刘义庆等人受道家文风影响分不开。道家哲学是一种超越哲学，道家文论也充满超越精神，所谓“超以象外”、“得意忘言”，“神贵于形”。叙事、写人、记言，不但主张超越形而下的物象之实而以明道为归，追求神、韵、味之类的意蕴之美，而且主张对艺术形式、法度、语言文字技巧的超越，因而道家散文以简约、“玄远、高致、自然、出(新)拔(异)”为美(刘永济语)。《世说》叙事重事外远致，写人重其神韵，记言重言外之意，分明与此相通。再者，它的简淡、玄远，还受到清谈讲究“辞约旨达”、“言约而旨远”、重“简至”而忌“游辞”的影响。叙事简约而能使人物面目、气韵恍然生动，则受到史传散文(尤其是陈寿所作传记)的影响。至于记言用了那么多的语助词和方言口语，根本原因是魏、晋人说话本来就有这种特点，其次是有关文献就是这样记载的，但是刘义庆却在书中保留这一“原本状态”(或按时人说话特点改写某些文字)，应该说是一大贡献。

第十四章　魏晋南北朝文学批评

第一节　魏晋南北朝文学批评的兴盛

在中国文学史上，魏、晋、南北朝是文学批评最活跃的时期。魏、晋、南北朝文学批评的兴盛，是魏、晋、南北朝文学繁荣的重要表现之一。之所以兴盛，当与三大因素有关。

一是与思想文化的新变有关。魏、晋、南北朝思想文化的新变，始于东汉末年儒学独尊地位的丧失。汉、魏以降，名、法、道等诸家思想乘势而起，而流行时间最长的是新出的玄学，传播面最广的是佛学。它们和同时存在的传统儒学一道，成为魏、晋、南北朝多元文化思想的主体，直接影响士人的精神生活。文化思想的新变，必然会带来人生价值观念的变化、社会审美心态的变化和文学艺术批评标准的变化，并且要顽强地表现出来。其表现方式，则受到汉、魏以来人物品藻的启发和影响，因而魏、晋以降，不单出现了不少人物品评的专书，还出现了多种书品、画品、棋品以及讨论音乐审美本质属性的专论、专著。与此相关，文士们自会将批评的目光投向文学领域，写出文学批评的专论、专著或带有文学批评性质的诸多文章。

二是与文学创作的新变有关。创新求变，是魏、晋、南北朝文学发展的突出特点。不要说建安文学迥异于汉代文学，就是与建安文学一脉相承的正始文学，在艺术精神、艺术风格、语言艺术等方面，也有许多与建安文学不同的地方。更不要说太康文学、元嘉文学、永明文学、梁、陈文学，代有其变，推陈出新，乃至一代有一代之文学。仅以诗歌创作为例，由建安诗人的直写社会苦难到阮籍的表现心灵悸动，到左思的咏史抒怀，到郭璞的寓意于游仙，到孙、许的以玄言为诗，到陶渊明的表现田园生活，到谢灵运的再现山水，到鲍照的反映边塞生活，到梁、陈诗人的描写女性容貌、体态，便显现出诗人们在诗歌题材方面创新求变、不断拓展的轨迹。而由拟、代乐府到自立篇章，到形成组诗，到永明体的出现，到对偶、声律要求更严的宫体，则反映出诗人们在五言诗体制构建上创新求变所作的努力。至于骈文的出现，辞赋抒情性的加强，无一不是魏、晋、南北朝文学创作新变的产物。一般来说，文学批评往往能推动文学创作的新变；另一方面，文学创作的持续新变，也会为文学批评的兴盛不断注入活力。

三是与文学观念的新变有关。魏、晋、南北朝文学观念的新变，有两种趋向，即越来越关注文学和作者个人的关系，越来越关注文学自身的本质特征。属于前者，有曹丕提出的作者为文“而声名自传于后”的说法。这一说法与汉儒所持诗、文当为政教服务的功利主义文学观大异其趣。而他提出的文气说，更是第一次明确说明，作者的气质情性是决定作品艺术生命的主导因素。属于后者，最突出的是文笔说，其说已涉及对文学与非文学本质特征的区别。又有声律说，对文学体裁形式美的完善、规范起过重要作用。此外尚有许多新的文学观念，影响到魏、晋、南北朝文学发展的进程。文学观念的新变，可能因文学批评而生，而新观念一旦产生，又会成为促使文学批评深入发展的动因。

魏、晋、南北朝文学批评的兴盛，不但表现在《典论·论文》、《文赋》、《文心雕龙》、《诗品》等标志性成果上。还表现在众多有关文学批评的专论、作品序文、选本序言、家训文字以及书信的层出不穷上。书作如曹丕与吴质来往书信对建安作家的评论；如曹植与杨修、吴质来往书信对文学价值的讨论和对建安诗人的品藻；如陆机、陆云兄弟来往书信对时人创作的议论和相互指出对方诗赋创作的长短之处(陆云即多次致书陆机，言其诗文词语“微多”、“尚多”、“绮语颇多”，愿其“小省”、“清省”)；如萧纲《与湘东王书》对永明诗风的批评，皆是。家训文字，如王融《戒子》自谓“文体英绝，变而屡奇。既不能远至汉、魏，故无取嗟晋、宋”，即带有文学批评性质。文学批评内容丰富且很有见解的家训文字，是《颜氏家训》中的《文章》篇。是文不但批评范围涉及汉、魏、两晋南北朝的文风、作家、作品(包括作者“家世文章”)，还在批评中表达改革文风的愿望。如说：

> 文章当以理致为心肾，气调为筋骨，事义为皮肤，华丽为冠冕。今世相承，趋本舍末，率多浮艳。辞与理竟，辞胜而理伏；事与才争，事

> 繁而才损。放逸者流宕而忘归，穿凿者补缀而不足。时俗如此，安能独违？但务去泰去甚耳。必有盛才重誉，改革体裁者，实吾所希。

作品序文更多。如傅玄《七谟序》、《连珠序》，左思《三都赋序》，陶渊明《闲情赋序》、江淹《杂体诗序》。文学选本序，著名的则有萧统的《文选序》。建安时期，曹丕曾将徐、陈、应、刘遗文“都其一集”。西晋最早出现的文学总集是杜佑编选的《善文》，之后有挚虞编的《文章流别志》。今存且影响最大的文学总集，是萧统主编的《文选》。其《序》是魏、晋、南北朝文学批评的重要文献。中谓“若其赞、论之综缉辞采，序、述之错比文华，事出于沉思，义归乎翰藻，故与夫篇什，杂而集之”，是讲《文选》选入史书中赞、论、序、述文字的理由（意谓其论事立义都是经过深思熟虑、精心结构，用讲究修辞技巧、富有文采的辞藻表述出来的），而不是像阮元等人所说的是萧统选录所有文章的标准。这几句话实则反映出萧统特有的文学批评观念，对今人如何认识、领略赞、论等说理文和应用文的文学美有启迪作用。至于魏、晋、南北朝文学批评的专论，则有西晋挚虞的《文章流别论》、东晋李充的《翰林论》、东晋葛洪的《抱朴子·钧世篇》、梁代裴子野的《雕虫论》、萧绎的《金楼子·立言篇》以及北周柳虬的《文质论》等。此外，像沈约《宋书·谢灵运传论》、萧子显《南齐书·文学传论》等史论文字，也是魏、晋、南北朝文学批评史上的代表作。当然，这一时期最具理论深度、讨论文学问题最多、影响最大的文学批评专论、专著，仍是《典论·论文》、《文赋》、《文心雕龙》和《诗品》。

第二节　曹丕的《典论·论文》和陆机的《文赋》

一、曹丕的《典论·论文》

曹丕《典论》共二十篇，今仅存《自叙》和《论文》二篇。其中《论文》是我国古代第一篇全面讨论文学问题的专论。概括起来，论及问题有四：

一是何以文人相轻。文中说“文人相轻，自古而然”。探其原因则有二点，即“人善于自见，文非一体，鲜能备善，是以各以所长，相轻所短”，和“人贵远贱近，向声背实，又患暗于自见，谓己为贤”，“以此相服，亦良难矣”。显然，作者言此，主要是为了提倡一种正确的文学批评态度。

二是文章的功用。文中说：“盖文章，经国之大业，不朽之盛事。年寿有时而尽，荣乐止乎其身，二者必至之常期，未若文章之无穷。是以古之作者，寄身于翰墨，见意于篇籍，不假良史之辞，不托飞驰之势，而声名自传于后。”曹丕讲的“文章”，包括诗、赋、散文等多种文学作品。意谓“文章”之作，乃是与“经国之大业”相提并论的“不朽之盛事”。作者《与王朗书》亦谓“生有七尺之形，死惟一棺之土，惟立德扬名，可以不朽；其次莫如著篇籍”。曹丕认为文学创作和治国大业都能使人不朽，突破了汉儒文章价值在于为政教服务的观念。其说从实现个人价值的角度来肯定文学的功用和地位，自然有助于调动作家们创作的积极性和促进文学的繁荣。

三是几种重要文体的特点。文中讨论文人相轻问题，说：“夫文本同而末异，盖奏、议宜雅，书、论宜理，铭、诔尚实，诗、赋欲丽。此四科不同，故能之者偏也，唯通才能备其体。”作者虽从文体众多而“能之者偏”角度说理，实际上却论述了八种文体的特点，虽然说得简约，但把文体论引向了文学批评的范围，是一大贡献。

四是文与气的关系。这是适应建安时期作家多、创作风格多种多样这种新情况提出来的。曹丕认为创作风格是由作家气质才性所决定的，而每个人的气质才性不同，所以不同的作家，创作风格也不一样。这里已涉及文学创作个性化的命题。他说：“文以气为主，气之清浊有体，不可力强而致。譬诸音乐，曲度虽均，节奏同检，至于引气不齐，巧拙有素，虽在父兄，不能以移子弟。”曹丕看到了作家气质才性对作品风格的影响，他说“徐幹时有齐气”，“孔融体气高妙”，“公幹有逸气”，实是连带作者所受之气及受其气影响而形成的文学风格而言。作者所受之气不同，风格也不一样，因而曹丕认为作家各有所长，亦有所短，不应该“各以所长，相轻所短”和“暗于自见，谓己为贤”。这和曹植讲“世人著述不能无病，仆常好人讥弹其文，有不善者，应时改定”(《与杨德祖书》)有一致处。

二、陆机的《文赋》

陆机的《文赋》，是继《典论·论文》之后又一篇重要的文论。在文章中，陆机根据他钻研“才士之所作”的体会和自己的写作经验，阐述了艺术构思的种种特点和文章的得失所在。他在序中说自己的写作动机是：“恒患意不称物，文不逮意，盖非知之难，能之难也。故作《文赋》以述先士之盛藻，因论作文之利害所由，他日殆可谓曲尽其妙。”显然，《文赋》的产生，受到了当时文学创作注重修辞艺术、表现技巧的风气的影响。

陆机认为文章的艺术构思过程是：作家在写作前，必须观察万物，以加深对事物变化的了解；必须钻研典籍，以涵养自己的志趣和性情。然后在四时节物的变化面前产生感触，在歌咏前人德业时受到激励，因而萌发写作的欲望。文章构思的第一步是运用想像。作者把笔临文时要聚精会神，心不外用，尽力驰骋想像，所谓“皆收视反听，耽思傍讯，精骛八极，心游万仞”，“浮天渊以安流，濯下泉而潜浸”，“观古今于须臾，抚四海于一瞬”。作者的想像越过时间、空间的界限，文思愈来愈明，文情愈来愈显，形象交互涌进脑中也愈来愈清晰。当要用语言将这些固定下来时，要到典籍中吸取语言的精华，但又要避免和前人雷同而要有所创新。所谓“倾群言之沥液，漱六艺之芳润……收百世之阙文，采千载之遗韵，谢朝华于已披，启夕秀于未振”。然后按照文章布局的需要，充分把握所写物象的形象和音响的特征。在选择词句、表达感情、刻画形象时便出现了多种情况：“或因枝以振叶，或沿波而讨源，或本隐以之显，或求易而得难，或虎变而兽扰，或龙见而鸟澜，或妥帖而易施，或岨峿而不安。”经过精细的考虑，再纷繁复杂的事物也会被描叙得淋漓尽致。所谓“罄澄心以凝思，眇众虑而为言，笼天地于形内，挫万物于笔端，始踯躅于燥吻，终流离于濡翰”。

陆机所谈的艺术构思有如下几个特点。第一，他认为艺术构思不是在抽象的概念中进行，而是围绕着形象的创造展开。在这之中，作家的感情活动起了很大作用，“思涉乐其必笑，方言哀而已叹”。这种看法已经触及形象思维的特征。第二，陆机认为在构思中，文章的思想内容是起主导作用的，所谓“理扶质以立干，文垂条而结繁”。第三，他提出构思时要力求创新，阐述新的观点，使用新的语言，写出新的形象。“虽杼轴于予怀，怵他人之我先，苟伤廉而愆义，亦虽爱而必捐。”此外，他还谈到构思的功能乃是“课虚无以责有，叩寂寞而求音，函绵邈于尺素，吐滂沛乎寸心，言恢之而弥广，思按之而愈深”。还谈到构思中容易出现的几种弊病和“达变识次”、“因宜适变”的办法。还强调艺术构思是一种艰苦的思维活动，并告诫作者要克服艰难，创造出完美的形象，“在有无而僶俛，当浅深而不让。虽离方而遁员(圆)，期穷形而尽相”。

《文赋》特别谈到写作中的感兴问题。作者以生动的言词说到感兴通塞对于写作的影响，认为感兴来不可遏，去不可止。当它来时，作文“或率意而寡尤”；而当它不来，作文“或竭情而多悔”。这里讲的实际上是写作灵感和文思通塞的关系问题。他看到了灵感在写作中的作用和特点，这是他的贡献，但他自己也承认：“吾未识夫开塞之所由。”正因如此，陆机谈的灵感有些神秘而不可测。

《文赋》论文体特征比《典论·论文》详细，其论也带有太康文学重词采、重音律的特点。

诗缘情而绮靡，赋体物而浏亮。碑披文以相质，诔缠绵而凄怆。铭博约而温润，箴顿挫而清壮。颂优游以彬蔚，论精微而朗畅。奏平彻以闲雅，说炜烨而谲狂。

他讲诗“缘情”而作，主要是根据建安诗歌抒情化的特征归纳出来的。建安诗人慷慨以任气，言志抒情，大大突破儒家“发乎情、止乎礼义”(《毛诗大序》)的限制。陆机对此作了肯定。至于他提倡言词“绮靡”(美丽细致的精妙之言)，自是太康诗风的反映。他还说：“其为物也多姿，其为体也屡迁，其会意也尚巧，其遣言也贵妍。暨音声之迭代，若五色之相宣。”这“会意尚巧”，“遣言贵妍”，讲究“音声之迭代”，实是对太康主流诗歌创作艺术特点的概括，它们与建安诗人“慷慨以任气，磊落以使才”，“造怀指事，不求纤密之巧；驱辞逐貌，唯取昭晰之能”(《文心雕龙·明诗》)，差别多大！陆机把太康文学创作注重修辞艺术、表现技巧的特点概括成理论加以提倡，不仅左右当时，而且领带南朝，影响深远。由此也可看出，一种文艺理论和一时的文学创作风尚如何息息相关。

《文赋》讨论文学创作的许多具体问题，本身就是一篇优美的骈文。由于文体的限制，有些问题说得不透，故刘勰批评说：“昔陆氏《文赋》，号为曲尽，然泛论纤悉而实体未该。”(《文心雕龙·总术》)

第三节 刘勰的《文心雕龙》和钟嵘的《诗品》

一、刘勰的《文心雕龙》

刘勰(？—520)，字彦和，先世为东莞莒(今山东莒县)人。晋明帝侨置南东莞于京口(今江苏镇江市)，刘勰实为京口人。早年家贫好学，依僧祐十余年，通经论，曾为定林寺整理佛教典籍。一生经历宋、齐、梁三朝。梁时做过藩王记室、县令、东宫通事舍人等官，以文学为萧统所重。死前一年出家为僧，法名慧地。

《文心雕龙》成书于齐代。作者撰写此书，出于两个原因。一是作者对宋、齐追求形式之美的文风不满，要求扶正根本，恢复儒家关于文学要具备认识作用、教育作用和为政教服务的原则。他在《序志》篇中说当时文坛的情况是：“去圣久远，文体解散。辞人爱奇，言贵浮诡，饰羽尚画，文绣鞶帨。离本弥甚，将遂讹滥。”又在《诠赋》篇发挥说：“然逐末之俦，蔑弃其本，虽读千赋，愈惑体要；遂使繁华损枝，膏腴害骨，无贵风轨，莫益劝诫。”为此，他才要著书扭转这种风气。二是作者认为以前的文学理论和批评有不少欠缺之处。他在《序志》篇中分析了自曹丕以来各家的文论著作，以为它们“各照隅隙，鲜观衢路”，“并未能振叶以寻根，观澜而索源。不述先哲之诰，无益后生之虑”，因而他要写一部比较系统的文学理论和批评专著。

《文心雕龙》体大思精。全书分五十篇，除最后一篇《序志》为全书序言外，其余四十九篇大致包含四个方面的内容。从《原道》至《辨骚》五篇，总论文学的本源和创作原则。自《明诗》至《书记》二十篇是文体论，作者对各类文体的源流作了辨析，并对作家作品加以评论，总结出各类文体的创作理论。《知音》、《才略》、《指瑕》、《程器》、《时序》、《体性》六篇着重探讨文学批评问题，其余各篇则着重于讨论创作问题。当然各篇内容存在着相互穿插的情况，谈创作涉及批评，言批评亦触及创作，这里不过是大约分类而已。

《文心雕龙》内容宏富，有许多精辟的见解。

(一)关于文学和时代的关系

刘勰在《时序》篇纵论齐代以前各朝文学的特点，总把它和当时的思想、政治特点联系起来，同时也注意到上个时代的文风对下一时代的影响。他说：“时运交移，质文代变，古今情理，如可言乎!”又说“歌谣文理，与世推移”，“文变染乎世情，兴废系乎时序，原始以要终，虽百世可知也”。根据这种观点，他指出唐虞时代歌谣的出现乃是因为当时政治清平。“昔在陶唐，德盛化钧”、“有虞继作，政阜民暇”，故作者“心乐而声泰”。三代的情况是：“至大禹敷土，九序咏功，成汤圣敬，猗欤作颂。逮姬文之德盛，《周南》勤而不怨；大王之化淳，《邠风》乐而不淫；幽厉昏而《板》、《荡》怒，平王微而《黍离》哀。”战国文学的繁荣则由思想界的百家争鸣所致。“故知炜烨之奇意，出乎纵横之诡俗也。”而东晋玄言诗的流行，实与当时玄学昌炽有密切关系，所谓“自中朝贵玄，江左称盛，因谈余气，流成文体”。他对建安文学的分析尤为透辟：“观其时文，雅好慷慨，良由世积乱离，风衰俗怨，并志深而笔长，故梗概而多气也。”从这样的角度考察一个时代文学的特征，自然洞若观火。他在品评具体作家时，也以这种观点作为指导，因而所下评语极中肯綮。如说：“刘琨雅壮而多风，卢谌情发而理昭，亦遇之于时势也。”(《才略》)在谈到一个时代的思想、政治对文学的影响时，刘勰十分重视君主的作用。魏、晋以来，历代君王对文学的倡导，确实对文风形成起过特殊作用。刘勰对这种作用的评价有过于夸大的倾向，但他从时代更替而文学影响仍在的角度来考虑文学史的发展却是完全正确的。如他谈到汉代骚体文多，就谈到汉人对屈骚的继承因素，认为“爰自汉室，迄至成、哀，虽世渐百龄，辞人九变，而大抵所归，祖述楚辞，灵均余影，于是乎在”(《时序》)。

(二)关于内容和形式的关系

刘勰对文章的内容和形式都很重视，认为好的文章应该质文兼善，两者相互依赖。他用比喻说：“夫水性虚而沦漪结，木体实而花萼振，文附质也；虎豹无文，则鞹同犬羊，犀兕有皮，而色资丹漆，质待文也。”(《情采》)这里说的是形式系由内容所定，而内容须由一定的形式表现出来。同时又指出在二者中应以内容为本，以实现内容和形式的统一。“夫铅黛所以饰容，而盼倩生于淑姿；文采所以饰言，而辩丽本于情性。故情者，文之经；辞者，理之纬。经正而后纬成，理定而后辞畅，此立文之本源也。”(《情采》)《附会》篇亦云：“夫才量(当为“童”)学文，宜正体制，必以情志为神明，事义为骨髓，辞采为肌肤，宫商为声气。”坚持的仍然是以内容为主的原则。本于此，他对当时“为文而造情”，单纯追求形式的倾向提出了批评。指出“后之作者，采滥忽真，远弃风雅，近师辞赋，故体情之制日疏，逐文之篇愈盛”(《情采》)，以至一些人有志做官却在那里歌吟田园生活，心缠俗务却大写世外之事，虚伪得很。

刘勰对文章内容大抵有三方面的要求，就是“情深”、“事信”和“义正”。“情深”指作家的感情真挚，“事信”指作品记事要真实可信，“义正”指作品思想观点合于儒学正道。刘勰是主张文章形式臻于完美的，他提出两个标准：“体约而不芜”和“文丽而不淫”。“体约而不芜”就是《情采》篇讲的“要约而写真(言辞精练而内容真实)”，反对“淫丽而烦滥(言辞过于华丽而内容芜杂)”。“文丽而不淫”是指文辞须华美巧妙而又要恰到好处。为此他专门用《声律》、《章句》、《丽辞》、《比兴》、《夸饰》等篇来讨论表现艺术和形式技巧方面的问题。他对骈文中的声律、对仗、骈偶、用典等特点都很重视，但又反对刻意追求言辞华美的倾向。

(三)关于文学创作的理论

《文心雕龙》有许多篇是讨论创作理论和写作方法的。《神思》篇集中讨论构思问题。构思是作家孕育作品的思维过程，刘勰这样描述构思的特点：

> 文之思也，其神远矣！故寂然凝虑，思接千载；悄焉动容，视通万里；吟咏之间，吐纳珠玉之声；眉睫之前，卷舒风云之色：其思理之致乎。故思理为妙，神与物游……夫神思方运，万途竞萌，规矩虚位，刻镂无形，登山则情满于山，观海则意溢于海，我才之多少，将与风云而

并驱矣。

他认为构思过程就是作者主观的“神”与客观的“物”交接融合的过程。在这之中，想像具有“思接千载”、“视通万里”，即不受时空限制的功能，自始至终，脑子里都浮现着事物的形象。在构思中，感情是个很活跃的因素。有时在构思中也会出现“枢机”不通、“关键将塞”的情况，于是他提出了作家如何加强修养的问题：一是要保持“虚静”(因为“虚”能避免主观，容纳他物；“静”能观物)；二是要“积学以储宝，酌理以富才，研阅以穷照，驯致以怿辞”(《神思》)。

刘勰对具体的创作方法和技巧是很重视的。他在《镕裁》篇提出，作家在创作前要做到“三准”，即“履端于始，则设情以位体；举正于中，则酌事以取类；归余于终，则撮辞以举要”。“设情以位体”指根据所要表现的思想内容选取合适的体裁；“酌事以取类”指选取与所写内容有关的事物；“撮辞以举要”指提炼警策的言辞以突出要点。刘勰说这“三准”很重要，“若术不素定，而委心逐辞，异端丛至，骈赘必多”。而有这一番工夫，写起来就会文思如泉涌而又层次井然。

他还提出作文“宜正体制”，必以情志为神明(灵魂)，把“事义”、“辞采”、“宫商”作为形式的重要因素来安排。为此，他在《声律》篇专论宫商，在《事类》篇专论事义，逐一探讨具体的写作技巧。比如他在《章句》篇说到一篇文章的完美，须从一字一句的妥帖做起，说：“夫人之立言，因字而生句，积句而成章，积章而成篇。篇之彪炳，章无疵也；章之明靡，句无玷也；句之清英，字不妄也。”要求一字一句一章都要准确，无可增减，说是“句有可削，足见其疏；字不得减，乃知其密”(《镕裁》)。如何使言辞精练？他又提出要用最有表现力的语言写出事物特征的方法。《物色》篇说：“是以诗人感物，联类不穷。流连万象之际，沈吟视听之区。写气图貌，既随物以宛转；属采附声，亦与心而徘徊。故‘灼灼’状桃花之鲜……‘皎’日‘嘒’星，一言穷理，‘参差’、‘沃若’，两字穷形：并以少总多，情貌无遗矣。”这些说法都很有见地。此外，他对文中如何使用比兴、夸张手法，如何用典，如何练择字句等问题都阐述过意见，他的意见大多是针对当时骈体诗、文“习华随侈，流遁忘反”的弊病而发的，但也多少受到当时重形式的风气的影响。

(四)关于文学批评的理论

刘勰的批评论集中地反映在《知音》篇中。他认为建立公正的文学批评是很难的，所谓“知音其难哉！音实难知，知实难逢，逢其知音，千载其一乎”。他认为批评不能公正进行的原因主要有三点：一是“贵古贱今”，二是“崇己抑人”，三是“信伪迷真”。此外，人的性格、趣味不同，因而对文学的爱好不同，也是一个因素。他说：“篇章杂沓，质文交加，知多偏好，人莫圆该。慷慨者逆声而击节，酝籍者见密而高蹈，浮慧者观绮而跃心，爱奇者闻诡而惊听。会己则嗟讽，异我则沮弃，各执一隅之解，欲拟万端之变：所谓东向而望，不见西墙也。”他认为正确的批评是可以出现的，问题是批评家要加强修养、端正态度、树立标准。说：“凡操千曲而后晓声，观千剑而后识器；故圆照之象，务先博观。阅乔岳以形培塿，酌沧波以喻畎浍，无私于轻重，不偏于憎爱，然后能平理若衡，照辞如镜矣。是以将阅文情，先标六观：一观位体，二观置辞，三观通变，四观奇正，五观事义，六观宫商，斯述既形，则优劣见矣。”“无私于轻重，不偏于憎爱”是说批评家的态度要客观，应放弃主观好恶之感，不能文人相轻。讲修养，刘勰主张批评家要“博观”，通过阅读、分析众多作品，提高鉴赏能力，不能凭直觉去评判。说到批评标准，主张从六方面着手考察。一是观位体，看体裁是否与内容相称；二是观置辞，看修辞技巧如何；三是观通变，看立意、言辞是否推陈出新；四是观奇正，看作品的新奇与严正关系如何；五是观事义，看作品如何引事以证义；六是观宫商，看作品遣词造句音韵之美如何。批评论建立在这样的基础上，应该说是比较科学的。在谈到文学批评、鉴赏和文学创作的区别时，刘勰有两句著名的话：“夫缀文者情动而辞发，观文者披文以入情，沿波讨源，其幽必显。”创作者作文是因为先有了情志，然后通过言辞把它表现出来，鉴赏者则是先接触作品，通过言辞分析形象去追逐、把握作者的情志。实际上文学鉴赏也是一种创造，它也需要想像，需要形象思维。从上面可以看出，刘勰的批评论和前人的片断论述相比，是周密得多、深刻得多的。

在《文心雕龙》中，刘勰还进一步探讨了作家个性和创作风格的关系问题。他认为人的“才”、“气”是先天的禀赋，但后天的“学”和“习”可以改变这种禀赋，“才”可以通过“练”而增多、而提高，所谓“功以学成”。这个观点的提出，能合理地解释何以同一作家能创造出多种风格作品的文学现象，这对曹丕“文以气为主”是一个发展。此外，他还提出了“风骨”等审美范畴，还结合文学批评探讨了各种文体的性质、演变的历史以及它们和作家风格的关系，形成系统的文体论。对古代文学批评作出了重要贡献。但它也有局限性，对新出的文学现象（比如志怪小说）注意不够。再者，由于作者拘于儒家的正统观点，对屈赋的伟大价值缺乏充分的认识；由于受到当时文学风气的影响，对用语平淡自然的陶渊明及其诗作竟然未作评论；虽然他写此书的目的是为了转变当时衰颓的文风，但他论及当代作品时，却是颂扬多于批评。

二、钟嵘的《诗品》

钟嵘(468—518)，字仲伟，颍川长社(今河南长葛)人。齐时官至司徒行参军，梁时官至西中郎将、晋安王记室。他的《诗品》(亦称《诗评》)成书于梁天监十二年(513)以后，是我国最早的以五言诗为研究对象的诗论专著。

作者在《序言》里说：

> 今之士俗，斯风(作诗之风)炽矣。才能胜衣，甫就小学，必甘心而驰骛焉。于是庸音杂体，人各为容……观王公缙绅之士，每博论之余，何尝不以诗为口实。随其嗜欲，商榷不同。淄渑并泛，朱紫相夺，喧议竞起，准的无依。

矫正创作界的风气，澄清批评界的是非，是钟嵘写《诗品》的目的。在书中，他将汉、魏至齐、梁的一百二十二位诗人，分为上、中、下三品。其中上品十一人，中品三十九人，下品七十二人。对每位诗人，钟嵘都加以扼要的评论。《诗品》分品论人显然受到魏、晋以来品第人物之风的影响，所用方式和谢赫的《古画品录》、庾肩吾的《书品论》、沈约的《棋品》也大致相同。

从大的方面看，《诗品》包含两方面的内容。一是总论五言诗的创作及其历史发展，二是品评五言诗人及其作品。

魏、晋、南北朝是五言诗蓬勃发展的时期，但同时的批评家仍然拘守传统观念，称“四言为正”(挚虞《文章流别论》)，“四言正体”(刘勰《文心雕龙·明诗》)。真正从理论上对五言诗加以充分肯定的，是钟嵘。他说：“夫四言，文约意广，取效风骚，便可多得。每苦文繁而意少，故世罕习焉。五言居文词之要，是众作之有滋味者也，故云会于流俗。岂不以指事造形，穷情写物，最为详切者耶!”钟嵘说五言诗“指事造形，穷情写物，最为详切”，富有“文已尽而意有余”的“滋味”，不但表明他认识到了五言诗较之四言诗有更强的艺术表现力，而且，“在他看来，充分抒发感情和找到表现感情的恰当的物质形式，是五言诗的重要特点，也是它特别有滋味的根本原因”(王文生《中国类学史》第二章)。

钟嵘很重视诗和现实生活的关系，说：“气之动物，物之感人，故摇荡性情，形诸舞咏。”人们写诗是因为自己受到了外界事物的感动。他所说的

“物”，不但包括“春风春鸟，秋月秋蝉，夏云暑雨，冬月祁寒”那样的自然景物，还包括类似“楚臣去境，汉妾辞宫，或骨横朔野，或魂逐飞蓬；或负戈外戍，杀气雄边；塞客衣单，孀闺泪尽；或士有解佩出朝，一去忘返；女有扬蛾入宠，再盼倾国”这样的社会生活。正因为诗能表现人们在自然环境和社会生活中的独特感受，所以它便具有“可以群，可以怨”的作用。钟嵘从诗和现实生活的关系来谈它的社会作用，见解是深刻的。

他在谈到诗歌的艺术性时，进一步指出：

> 故诗有三义焉：一曰兴，二曰比，三曰赋。文已尽而意有余，兴也；因物喻志，比也；直书其事，寓言写物，赋也。宏斯三义，酌而用之，干之以风力，润之以丹采，使味之者无极，闻之者动心，是诗之至也。若专用比兴，患在意深，意深则词踬，若但用赋体，患在意浮，意浮则文散，嬉成流移，文无止泊，有芜漫之累矣。

钟嵘认为能激动人心，使之回味无穷的诗才算好诗。而要写出这样的好诗，就要交错运用兴、比、赋的手法。并且除了润“丹采”外，还要“干之以风力”，即借助从诗人心灵中迸发而出的力量来增强诗的表达效果。他还主张诗歌用语自然，反对“补假”做作，对齐、梁风靡一时的用典和注重声律的习气提出批评。说：“至乎吟咏情性，亦何贵于用事？‘思君如流水’既是即目，‘高台多悲风’亦惟所见，‘清晨登陇首’，羌无故实，‘明月照积雪’，讵出经史？观古今胜语，多非补假，皆由直寻。”而“近任昉、王元长等，词不贵奇，竞须新事，尔来作者，寝以成俗。遂乃句无虚语，语无虚字，拘挛补衲，蠹文已甚。但自然英旨，罕值其人”。他讲“直寻”、“自然音旨”，是要求诗人直接到生活中捕捉形象，用平实的语言表现出来。还认为过于讲究声律会有损诗的真美，声律可以运用，“但令清浊通流，口吻调利，斯为足矣”，而“务为精密，襞积细微，专相陵架”的现象就不足取，因为那样会“使文多拘忌，伤其真美”。这些见解是很合理的。

钟嵘认为五言诗的发展历史有三个重要阶段：一是以曹植为代表的建安时代，二是以陆机为代表的太康时代，三是以谢灵运为代表的元嘉时代。在论述中，他特别肯定建安诗歌的风力，认为“尔后陵迟衰微，迄于有晋”。而到了永嘉时期，玄言诗起，则“建安风力尽矣”。但在钟嵘的时代，庄、老已经告退，诗歌创作突出的毛病是嗜好用典和拘于声律。所以他在论述近代五言诗的特点时，特别对这两种弊病提出批评。

《诗品》的主要内容是对历代诗人及其作品的品评。他的品评有两个特点：一是崇尚“骨气奇高，词采华茂”的艺术风格。在所有诗人中，钟嵘对曹植评价最高，认为他的诗“骨气奇高，词采华茂，情兼雅怨，体被文质”，境界最高。论刘桢则言其“仗气爱奇，动多振绝。真骨凌霜，高风跨俗。但气过其文，雕润恨少”。他称赞刘桢诗有风骨，但对他不大注重辞采有异议。而对曹操，一方面称其“甚有悲凉之句”，又以“曹公古直”，将其列为下品。谈陶潜，则一方面赞美他“文体省净，殆无长语，笃意真古，辞兴婉惬”，又信从时人意见，以“世叹其质直”，将其列为中品。他讲的“古直”、“质直”，都是指文采不够。他对前人的品评，虽然沿用了时人观点，但也表明他论诗的标准，就是强调文质兼美。所以他对于文胜于质的诗人也不完全满意。如评上品诗人王粲就指出他“文秀而质羸”，而评中品诗人张华则云：“其体华艳，兴托不奇。巧用文字，务为妍冶。虽名高曩代，而疏亮之士，犹恨其儿女情多，风云气少。”但总的来看，他还是有重辞采胜于重思想内容的倾向，所以他把“才高词赡”的陆机置于左思之上，称为“太康之英”，把“富艳难踪”的谢灵运置于陶渊明之上，称为“元嘉之雄”。

钟嵘品评诗人的另一特点，是注意揭示诗人的风格特征，常从诗风的相似处来论述历代诗人的承继关系。如说刘琨“其源出于王粲。善为凄戾之词，自有清拔之气”，说陶潜“其源出于应璩，又协左思风力”，都是颇有道理的。他把历代诗人的源流统归为三系，即国风、小雅、楚辞。属国风一系的是古诗和曹植的诗，下面又有刘桢、左思、陆机、谢灵运等人。这类诗人的作品“情兼雅怨，体被文质”，是钟嵘评价最高的诗人。属楚辞一系的有班姬、王粲、曹丕，王粲以下有潘岳、张华、张协等人，这类作家的作品是文辞艳丽而具哀怨之情。钟嵘对这类作家既作肯定，又针对各自情况指出其不足之处。属小雅一系的仅阮籍一人，其诗质朴而又怨悱深重。钟嵘在谈作家相互继承的关系时有个原则，即上品诗人不能出于中品或下品诗人，因说鲍照出于张协、张华，故将其列为中品；说谢朓出于谢混，也将他列入中品，这都不妥。钟嵘从诗人风格的相近处来探讨诗人之间的影响，通过追根溯源，理出诗歌的历史发展线索，不失为一种研究方法，但有些论述显得牵强，不足为信。《四库全书总目提要》即言“其论某人源出某人，若一一亲见其师承者，则不免附会耳”。